KB240350

삐뚤빼뚤,
그래도 전진

사고로 오른팔이 마비된
그림작가 독고의
왼손 라이프

삐뚤빼뚤, 그래도 전진

독고 지음

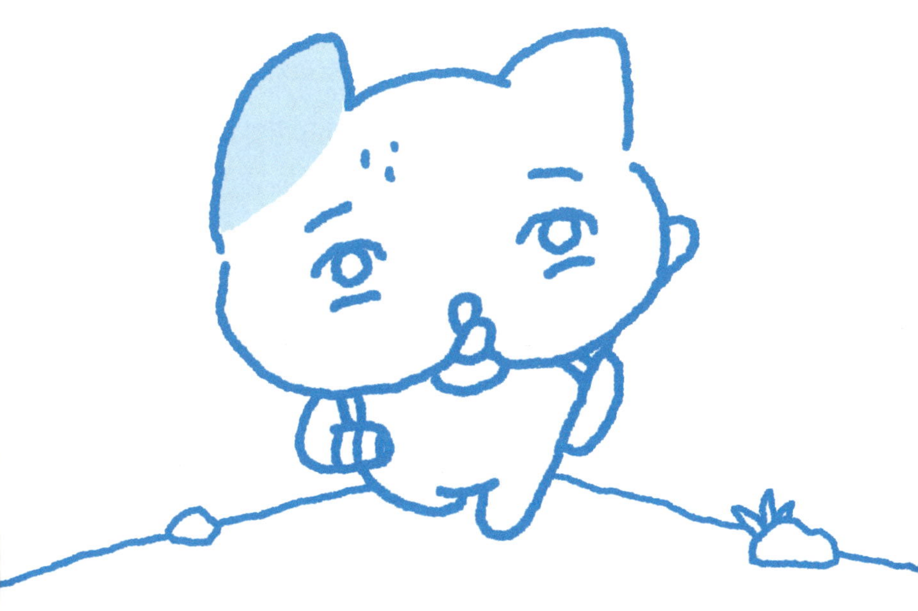

"중요한 건 무엇을 잃었는지가 아니라
남은 것으로 무엇을 할 수 있느냐였다"

Atypical

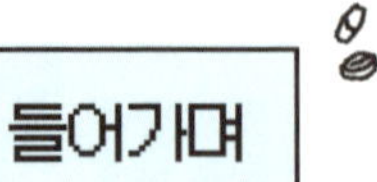

우리는 살아가면서 예기치 못한 시련을 마주합니다. 때로는 그 시련이 너무나 벅차게 느껴져 모든 것이 끝난 것만 같고, 앞으로 나아갈 길이 보이지 않을 때도 있습니다. 저 역시 그러한 순간을 겪었습니다. 사고로 오른팔을 쓸 수 없게 되었을 때, 제 삶은 완전히 뒤바뀌었습니다. 당연하게 여겼던 일상이 한순간에 무너졌고, 무엇을 어떻게 해야 할지 알 수 없었습니다.

그런데 시간이 지나면서 깨달았습니다. 비록 이전과 같은 방식으로 살아갈 수는 없지만, 새로운 길을 찾을 수는 있다는 것을 말입니다. 처음엔 왼손으로 글씨 쓰기와 젓가락질 하는 법을 배우기 시작했고, 다음엔 그림을 그리기 위해 수많은 연습을 거듭했습니다. 처음에는 펜을 쥐는 것조차 쉽지 않았고, 짧은 선 하나를 긋는 데도 한참이 걸렸습니다. 하지만 포기하지 않고 한 걸음씩 나아가다 보니, 어느 순간 그림을 그리고 글을 쓰고 있는 제 자신을 발견하게 되었습니다.

이 책은 그렇게 다시 일어서기까지의 과정을 담은 이야기입니다. 단순히 몸의 기능을 회복하는 것이 아니라, 제 자신을 다시 찾아가는 과정이기도 했습니다. 그리고 무엇보다도, 이전과는 다른 방식으로 다시 꿈을 꾸게 된 여정이었습니다.

이 책을 통해, 제가 걸어온 길이 누군가에게 작은 용기와 희망이 될 수 있기를 바랍니다. 혹시 지금 어려움 속에서 길을 잃었다고 느끼는 분이 계신다면, 이 책이 하나의 작은 불빛이 될 수 있기를 바랍니다. 우리는 각자 다른 방식으로 살아가지만, 모두가 저마다의 방식으로 앞으로 나아갈 수 있다고 믿습니다. 그리고 그 길 끝에는 분명 새로운 희망이 기다리고 있을 것입니다.

독고

1부 그날, 내 오른팔은 마비되었다

2부

나는 달라졌을 뿐, 틀리지 않았음!

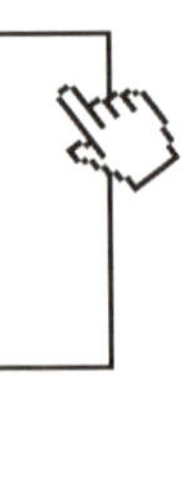

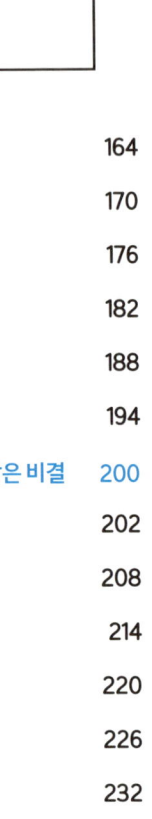

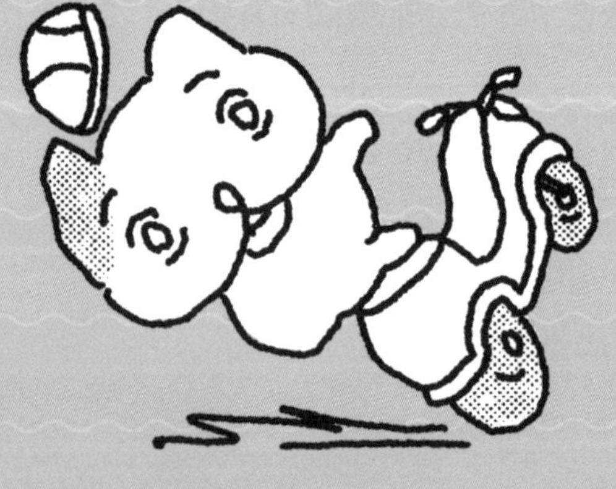

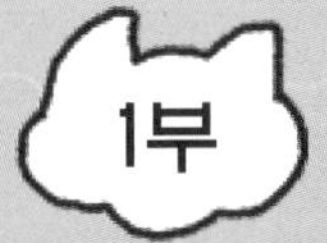

그날,
내 오른팔은
마비되었다

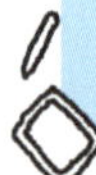

치앙마이 한 달 살기를 떠나다

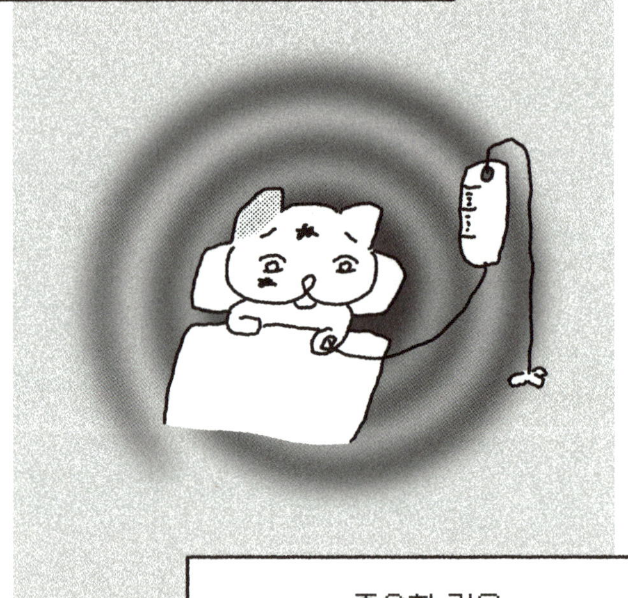
이 황당한 이야기를
어디서부터 어떻게 말해야 할지
잘 모르겠지만..
중요한 것은
실제로 내가 겪은 일이라는 것.

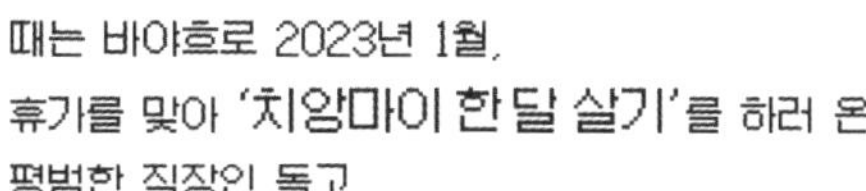

때는 바야흐로 2023년 1월,
휴가를 맞아 '치앙마이 한 달 살기'를 하러 온
평범한 직장인 독고.

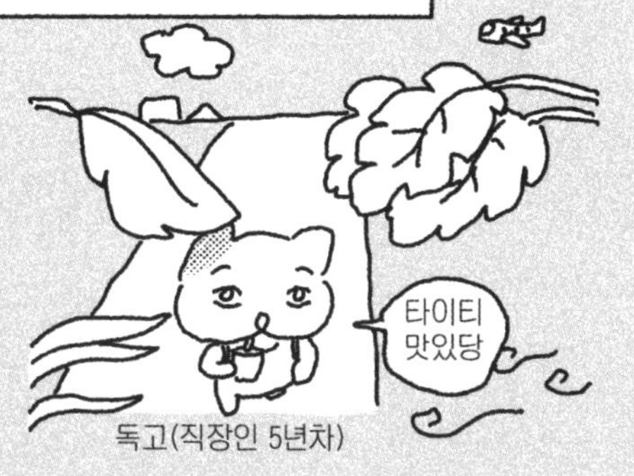

극 P로서 3일 만에 결정해 날아온 나는
직접 발품을 팔아 숙소도 구해보고,

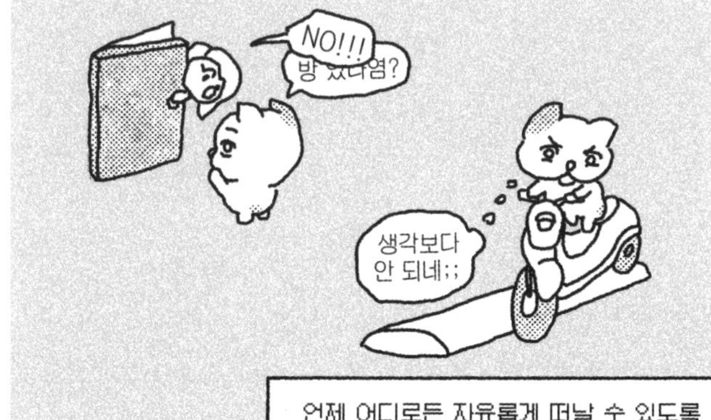

언제 어디로든 자유롭게 떠날 수 있도록
스쿠터 면허까지 땄다.

덕분에 코로나19로 답답했던 기분이 싹 날아갈 정도로
매일 힐링의 시간을 보냈다.

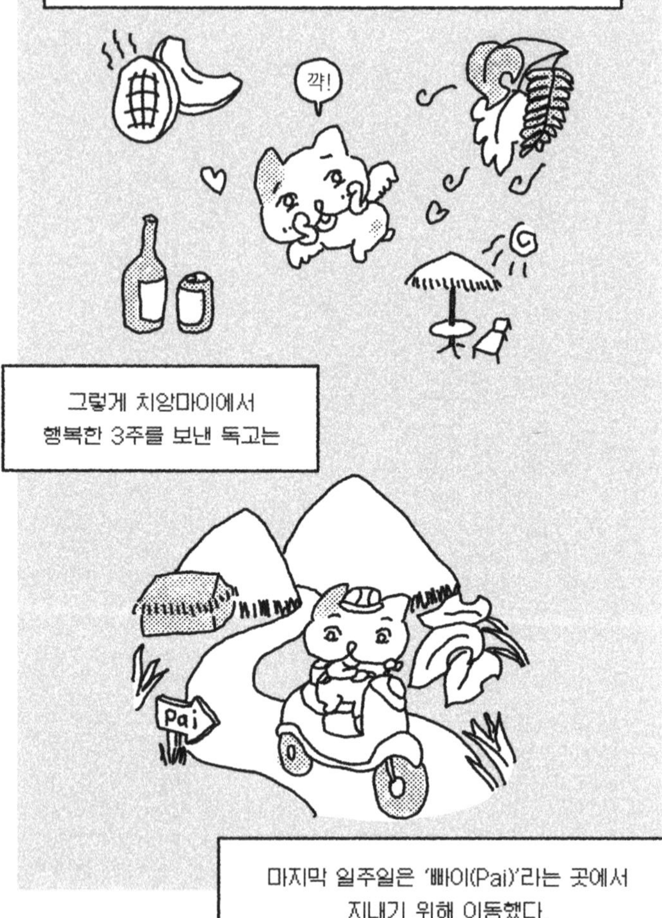
꺅!
그렇게 치앙마이에서
행복한 3주를 보낸 독고는
Pai
마지막 일주일은 '빠이(Pai)'라는 곳에서
지내기 위해 이동했다.

이곳에서 지내면서
동갑내기 두 친구들도 사귀고,

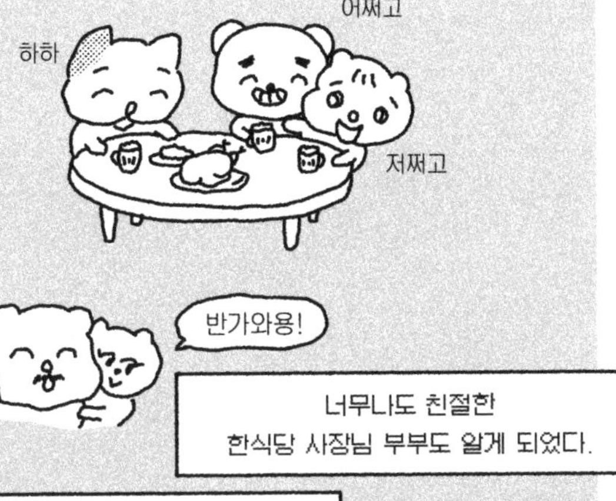

너무나도 친절한
한식당 사장님 부부도 알게 되었다.

그런데 귀국 이틀 전 저녁….

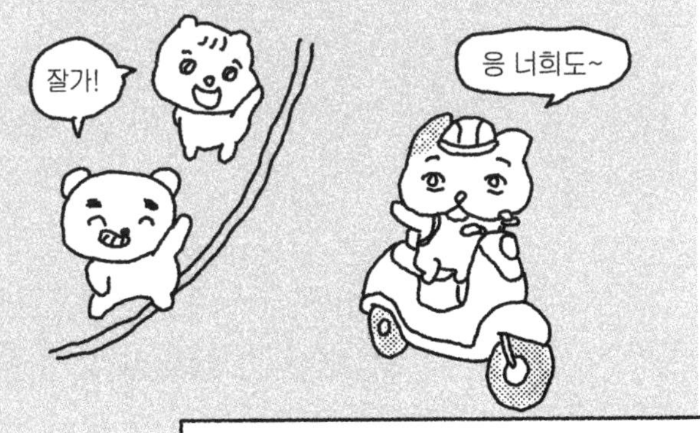

그날도 친구들을 만나고 숙소에 가기 위해
스쿠터에 시동을 걸었다.

그런데 3초 후..

쿠과광!!!

…하는 굉음과 함께
난 정신을 잃고 말았다.

나에게..
무슨 일이
벌어졌던 걸까..?

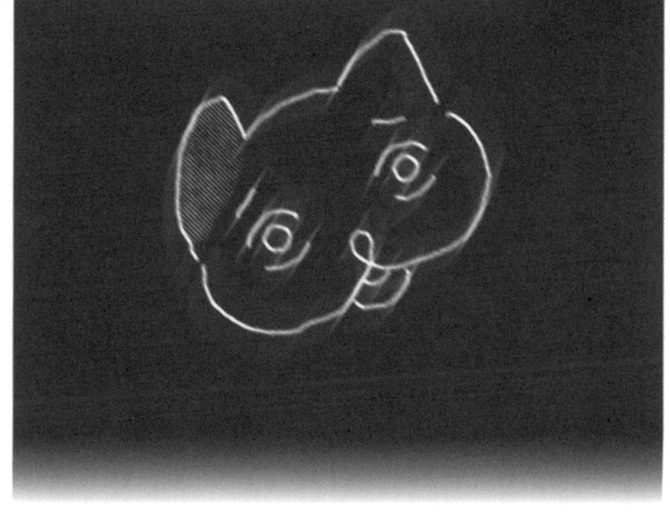

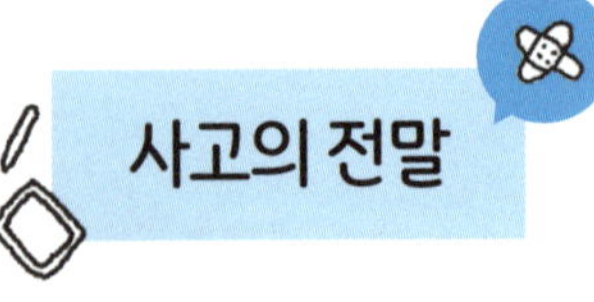

사고의 전말

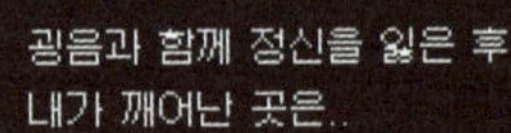

굉음과 함께 정신을 잃은 후
내가 깨어난 곳은..

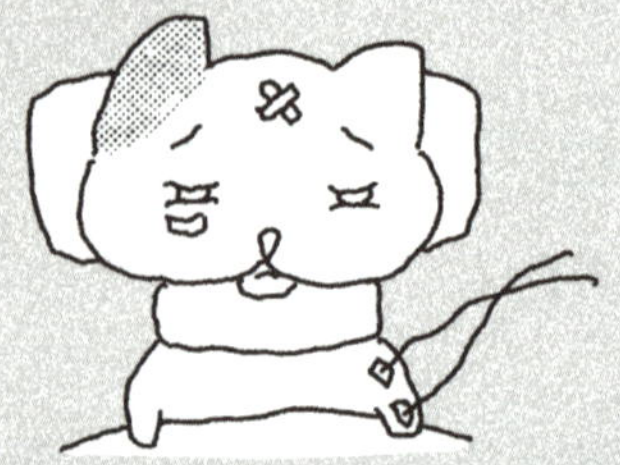

치앙마이 람 병원의
중환자실이었다.

의식이 흐릿한 가운데 서서히
친구들이 눈에 들어왔다.

너 괜찮아?!!!

..어떻게 된 거야..?

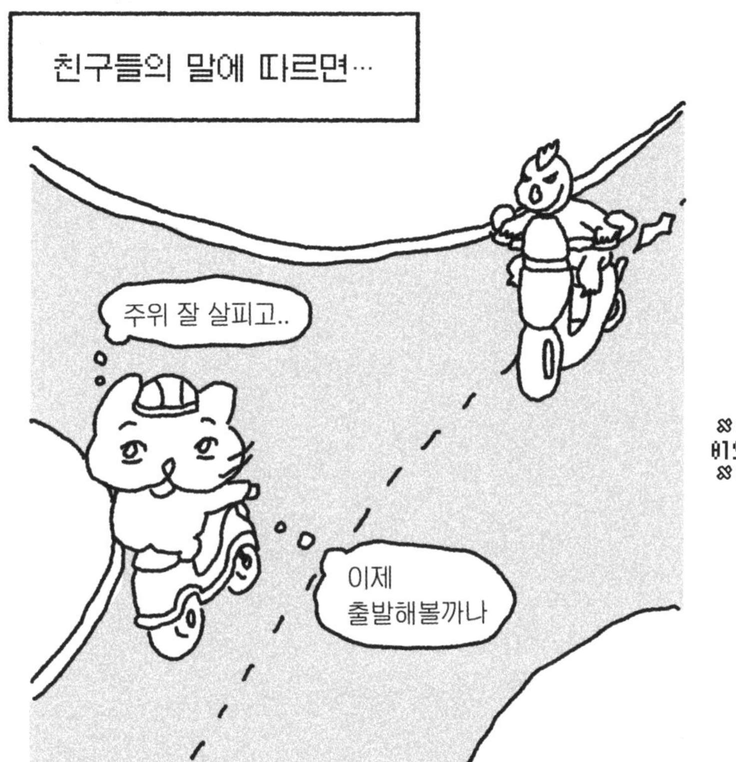
친구들의 말에 따르면…
주위 잘 살피고..
이제
출발해볼까나

우리가 헤어지고 얼마 안가서,

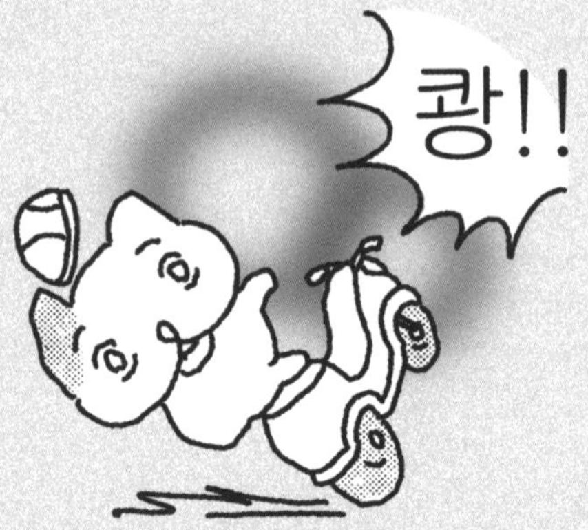

반대편에서 오던 현지인 오토바이와
충돌해 사고가 났다고 했다.

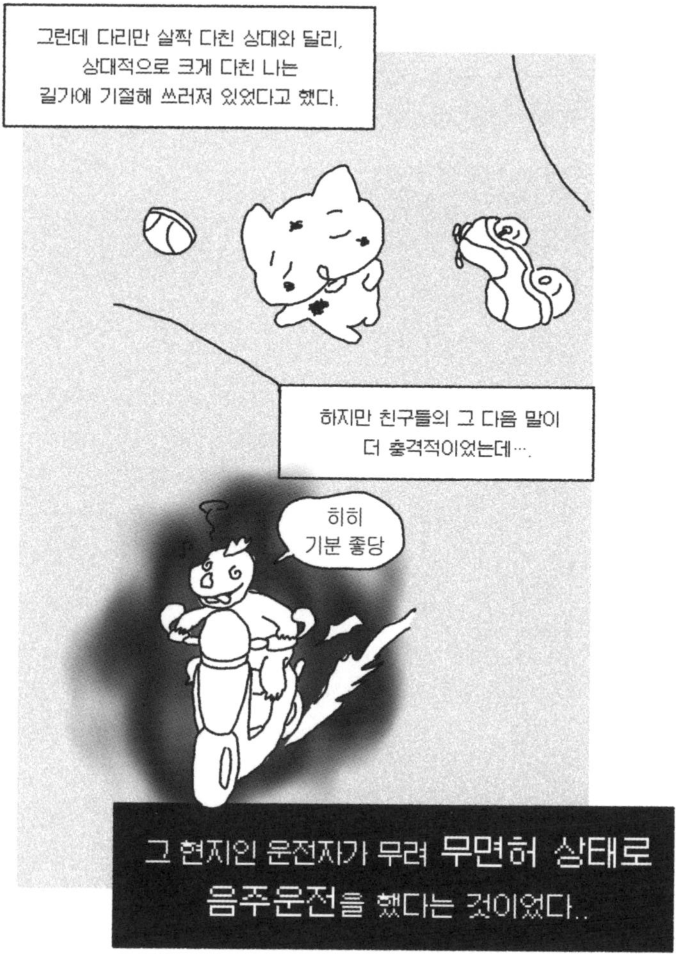

그런데 다리만 살짝 다친 상대와 달리,
상대적으로 크게 다친 나는
길가에 기절해 쓰러져 있었다고 했다.

하지만 친구들의 그 다음 말이
더 충격적이었는데….

그 현지인 운전자가 무려 무면허 상태로
음주운전을 했다는 것이었다..

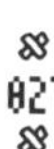

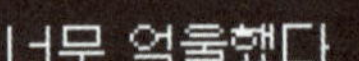

너무 억울했다..
나는 내 안전은 물론 타인의 안전을 위해서
태국에 오자마자 면허도 따고
맥주도 참아가며 다녔는데..

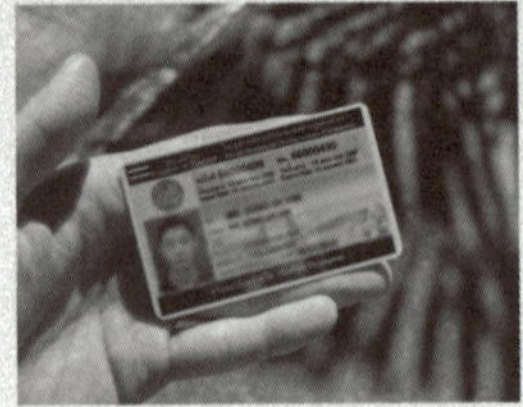

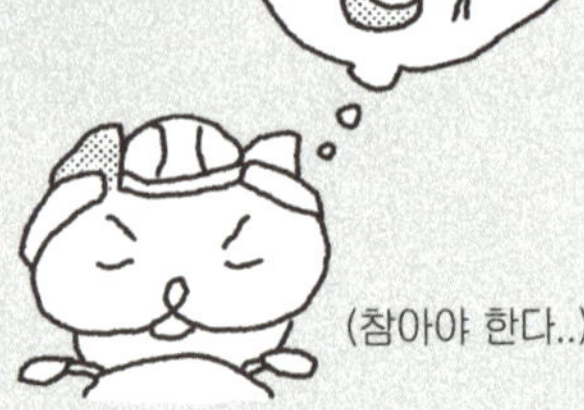

그리고는 갑자기 이런저런 걱정이
밀려오기 시작했다.

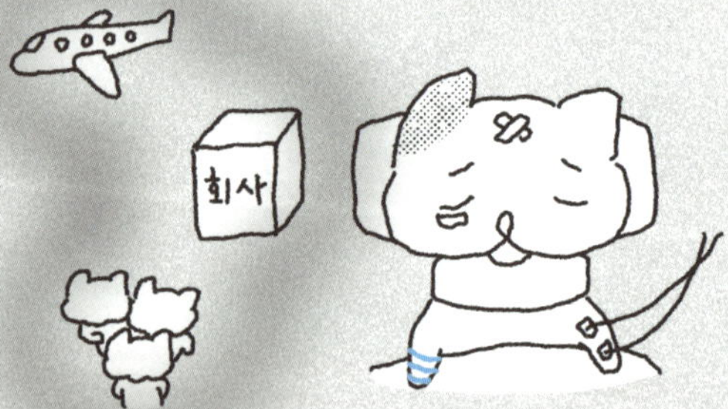

한국 돌아가기 이틀 전이고,
4일 뒤엔 출근해야 되는데.. 무엇보다..
가족들한텐 뭐라고 말하지..?

그때 갑자기 느껴지는
쎄한 기분..

내 몸이..

뭔가..

이상했다..(?)

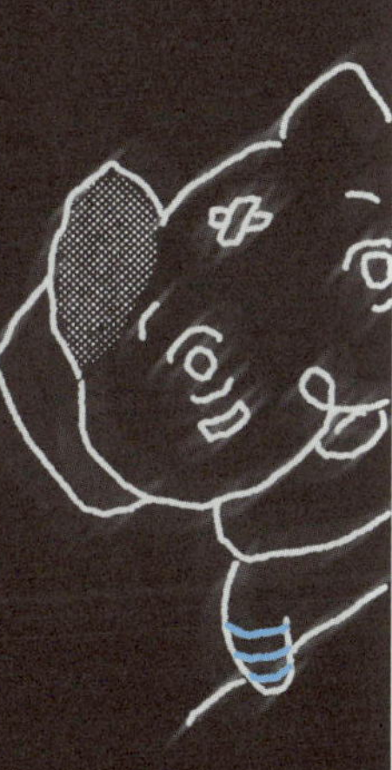

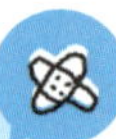

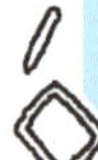

여기선 해줄 수 있는 게 없어요

휴대폰을 보려고 했는데 무슨 일인지
오른팔이 말을 듣지 않았다.

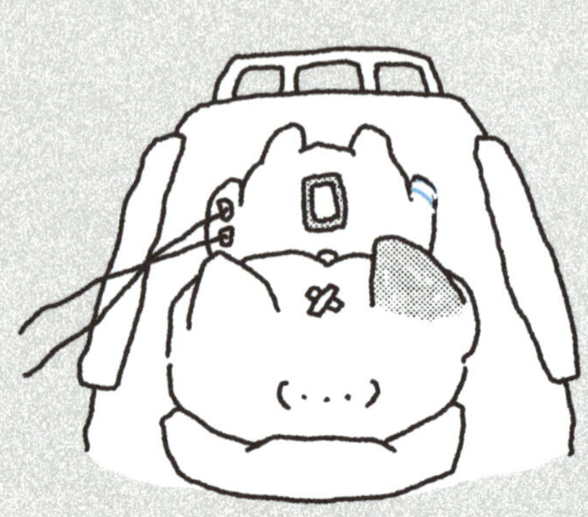

분명 겉으로 보기에는 멀쩡한데..
...전혀 움직일 수가 없었다.

급한 대로 친구들의 도움으로 집에 연락했고,
곧장 회사에 연락해 출근을 보류했다.

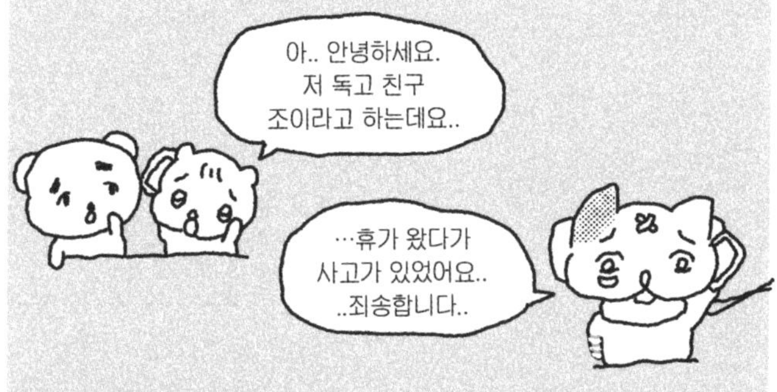

아.. 안녕하세요.
저 독고 친구
조이라고 하는데요..
…휴가 왔다가
사고가 있었어요..
..죄송합니다..

급한 일을 처리하고 나니 다시 온몸에 통증이 느껴지기 시작했다.
내 몸의 전반적인 상태는 다음과 같았다.

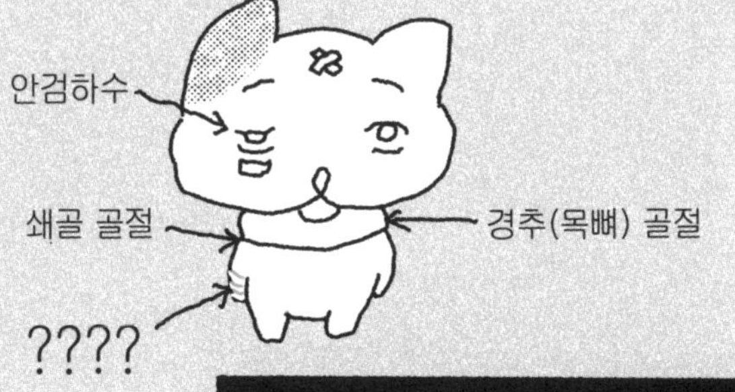

역시나 이상했던 점은
오른팔이 번개가 치듯이 너무 아픈데
힘이 전혀 들어가지 않는다는 것이었다.

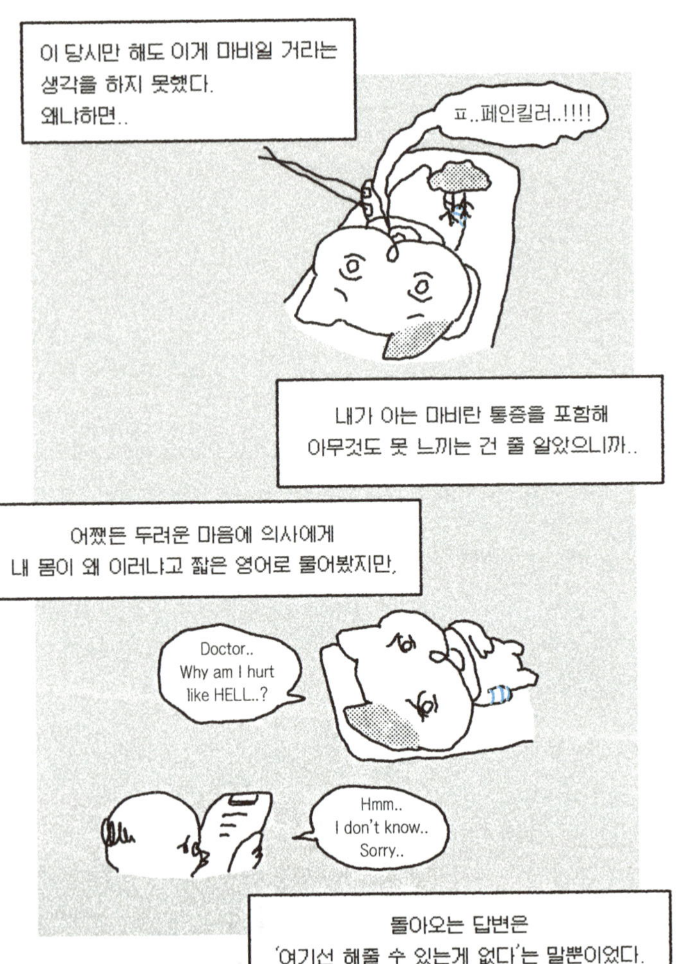
이 당시만 해도 이게 마비일 거라는
생각을 하지 못했다.
왜냐하면..
ㅍ..페인킬러..!!!!
내가 아는 마비란 통증을 포함해
아무것도 못 느끼는 건 줄 알았으니까..
어쨌든 두려운 마음에 의사에게
내 몸이 왜 이러냐고 짧은 영어로 물어봤지만,
Doctor.. Why am I hurt like HELL..?
Hmm.. I don't know.. Sorry..
돌아오는 답변은
'여기선 해줄 수 있는게 없다'는 말뿐이었다.

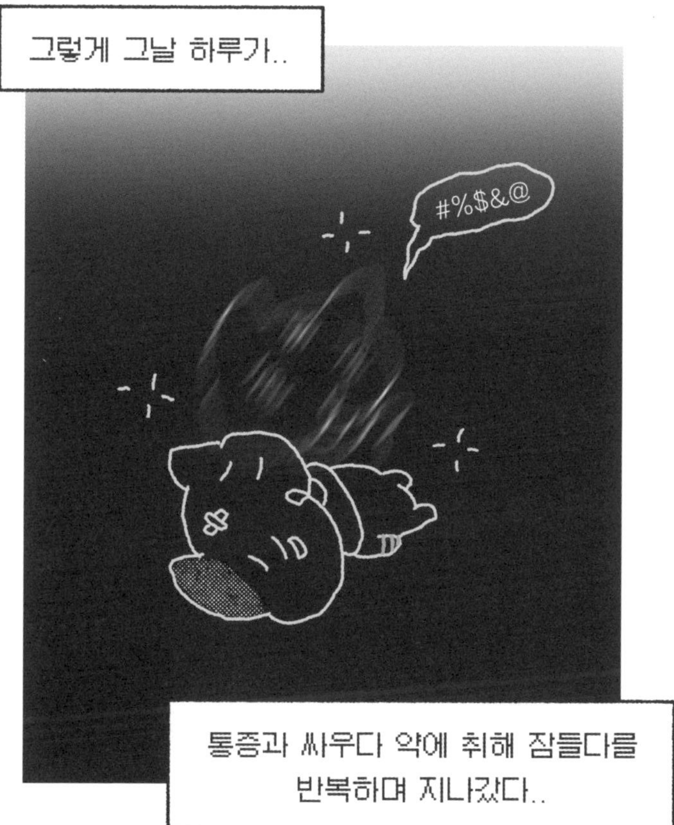
그렇게 그날 하루가..
#%$&@
통증과 싸우다 약에 취해 잠들다를
반복하며 지나갔다..

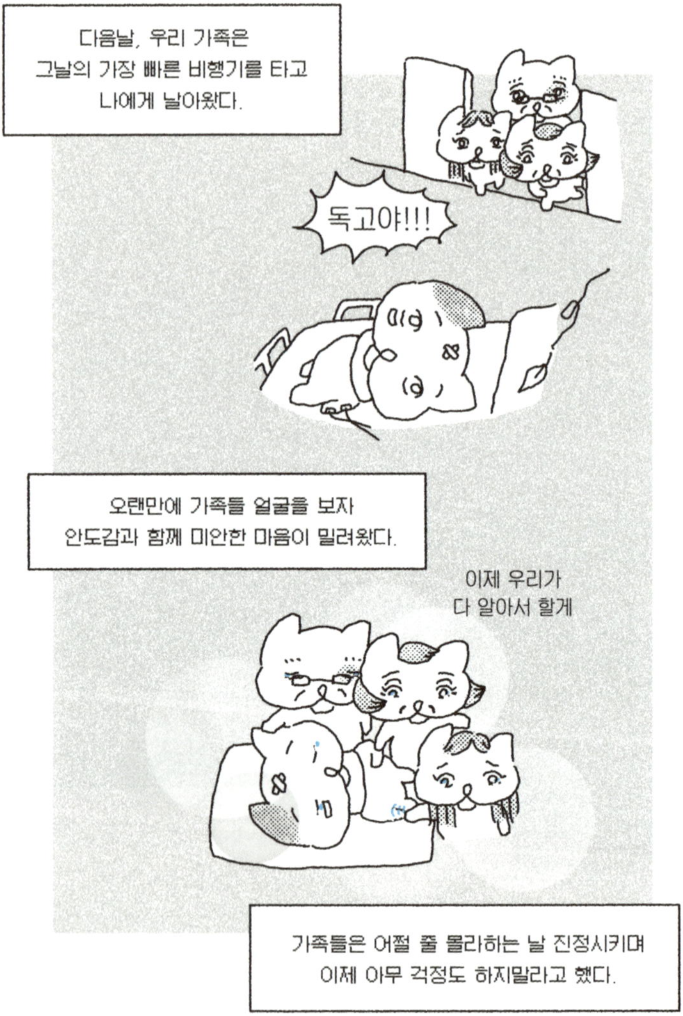

다음날, 우리 가족은
그날의 가장 빠른 비행기를 타고
나에게 날아왔다.

독고야!!!

오랜만에 가족들 얼굴을 보자
안도감과 함께 미안한 마음이 밀려왔다.

이제 우리가
다 알아서 할게

가족들은 어쩔 줄 몰라하는 날 진정시키며
이제 아무 걱정도 하지말라고 했다.

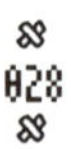

그리고 그렇게 우리 가족의
'독고 한국 보내기'
프로젝트가 시작되었다..!

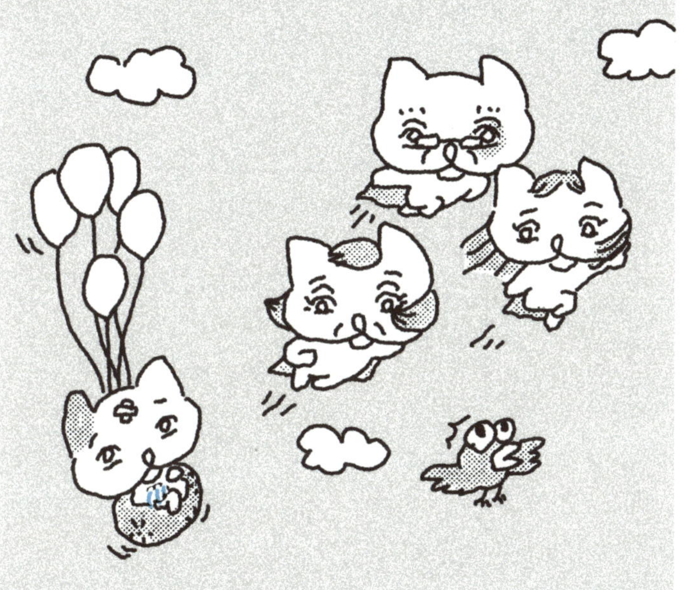

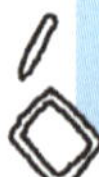

독고 한국 보내기 프로젝트

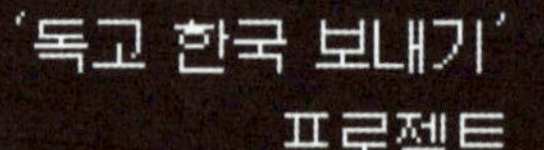
'독고 한국 보내기'
프로젝트..!

프로젝트의 리더는 바로 바로
독고의 누나(a.k.a K-장녀)였다.

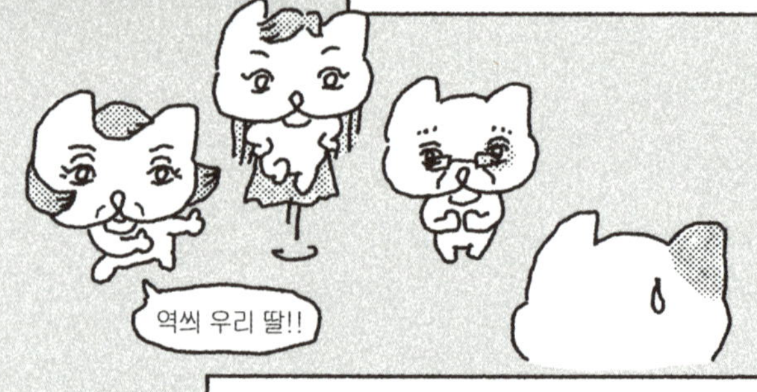
역씌 우리 딸!!

치앙마이 병원과 항공사,
인천공항에서 한국 병원으로의 이송 등등..

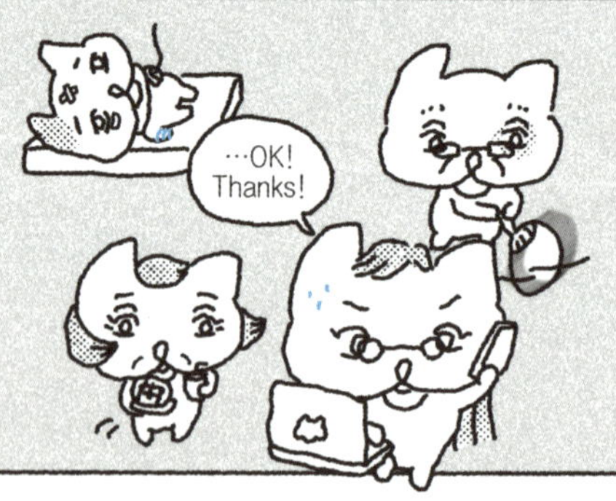
…OK!
Thanks!

모든 기관들과의 커뮤니케이션이 가능했던 건
수년간 다져진 그녀의 공무원 짬 덕분이었다.

나의 보디가드 역할을 맡은 것은 엄마였다.
눈만 마주쳐도 내가 무엇을 원하는지 캐치했으며,

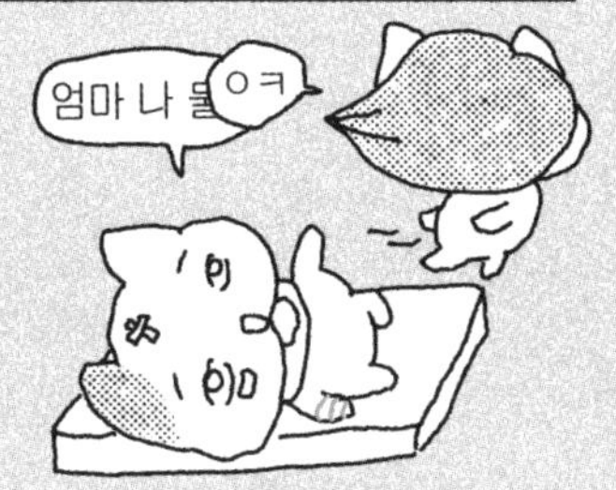

직장 때문에 중간에 돌아가야 하는 아빠와 누나 대신
나를 서울까지 데려가야 하는 막중한 임무였다.

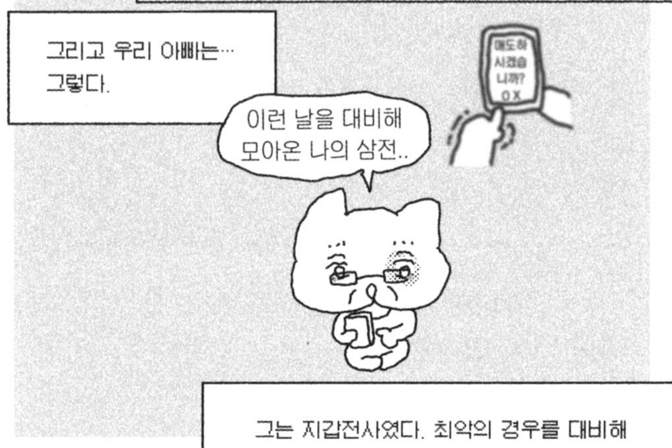

그리고 우리 아빠는…
그렇다.
매도하시겠습니까?
O X
이런 날을 대비해
모아온 나의 삼전..

그는 지갑전사였다. 최악의 경우를 대비해
그가 가진 돈을 최대한 끌어모아야 했다..

그리고 마지막으로 독고의 임무.. 바로..
'휠체어에서 최대한 버티기'

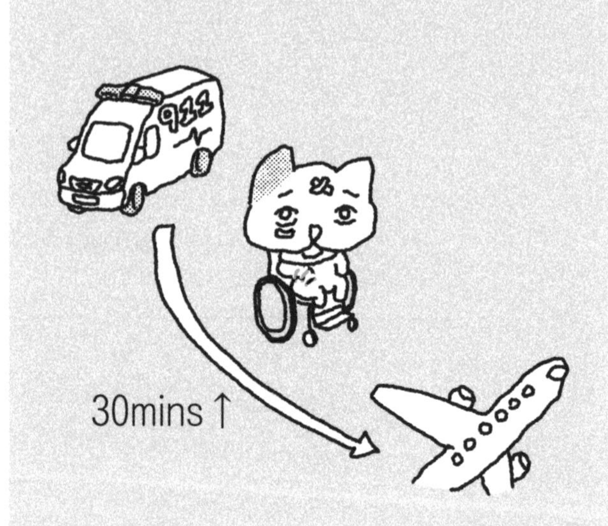

앰뷸런스를 타고 공항에 내려서
항공기에 탑승하기까지 최소 30분 이상을
휠체어에서 버텨내야 했다.

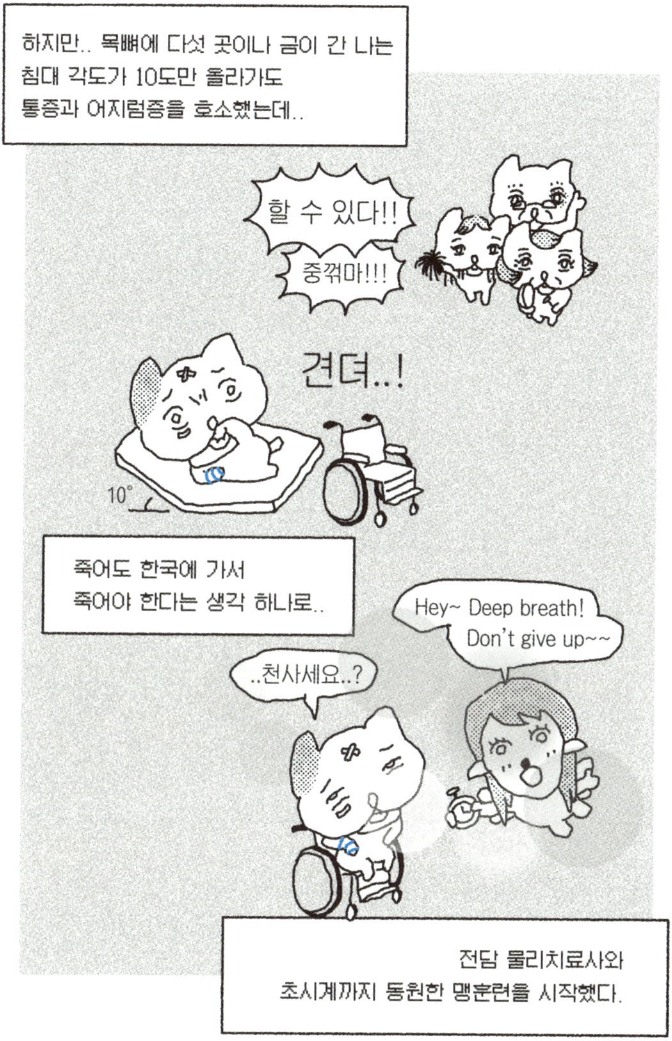

하지만.. 목뼈에 다섯 곳이나 금이 간 나는
침대 각도가 10도만 올라가도
통증과 어지럼증을 호소했는데..

할 수 있다!!
중꺾마!!!!

견뎌..!

10°

죽어도 한국에 가서
죽어야 한다는 생각 하나로..

Hey~ Deep breath!
Don't give up~~

..천사세요..?

전담 물리치료사와
초시계까지 동원한 맹훈련을 시작했다.

그런데 여기서
또 하나의 큰 문제(?)가 생겼는데..

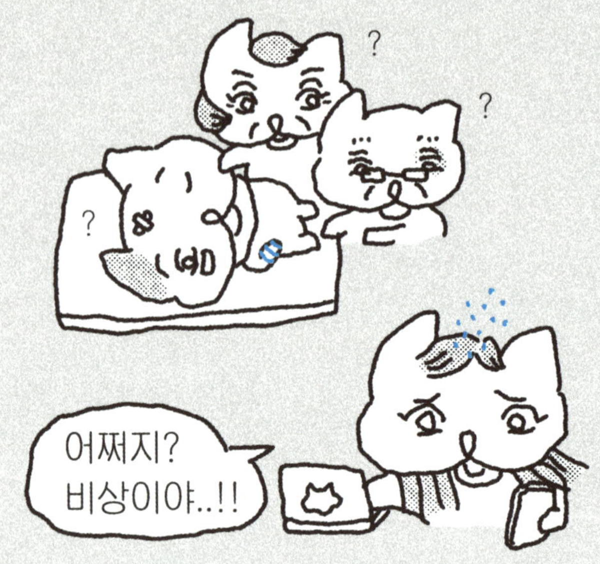

1~2월의 치앙마이는 골프 大성수기라
좌석 구하기가 하늘의 별따기였다.

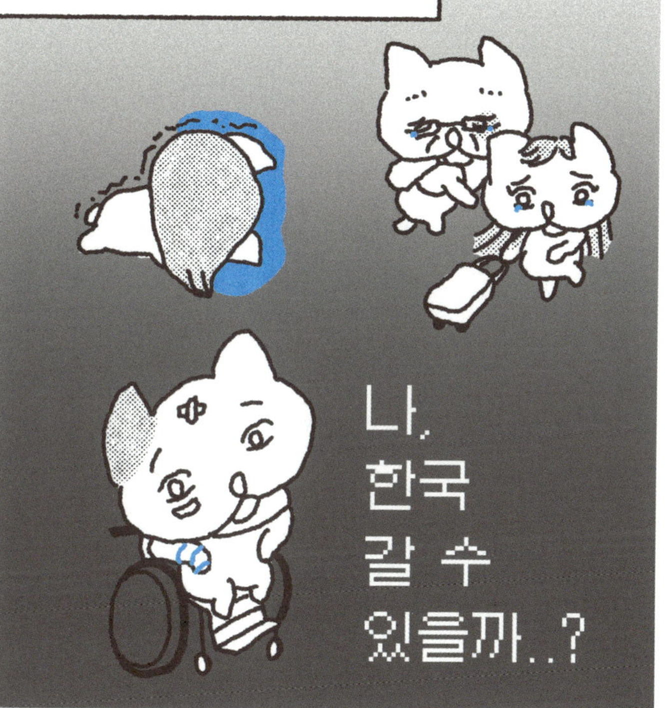
아빠와 누나가 돌아가야 할
날짜가 다가오는데..
나,
한국
갈 수
있을까..?

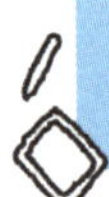

한국에 돌아갈 수 있을까

우선 내가 한국행 비행기를 타려면
'두 가지 조건'이 필요했다.

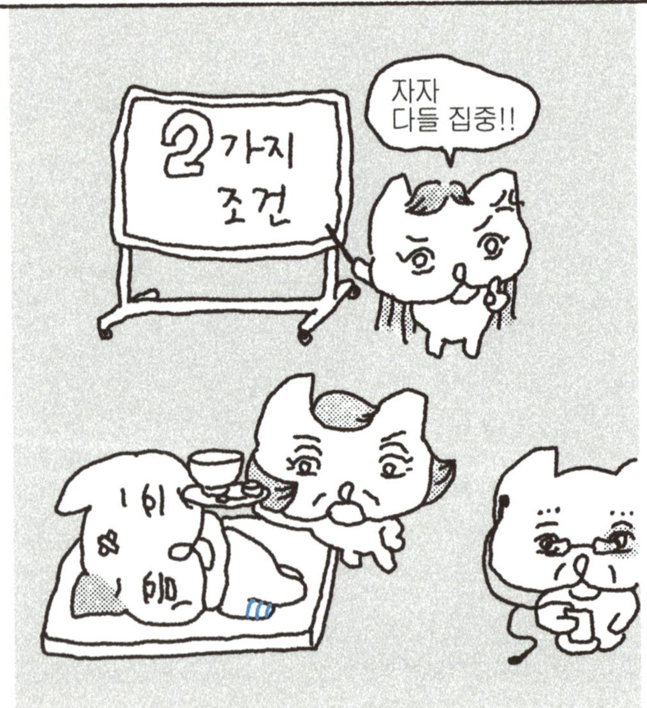

첫 번째로, 이코노미가 아닌 '비즈니스 이상'의 좌석일 것.

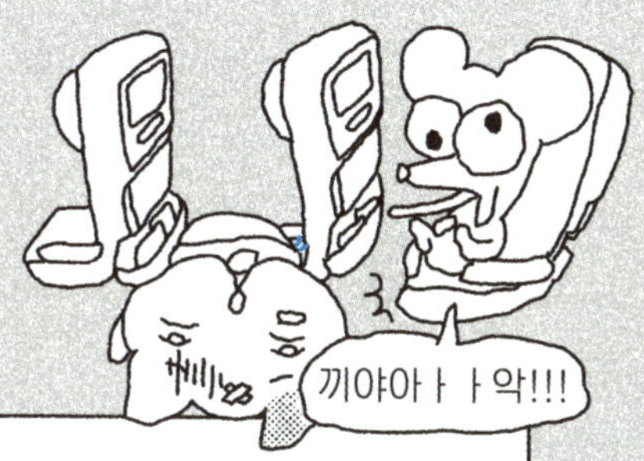

내 몸 상태론..
휠체어에 30분 앉아 있는 것도 힘들었기 때문에
장장 6시간을 앉아 가는 건 불가능에 가까웠다.

두 번째로는, 의사로부터
'환자가 비행기를 탈 수 있는 상태'임을 보장하는
확인 서류를 받아 항공사에 제출할 것.

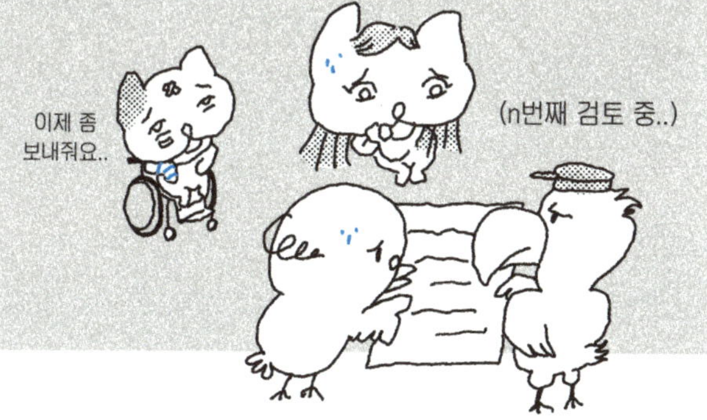

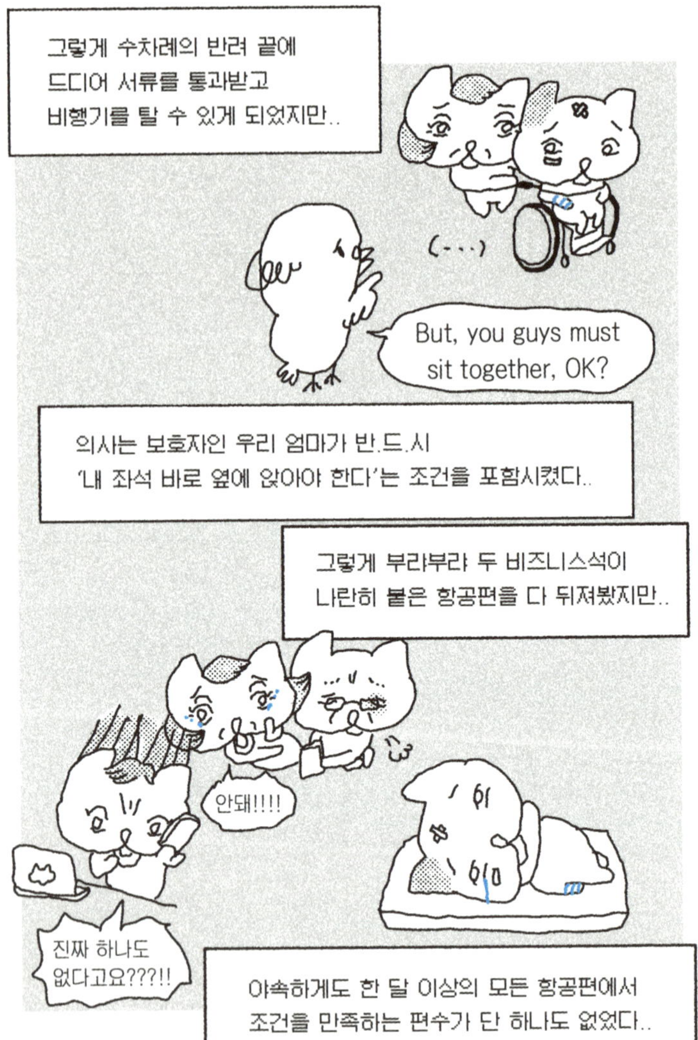
그렇게 수차례의 반려 끝에
드디어 서류를 통과받고
비행기를 탈 수 있게 되었지만..
(...)
But, you guys must sit together, OK?
의사는 보호자인 우리 엄마가 반.드.시
'내 좌석 바로 옆에 앉아야 한다'는 조건을 포함시켰다..
그렇게 부랴부랴 두 비즈니스석이
나란히 붙은 항공편을 다 뒤져봤지만..
안돼!!!!
진짜 하나도
없다고요???!!
아쉽게도 한 달 이상의 모든 항공편에서
조건을 만족하는 편수가 단 하나도 없었다..

며칠간 고생한 가족들과 나의 노력이..
아무 의미가 없었다는 게
기가 막히고 앞이 막막했다..ㅠ

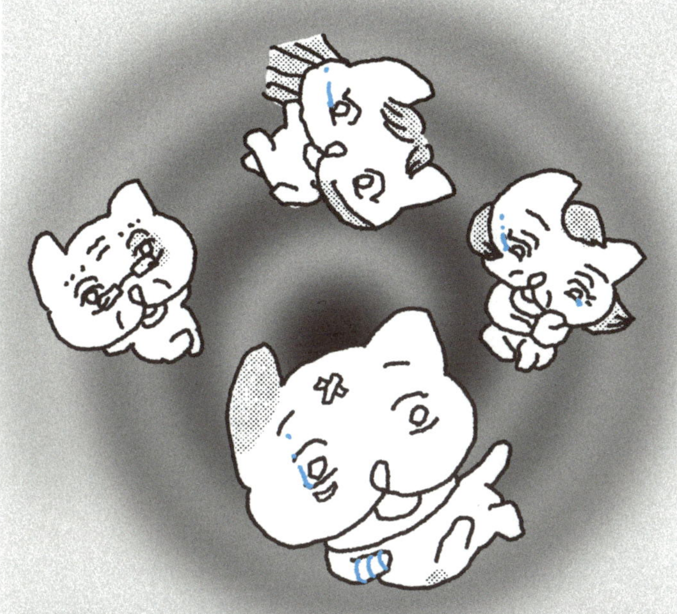

그리고 무엇보다..
내 오른팔이 이 상태로 계속 방치되는 게
더욱 걱정되기 시작했다.

하는 수 없이 3일 뒤에 출발하는
딱 1자리 남은 비즈니스석이라도 예약해두기로 하고
다음날 출근해야 하는 아빠와 누나는 한국으로 먼저 떠났다.

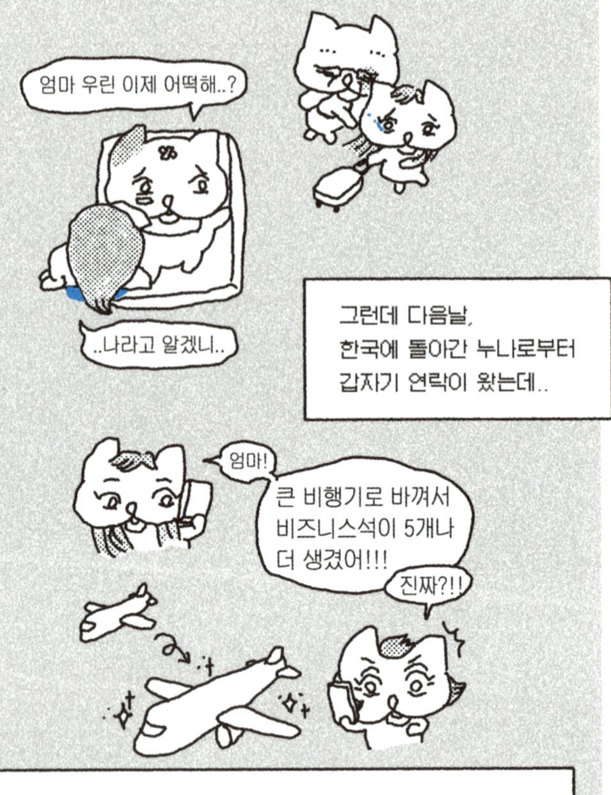

엄마 우린 이제 어떡해..?
..나라고 알겠니..
그런데 다음날,
한국에 돌아간 누나로부터
갑자기 연락이 왔는데..
엄마!
큰 비행기로 바껴서
비즈니스석이 5개나
더 생겼어!!!
진짜?!!

우리가 타기로 했던 항공편의 기종이 갑자기 바뀌면서
비즈니스석에 나란히 앉아서 갈 수 있게 되었다는 것..!!!

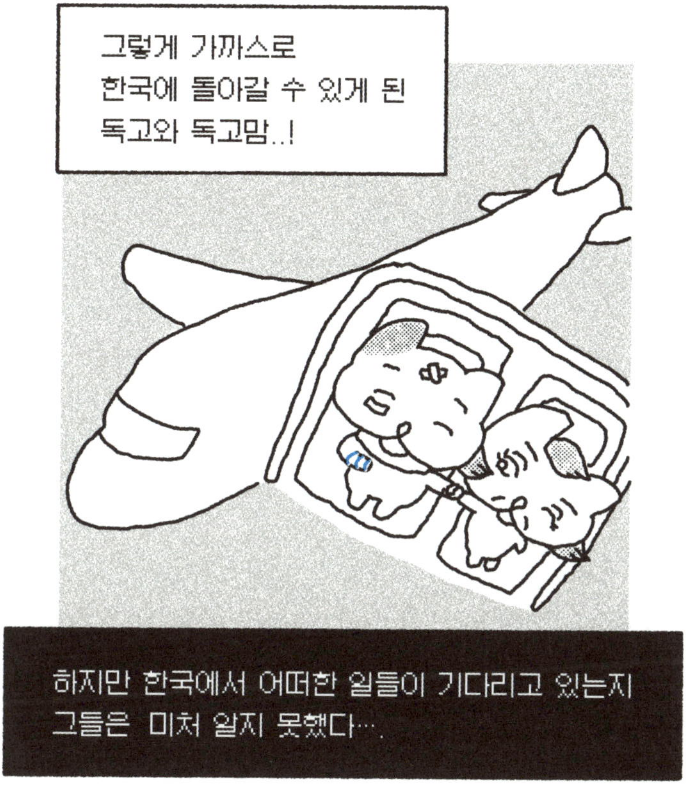

그렇게 가까스로
한국에 돌아갈 수 있게 된
독고와 독고맘..!

하지만 한국에서 어떠한 일들이 기다리고 있는지
그들은 미처 알지 못했다….

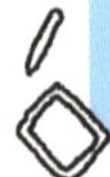

오른손을 쓰지 못할 겁니다

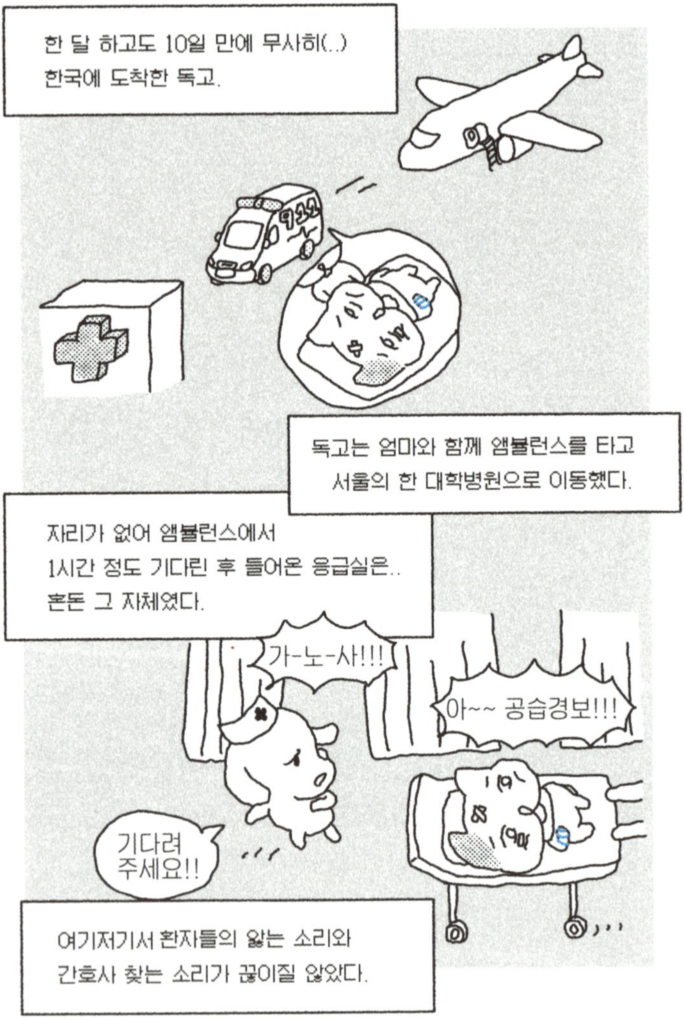

한 달 하고도 10일 만에 무사히(..)
한국에 도착한 독고.

독고는 엄마와 함께 앰뷸런스를 타고
서울의 한 대학병원으로 이동했다.

자리가 없어 앰뷸런스에서
1시간 정도 기다린 후 들어온 응급실은..
혼돈 그 자체였다.

가-노-사!!!

아~~ 공습경보!!!

기다려
주세요!!

여기저기서 환자들의 앓는 소리와
간호사 찾는 소리가 끊이질 않았다.

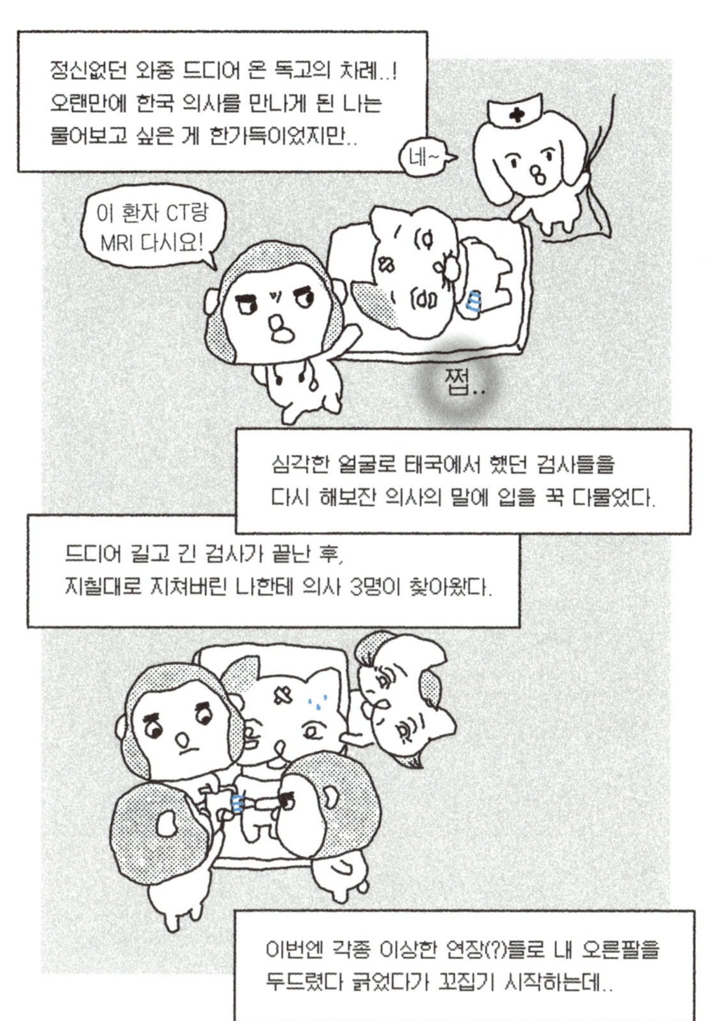
정신없던 와중 드디어 온 독고의 차례..!
오랜만에 한국 의사를 만나게 된 나는
물어보고 싶은 게 한가득이었지만..
이 환자 CT랑 MRI 다시요!
네~
쩝..
심각한 얼굴로 태국에서 했던 검사들을
다시 해보잔 의사의 말에 입을 꾹 다물었다.
드디어 길고 긴 검사가 끝난 후,
지칠대로 지쳐버린 나한테 의사 3명이 찾아왔다.
이번엔 각종 이상한 연장(?)들로 내 오른팔을
두드렸다 긁었다가 꼬집기 시작하는데..

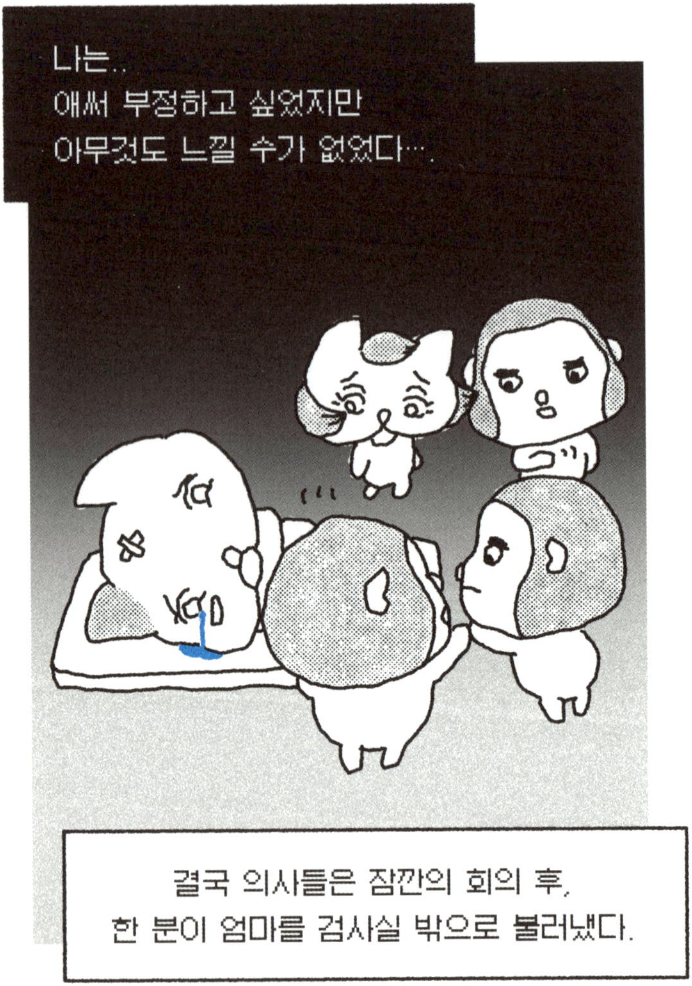

나는..
애써 부정하고 싶었지만
아무것도 느낄 수가 없었다….

결국 의사들은 잠깐의 회의 후,
한 분이 엄마를 검사실 밖으로 불러냈다.

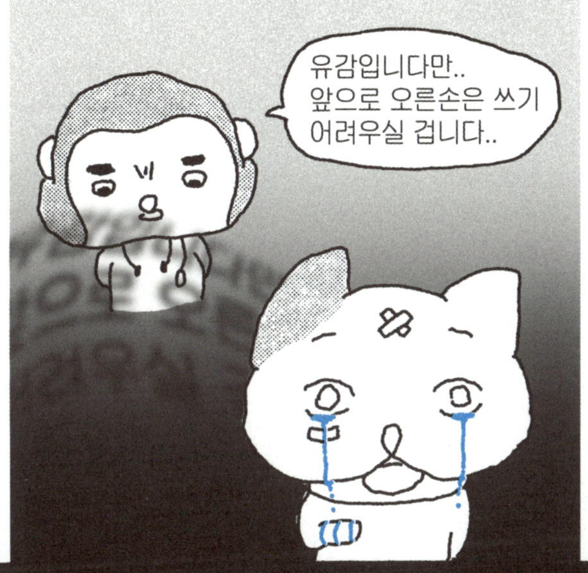
그리고 내 앞에 있던 의사는
차분한 목소리로 이야기를 꺼냈다.
유감입니다만..
앞으로 오른손은 쓰기
어려우실 겁니다..
아까부터 참아왔던 눈물이
걷잡을 수 없이 흘러나왔다. 그리고..
밖에서는 엄마의 통곡소리가 희미하게 들려왔다.

사실 전혀 예상하지 못한 일은 아니었다.

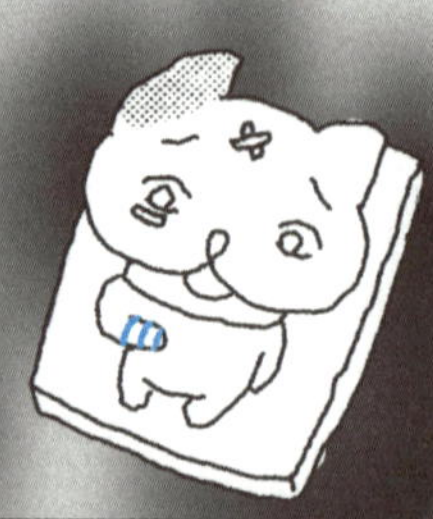

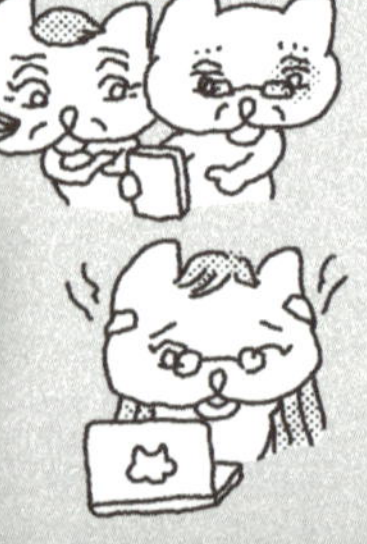

태국에서 가족들이 비행편을 구하는데 여념이 없는 동안,
내 머릿속은 온통 움직이지 않는
오른팔에 대한 생각으로 가득 차 있었다.

그래도 막상 아니길 바랬는데..
한국에 와서 의사 선생님 입으로
그 영화같은 대사를 직접 들으니…

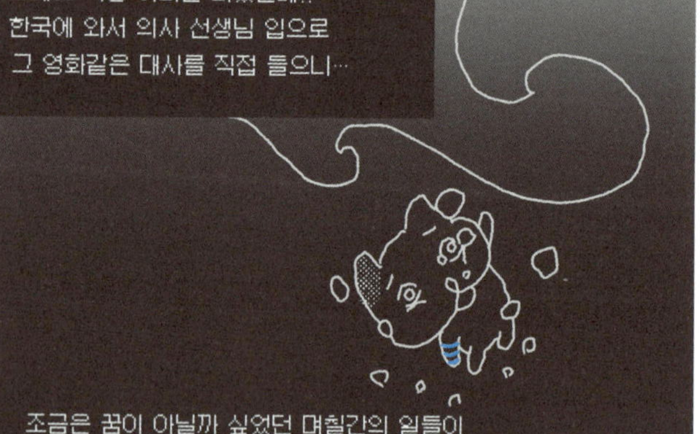

조금은 꿈이 아닐까 싶었던 며칠간의 일들이
한순간에 현실이 되어 나를 집어삼켰다.

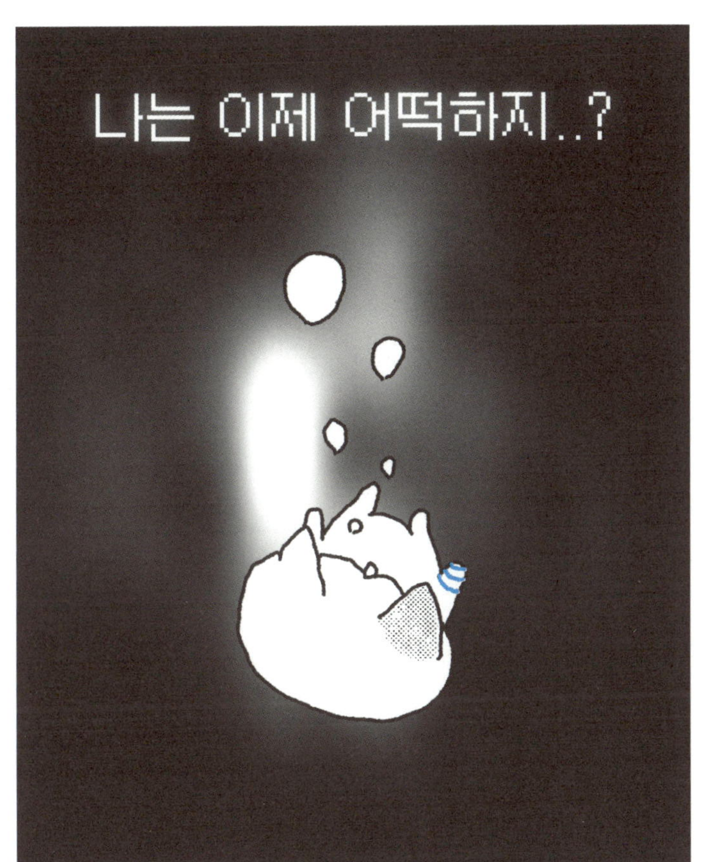
나는 이제 어떡하지..?

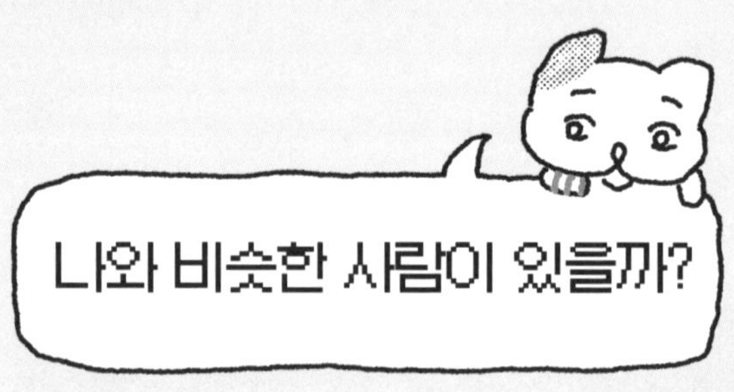
나와 비슷한 사람이 있을까?

태국에서 사고가 난 후 10일 만에 한국에 돌아온 나는 앞으로 다시는 오른손을 쓸 수 없을 거라는 청천벽력 같은 소리를 들었다. 한동안 절망에 빠져 있었지만 시간이 지나면서 나와 같은 사람들은 어떻게 살아가고 있는지 문득 궁금해졌다. 하지만 유튜브, 인스타그램을 아무리 찾아봐도 하반신 마비, 전신 마비인 사람들은 많이 나오지만 나처럼 팔이 마비된 사람들은 도무지 찾을 수 없었다.

너무 답답했다. 나보다 먼저 이 길을 걸어 간 사람들이 어떤 일을 하는지, 잘 살고 있는지 보고 나면 그나마 좀 위로가 될 것 같은데 그러질 못하는 게 너무 막막했다.

그래서 생각했다.
그들이 나를 찾아오게 하면 어떨까?

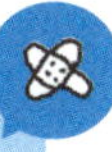

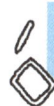

왜 하필 저죠?

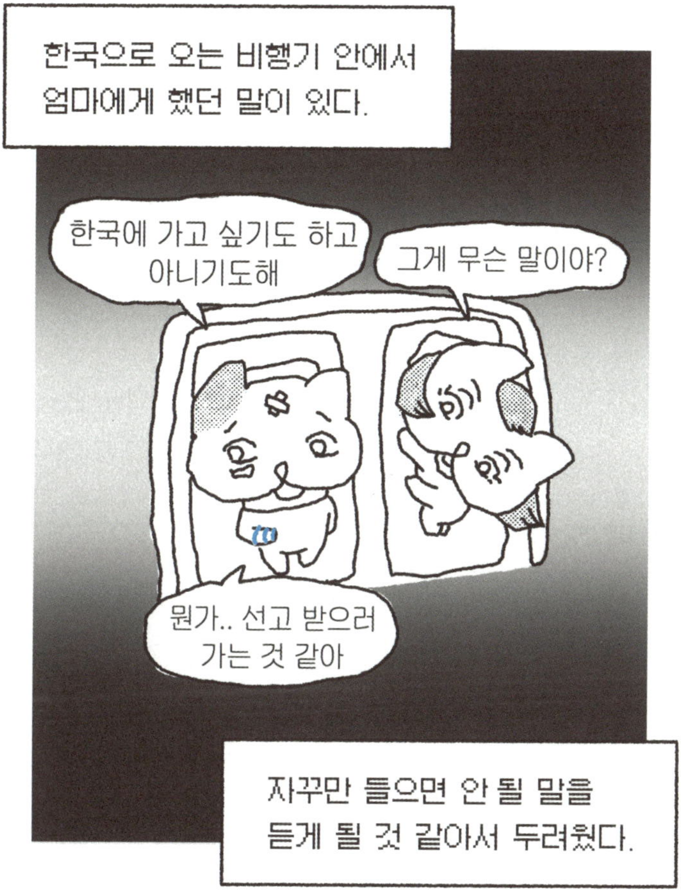

한국으로 오는 비행기 안에서
엄마에게 했던 말이 있다.

한국에 가고 싶기도 하고
아니기도해

그게 무슨 말이야?

뭔가.. 선고 받으러
가는 것 같아

자꾸만 들으면 안 될 말을
듣게 될 것 같아서 두려웠다.

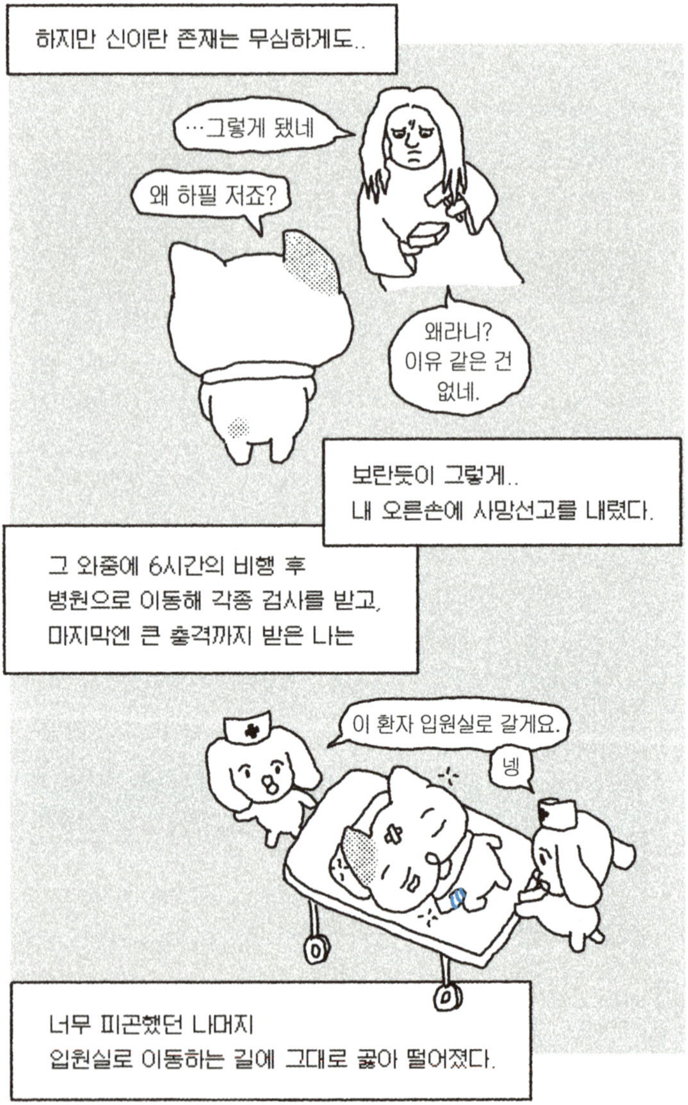

하지만 신이란 존재는 무심하게도..

…그렇게 됐네

왜 하필 저죠?

왜라니?
이유 같은 건
없네.

보란듯이 그렇게..
내 오른손에 사망선고를 내렸다.

그 와중에 6시간의 비행 후
병원으로 이동해 각종 검사를 받고,
마지막엔 큰 충격까지 받은 나는

이 환자 입원실로 갈게요.

넹

너무 피곤했던 나머지
입원실로 이동하는 길에 그대로 곯아 떨어졌다.

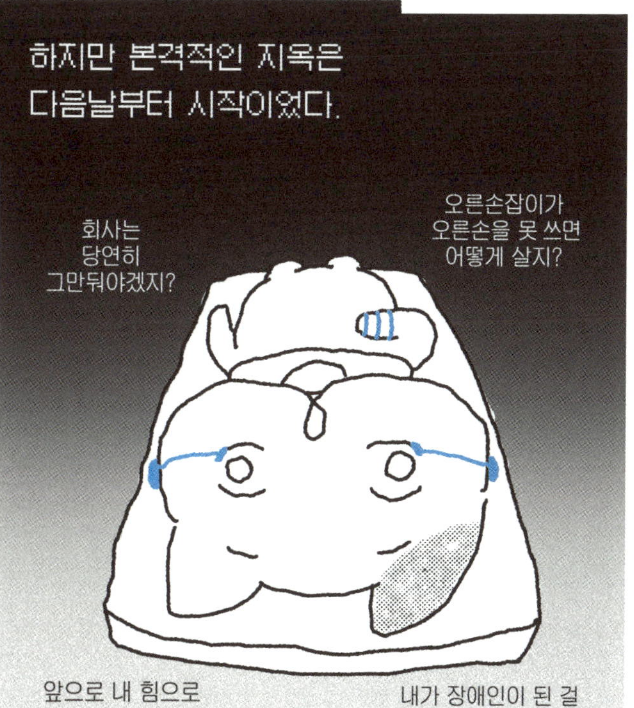

하지만 본격적인 지옥은
다음날부터 시작이었다.
회사는
당연히
그만둬야겠지?
오른손잡이가
오른손을 못 쓰면
어떻게 살지?
앞으로 내 힘으로
먹고살 수는 있을까?
내가 장애인이 된 걸
주변에 어떻게 알려야 할까?

하루 온종일 내 안에서 무수히 생겨나는
질문들에 대한 답을 생각하면
그저 미친 것마냥 눈물만 계속 흘렀다.

한 달 사이 앙상해진 오른팔이
어쩌다 창문에 비치기만 해도

그 모습이.. 너무 기괴해서 눈물이 났다.

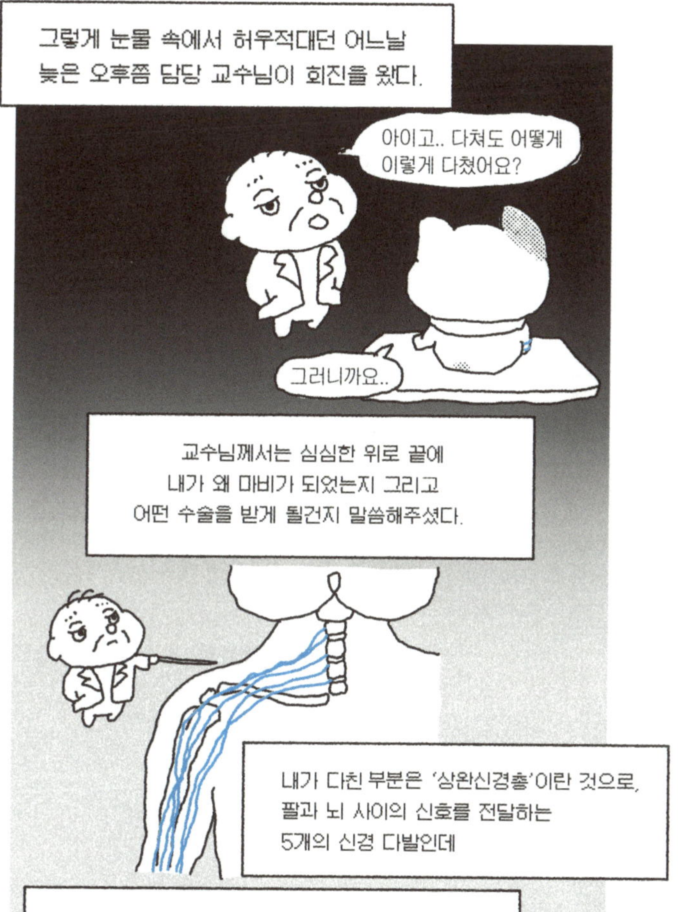
그렇게 눈물 속에서 허우적대던 어느날
늦은 오후쯤 담당 교수님이 회진을 왔다.
아이고.. 다쳐도 어떻게
이렇게 다쳤어요?
그러니까요..
교수님께서는 심심한 위로 끝에
내가 왜 마비가 되었는지 그리고
어떤 수술을 받게 될건지 말씀해주셨다.
내가 다친 부분은 '상완신경총'이란 것으로,
팔과 뇌 사이의 신호를 전달하는
5개의 신경 다발인데
이 신경이 정상이어야
손과 팔이 움직이거나 느끼는 게 가능하다고 한다.

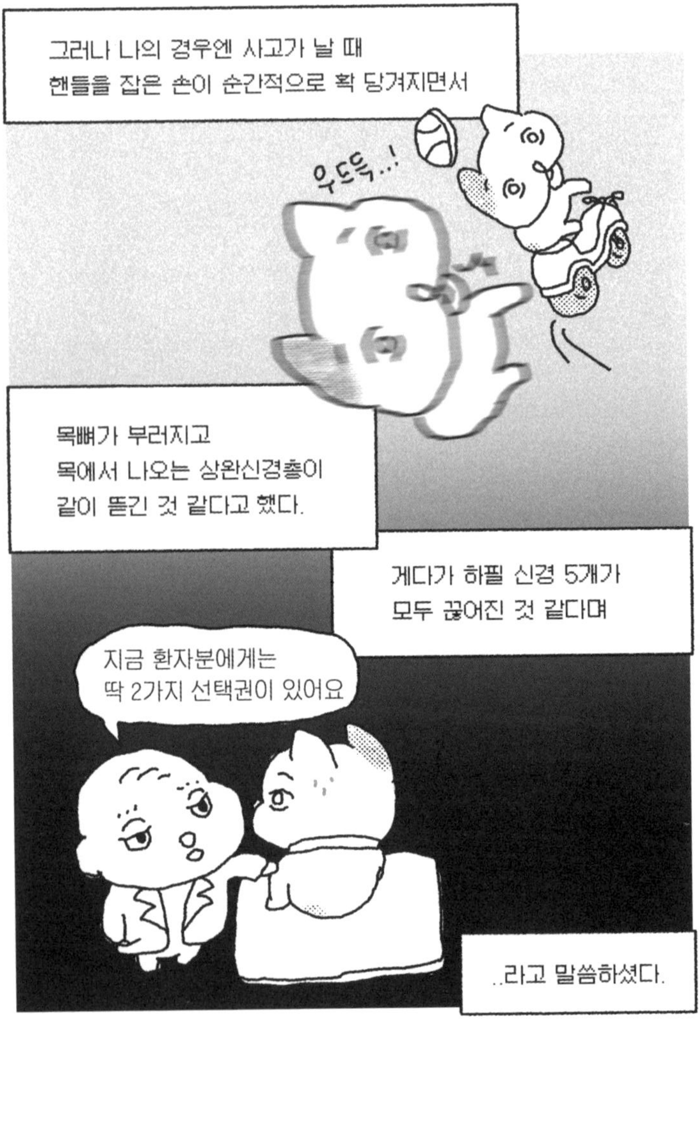

그러나 나의 경우엔 사고가 날 때
핸들을 잡은 손이 순간적으로 확 당겨지면서

우드득..!

목뼈가 부러지고
목에서 나오는 상완신경총이
같이 뜯긴 것 같다고 했다.

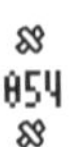

게다가 하필 신경 5개가
모두 끊어진 것 같다며

지금 환자분에게는
딱 2가지 선택권이 있어요

..라고 말씀하셨다.

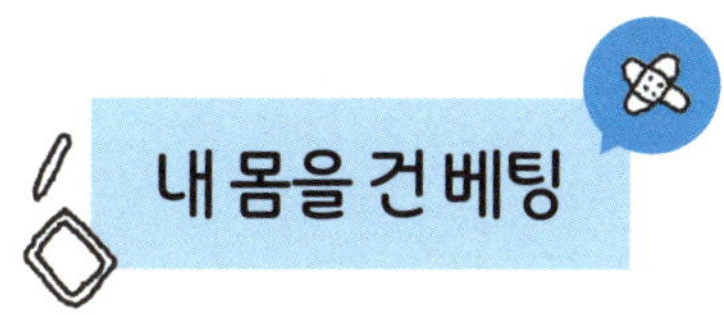

오른팔이 마비된 나에게
교수님은 '두 가지' 선택지를 제안하셨다.

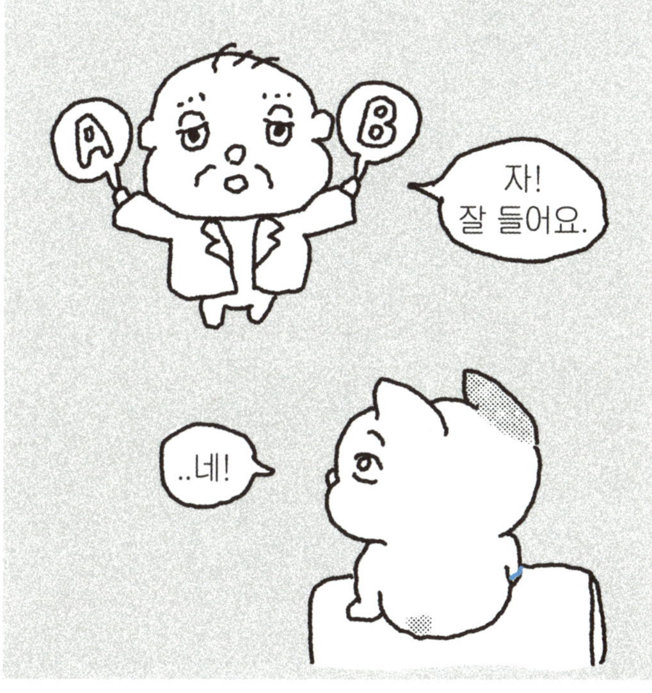

첫 번째 방법은 바로 '당장 수술을 해버리는 것.'

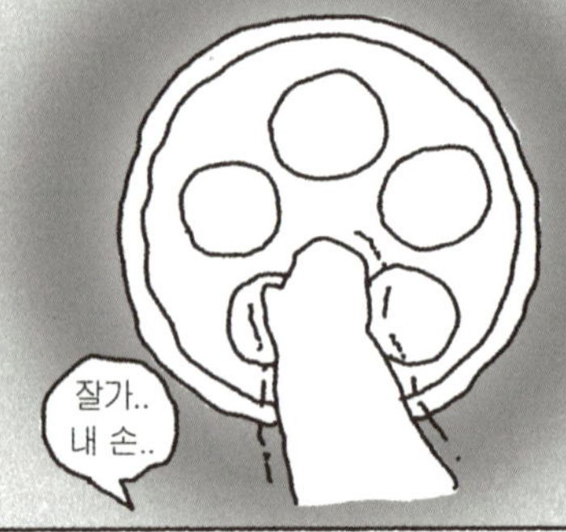

이 방법은 팔의 기능까지는 어느 정도 회복할 수 있지만
손의 기능은 거의 포기해야 한다.

056

두 번째 방법은 '일단 기다려보는 것.'

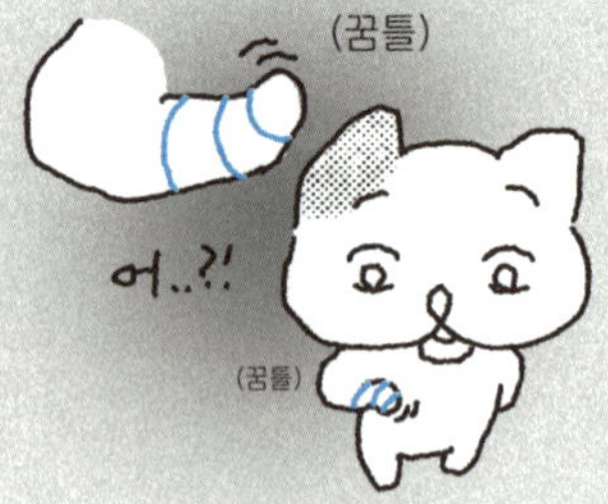

일부 환자의 경우 3개월에서 최대 6개월 사이에
신경이 갑자기 돌아오는 경우가 있다고 하는데..

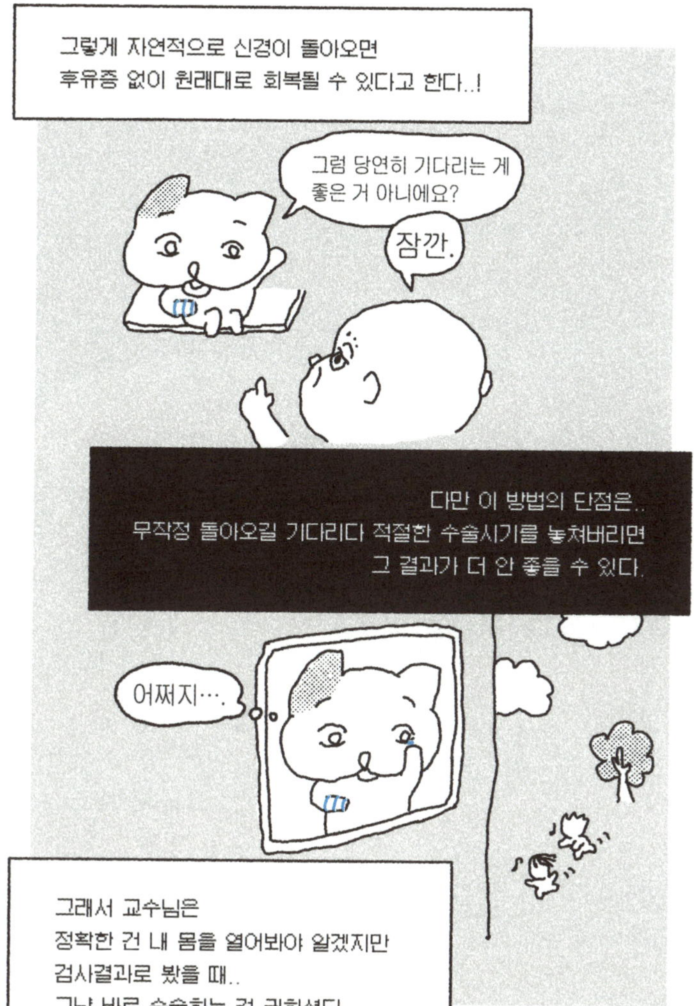
그렇게 자연적으로 신경이 돌아오면
후유증 없이 원래대로 회복될 수 있다고 한다..!
그럼 당연히 기다리는 게
좋은 거 아니에요?
잠깐.
다만 이 방법의 단점은..
무작정 돌아오길 기다리다 적절한 수술시기를 놓쳐버리면
그 결과가 더 안 좋을 수 있다.
어쩌지….
그래서 교수님은
정확한 건 내 몸을 열어봐야 알겠지만
검사결과로 봤을 때..
그냥 바로 수술하는 걸 권하셨다.

그럼에도 난…
'기적'을 한 번 바라보고 싶었다.

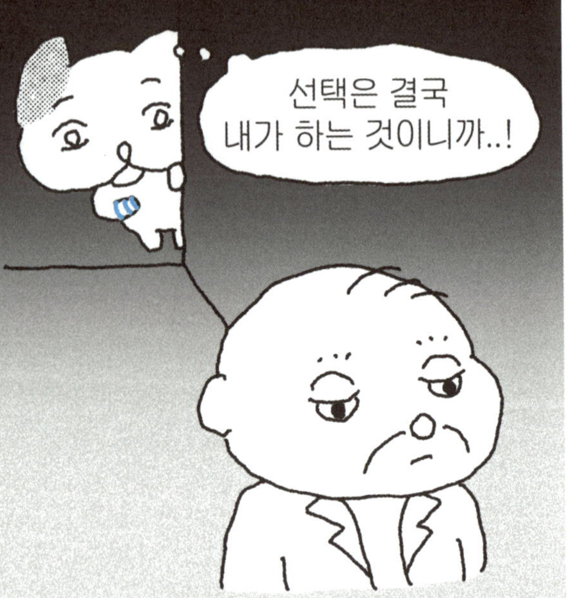

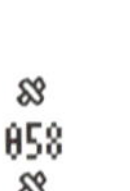

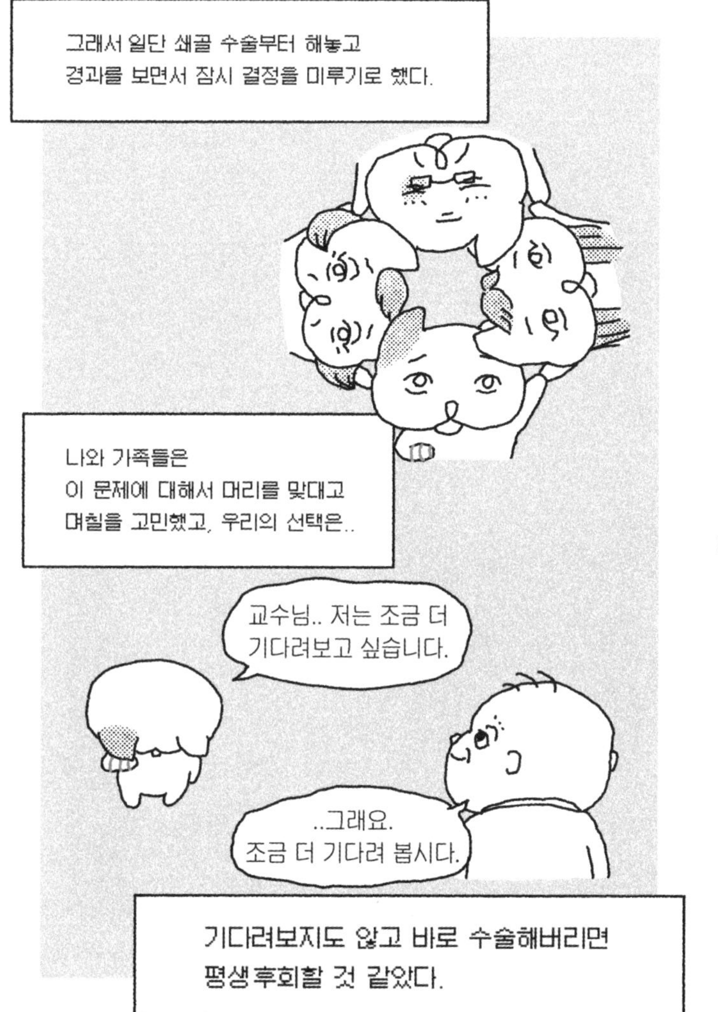
그래서 일단 쇄골 수술부터 해놓고
경과를 보면서 잠시 결정을 미루기로 했다.
나와 가족들은
이 문제에 대해서 머리를 맞대고
며칠을 고민했고, 우리의 선택은..
교수님.. 저는 조금 더
기다려보고 싶습니다.
..그래요.
조금 더 기다려 봅시다.
기다려보지도 않고 바로 수술해버리면
평생 후회할 것 같았다.

오직 신만이 알고 있을
내 몸의 골든타임….

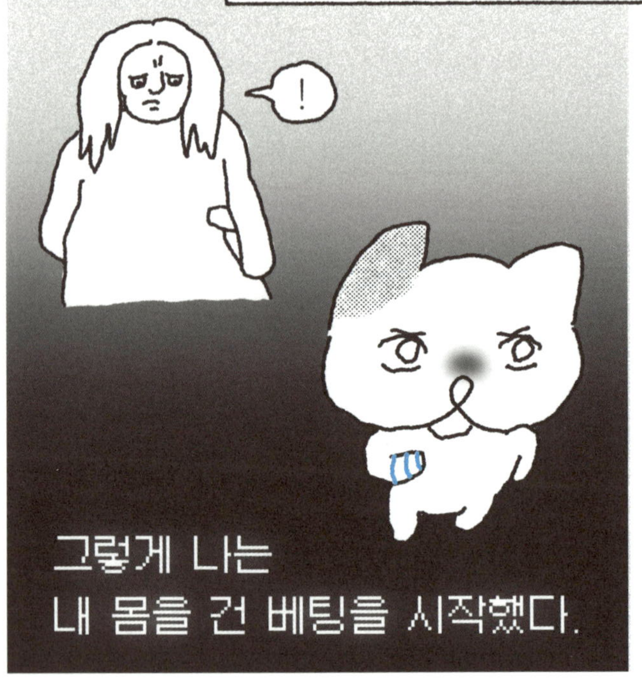

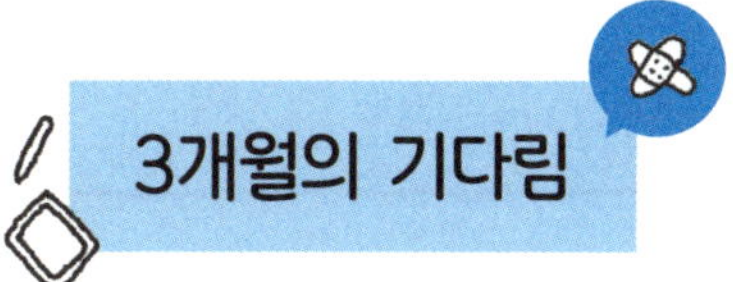

그렇게 시작된 약 3개월의 기다림.

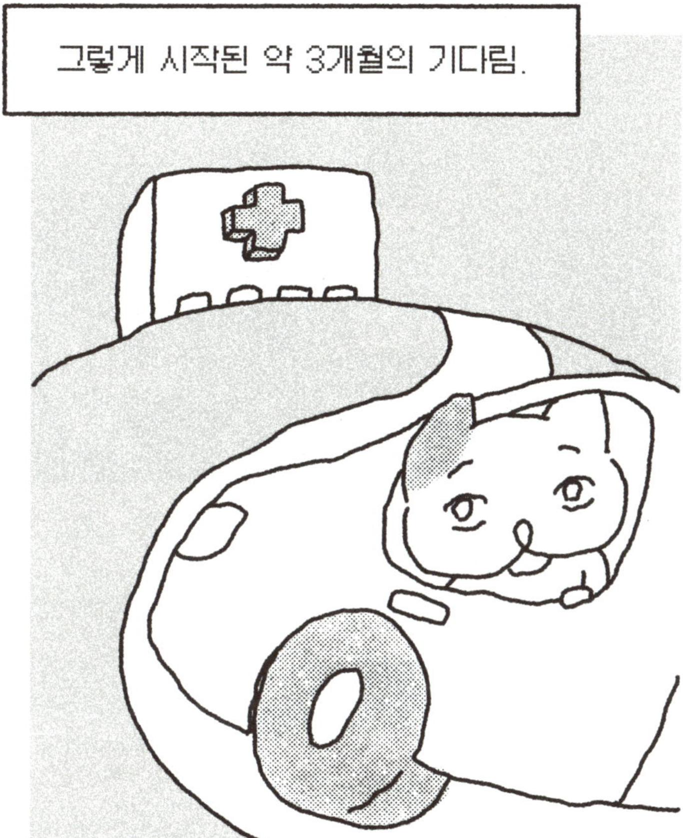

치앙마이 한 달 살기 후 예정과 다르게
10주 만에 돌아온 집은 너무나도 그대로였다.

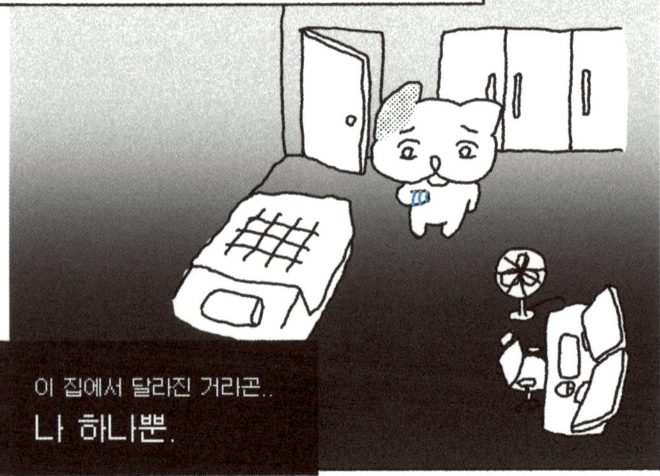

이 집에서 달라진 거라곤..
나 하나뿐.

집에 오니 여태껏 아무렇지 않게 해왔던 것들을
이제는 한 팔로 모두 해내야했다.

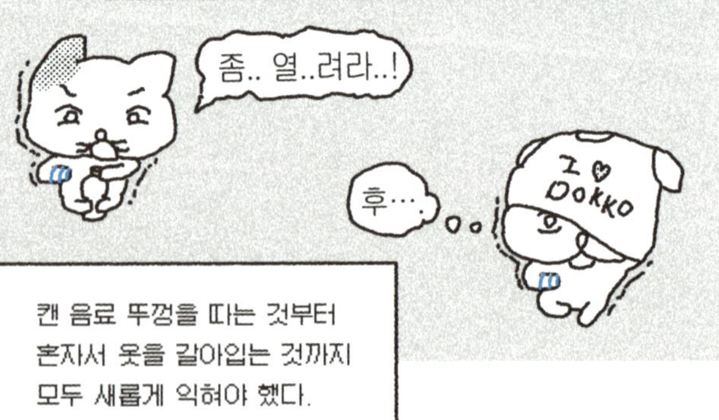

캔 음료 뚜껑을 따는 것부터
혼자서 옷을 갈아입는 것까지
모두 새롭게 익혀야 했다.

특히 집에서 처음으로 샤워를 하던 날,
씻는 것 자체도 난관이었지만

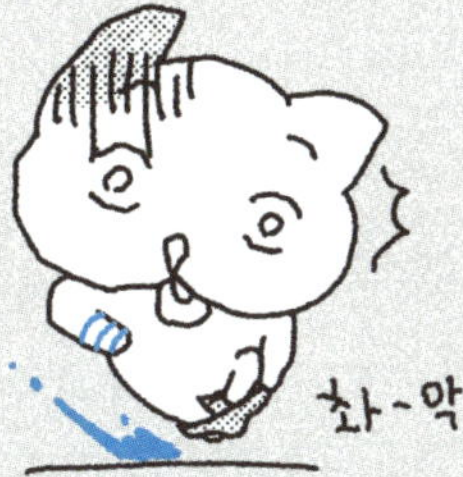

평소대로 서서 속옷을 입다가 미끄러져서
또 한 번 크게 다칠 뻔 하기도 했다.
(다행히 엉덩이에 멍만 들고 끝남.)

호기롭게 교수님께 기다려보고 싶다며
퇴원을 하긴 했는데..

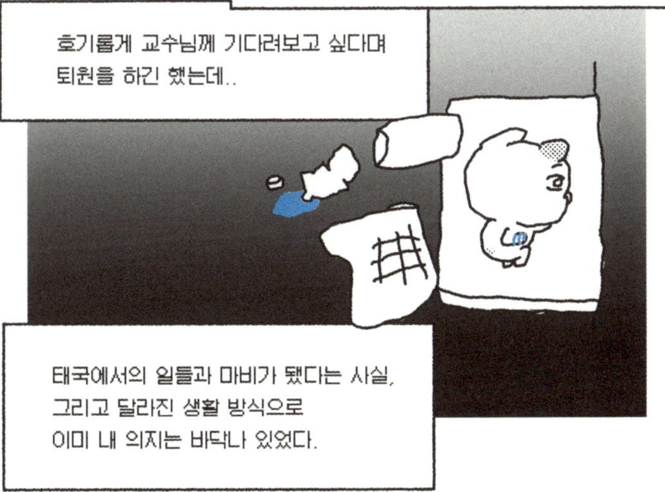

태국에서의 일들과 마비가 됐다는 사실,
그리고 달라진 생활 방식으로
이미 내 의지는 바닥나 있었다.

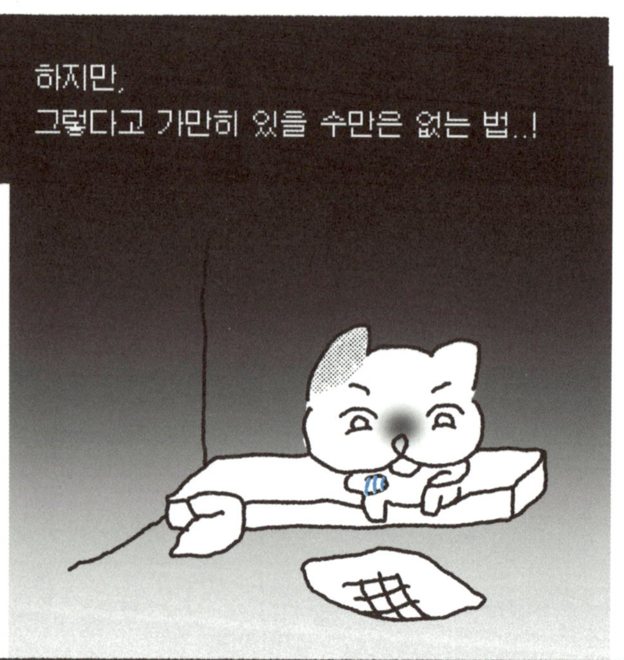

하지만,
그렇다고 가만히 있을 수만은 없는 법..!

신경 수술을 3개월 미룬 이유는
신경이 돌아오길 기다리는 것도 있지만,
여러 의사들을 만나보기 위한 것도 있었다.

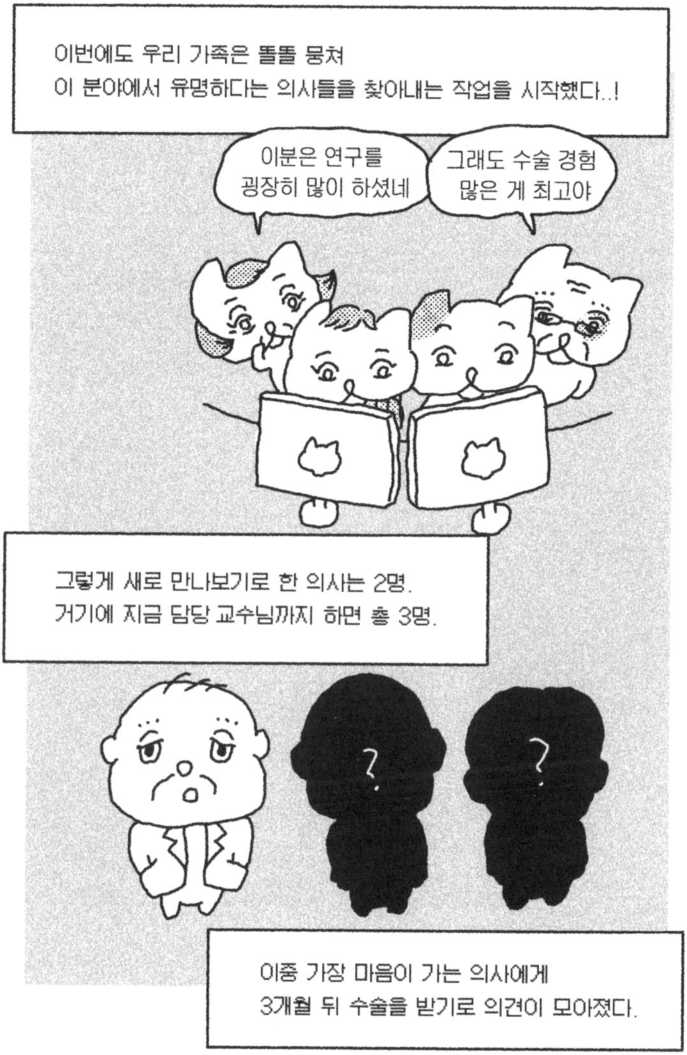

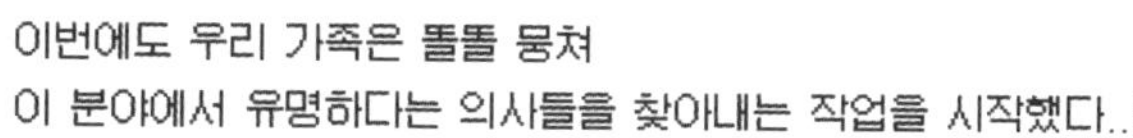

이번에도 우리 가족은 똘똘 뭉쳐
이 분야에서 유명하다는 의사들을 찾아내는 작업을 시작했다..!

이분은 연구를 굉장히 많이 하셨네

그래도 수술 경험 많은 게 최고야

그렇게 새로 만나보기로 한 의사는 2명.
거기에 지금 담당 교수님까지 하면 총 3명.

?

?

이중 가장 마음이 가는 의사에게
3개월 뒤 수술을 받기로 의견이 모아졌다.

만약 3개월 후에도
신경이 돌아오지 않는다면..

D-109

D-83

D-50

D-31

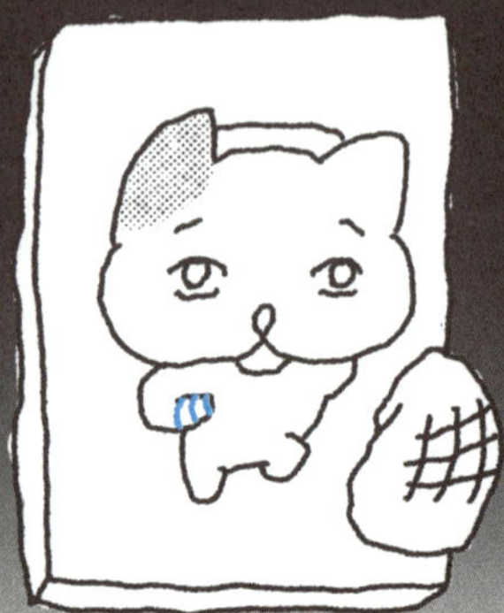

나는 어떤 의사에게 가야 할까….

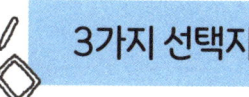

3가지 선택지

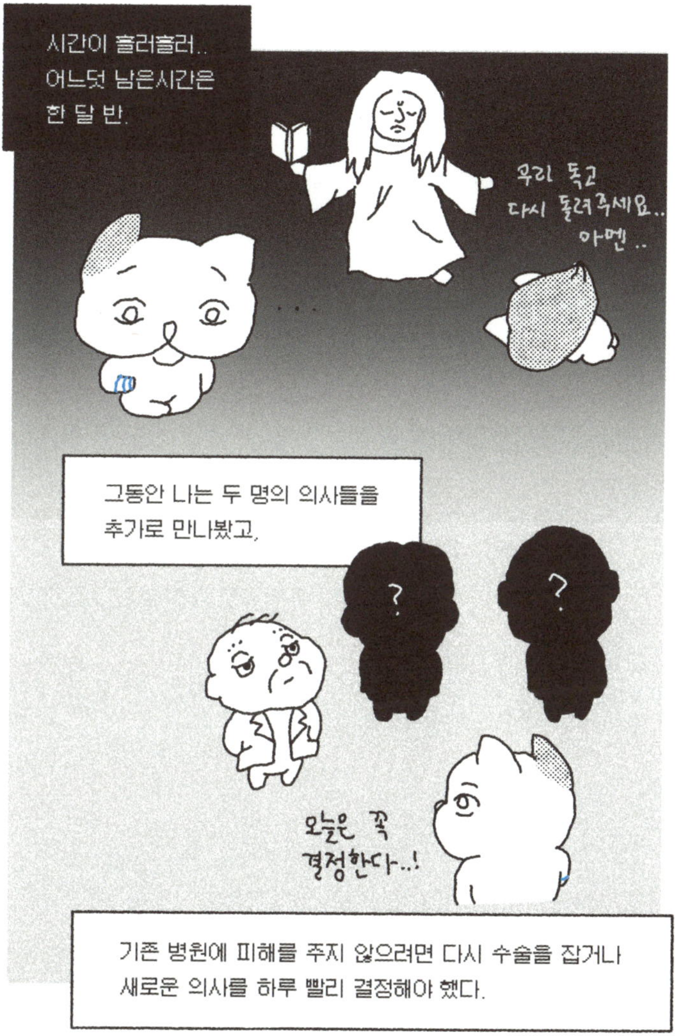

시간이 흘러흘러..
어느덧 남은시간은
한 달 반.

우리 독고
다시 돌려주세요..
아멘..

....

그동안 나는 두 명의 의사들을
추가로 만나봤고,

?

?

오늘은 꼭
결정한다..!

기존 병원에 피해를 주지 않으려면 다시 수술을 잡거나
새로운 의사를 하루 빨리 결정해야 했다.

처음 만난 의사는 현재 담당 교수님과 마찬가지로
대학병원 교수님이었다.

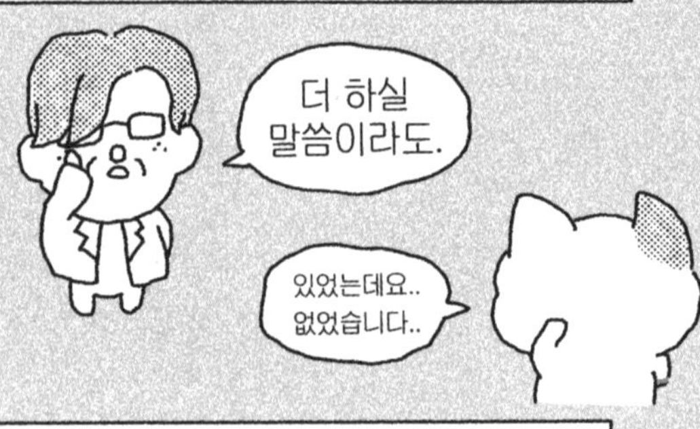

나와 비슷한 케이스의 환자 경험이 많으셨지만..
너무 차가웠다. 마치 AI처럼..

다음으로 만난 의사는 개인병원을 운영 중이었는데
우리나라에서 이 수술을 처음 시작한 분이었다.

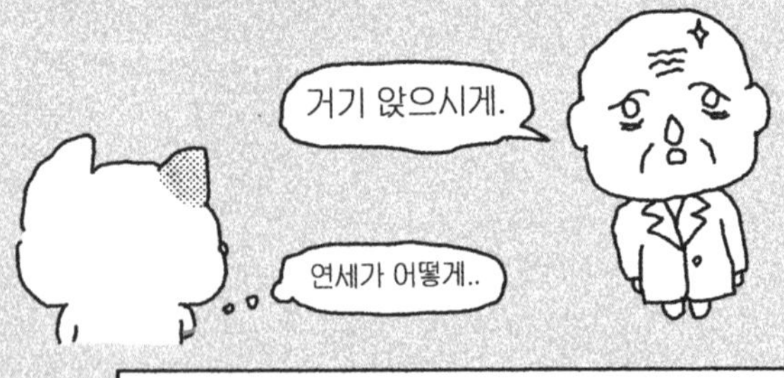

경력도 많으시지만 그만큼 연로하셔서
왕성하게 환자들을 보는 것 같진 않았다.

정리해보자면…

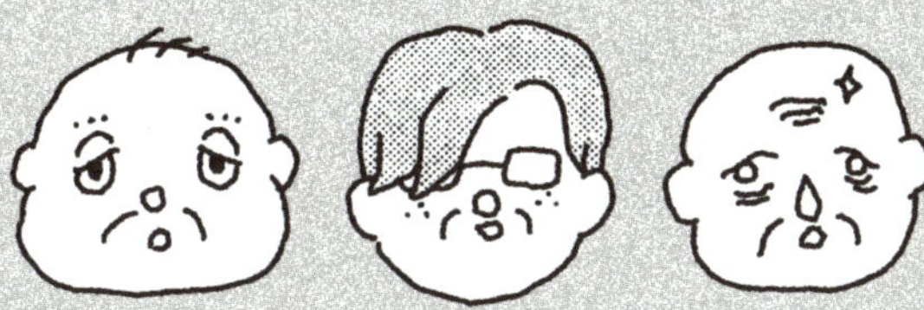

1. 친근하고 자상한 대학병원 교수님
2. 차갑지만 수술 경험이 많은 대학병원 교수님
3. 이 분야의 권위자인 개인병원 원장님

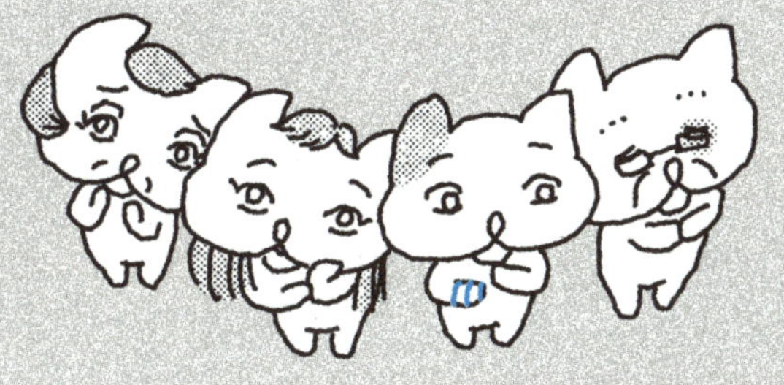

그래서 우리의 결정은…

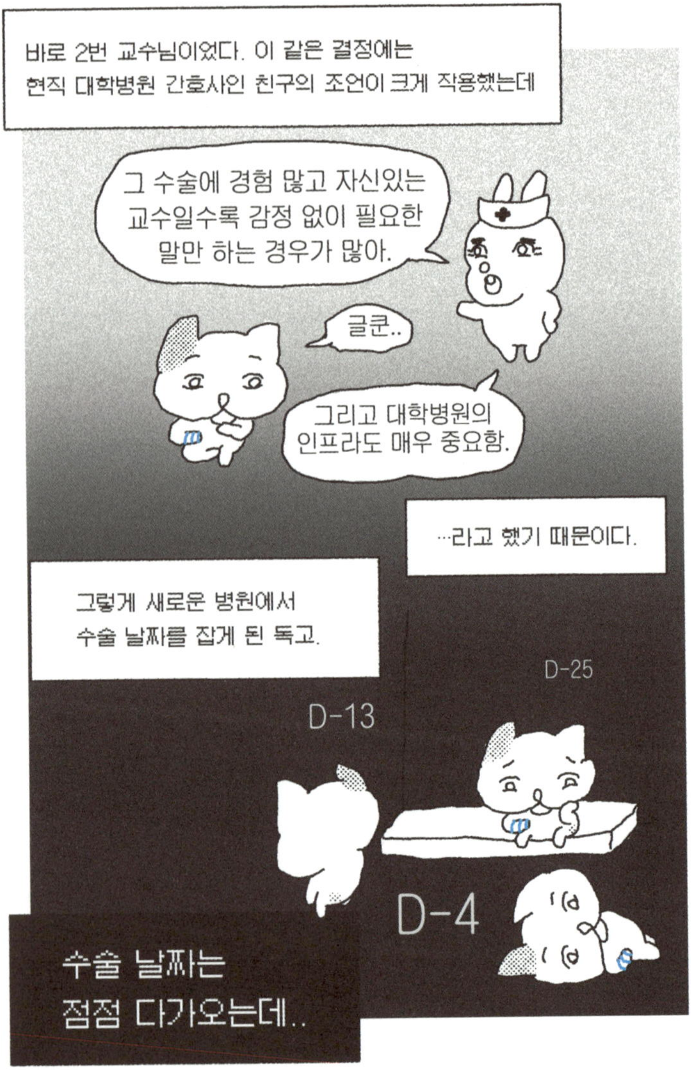

바로 2번 교수님이었다. 이 같은 결정에는
현직 대학병원 간호사인 친구의 조언이 크게 작용했는데

그 수술에 경험 많고 자신있는 교수일수록 감정 없이 필요한 말만 하는 경우가 많아.

글쿤..

그리고 대학병원의 인프라도 매우 중요함.

…라고 했기 때문이다.

그렇게 새로운 병원에서
수술 날짜를 잡게 된 독고.

D-25

D-13

D-4

수술 날짜는
점점 다가오는데..

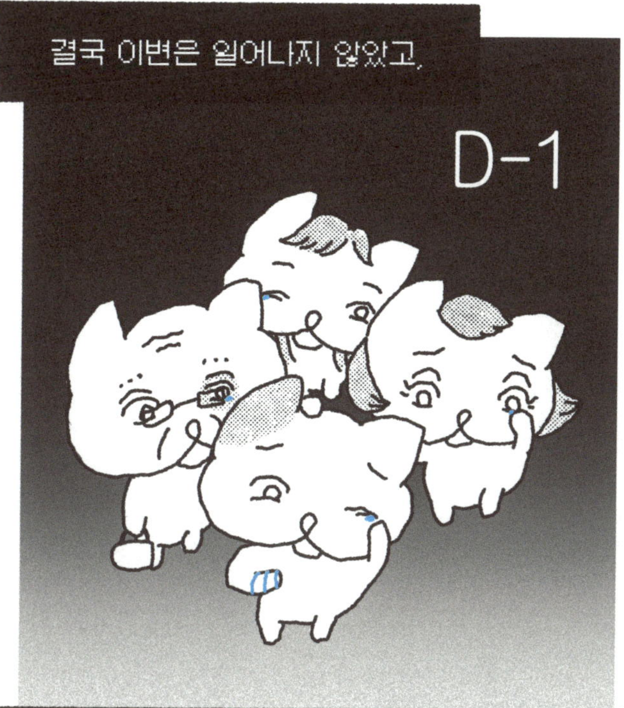

속상하긴 했지만 수술이라도
받을 수 있음에 감사하기로 했다.

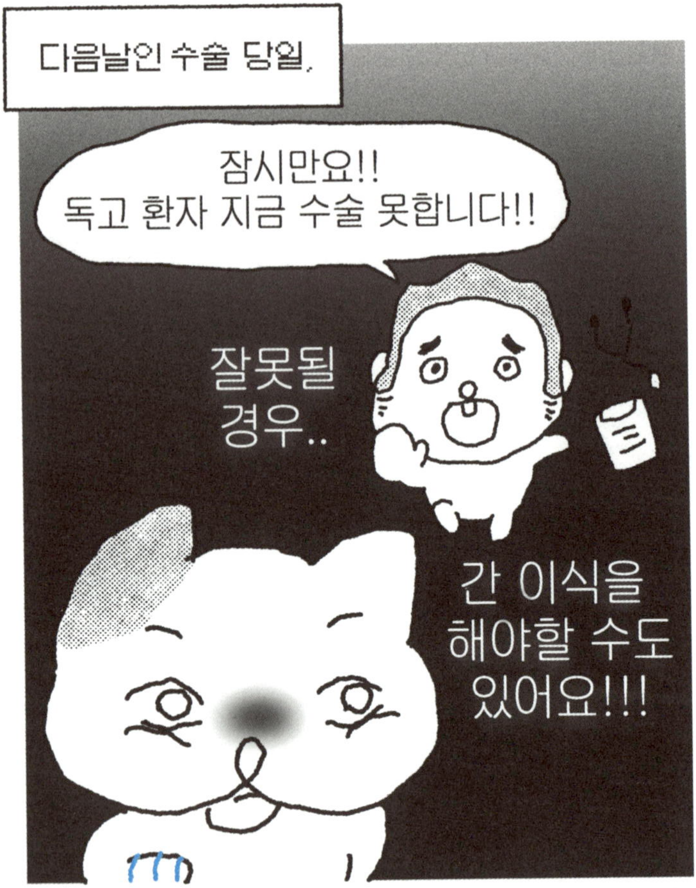

다음날인 수술 당일.

잠시만요!!
독고 환자 지금 수술 못합니다!!

잘못될
경우..

간 이식을
해야할 수도
있어요!!!

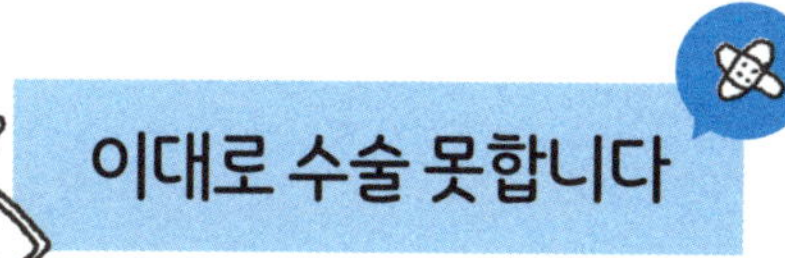

이대로 수술 못합니다

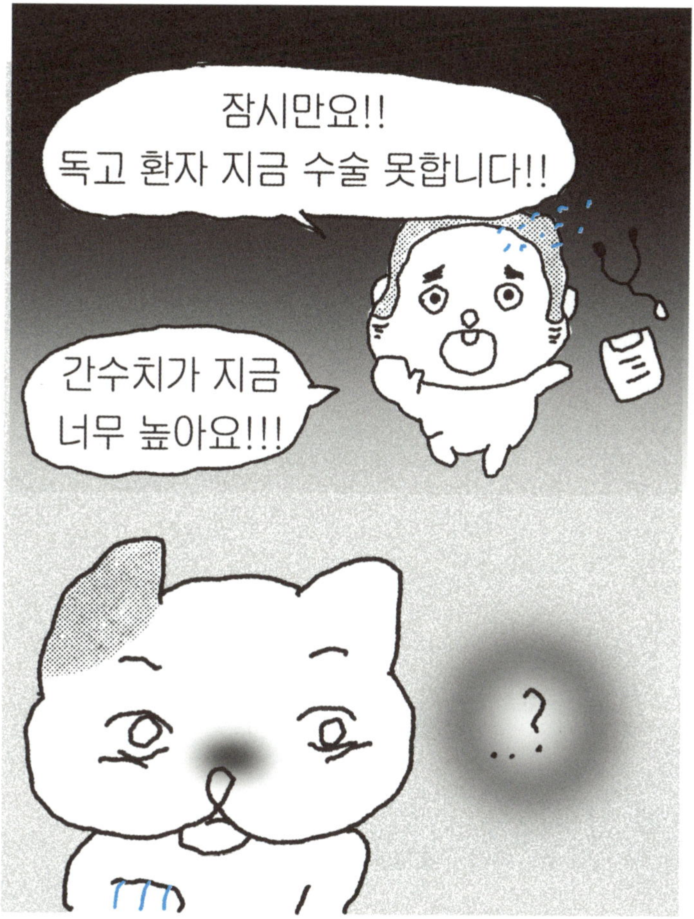

잠시만요!!
독고 환자 지금 수술 못합니다!!

간수치가 지금
너무 높아요!!!

?
. . .

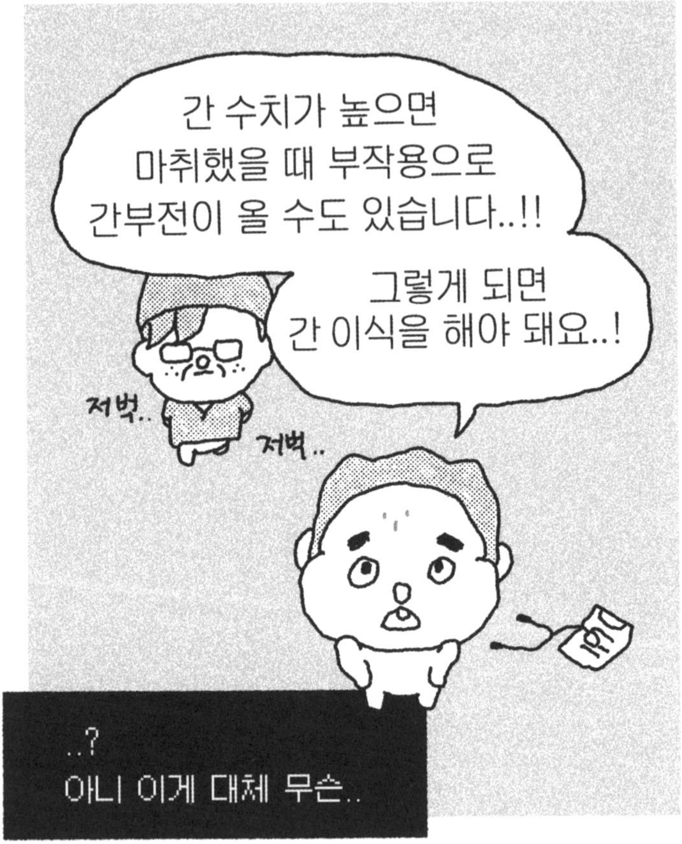

간 수치가 높으면
마취했을 때 부작용으로
간부전이 올 수도 있습니다..!!

그렇게 되면
간 이식을 해야 돼요..!

저벅..

저벅..

..?
아니 이게 대체 무슨..

그때 이미 수술복을 입고 교수님이 도착해 있었다.

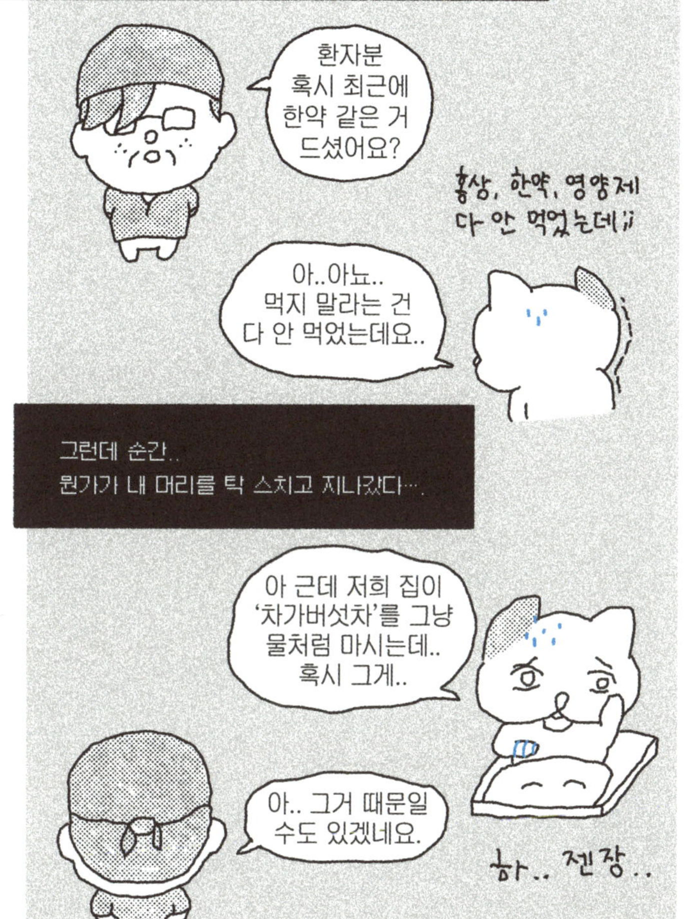

환자분 혹시 최근에 한약 같은 거 드셨어요?
홍삼, 한약, 영양제 다 안 먹었는데;;
아..아뇨.. 먹지 말라는 건 다 안 먹었는데요..
그런데 순간.. 뭔가가 내 머리를 탁 스치고 지나갔다….
아 근데 저희 집이 '차가버섯차'를 그냥 물처럼 마시는데.. 혹시 그게..
아.. 그거 때문일 수도 있겠네요.
하.. 젠장..

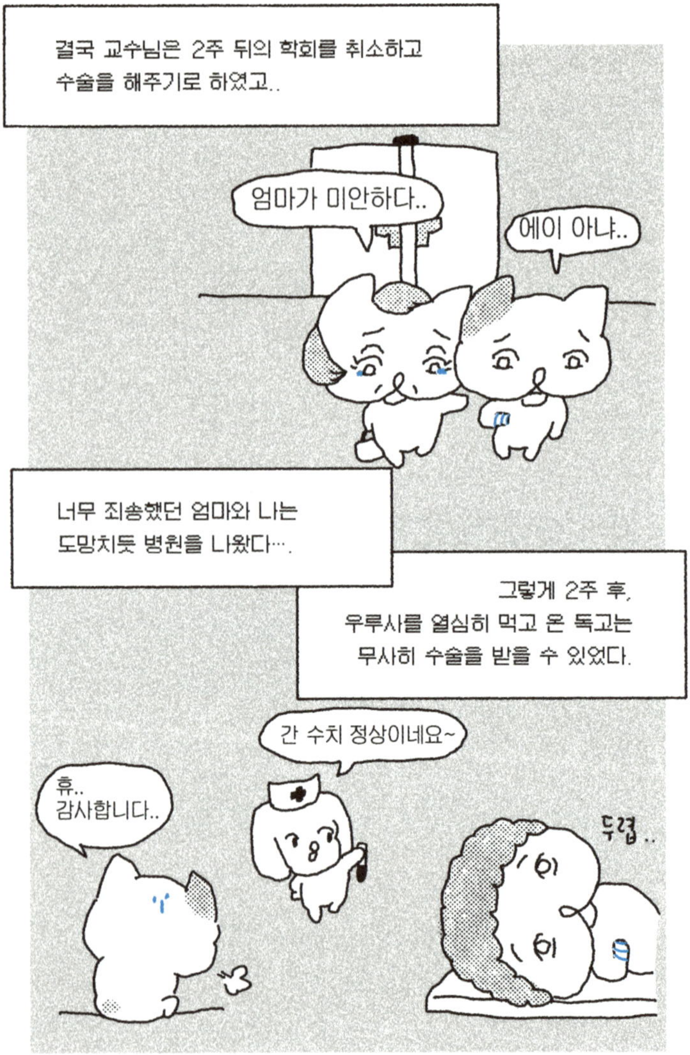

결국 교수님은 2주 뒤의 학회를 취소하고
수술을 해주기로 하였고..

엄마가 미안하다..

에이 아냐..

너무 죄송했던 엄마와 나는
도망치듯 병원을 나왔다….

그렇게 2주 후,
우루사를 열심히 먹고 온 독고는
무사히 수술을 받을 수 있었다.

간 수치 정상이네요~

휴..
감사합니다..

두렵..

그런데 수술 후 주의사항이 꽤나 까다로웠다.

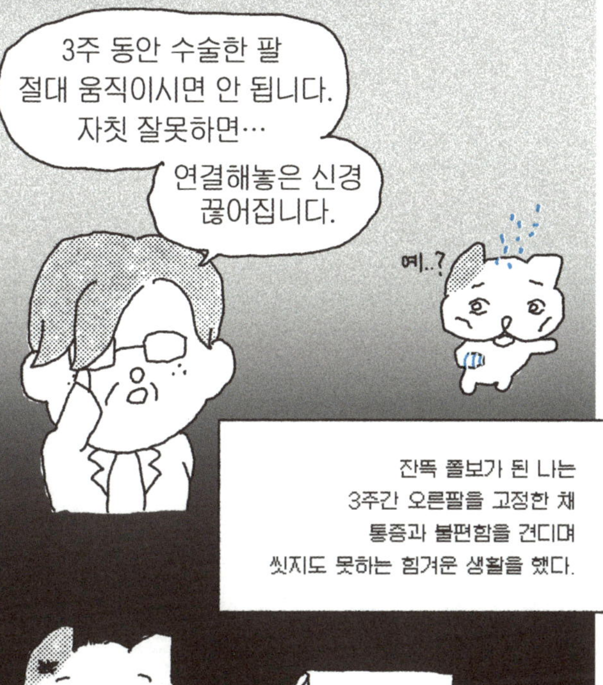

3주 동안 수술한 팔
절대 움직이시면 안 됩니다.
자칫 잘못하면…
연결해놓은 신경
끊어집니다.
예..?

잔뜩 쫄보가 된 나는
3주간 오른팔을 고정한 채
통증과 불편함을 견디며
씻지도 못하는 힘겨운 생활을 했다.

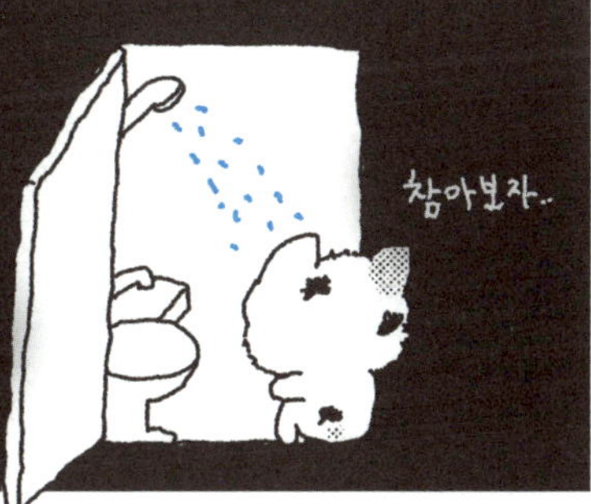

조금만 더..
참아보자..

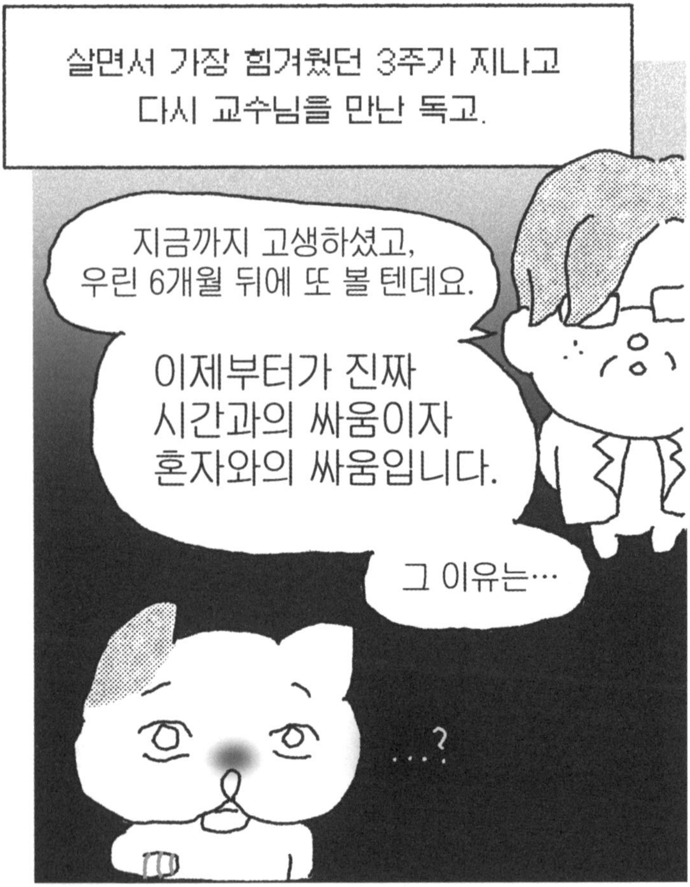

살면서 가장 힘겨웠던 3주가 지나고
다시 교수님을 만난 독고.

지금까지 고생하셨고,
우린 6개월 뒤에 또 볼 텐데요.

이제부터가 진짜
시간과의 싸움이자
혼자와의 싸움입니다.

그 이유는…

…?

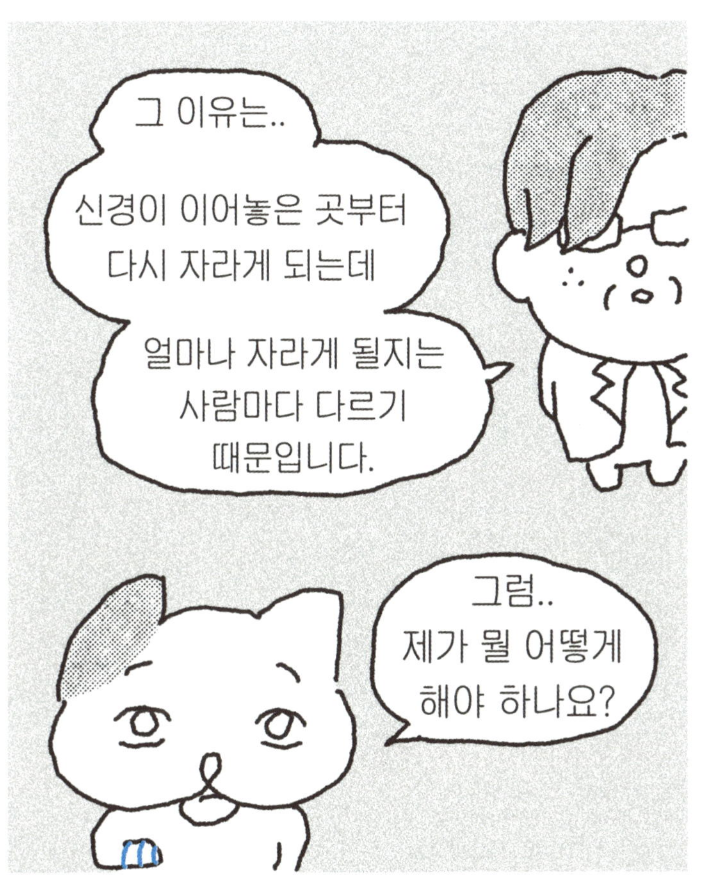
그 이유는..
신경이 이어놓은 곳부터 다시 자라게 되는데
얼마나 자라게 될지는 사람마다 다르기 때문입니다.
그럼.. 제가 뭘 어떻게 해야 하나요?

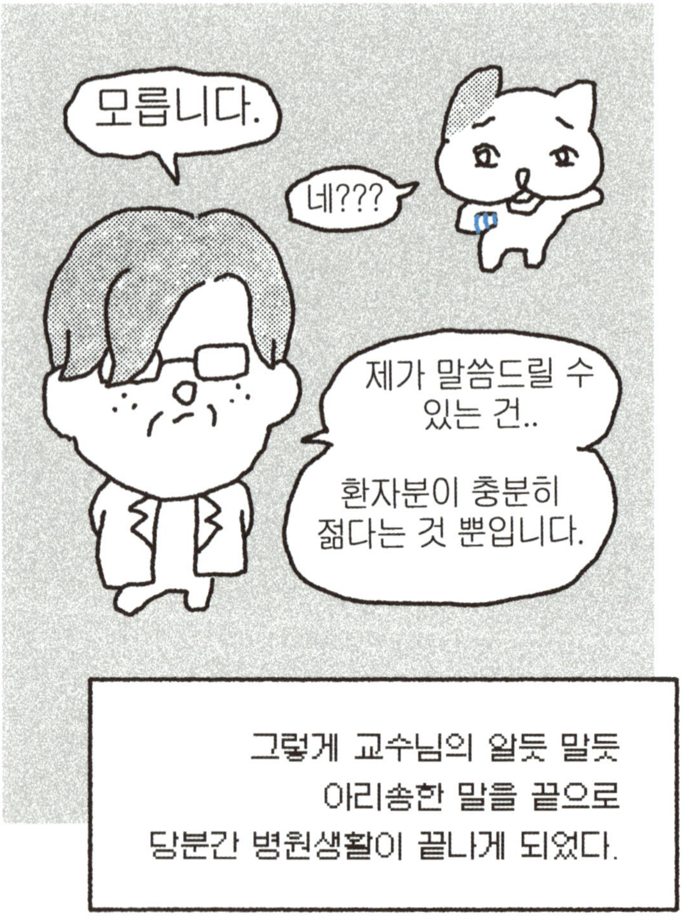

모릅니다.

네???

제가 말씀드릴 수 있는 건..

환자분이 충분히 젊다는 것 뿐입니다.

그렇게 교수님의 알듯 말듯
아리송한 말을 끝으로
당분간 병원생활이 끝나게 되었다.

집에 도착해서 간호사 친구에게 연락해
이 말이 무슨 뜻인지 물어봤다.

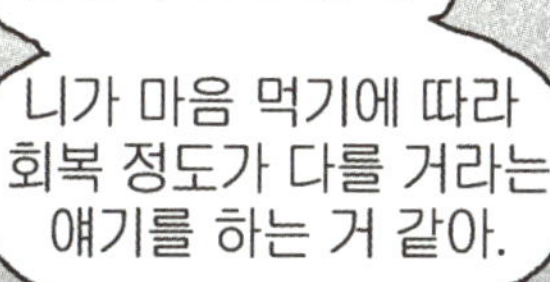

원래 의사들은 최대한 보수적으로 말할 수밖에 없어.
니가 마음 먹기에 따라 회복 정도가 다를 거라는 얘기를 하는 거 같아.

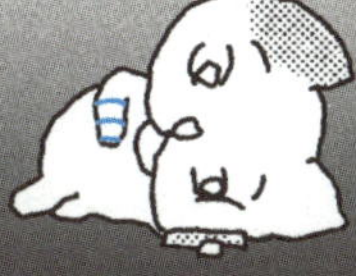

그래.. 뭐.. 그렇겠지….

이때는 내 자신이 세상에서
가장 불행한 사람이라는 생각에 빠져
그 어떤 좋은 말도 머리에 들어오지 않았다.

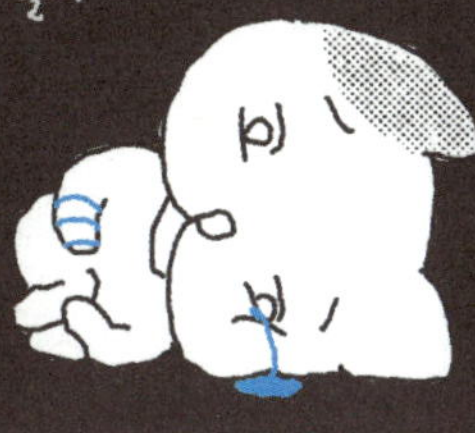

내가 얼마나 힘든지 아무도 몰라..
도대체 이 통증은 없어지기는 할까?

이런 식으로 한 달.. 두 달.. 시간이 흐르다 보니
어느 순간 스스로에게 너무 미안해졌다.

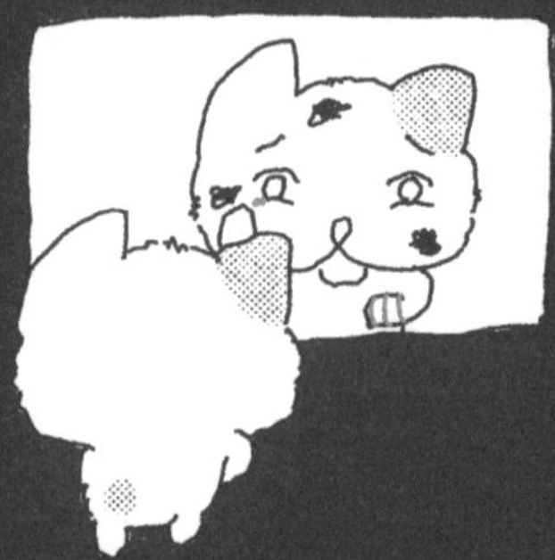

내 자신이 너무 망가져서 꼴보기 싫었지만
역설적으로 그만큼 잘해주고 싶단 생각이 들었다.

그래서
평생 써본 적도 없는 일기를 왼손으로 쓰기 시작했다.
그 다음엔 어린이용 젓가락으로 젓가락질도 시작했다.

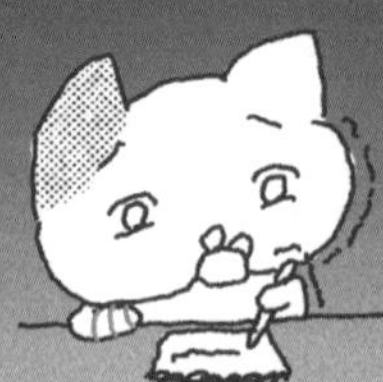

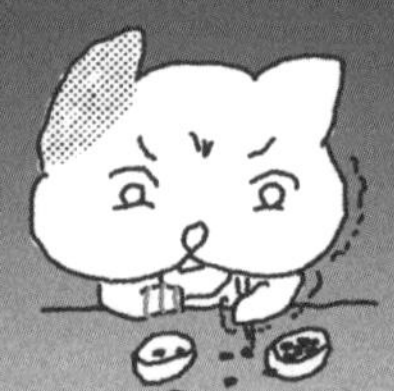

당연히.. 잘될 리가 없었다.

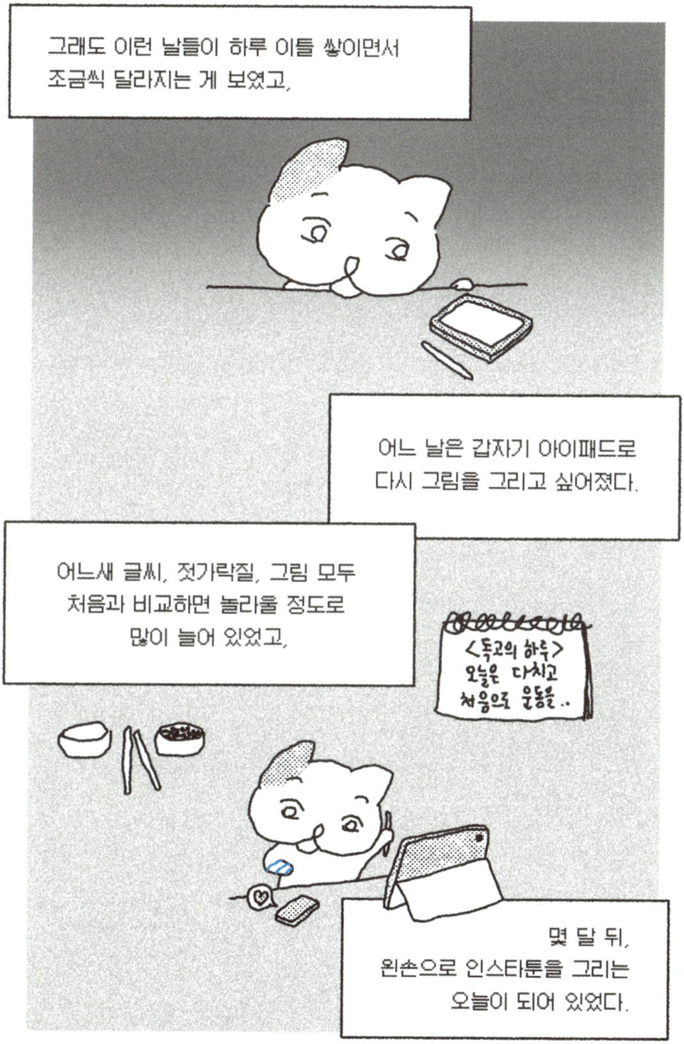

그래도 이런 날들이 하루 이틀 쌓이면서
조금씩 달라지는 게 보였고,

어느 날은 갑자기 아이패드로
다시 그림을 그리고 싶어졌다.

어느새 글씨, 젓가락질, 그림 모두
처음과 비교하면 놀라울 정도로
많이 늘어 있었고,

<독고의 하루>
오늘은 다치고
처음으로 운동을..

몇 달 뒤,
왼손으로 인스타툰을 그리는
오늘이 되어 있었다.

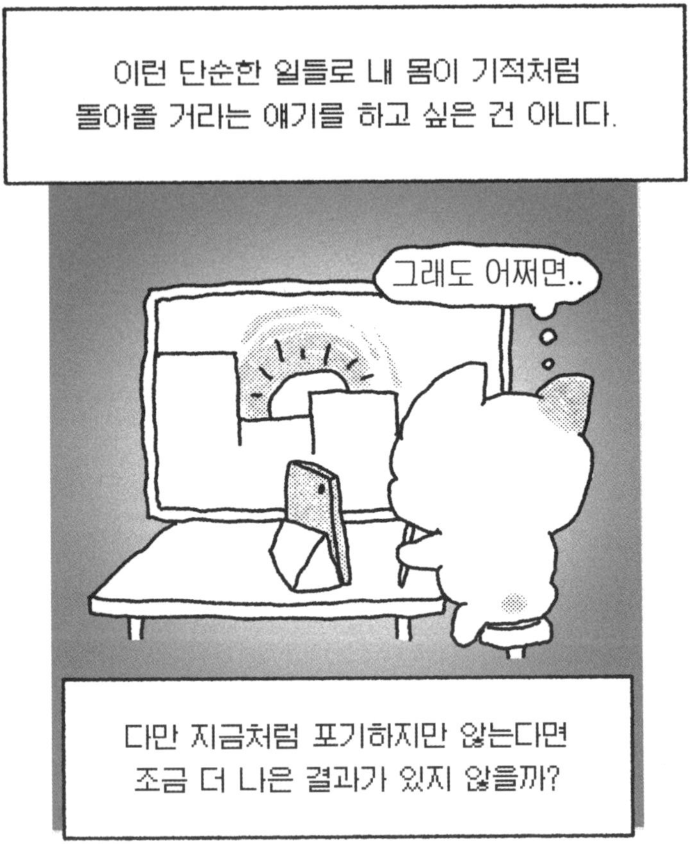

이런 단순한 일들로 내 몸이 기적처럼
돌아올 거라는 얘기를 하고 싶은 건 아니다.

그래도 어쩌면..

다만 지금처럼 포기하지만 않는다면
조금 더 나은 결과가 있지 않을까?

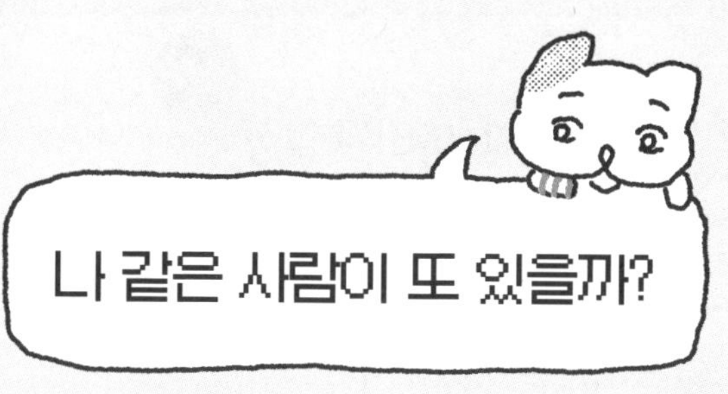

유튜브와 인스타그램 그 어디서도 나처럼 한쪽 팔이 마비된 사람을 찾을 수가 없었다. 분명 지금 이순간에도 나와 같은 이유로 막막함을 느끼는 사람들이 있을 텐데 참 이상했다. 그래서 나는 그들이 나를 찾아올 수 있도록 인스타그램을 다시 시작하기로 결심했다. 그렇게 오른손 대신 왼손으로 나의 사고 이야기를 그려 올리기 시작했고, 나의 이야기가 점점 쌓여갈수록 더 많은 분들이 나를 응원해주기 시작했다.

그러다 어느날부터 나와 비슷한 사고를 당해 팔이 마비된 분들로부터 DM이 오기 시작했다. 그렇게 우리는 수술에 대한 정보를 공유하기도 하고, 서로를 위로하고 응원했다. 무엇보다 그냥 나 같은 사람이 또 있다는 사실 자체만으로 외로움과 막막함이 사라지는 기분이었다.

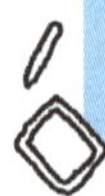

마비된 팔, 마비된 일상

이번 일을 겪으면서
진짜 힘들었던 시기는..

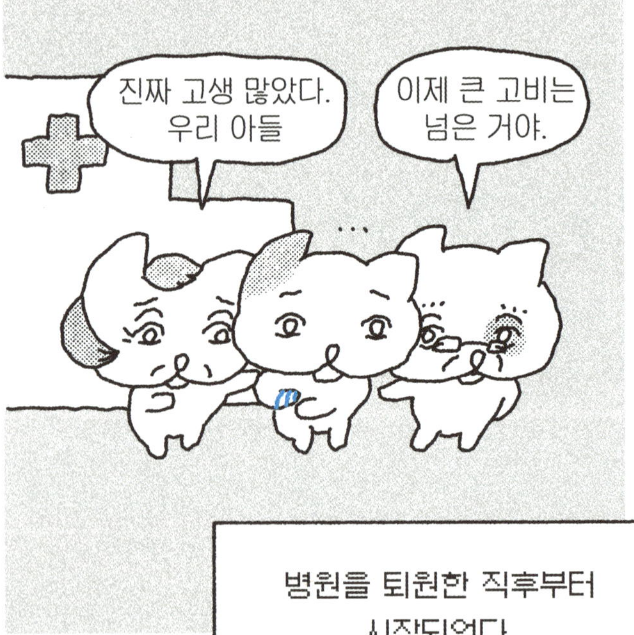

진짜 고생 많았다. 우리 아들
이제 큰 고비는 넘은 거야.
...

병원을 퇴원한 직후부터
시작되었다.

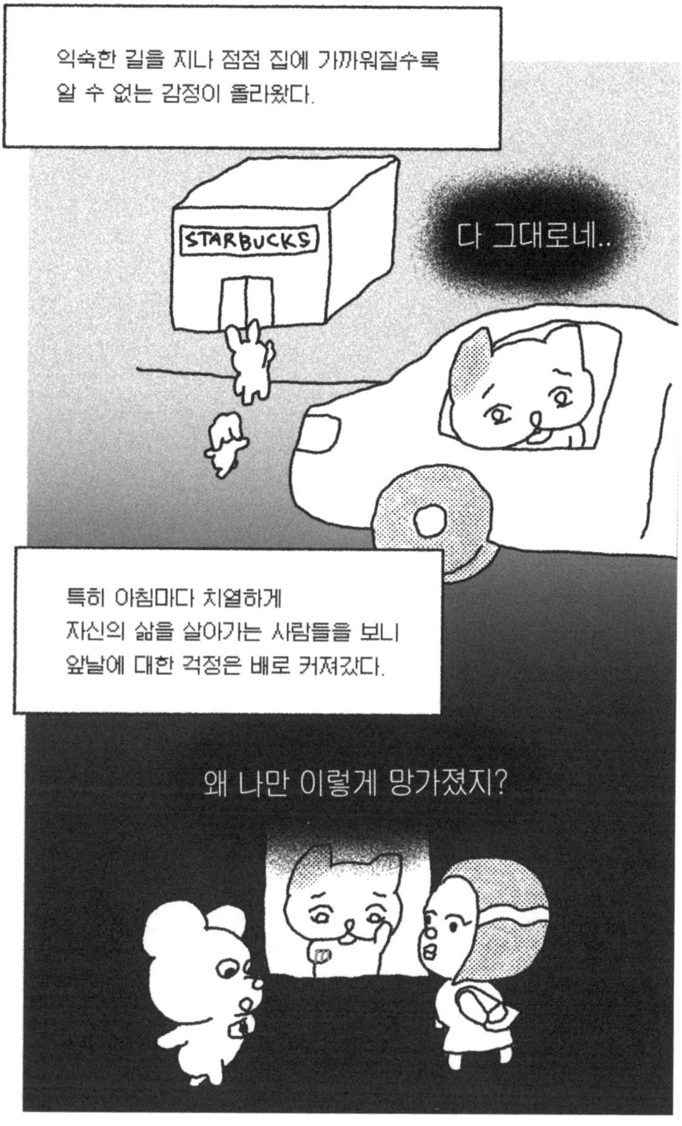

익숙한 길을 지나 점점 집에 가까워질수록
알 수 없는 감정이 올라왔다.

STARBUCKS
다 그대로네..

특히 아침마다 치열하게
자신의 삶을 살아가는 사람들을 보니
앞날에 대한 걱정은 배로 커져갔다.

왜 나만 이렇게 망가졌지?

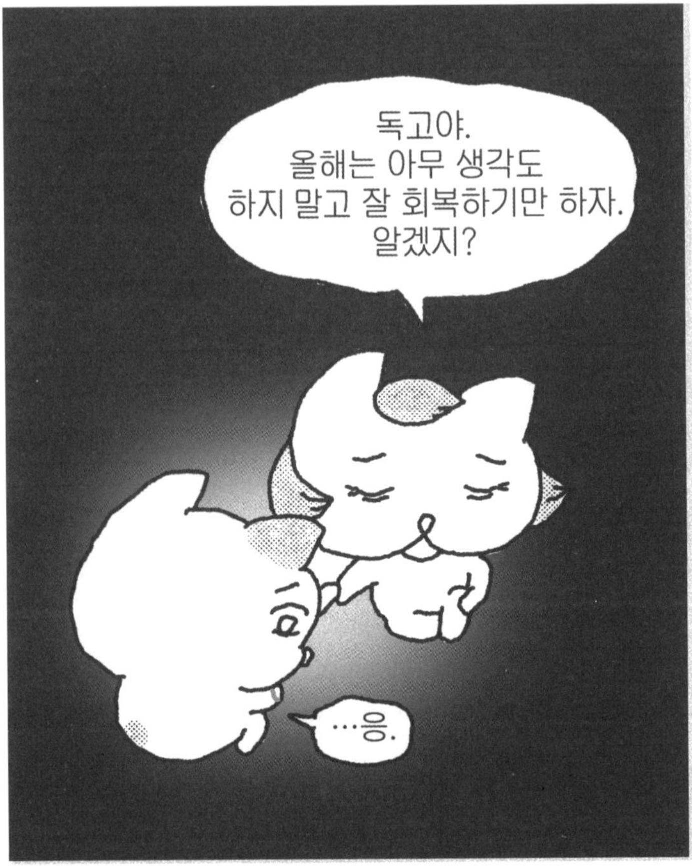

독고야.
올해는 아무 생각도
하지 말고 잘 회복하기만 하자.
알겠지?

…응.

하지만 다치기 전부터도
내 삶에 대한 욕심이 많았던 나는

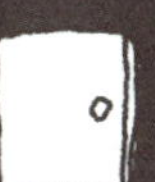

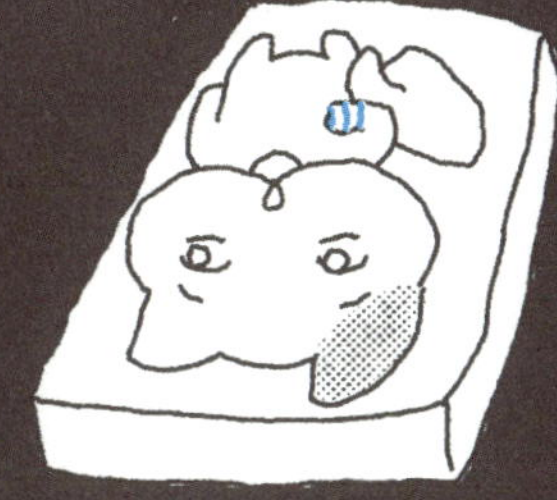

공허함에 하루 중 대부분을
가만히 멍때리며 보냈고,

그런 나를 보는 엄마는
숨어서 엄청 울었다고 한다.

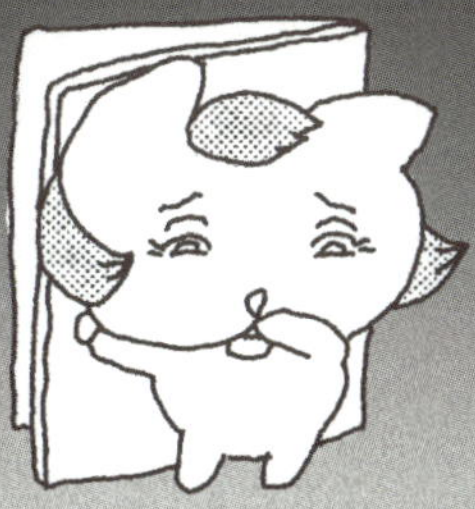

그렇게 엄마는 당사자인 나보다 먼저
정신과를 방문하게 되었고,

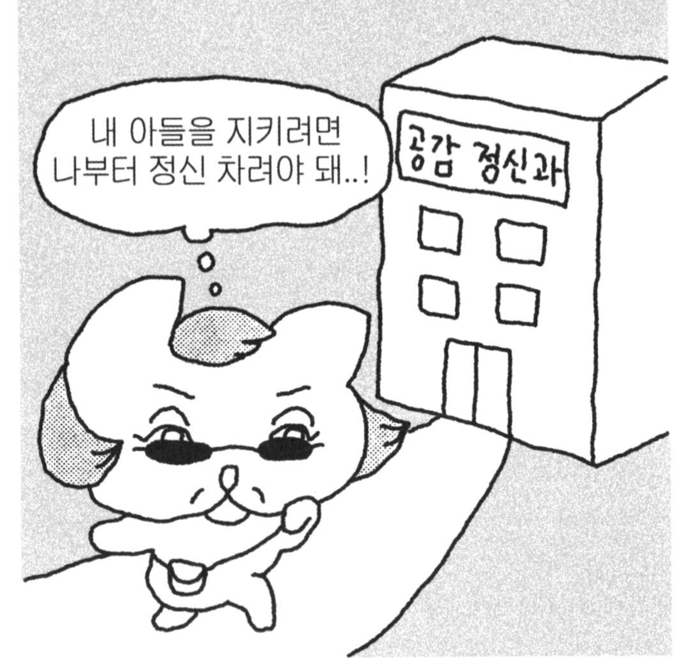

열마 후 엄마의 권유로
나도 정신과에 방문하게 되는데….

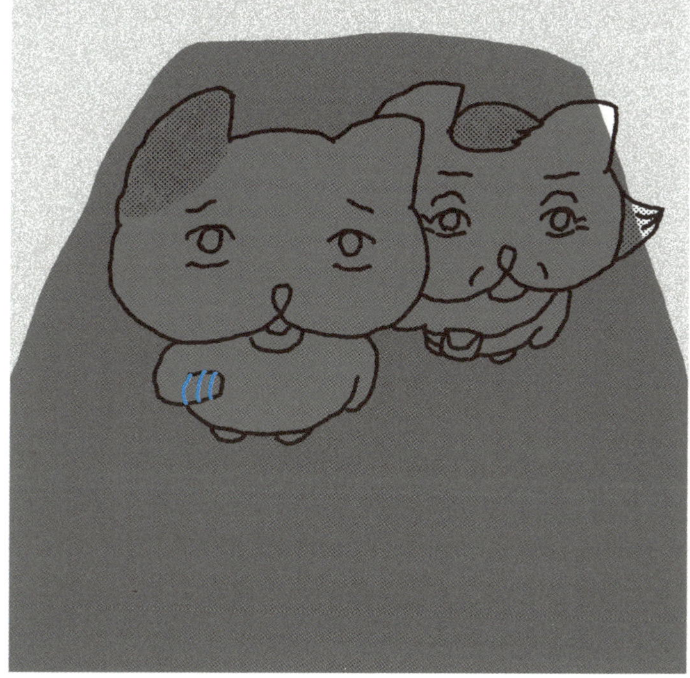

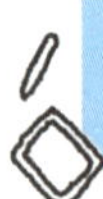

우울증입니다

처음 와본 정신과.

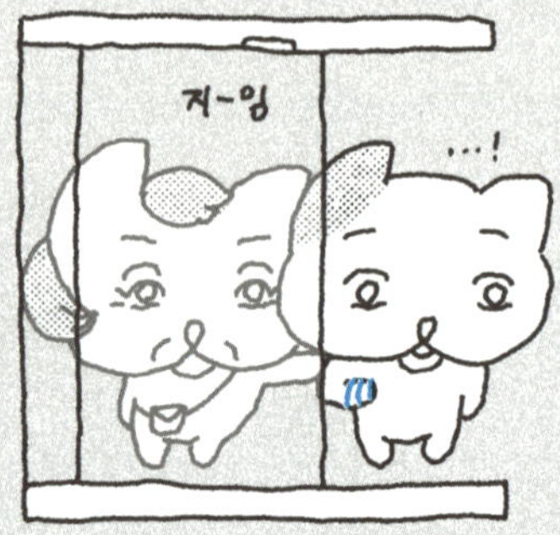

요즘엔 정신과에 대한 거부감도 덜하고
우울증에 대한 얘기도 편하게 하는 추세라
오는 게 딱히 불편하진 않았다.

그치만 이렇게나
사람들이 많을 줄이야;;;

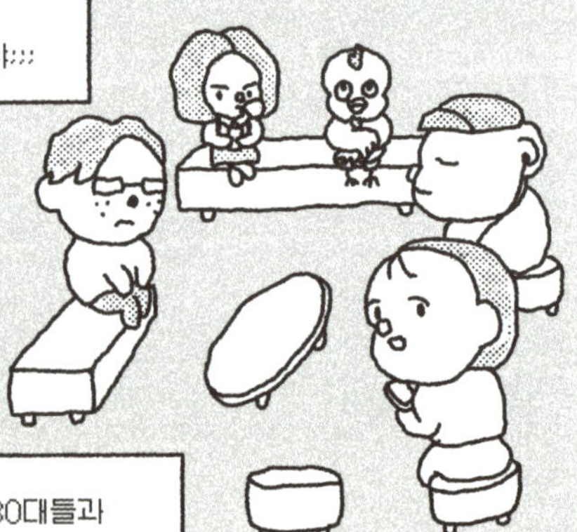

특히 내 또래인 2-30대들과
교복입은 친구들도 많이 보여서
조금 놀랐다.

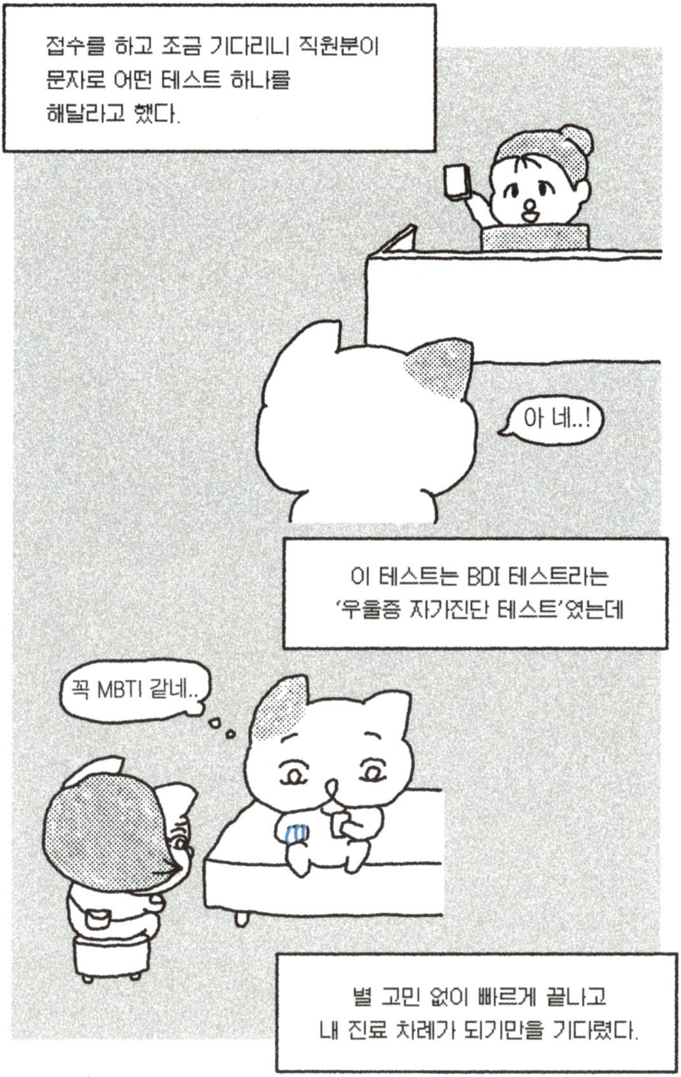

접수를 하고 조금 기다리니 직원분이
문자로 어떤 테스트 하나를
해달라고 했다.

아 네..!

이 테스트는 BDI 테스트라는
'우울증 자가진단 테스트'였는데

꼭 MBTI 같네..

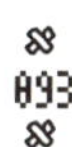

별 고민 없이 빠르게 끝나고
내 진료 차례가 되기만을 기다렸다.

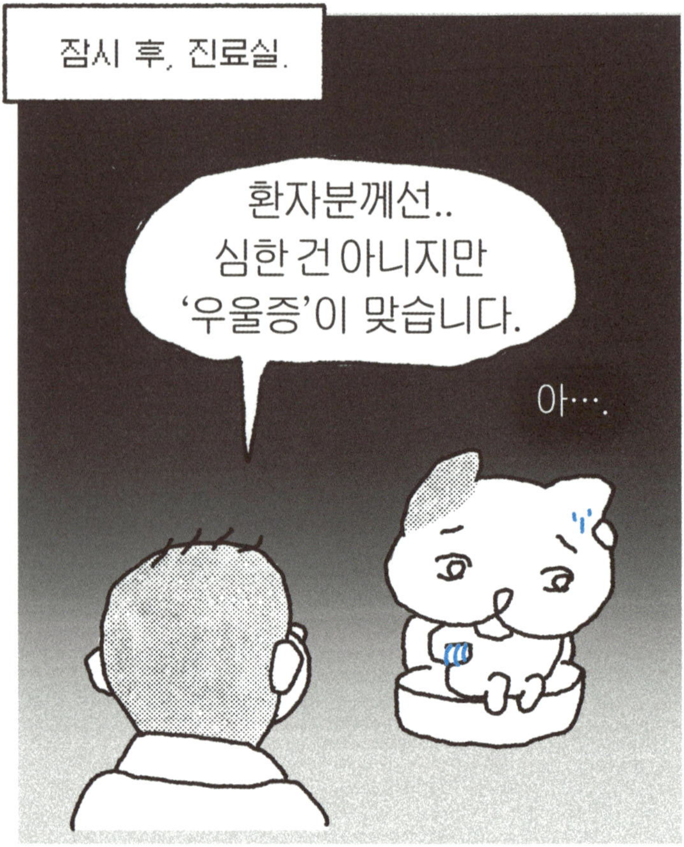

잠시 후, 진료실.

환자분께선..
심한 건 아니지만
'우울증'이 맞습니다.

아….

사실 우울증까지는
아닐 거라고 생각했는데..

사고로 몸이 마비가 됐는데
아무렇지 않은 게
더 이상한 거라 생각했는데..

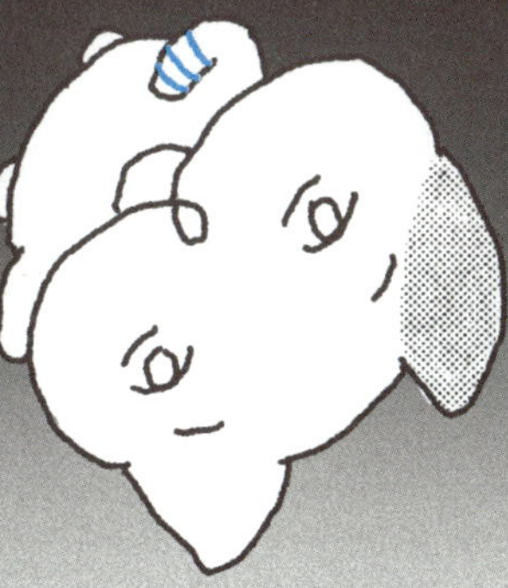

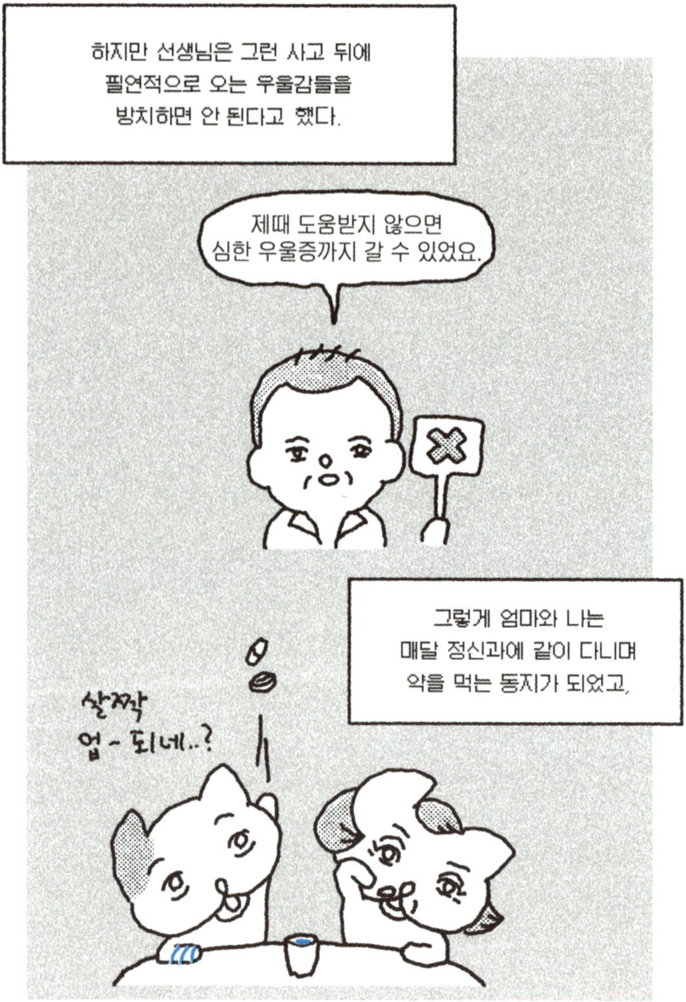

하지만 선생님은 그런 사고 뒤에
필연적으로 오는 우울감들을
방치하면 안 된다고 했다.

제때 도움받지 않으면
심한 우울증까지 갈 수 있었요.

그렇게 엄마와 나는
매달 정신과에 같이 다니며
약을 먹는 동지가 되었고,

살짝
업~ 되네..?

우리에겐 어떤 변화가 있을까?

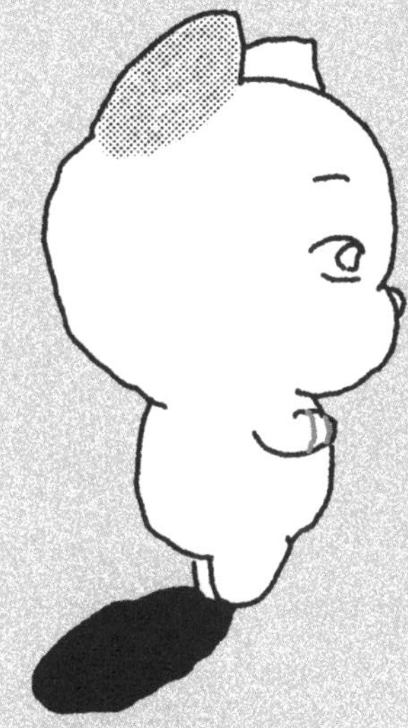

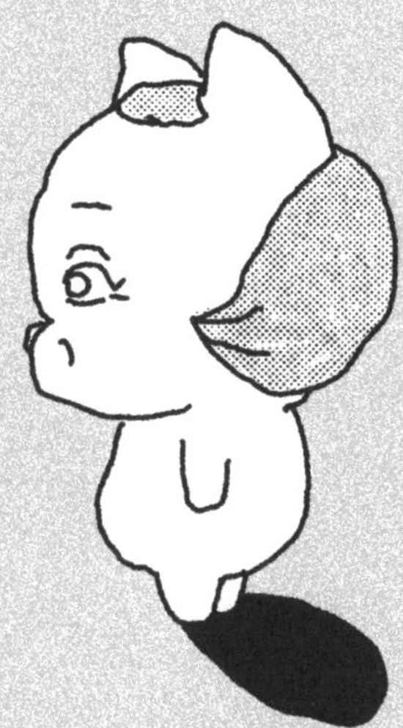

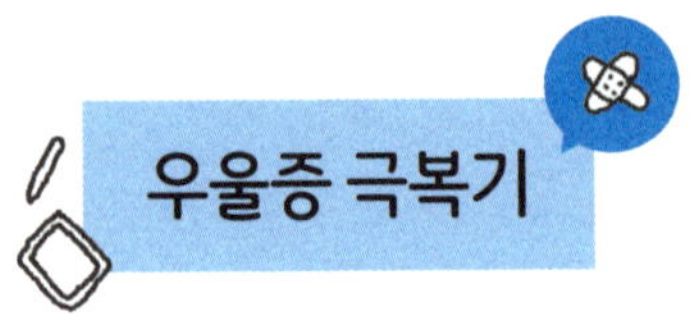

4개월 동안 정신과 치료를 받은 뒤
엄마와 나에겐 꽤나 큰 변화가 있었다.

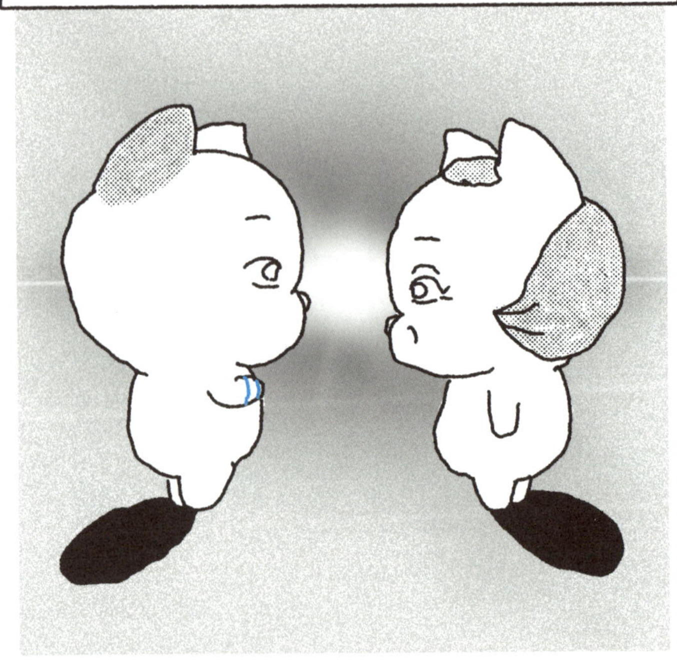

그 전에 엄마에겐 가슴이 답답하고
시도 때도 없이 눈물이 나오는 증상이 있었고

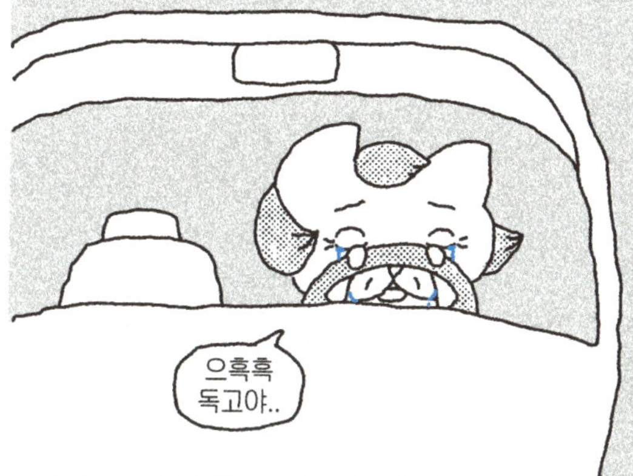

나에게는 가만히 멍때리거나
안 좋은 생각이 꼬리에 꼬리를 무는 증상이 있었다.

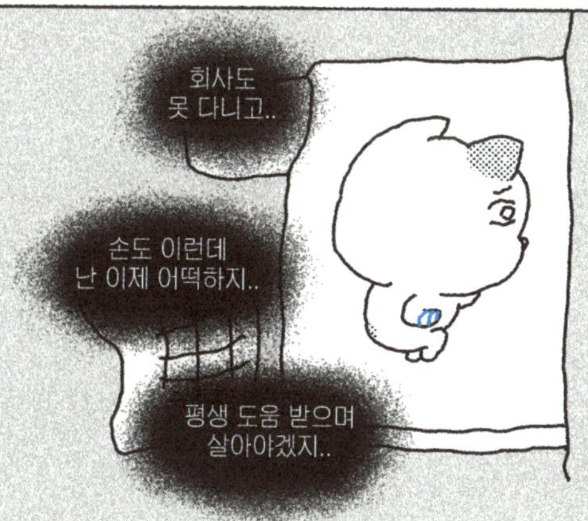

회사도
못 다니고..
손도 이런데
난 이제 어떡하지..
평생 도움 받으며
살아야겠지..

그런데 4개월 뒤,
이러한 증상들이 사라졌다.

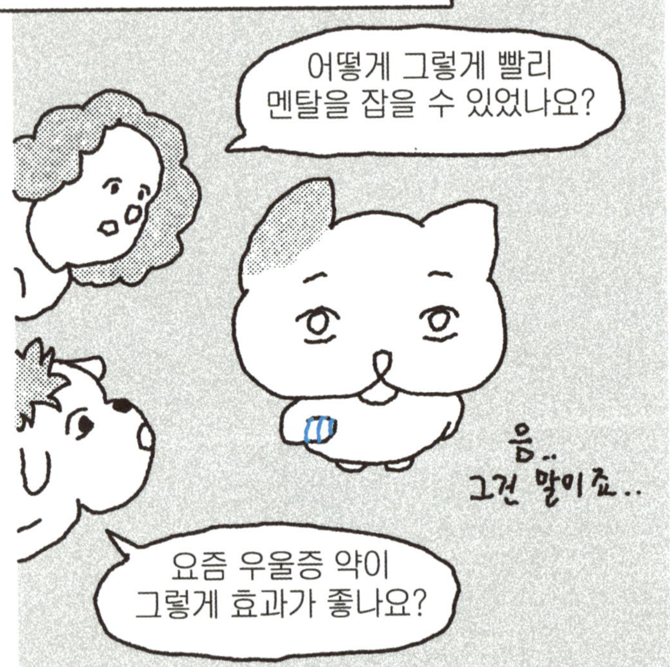

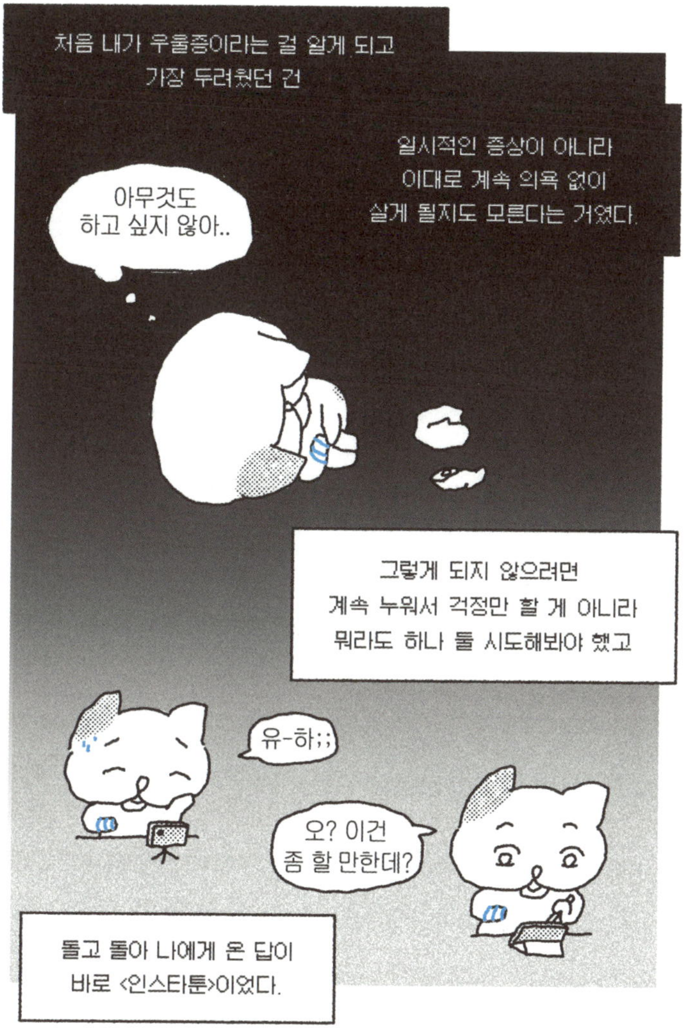

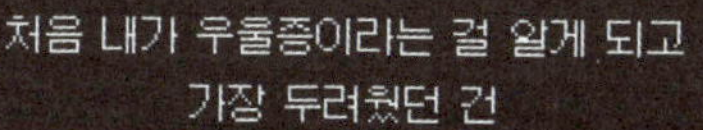

처음 내가 우울증이라는 걸 알게 되고
가장 두려웠던 건

일시적인 증상이 아니라
이대로 계속 의욕 없이
살게 될지도 모른다는 거였다.

아무것도
하고 싶지 않아..

그렇게 되지 않으려면
계속 누워서 걱정만 할 게 아니라
뭐라도 하나 둘 시도해봐야 했고

유-하;;

오? 이건
좀 할 만한데?

돌고 돌아 나에게 온 답이
바로 〈인스타툰〉이었다.

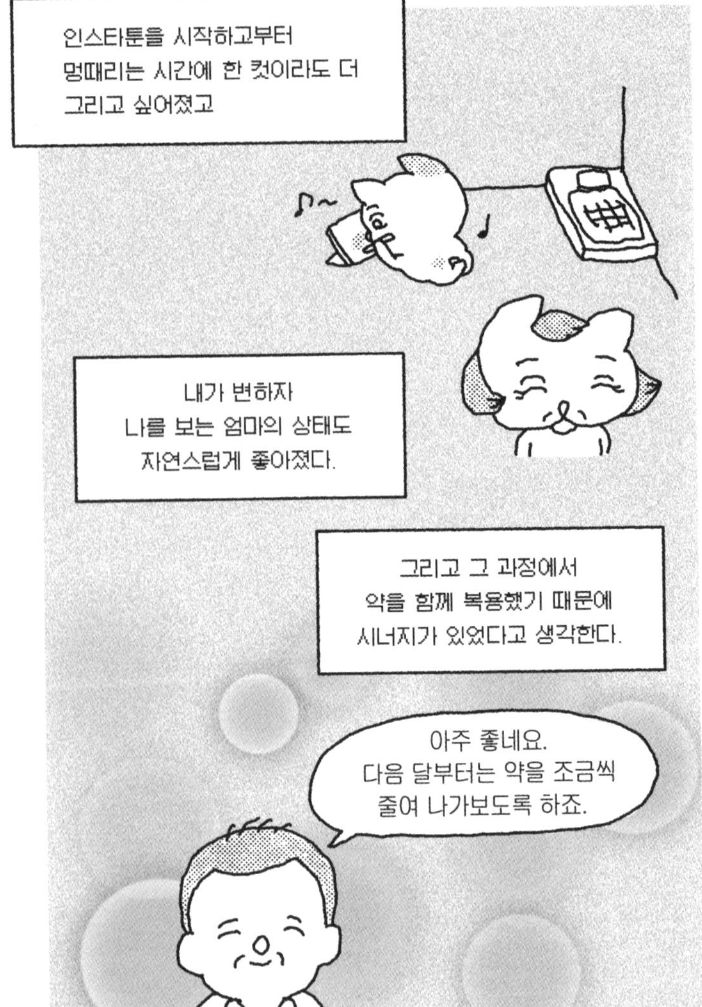
인스타툰을 시작하고부터
멍때리는 시간에 한 컷이라도 더
그리고 싶어졌고
내가 변하자
나를 보는 엄마의 상태도
자연스럽게 좋아졌다.
그리고 그 과정에서
약을 함께 복용했기 때문에
시너지가 있었다고 생각한다.
아주 좋네요.
다음 달부터는 약을 조금씩
줄여 나가보도록 하죠.

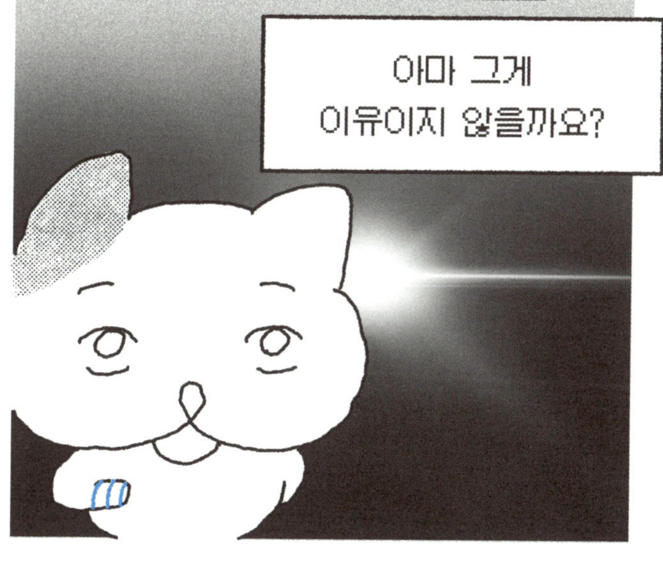
결국 병원을 방문해
늦지 않게 내 상태를 깨닫고
약의 도움을 받으면서
동시에 변하려고 노력했던 것.
아마 그게
이유이지 않을까요?

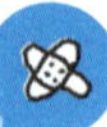

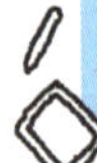

그날의 사고에서 나를 구해준 사람들

<<지난 이야기>>

치앙마이에서 한 달 살기를 하던 독고.
귀국 전 마지막 일주일을
태국의 한 작은 마을인
'빠이'에서 보내게 되는데…

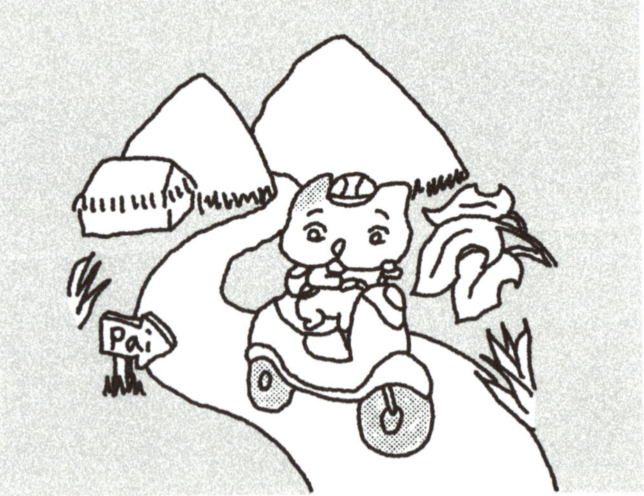

3주 동안 치앙마이에서
진하게 혼자만의 시간을 보내던 독고는
그야말로 한달살기에 푹 빠져 있었다.

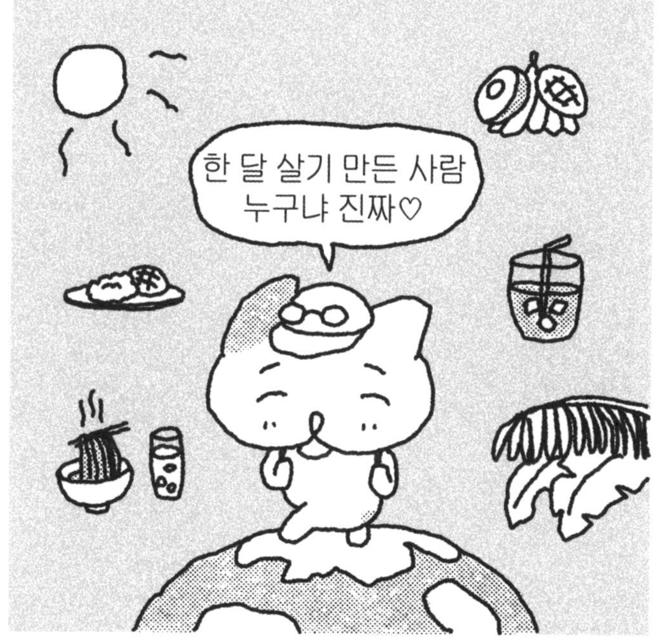

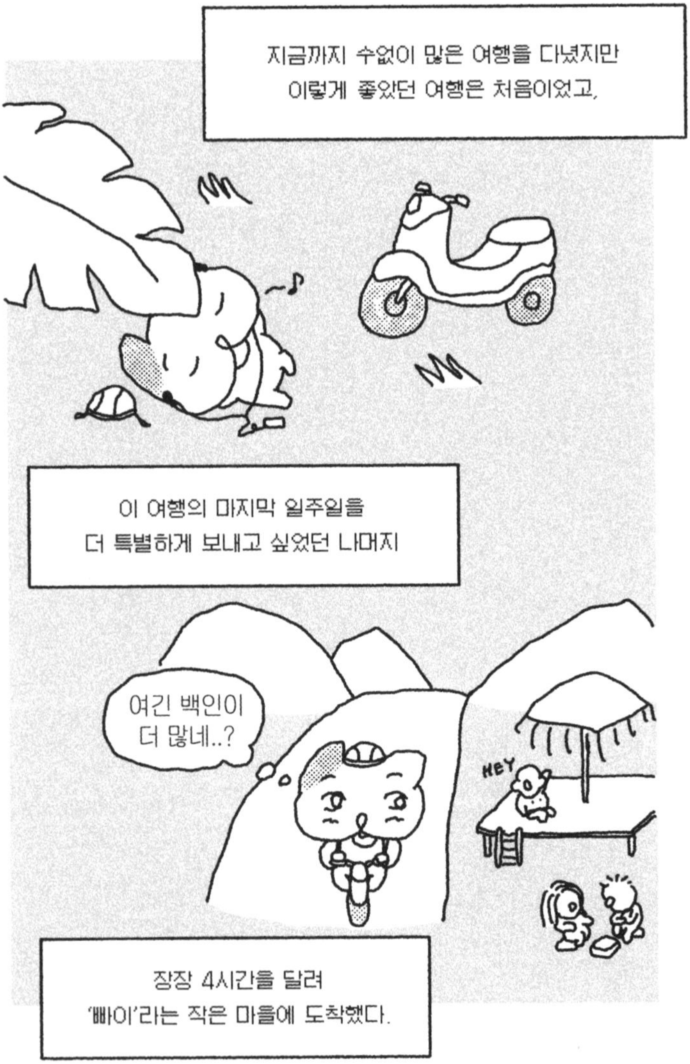

지금까지 수없이 많은 여행을 다녔지만
이렇게 좋았던 여행은 처음이었고,

이 여행의 마지막 일주일을
더 특별하게 보내고 싶었던 나머지

여긴 백인이
더 많네..?

HEY

장장 4시간을 달려
'빠이'라는 작은 마을에 도착했다.

빠이에 오면 꼭 와보고 싶었던 카페가 있었는데
한 평 남짓한 이곳에서 두 사람을 처음 만났다.

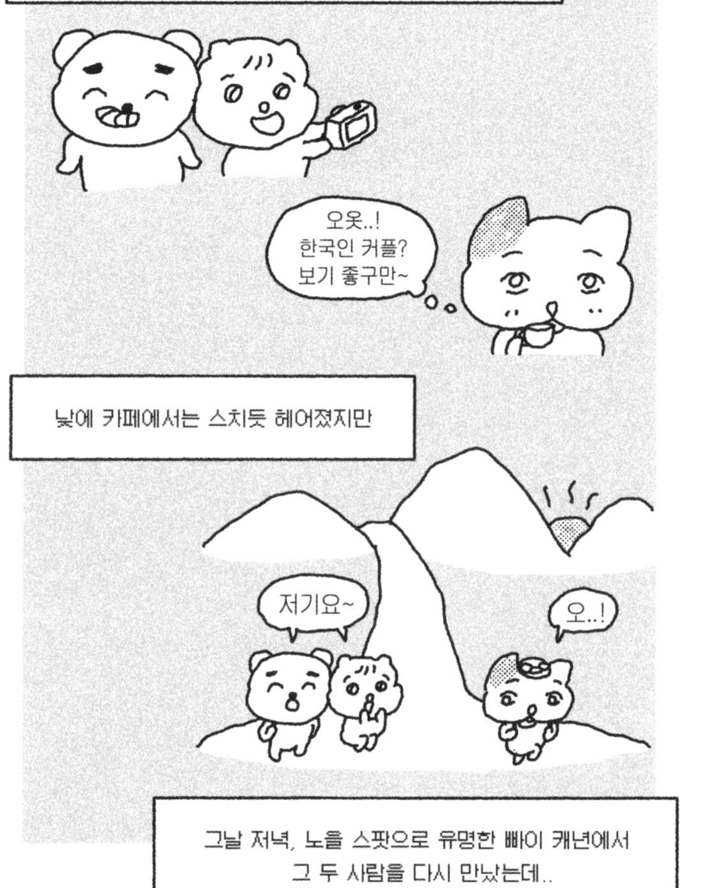

오옷..!
한국인 커플?
보기 좋구만~
낮에 카페에서는 스치듯 헤어졌지만
저기요~
오..!

그날 저녁, 노을 스팟으로 유명한 빠이 캐년에서
그 두 사람을 다시 만났는데..

계속 동선이 겹친다는 이야기로 시작해
나이가 동갑인 걸 알게 된 우리는
자연스레 저녁까지 같이 먹게 되었다.

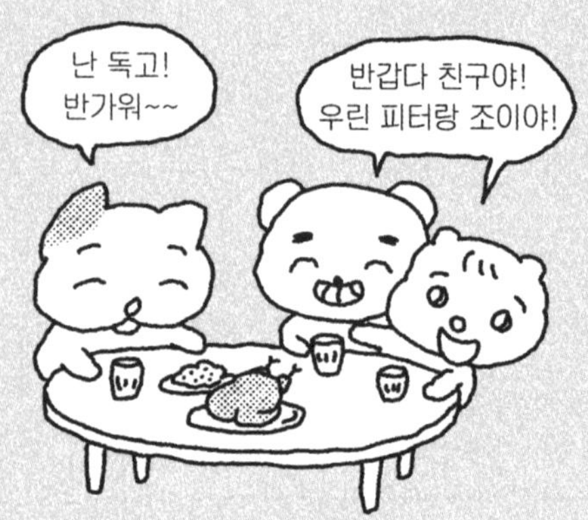

숙소에 돌아온 독고는
이렇게 그림 같이 예쁜 곳에서
좋은 친구들까지 사귀게 되다니
빠이에 오길 참 잘했다고 생각했다.

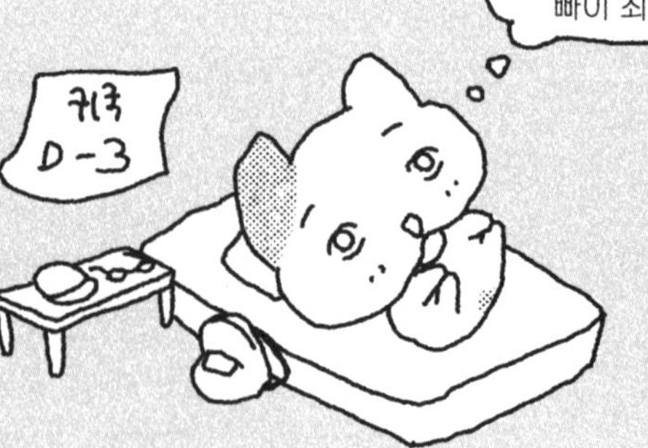

그리고 바로 다음날,
너무나 평화로운 이곳에서
내 인생을 송두리째 바꿔놓은
'그 사고'가 일어나고 말았다.

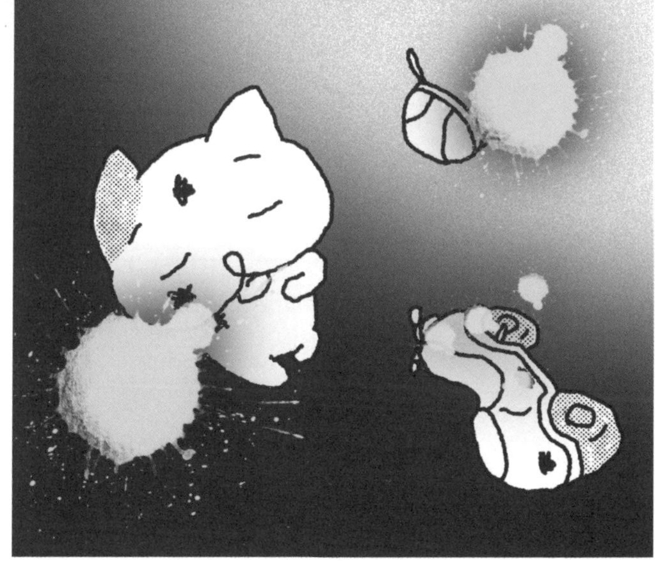

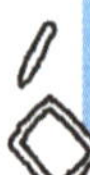

정 많은 한식당 부부

친구들을 사귄 다음날도
나는 홀로 빠이를 구석구석 여행하고 있었다.

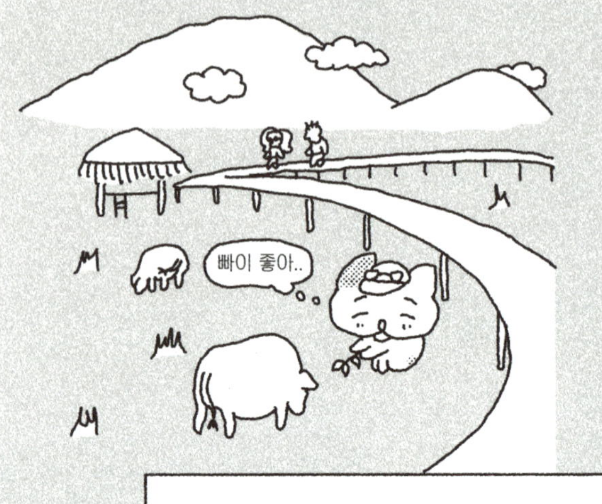

정신없이 여행하다 보니 어느새 저녁이 되었고
출출해진 나는 어느 한식당을 찾아갔다.

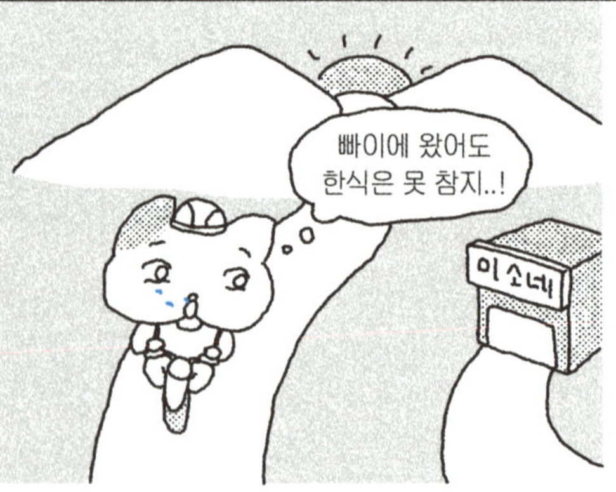

이곳 사장님 부부는 한국인 태국인 커플이셨는데
지금 생각해도.. 정말 친절한 분들이었다.

혼자 여행하시나 봐요! 뭐 드릴까요?

아.. 저 라면 하나랑 김밥 한 줄 주세요!

그런데 라면 한 그릇 먹고 배가 차버린 난
김밥은 손도 못 대고 말았는데..

너무 아까운데 친구들 갖다 줄까..?

사장님 혹시 김밥 포장 될까요?

당연하죠~!

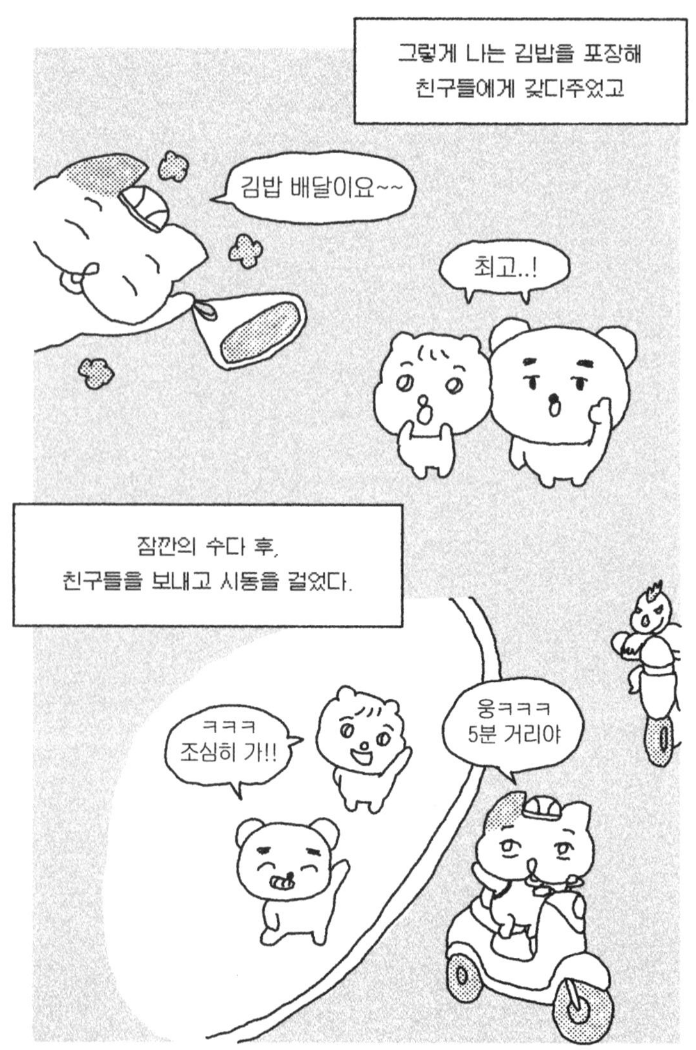
그렇게 나는 김밥을 포장해
친구들에게 갖다주었고
김밥 배달이요~~
최고..!
잠깐의 수다 후,
친구들을 보내고 시동을 걸었다.
웅ㅋㅋㅋ
5분 거리야
ㅋㅋㅋ
조심히 가!!

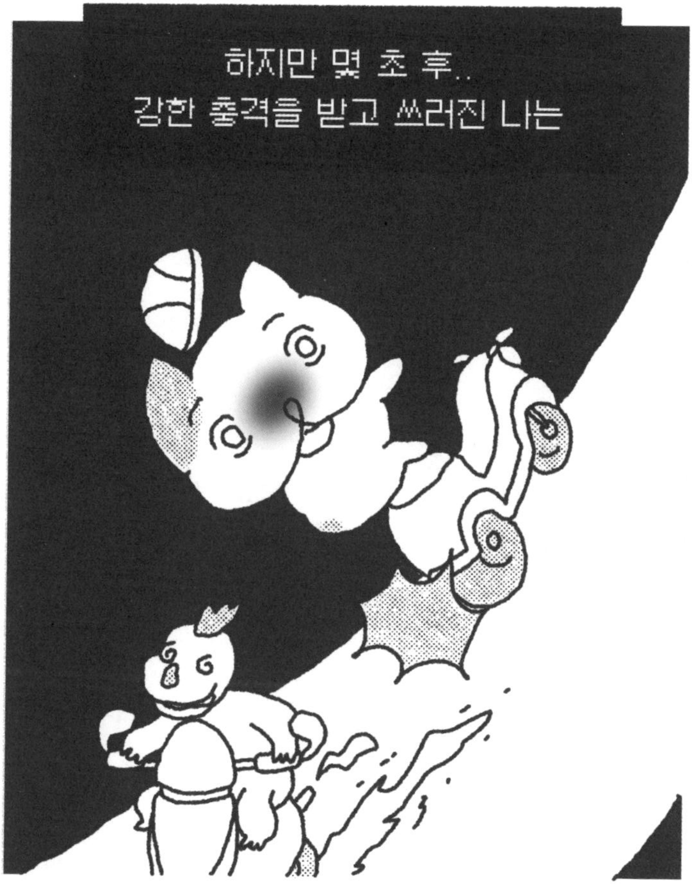

하지만 몇 초 후..
강한 충격을 받고 쓰러진 나는

의식을 잃은 채
그대로 병원으로 실려가고 말았다.

독고야!!!!
정신 차려!!!!

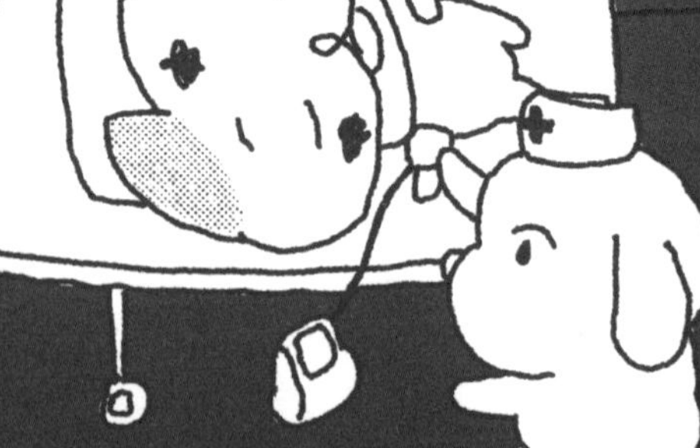

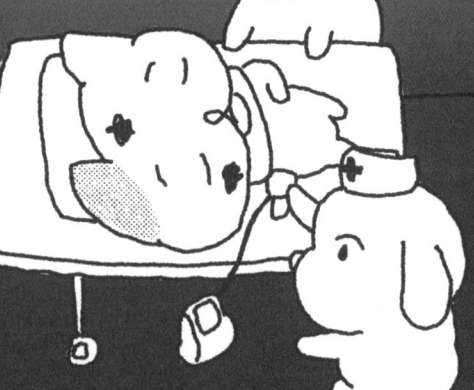

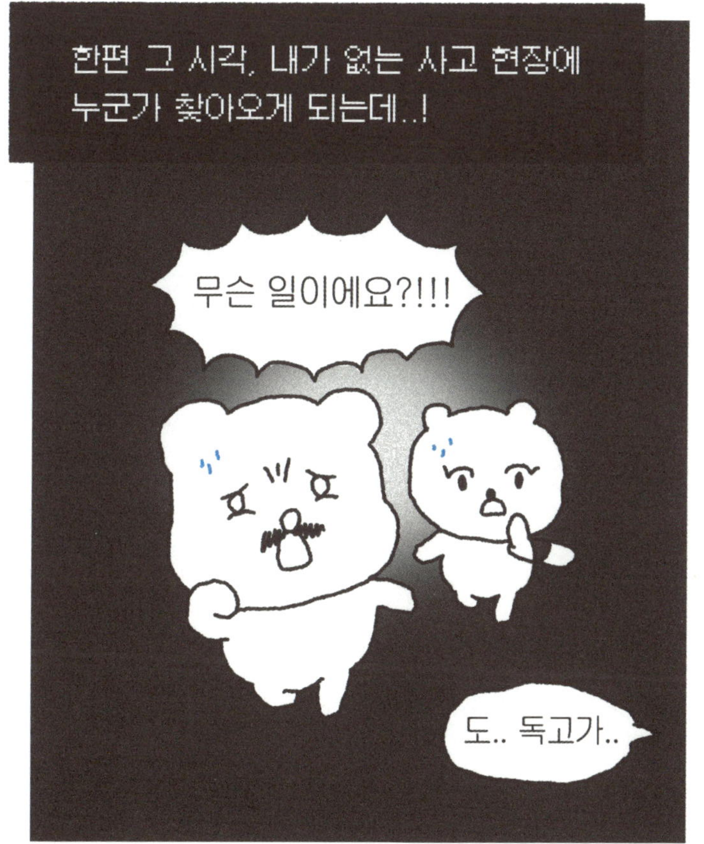
한편 그 시각, 내가 없는 사고 현장에
누군가 찾아오게 되는데..!
무슨 일이에요?!!!
도.. 독고가..

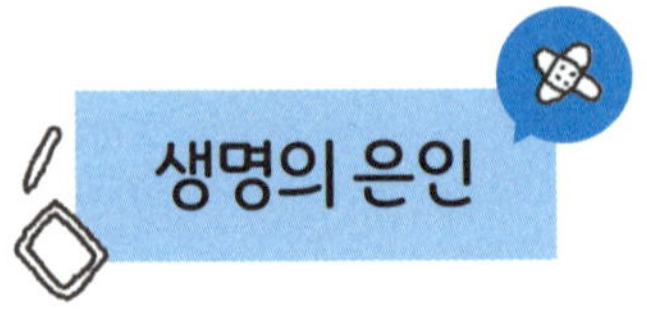

친구들의 말에 따르면…

어떻게 된 거냐면..

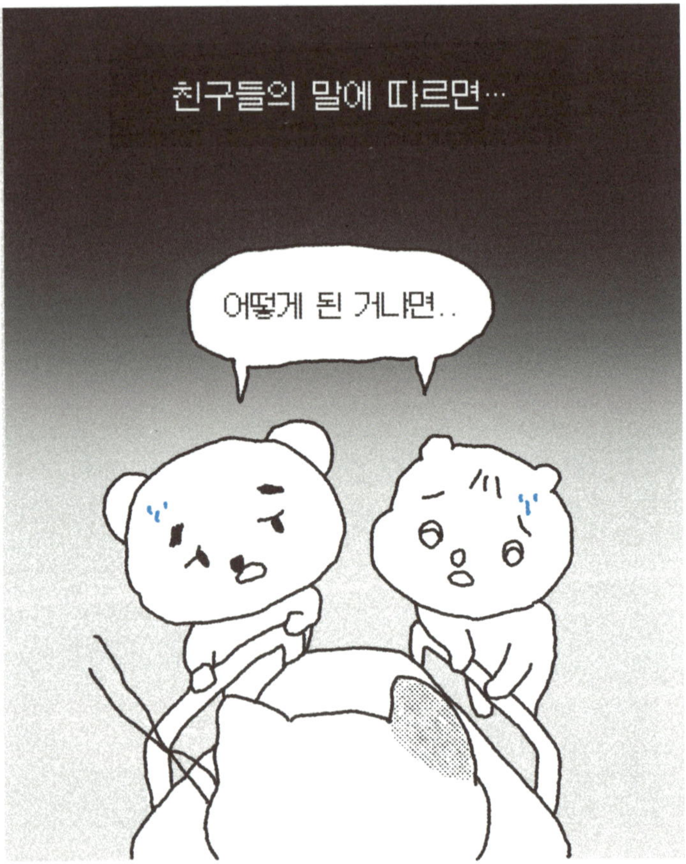

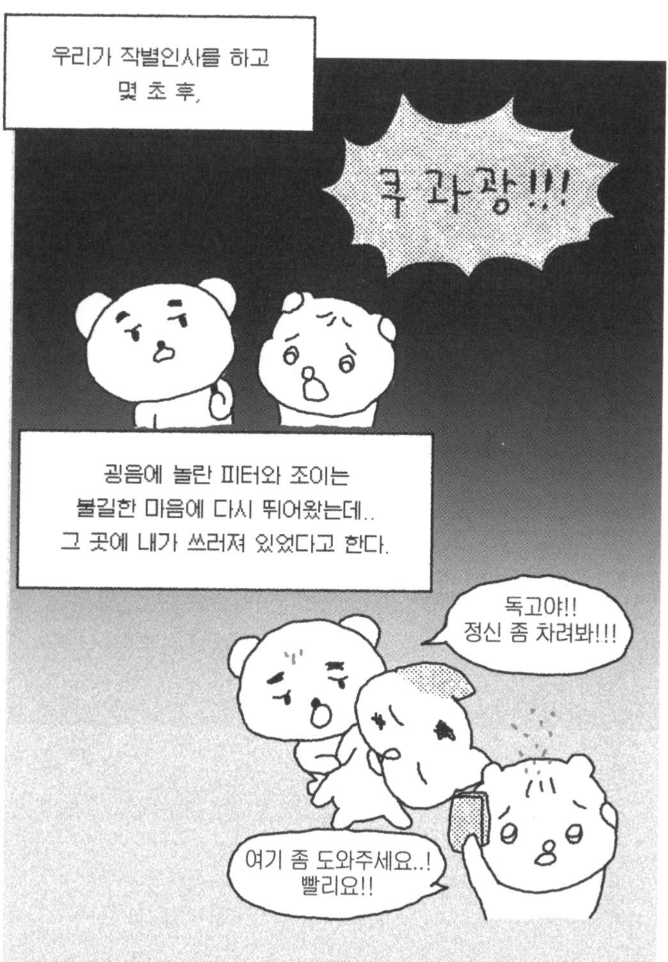

우리가 작별인사를 하고
몇 초 후,
쿠과광!!!
굉음에 놀란 피터와 조이는
불길한 마음에 다시 뛰어왔는데..
그 곳에 내가 쓰러져 있었다고 한다.
독고야!!
정신 좀 차려봐!!!
여기 좀 도와주세요..!
빨리요!!

피터는 바닥에 쓰러져 정신을 잃어가는 나를 챙겼고,
조이는 119를 부르고 여행사 단톡방에 사고 사실을 알렸다.

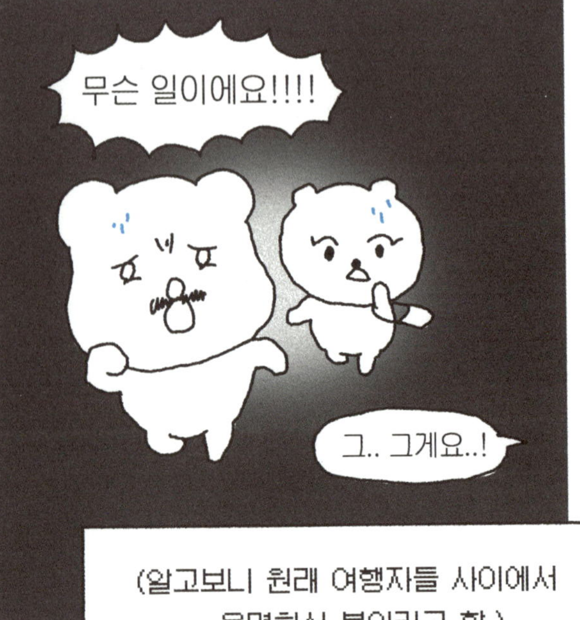

그러자 잠시 후 누군가 뛰어왔는데...
아까 그 한식당 사장님이 아닌가..!
무슨 일이에요!!!!
그.. 그게요..!
(알고보니 원래 여행자들 사이에서
유명하신 분이라고 함.)

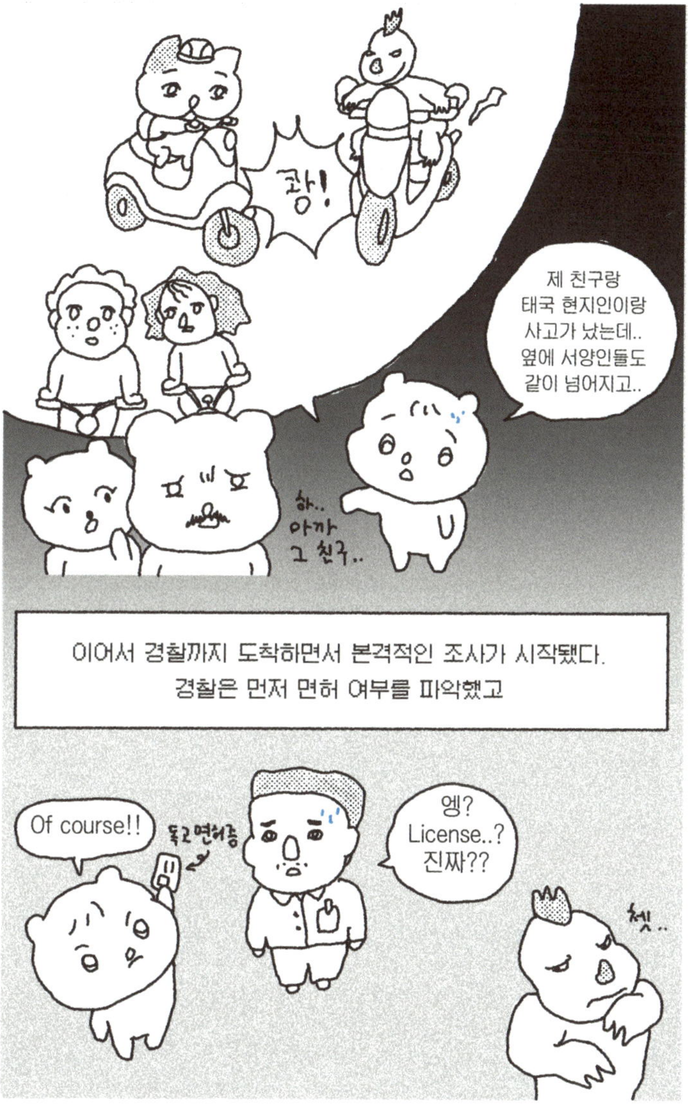

광!

제 친구랑
태국 현지인이랑
사고가 났는데..
옆에 서양인들도
같이 넘어지고..

하..
아까
그 친구..

이어서 경찰까지 도착하면서 본격적인 조사가 시작됐다.
경찰은 먼저 면허 여부를 파악했고

Of course!!

독고 면허증

엥?
License..?
진짜??

칫..

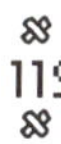

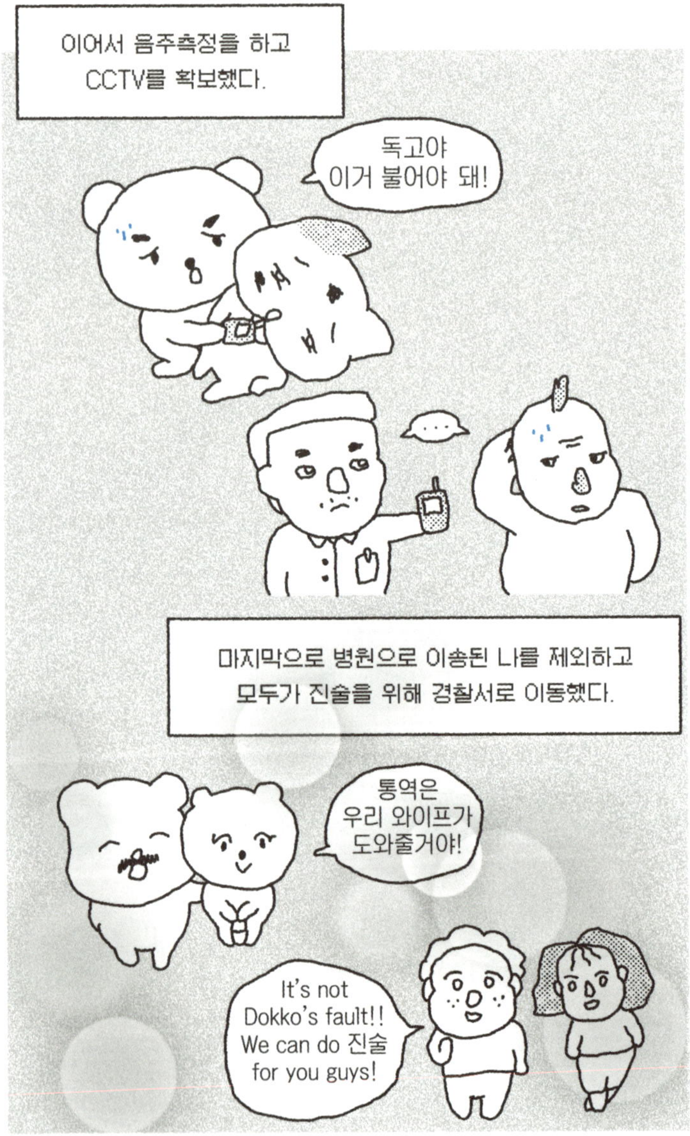

이어서 음주측정을 하고
CCTV를 확보했다.

독고야
이거 불어야 돼!

...

마지막으로 병원으로 이송된 나를 제외하고
모두가 진술을 위해 경찰서로 이동했다.

통역은
우리 와이프가
도와줄거야!

It's not
Dokko's fault!!
We can do 진술
for you guys!

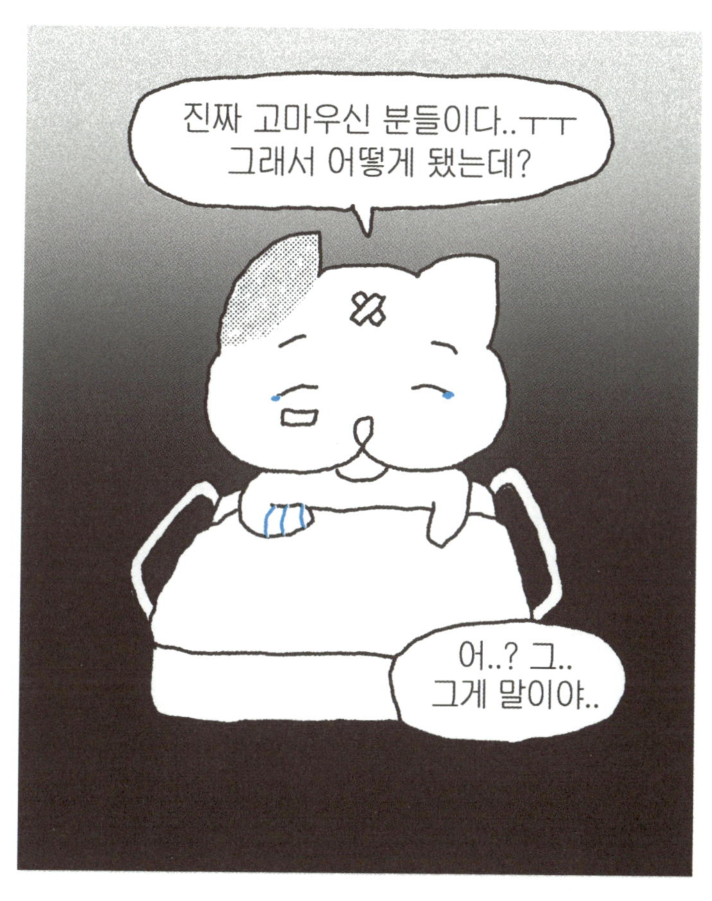
진짜 고마우신 분들이다..ㅜㅜ
그래서 어떻게 됐는데?
어..? 그..
그게 말이야..

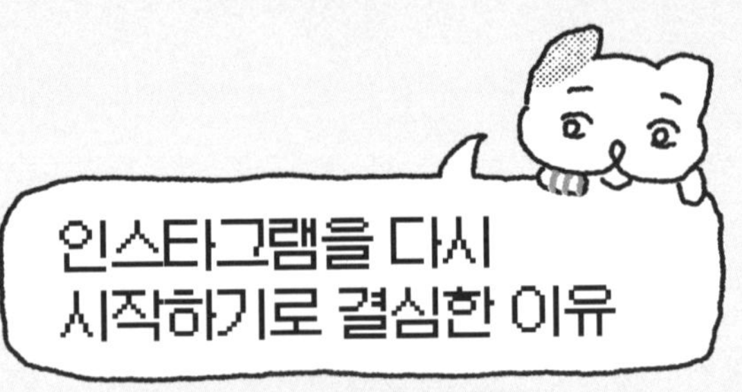
인스타그램을 다시
시작하기로 결심한 이유

불특정 다수에게 나의 아픔을 솔직하게 드러내는 것이 쉬운 일은 아니었다. 하지만 그것을 감당하고 나니 생각보다 더 많은 것을 얻게 되었다.

나처럼 사고로 팔이 마비된 분들과의 소통은 물론 내 상황에 공감하는 사람들의 많은 응원이 있었다. 6개월 전 막막함에 잠 못 이루던 나는 덕분에 지금은 나답게, 자유롭게 살아갈 앞날이 기대가 된다.

몇 년 뒤 나는 여전히 왼손잡이일까 아니면 다시 오른손잡이일까?
그리고 어디서 무슨 일을 하며 살고 있을까?
아무것도 확신할 수 없지만 한 가지는 분명하다. 내가 받은 응원에 부끄럽지 않게 잘 살아서 나와 같은 사람들에게 힘이 되어주려 한다.

다시 인스타그램을 시작하길 잘한 것 같다.

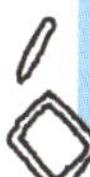

나는 어떻게 가해자가 되었는가

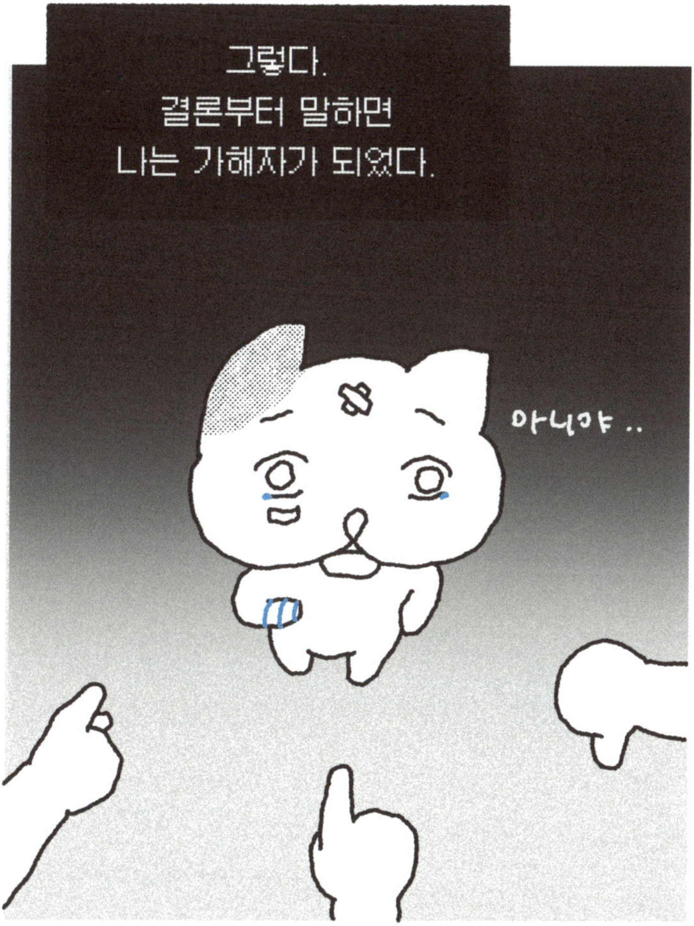

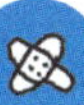

그렇다.
결론부터 말하면
나는 가해자가 되었다.
아니야..

이해가 가지 않았다.
현장에서 수집한 모든 증거들….

헬멧 착용 여부와 면허 소지 여부,
그리고 음주 측정 결과까지.

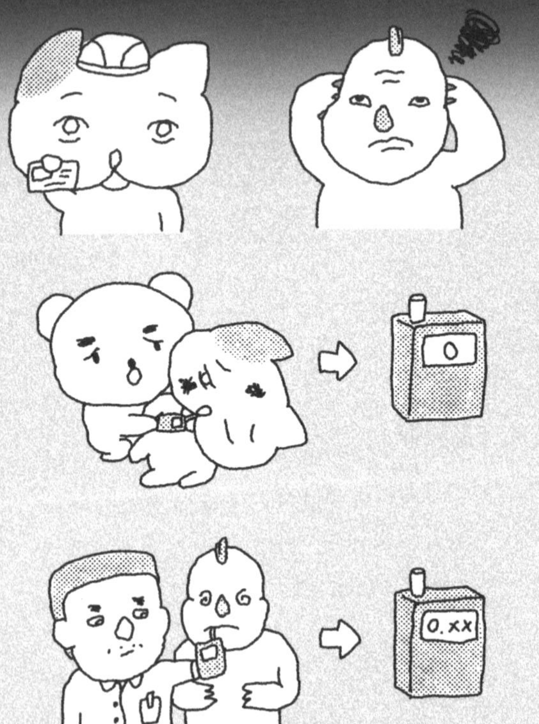

모든 증거가 내가 피해자임을
가리키고 있었다.

심지어 낯선 타지에서 나를 위해
도움을 자처해준 사람들도 많았는데..

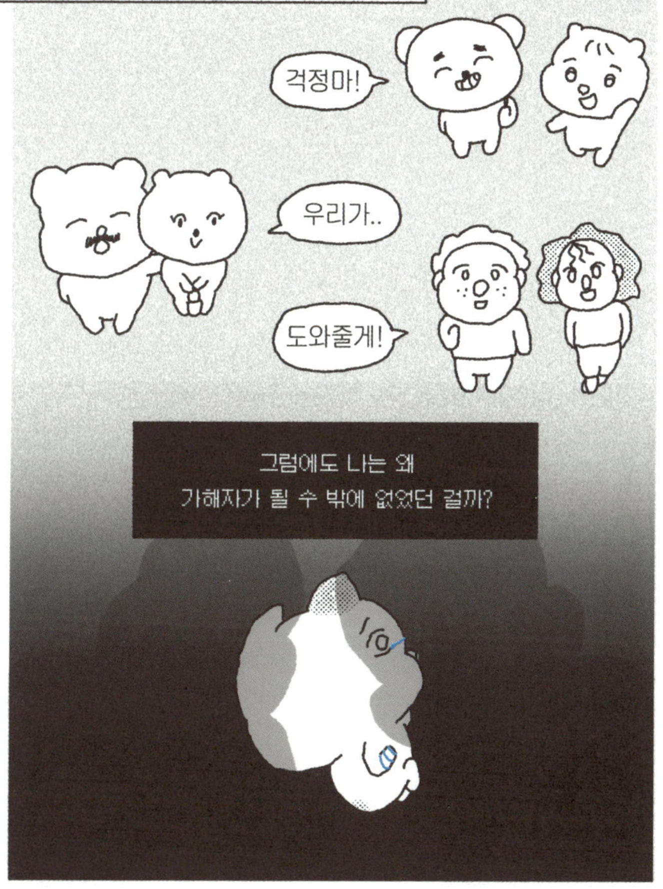

걱정마!
우리가..
도와줄게!
그럼에도 나는 왜
가해자가 될 수 밖에 없었던 걸까?

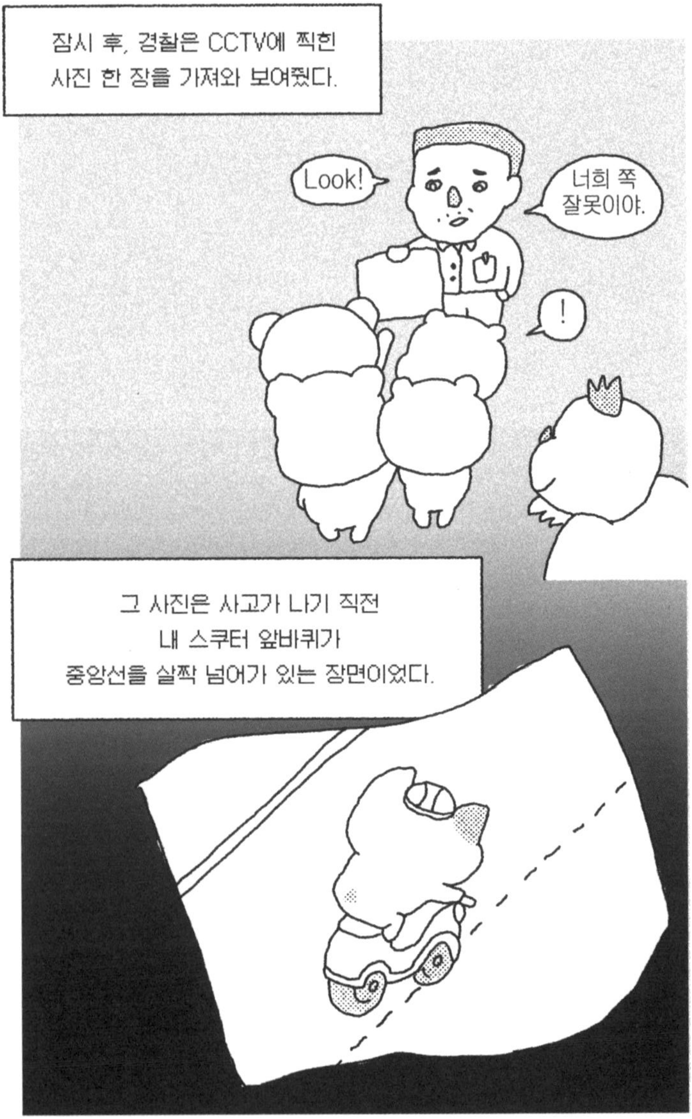

잠시 후, 경찰은 CCTV에 찍힌
사진 한 장을 가져와 보여줬다.

Look!

너희 쪽
잘못이야.

!

그 사진은 사고가 나기 직전
내 스쿠터 앞바퀴가
중앙선을 살짝 넘어가 있는 장면이었다.

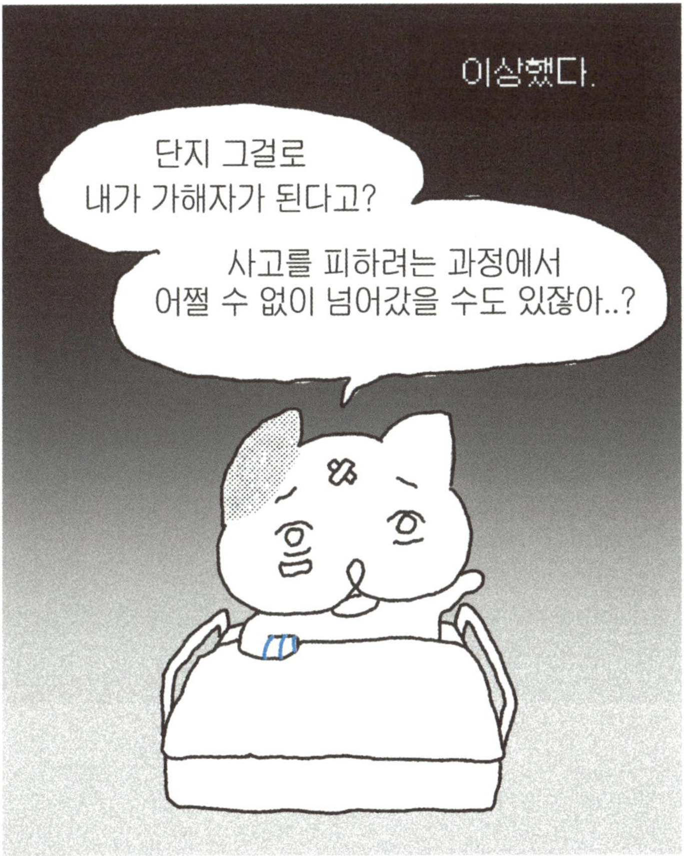

이상했다.

단지 그걸로
내가 가해자가 된다고?

사고를 피하려는 과정에서
어쩔 수 없이 넘어갔을 수도 있잖아..?

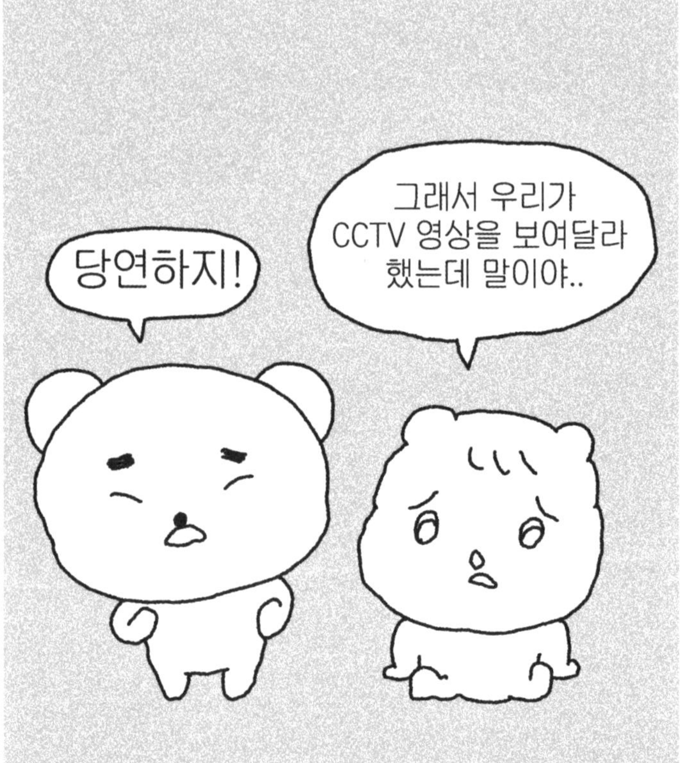
당연하지!
그래서 우리가
CCTV 영상을 보여달라
했는데 말이야..

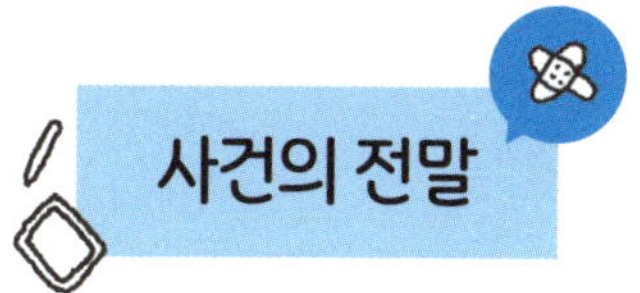

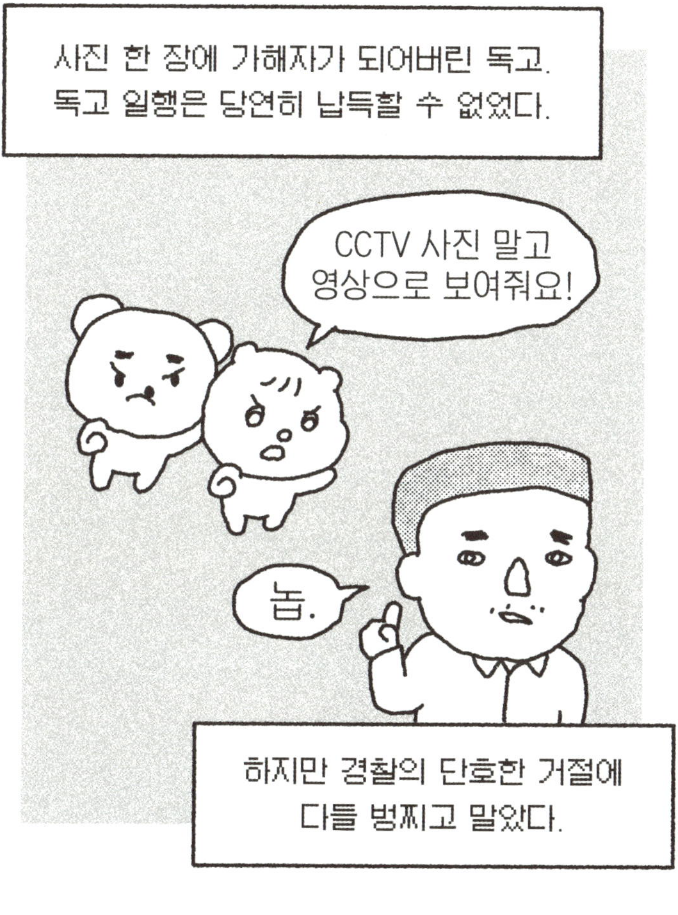

사진 한 장에 가해자가 되어버린 독고.
독고 일행은 당연히 납득할 수 없었다.

CCTV 사진 말고
영상으로 보여줘요!

놉.

하지만 경찰의 단호한 거절에
다들 벙찌고 말았다.

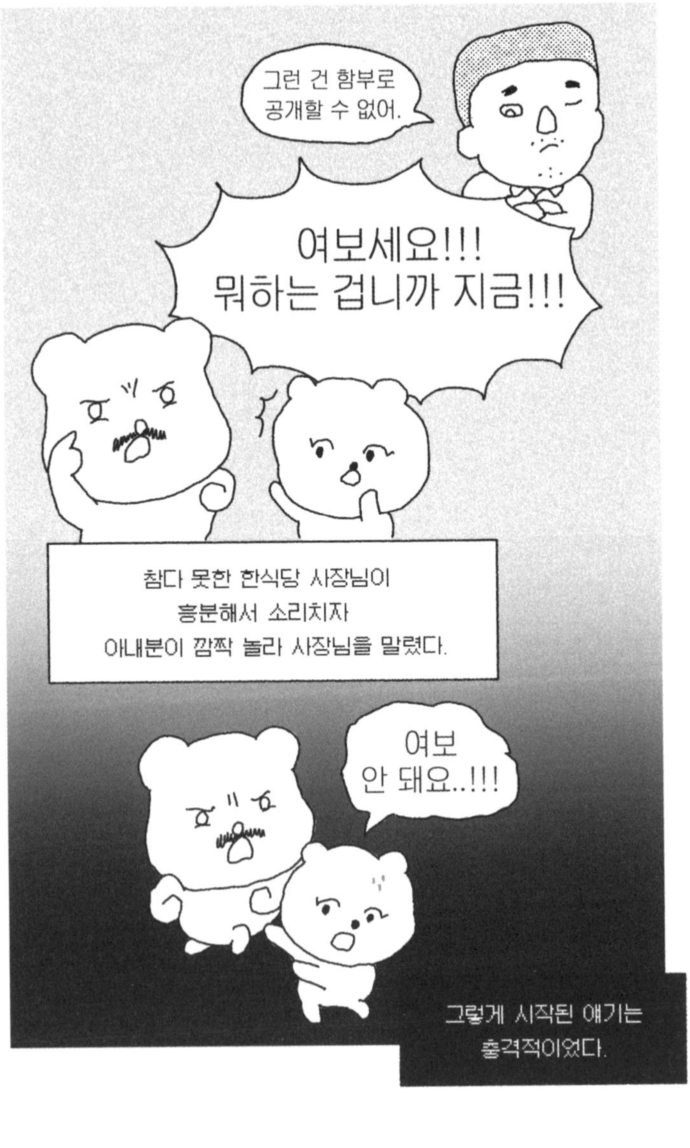

그런 건 함부로
공개할 수 없어.

여보세요!!!
뭐하는 겁니까 지금!!!

참다 못한 한식당 사장님이
흥분해서 소리치자
아내분이 깜짝 놀라 사장님을 말렸다.

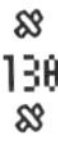

여보
안 돼요..!!!

그렇게 시작된 얘기는
충격적이었다.

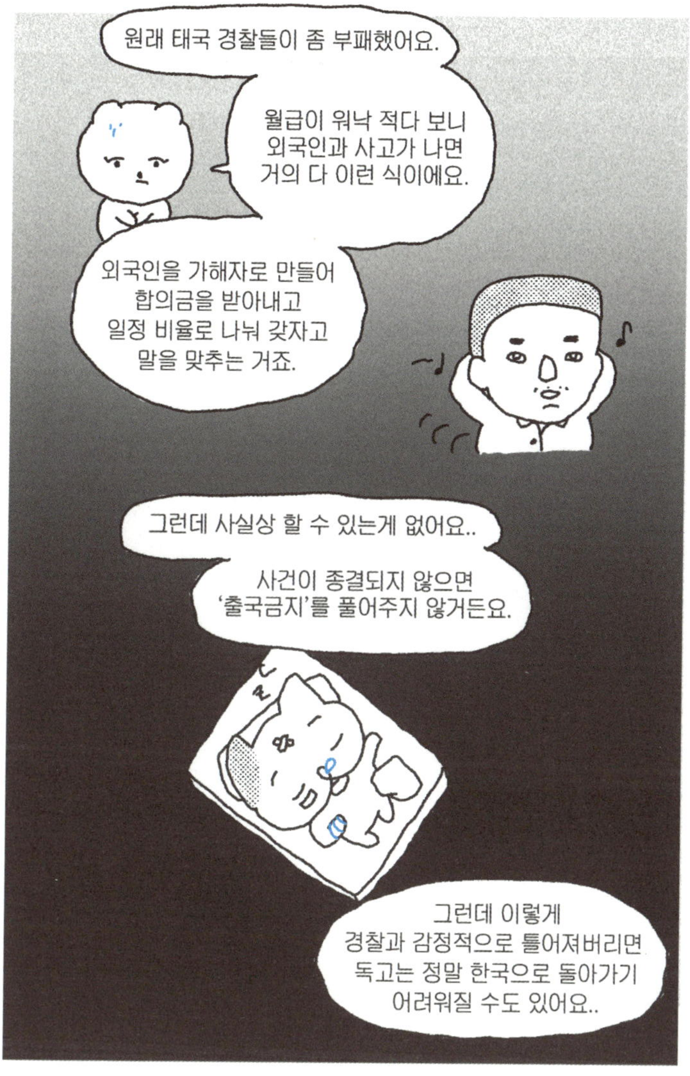

원래 태국 경찰들이 좀 부패했어요.

월급이 워낙 적다 보니
외국인과 사고가 나면
거의 다 이런 식이에요.

외국인을 가해자로 만들어
합의금을 받아내고
일정 비율로 나눠 갖자고
말을 맞추는 거죠.

그런데 사실상 할 수 있는게 없어요..

사건이 종결되지 않으면
'출국금지'를 풀어주지 않거든요.

그런데 이렇게
경찰과 감정적으로 틀어져버리면
독고는 정말 한국으로 돌아가기
어려워질 수도 있어요..

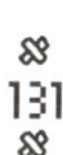

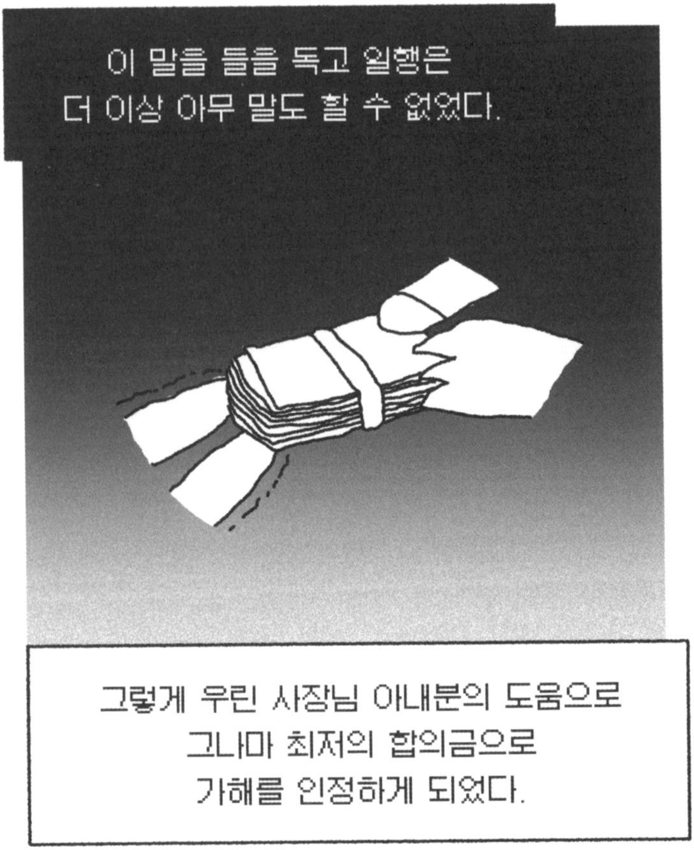

이 말을 들을 독고 일행은
더 이상 아무 말도 할 수 없었다.

그렇게 우린 사장님 아내분의 도움으로
그나마 최저의 합의금으로
가해를 인정하게 되었다.

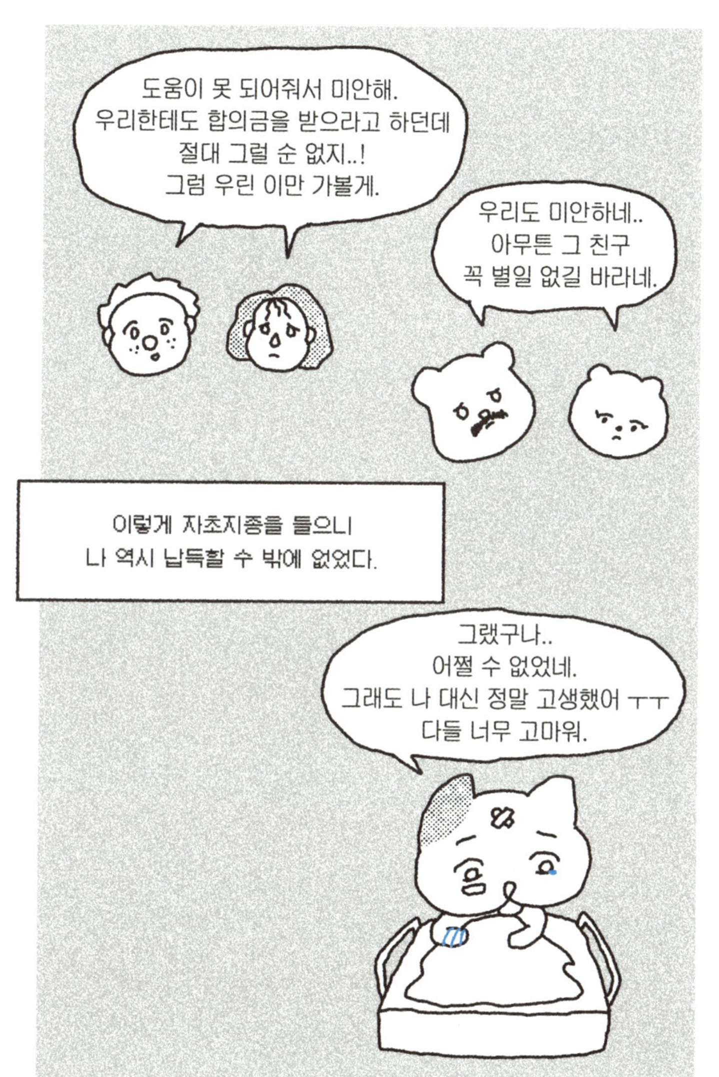
도움이 못 되어줘서 미안해.
우리한테도 합의금을 받으라고 하던데
절대 그럴 순 없지..!
그럼 우린 이만 가볼게.
우리도 미안하네..
아무튼 그 친구
꼭 별일 없길 바라네.
이렇게 자초지종을 들으니
나 역시 납득할 수 밖에 없었다.
그랬구나..
어쩔 수 없었네.
그래도 나 대신 정말 고생했어 ㅜㅜ
다들 너무 고마워.

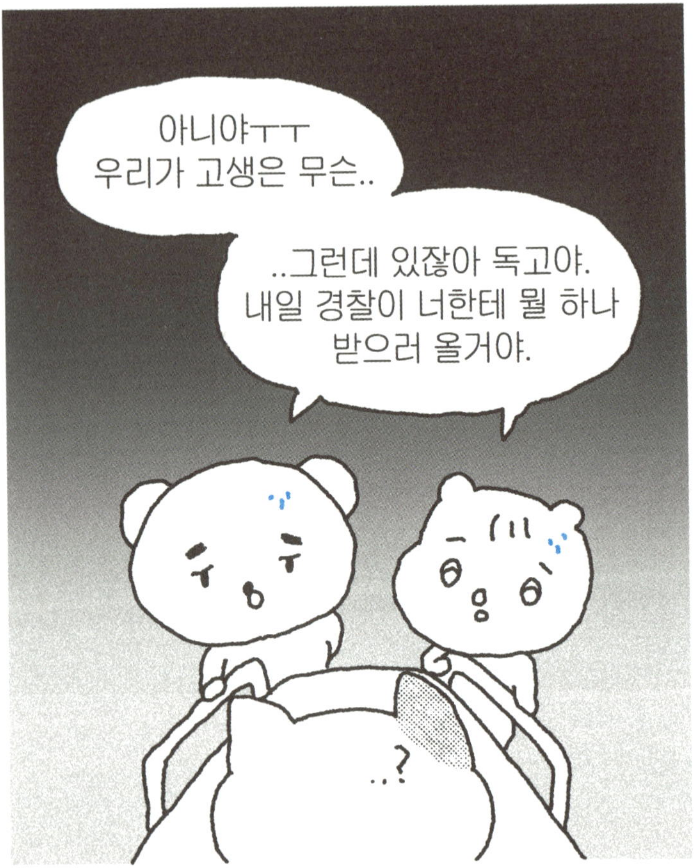

아니야ㅜㅜ
우리가 고생은 무슨..

..그런데 있잖아 독고야.
내일 경찰이 너한테 뭘 하나
받으러 올거야.

..?

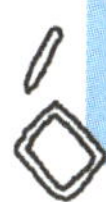

마냥 최악의 기억은 아니기를

다음날, 병실에서 멍하니
경찰이 오기만을 기다리는
'가해자' 독고.

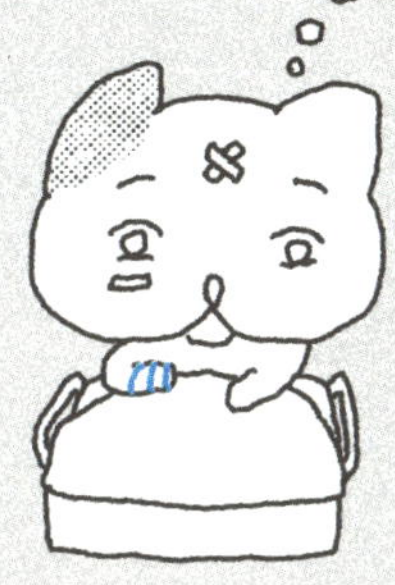

잠시 후 예고대로 찾아온 경찰은
어떤 서류를 들이밀더니
읽어보고 서명을 하라고 했다.

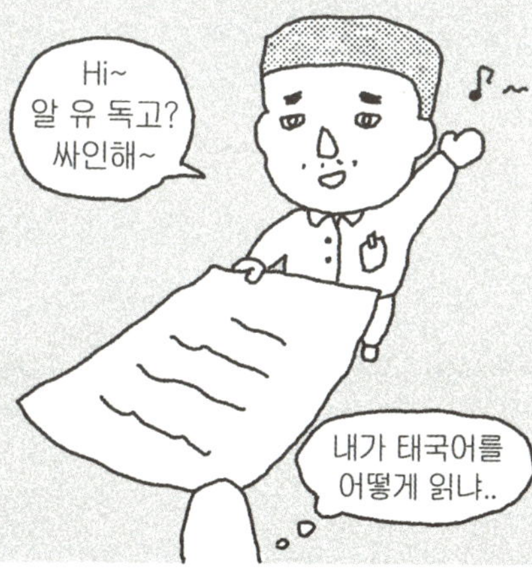

Hi~
알 유 독고?
싸인해~
내가 태국어를
어떻게 읽냐..

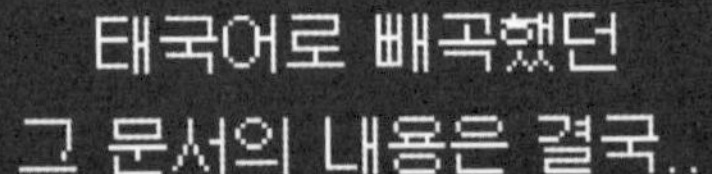
태국어로 빼곡했던
그 문서의 내용은 결국..

"…나는 가해자임을 인정한다."

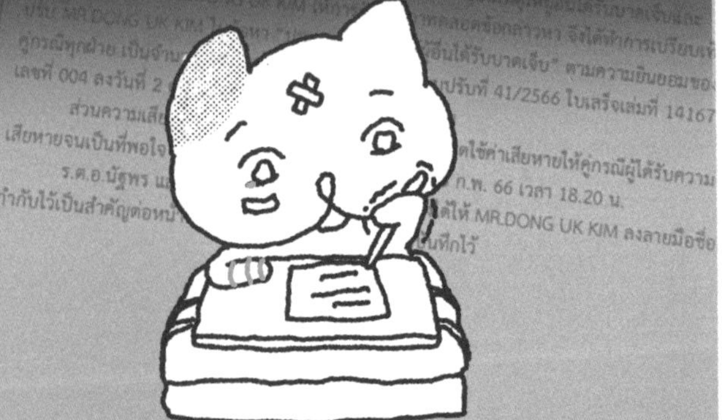

나는 그 서류에 망가진 오른팔 대신
익숙치 않은 왼손을 바들바들 떨며
내 이름을 적었다.

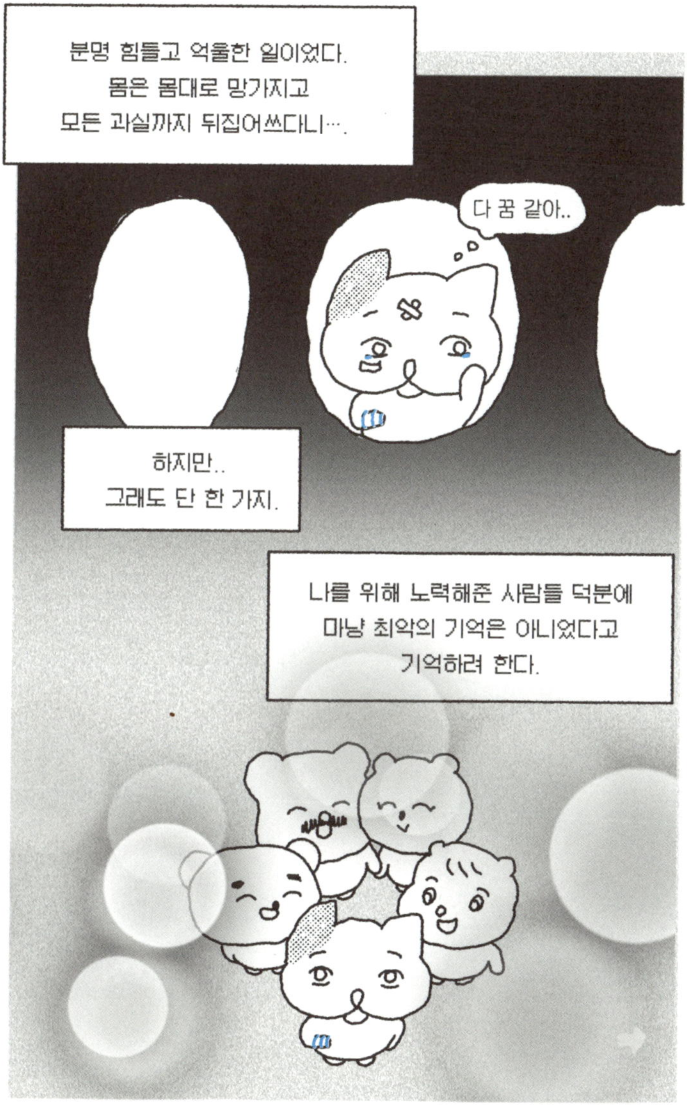

분명 힘들고 억울한 일이었다.
몸은 몸대로 망가지고
모든 과실까지 뒤집어쓰다니….

다 꿈 같아..

하지만..
그래도 단 한 가지.

나를 위해 노력해준 사람들 덕분에
마냥 최악의 기억은 아니었다고
기억하려 한다.

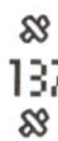

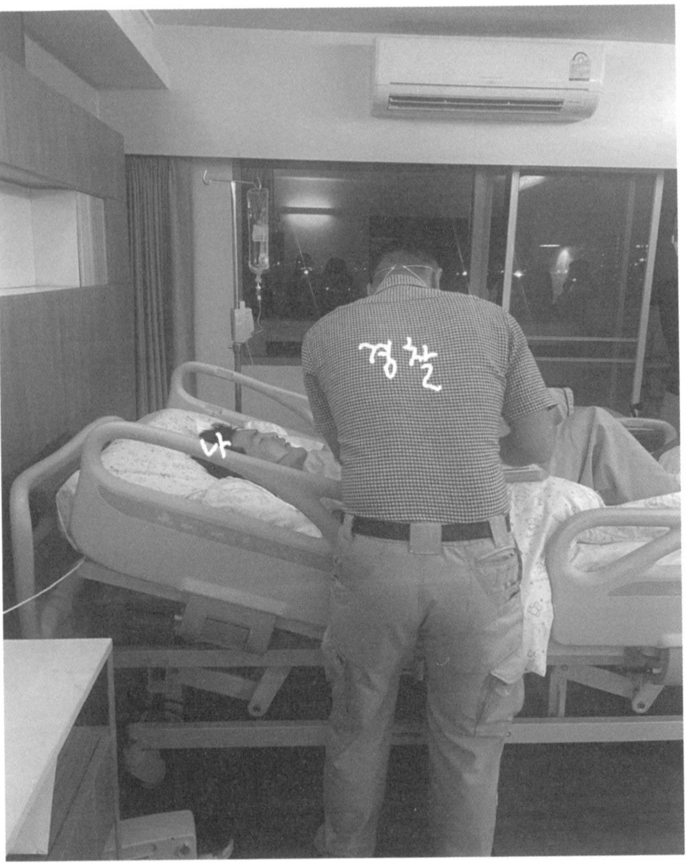
경찰
나

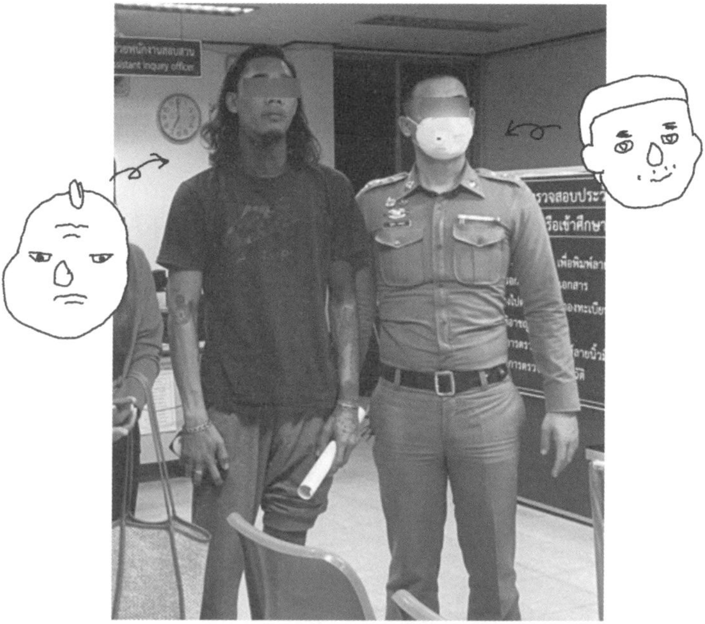

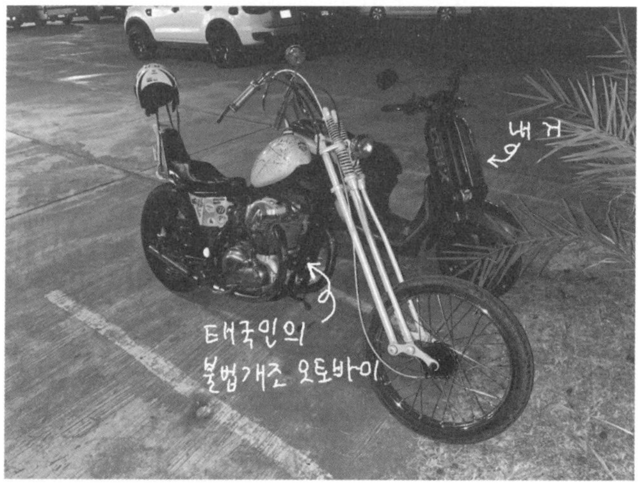
내 거
태국인의
불법개조 오토바이

친구들 덕에 겨우 웃어본 사진.

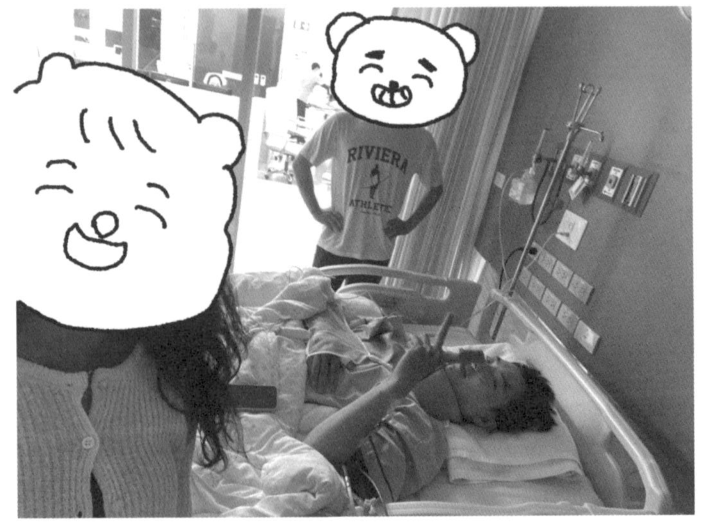

정말 고마웠어!

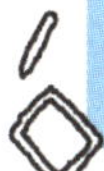

자전거 타다가 [ ] 부러진 썰

때는 바야흐로 9년 전,
대학교 2학년이던 독고.

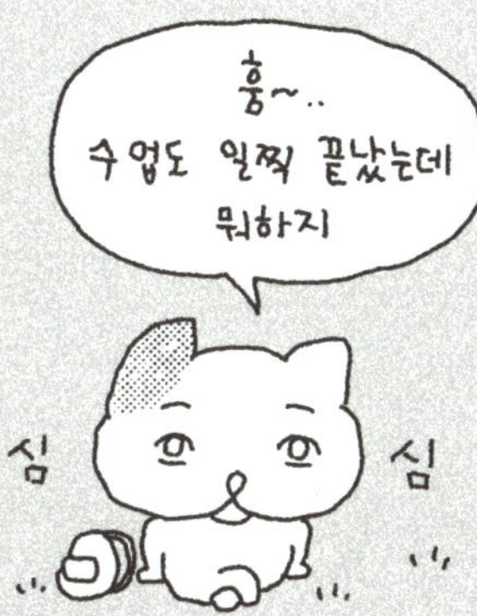

마침 그날은 여름방학이 끝나고
2학기가 시작되던 9월초라
날씨가 기가 막히게 좋은 날이었다.

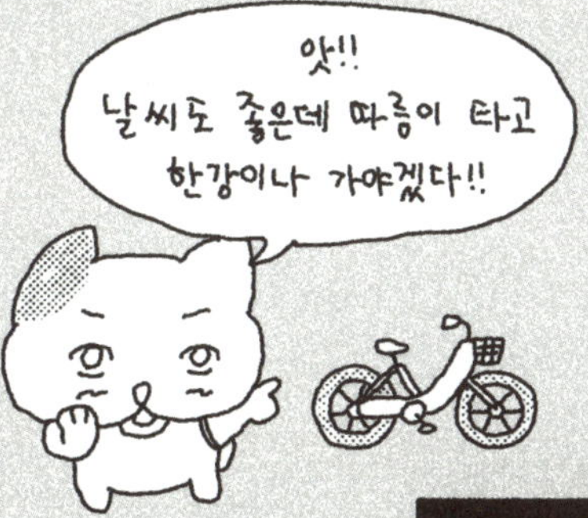

앗!!
날씨도 좋은데 따릉이 타고
한강이나 가야겠다!!

그렇게 갑자기 시작된
자전거 여정….

141

캠퍼스에서 출발해 한강 공원에 도착하니
때마침 멋진 노을과 함께
일몰이 시작되고 있었고,

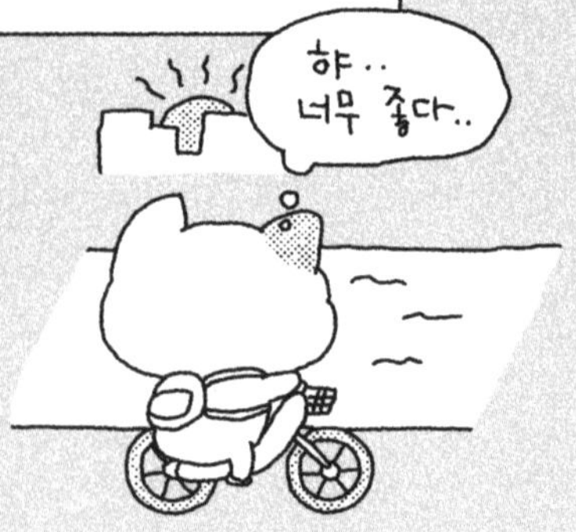

그렇게 홀로 낭만을 즐기고 있을 때
뒤에서 들려오던 자전거 경적 소리.

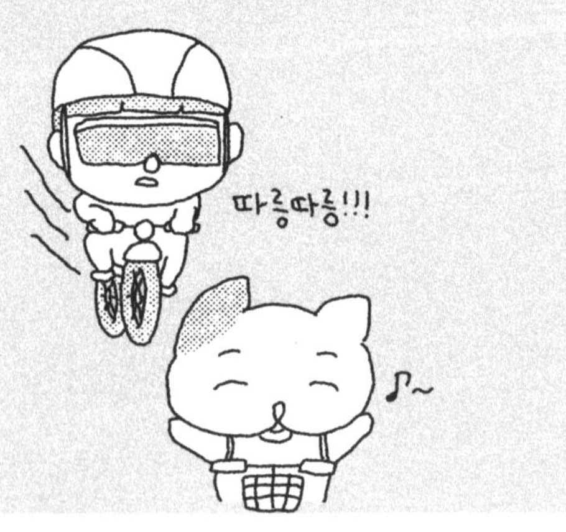

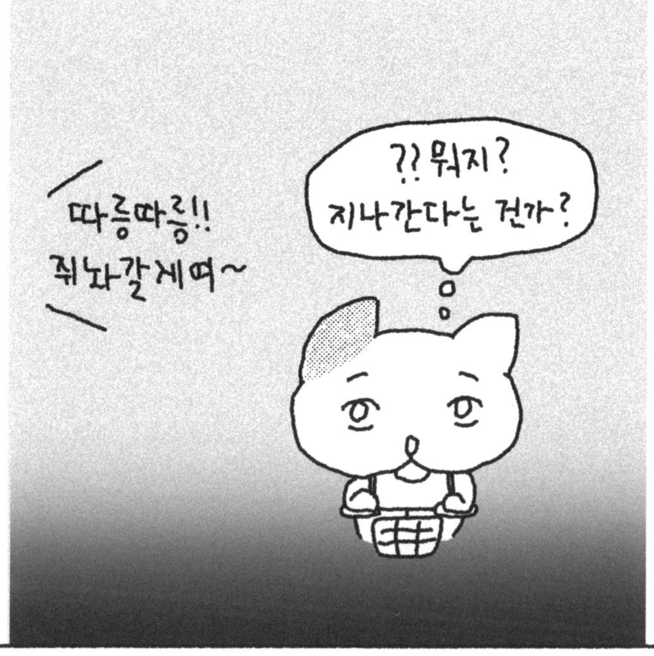

속도가 느린 내가 비켜줘야겠다 생각하고
길 옆으로 빠진 순간..

부~~웅

쾅!

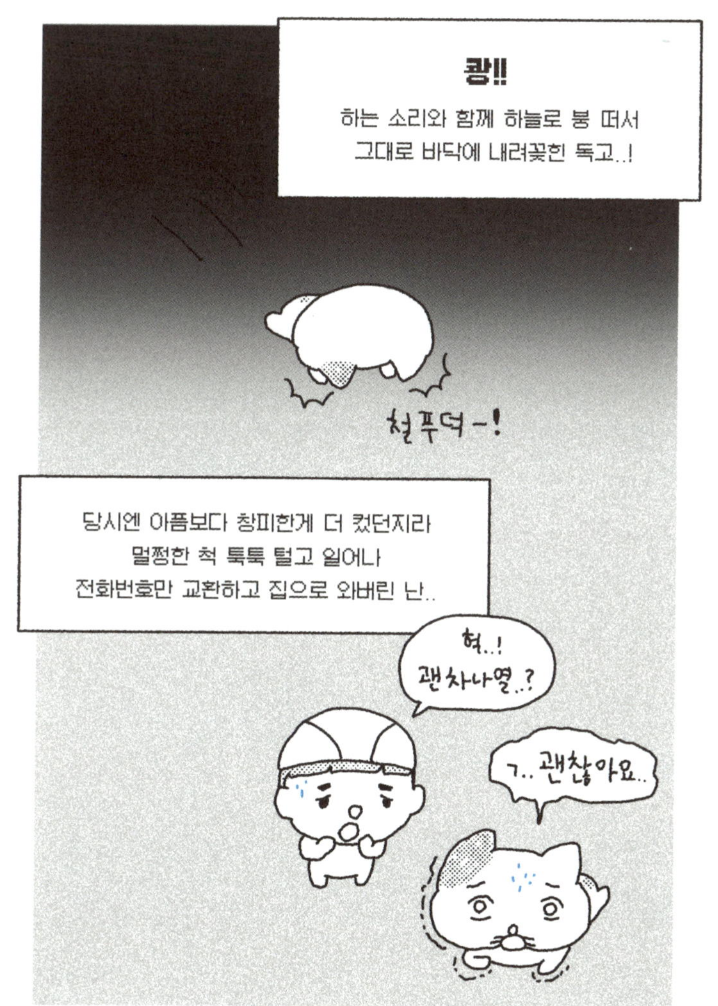
쾅!!
하는 소리와 함께 하늘로 붕 떠서
그대로 바닥에 내려꽂힌 독고..!
철푸덕-!
당시엔 아픔보다 창피한게 더 컸던지라
멀쩡한 척 툭툭 털고 일어나
전화번호만 교환하고 집으로 와버린 난..
헉..!
괜차나열..?
ㄱ.. 괜찮아요..

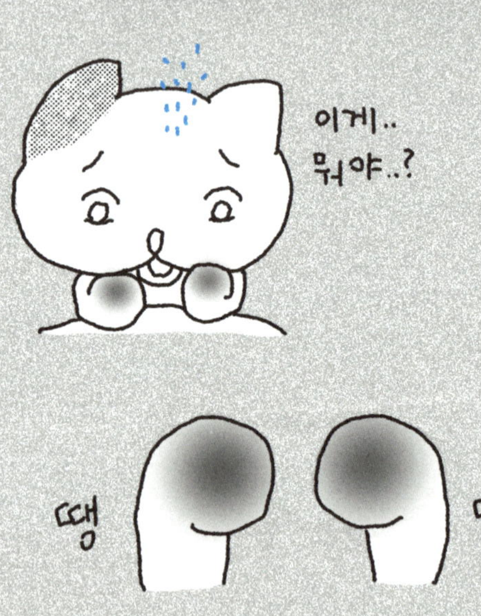
다음날 아침에 깨어나
깜짝 놀랄 수 밖에 없었는데….
이게..
뭐야..?
땡
땡

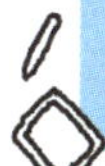

양팔 깁스는 처음

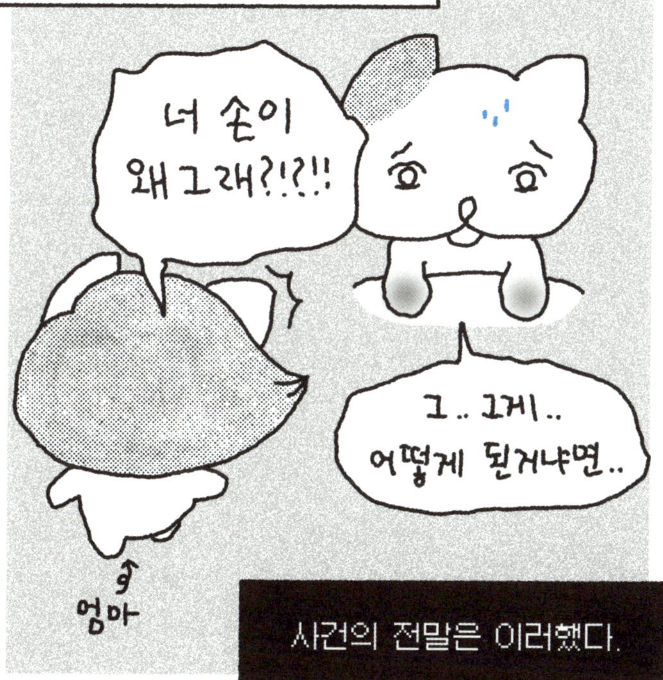

자전거에 치인 그 다음날,
손이 땡땡 부어버린 독고.
너 손이 왜그래?!?!!
그.. 그게.. 어떻게 된거냐면..
엄마
사건의 전말은 이러했다.

내 뒤에서 머리부터 발끝까지
풀 장착을 하고 쌩쌩 달려오던 자전거.

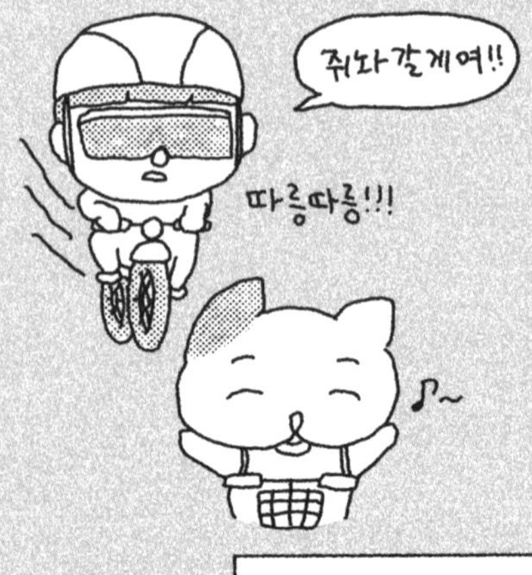

지나간다길래 난 비켜주려 했을 뿐이고..
그런데 하필 그 순간에
나와 같은 쪽으로 와버린 자전거..

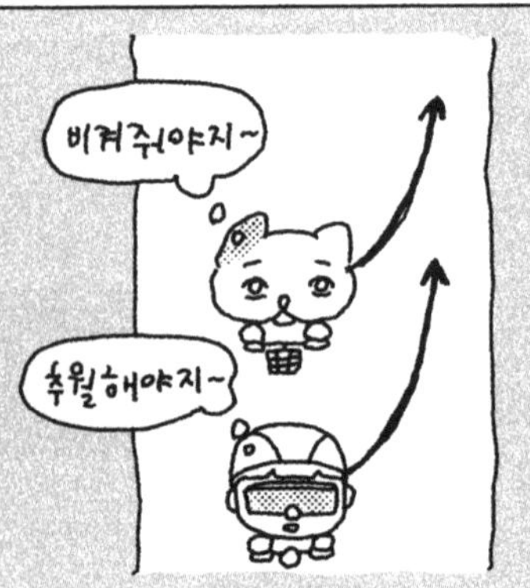

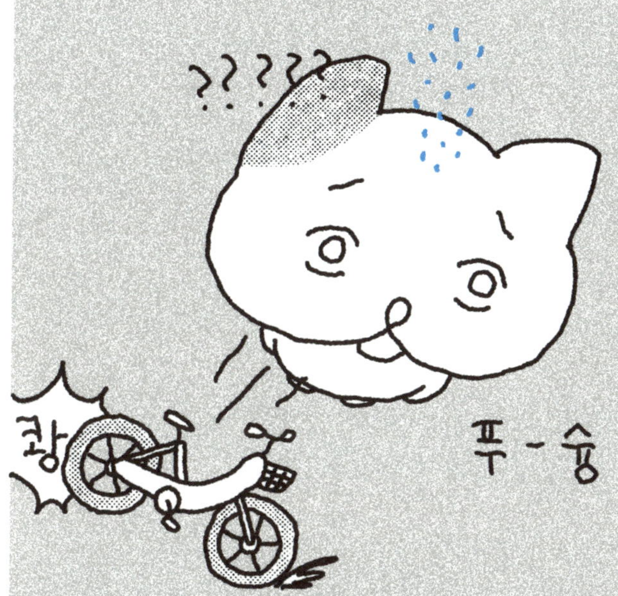
때문에 진짜 말 그대로
로켓처럼 발사되고 말았던 것;;;
?????
쾅
푸~슝

문제는 정말 영문도 모르고 갑자기 날아간 탓에
하필 두 손으로 땅을 짚어버렸고,

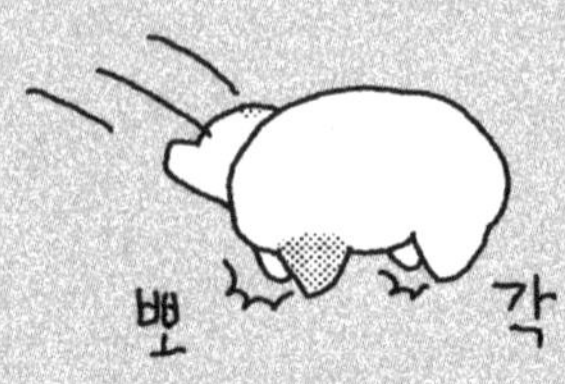

왼손은 손목이, 오른손은 손등이
부러져버린 것이다..

그런데 나는 그것도 모른 채
얼레벌레 집까지 그냥 와버렸던 것임..

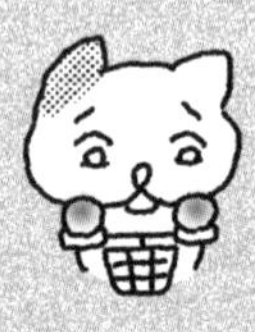

양손 부러진 채로
다시 자전거 타고..

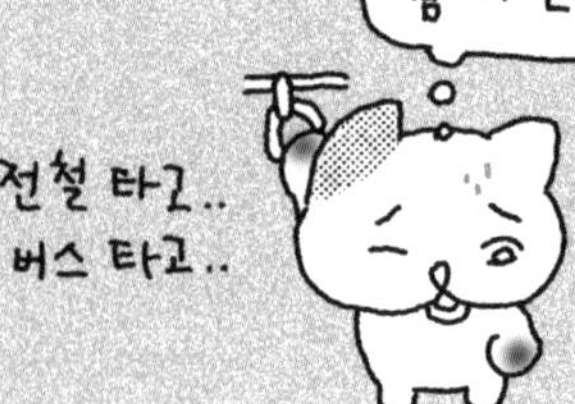

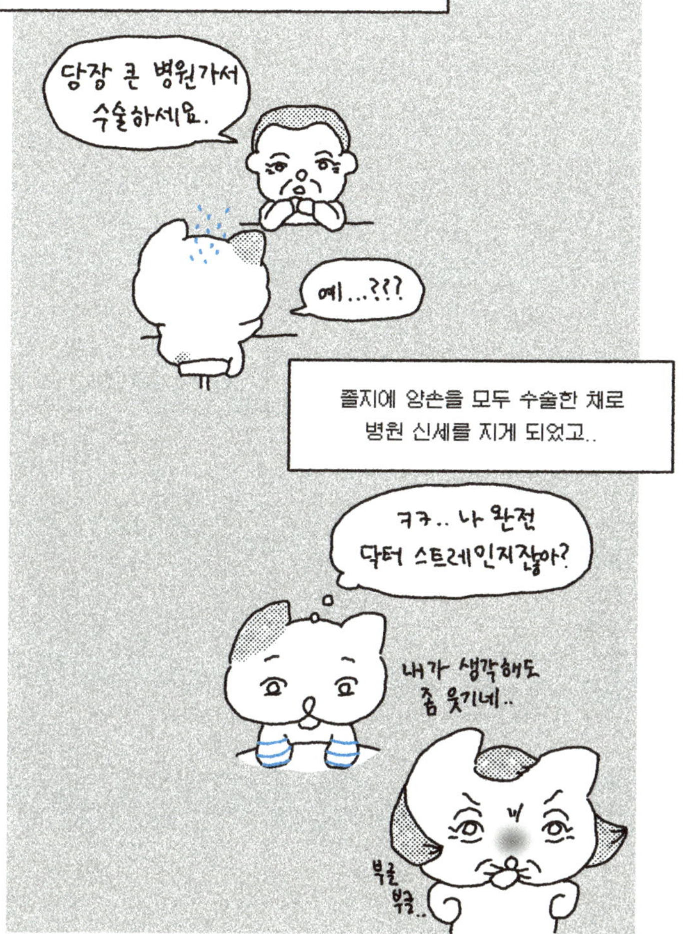
그렇게 다음날이 되어서야
땡땡 부은 손으로 병원에 찾아간 독고는
당장 큰 병원가서 수술하세요.
예...???
졸지에 양손을 모두 수술한 채로
병원 신세를 지게 되었고..
ㅋㅋ.. 나 완전 닥터 스트레인지잖아?
내가 생각해도 좀 웃기네..
부글 부글..

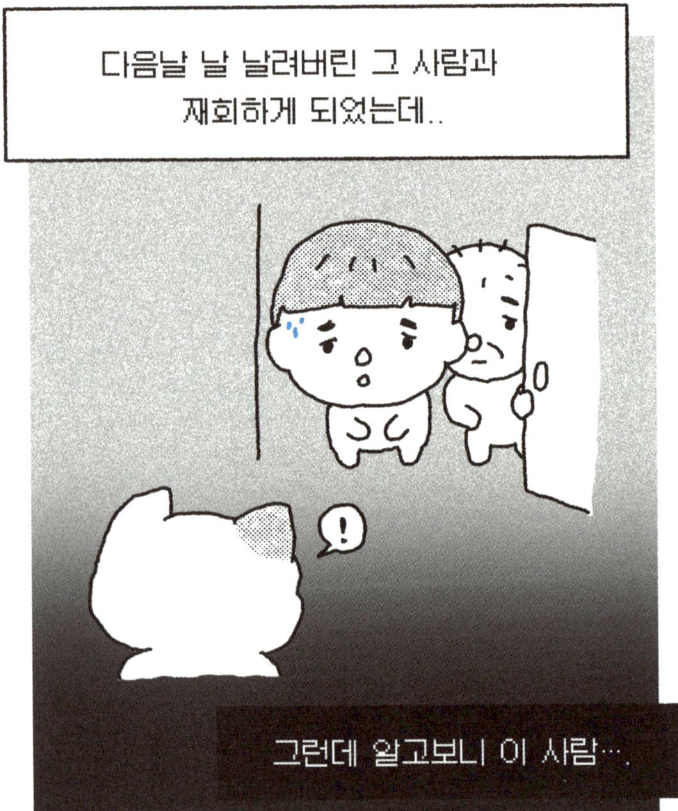

다음날 날 날려버린 그 사람과
재회하게 되었는데..

그런데 알고보니 이 사람….

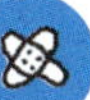

상상도 못한 전개

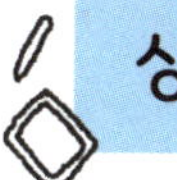

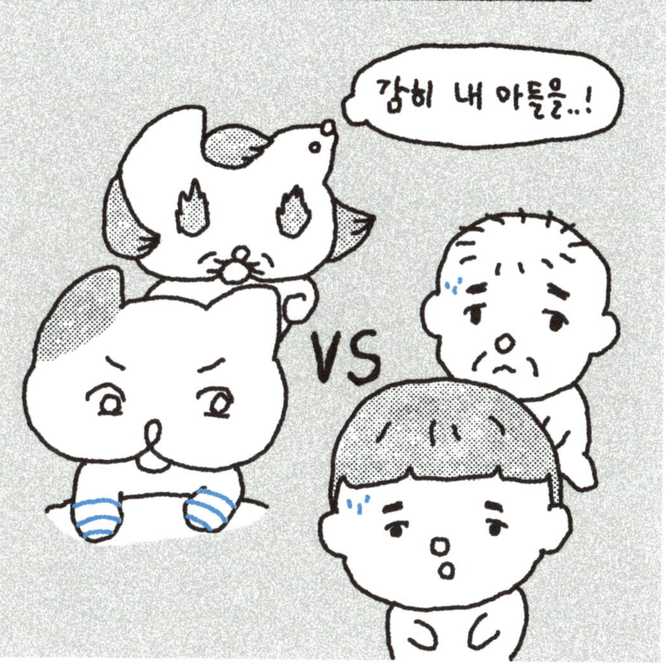
수술 다음날,
드디어 자신을 날려버린
그 사람과 만나게 된 독고..!
감히 내 아들을..!
VS

그런데 이 사람.. 한국인이 아니라
한국에서 유학하는 중국인이었던 것.

안녕하쎄요.
저.. 중국 싸람이에요.
아..
어쩐지 말투가...

154

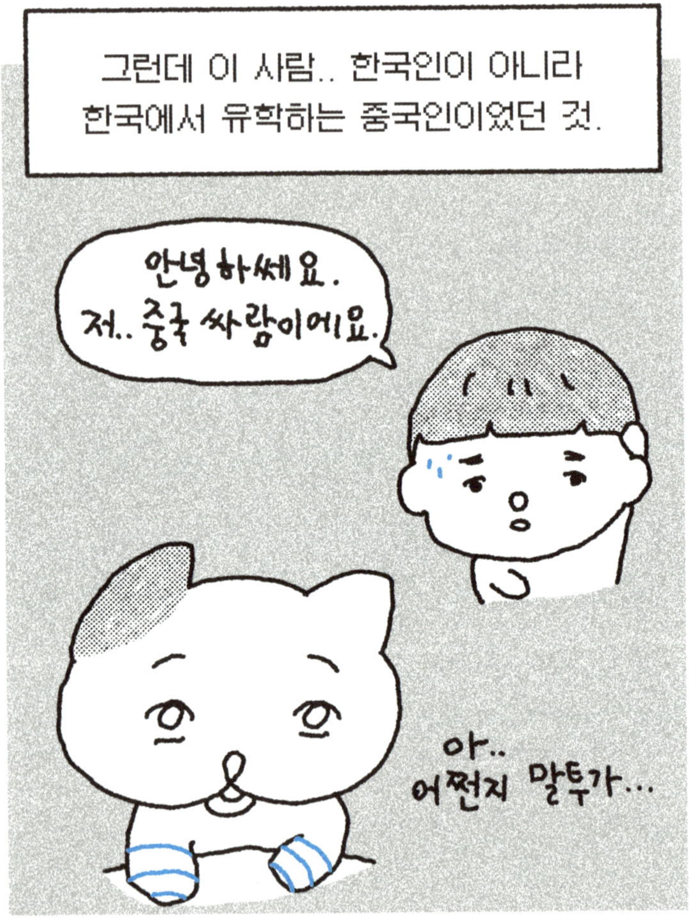

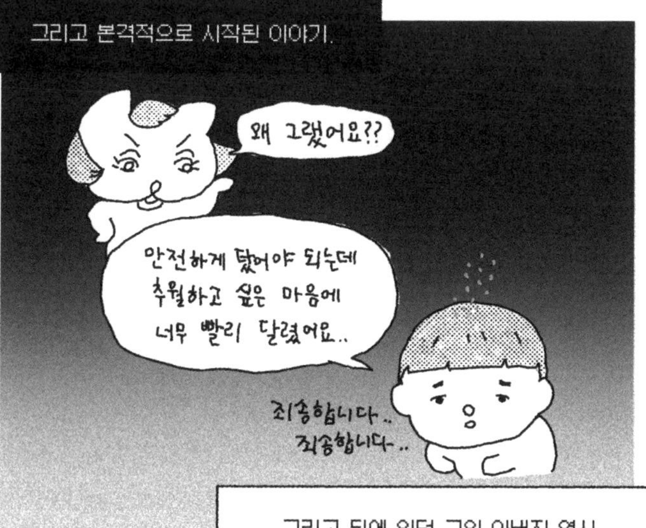

그리고 본격적으로 시작된 이야기.
왜 그랬어요??
안전하게 탔어야 되는데 추월하고 싶은 마음에 너무 빨리 달렸어요..
죄송합니다..
죄송합니다..

그리고 뒤에 있던 그의 아버지 역시
직접 사과를 하고 싶어 중국에서 바로
날아왔다는 것이었다..!

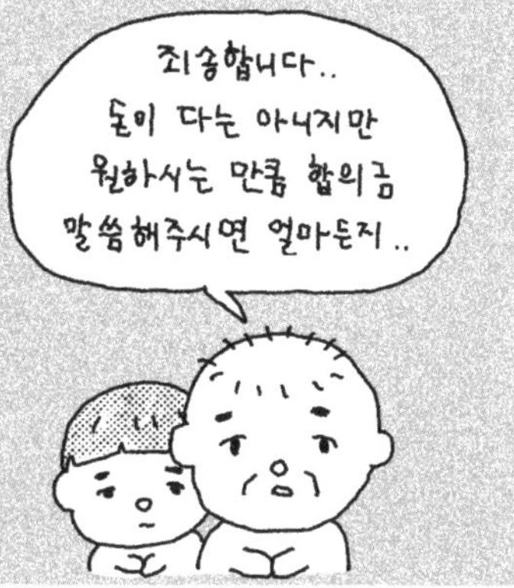

죄송합니다..
돈이 다는 아니지만
원하시는 만큼 합의금
말씀해주시면 얼마든지..

중국인 부자의 진심 어린 사과와
적극적인 피해 보상 의지에
마음이 누그러진 독고 모자.

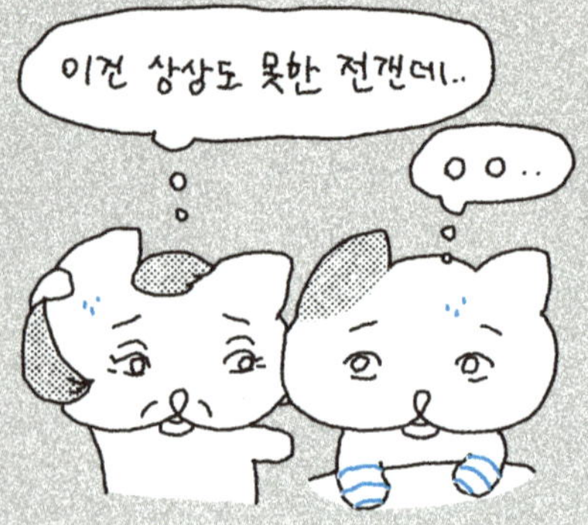
이건 상상도 못한 전갠데..
ㅇㅇ..

결국 수술비와 정신적 피해 보상,
추후 흉터 치료비까지 받은 후,
훈훈하게 사고는 마무리될 수 있었고,

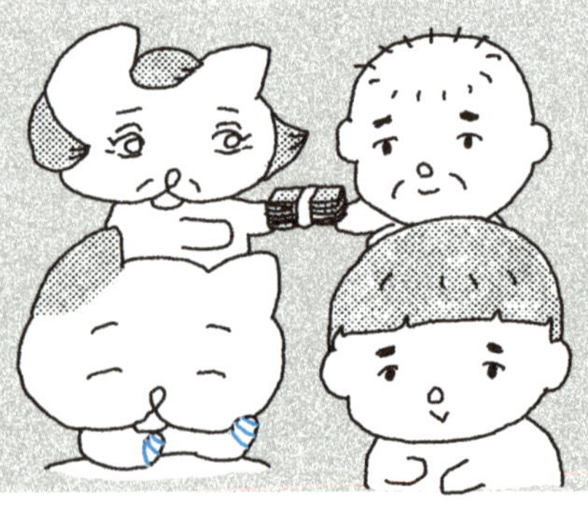

매일 아빠에 의해 씻김 당하는(?)
민망한 몇 주가 지나고
독고도 완전히 회복할 수 있었다!

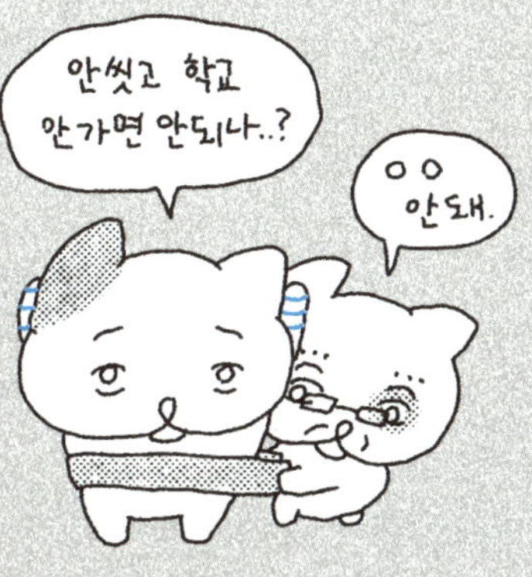
안씻고 학교
안가면 안되나..?
ㅇㅇ
안돼.

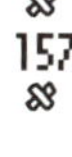

아직도 종종 뒤에서 자전거 소리가 들릴 때
흠칫하기도 하고 흉터도 남긴했지만

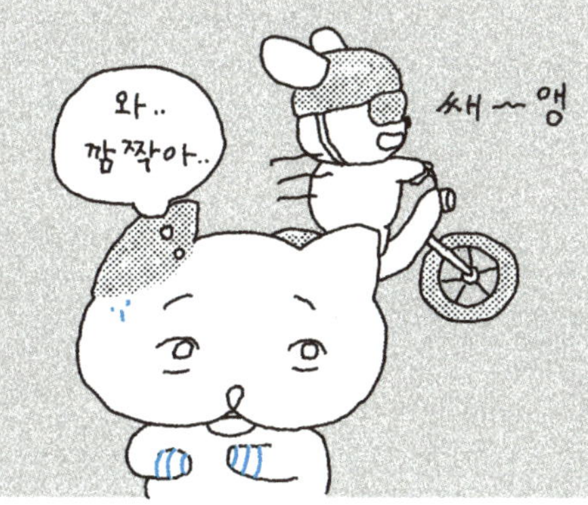
쌔~앵
와..
깜짝아..

그래도 좋은 사람들한테 당한(?) 덕분에
나쁘지 않은 기억으로 남아있다.

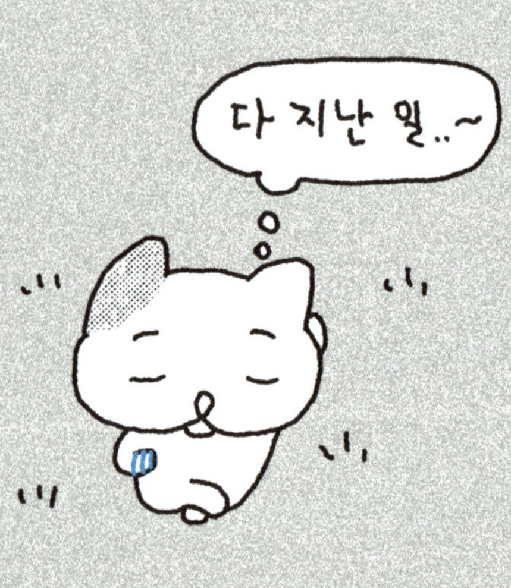

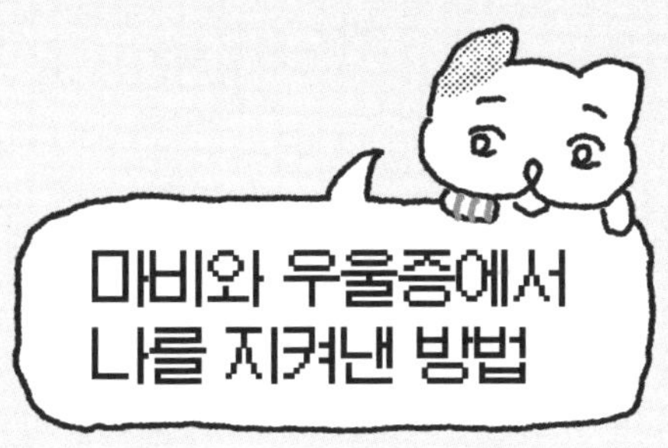
마비와 우울증에서
나를 지켜낸 방법

나의 경우 신체 마비를 겪고 있지만 어떤 종류의 어려움을 겪든 우울증은 함께 따라오기 쉬운 것 같다. 하지만 직접 경험한 바 우울증도 잘 다루면 빠르게 좋아질 수 있다!

❶ 운동은 반드시!

나는 교통사고로 팔이 마비되고 목이 부러져 상태가 정말 안 좋았다. 처음에는 앉아 있지도 못해서 하루종일 누워서 멍때리기만 했으니까. 그러다 조금씩 거동이 가능해지면서 집 주변 산책하는 것부터 시작했다. 거동하는 것 자체도 정말 힘든 데다 우울하기까지하니 운동하기가 정말 싫었지만, 매일 누워서 안 좋은 생각에만 빠져 있다간 더 안 좋아질 같아서 억지로라도 나가려고 노력했다.

그러자 점점 체력도 좋아지고 빠졌던 근육들이 돌아오면서 앉아있을 수 있는 시간이 늘어나기 시작했다.

❷ 몰입할 수 있는 일 찾기

앉아 있는 시간이 늘어나면서 이 시간에 뭘 해야 될지를 점점 찾기 시작했다. 처음에는 왼손으로 글씨 쓰기, 젓가락질 등을 연습하다가 몇 달 뒤엔 지금처럼 인스타툰을 그리게 되었는데, 내가 좋아하는 일을 찾게 되면서부터 조금씩 앞날이 기대되기 시작했다..!

그 전에는 앞날만 생각하면 안 좋은 생각이 떠올라 계속 우울해지기만 했었는데 좋아하는 일에 몰입하는 동안에는 내가 몸이 불편하다는 사실이나 사회적으로 잘 살아갈 수 있을지에 대한 불안함 등이 전혀 생각나지 않았다.

❸ 자신을 고립시키지 말 것

인스타툰을 하면서 나의 이런 상황과 그 속에서의 변화들을 사람들과 공유하기 시작했다. 동시에 친한 친구들에게도 똑같이 공유했다. 심각하게 안 좋은 일을 당하면 주변에 알리기 꺼려지고 점점 동굴 속으로 들어가기 마련이지만 조금이라도 바깥과 연결되도록 노력해야한다.

나를 진심으로 걱정하면서 다시 일어날 수 있게 용기를 줄 수 있는 친구에게 나의 상황을 알리고 앞날에 대해 함께 고민해보자. 그러면 함께 고민해준 사람들을 위해서라도 나 자신을 더 챙기게 된다.

나는 이 3가지 방법을 통해서 우울증이 많이 완화됐고, 지금은 약도 줄이게 되었다. 스스로 느끼기에도 회복할 수 있다는 희망과 사회적으로 다시 일어설 수 있다는 자신감이 조금이나마 생긴 것 같다.

하늘은 스스로 돕는 자를 돕는다!

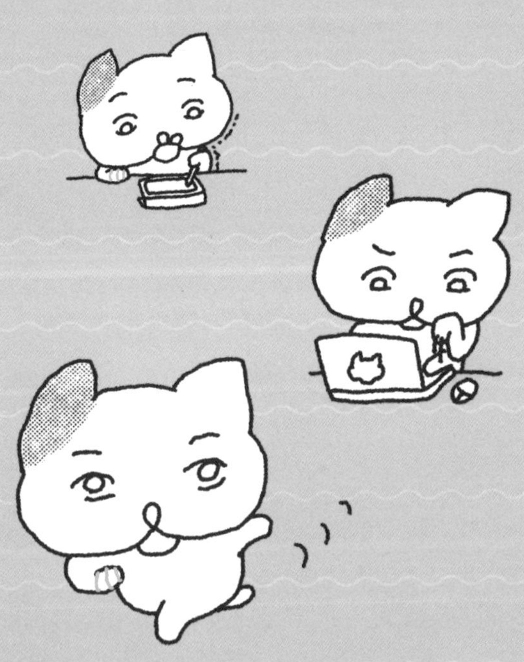

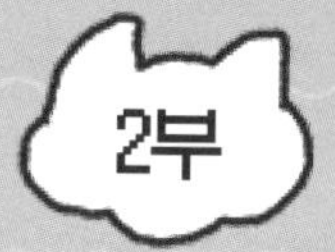

나는 달라졌을 뿐, 틀리지 않았음!

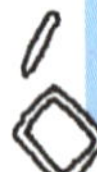

내 인생 최악의 6개월을 SNS에 기록했더니

6주라는 시간 동안 나의 지난 6개월을 압축해
인스타그램을 연재했다.

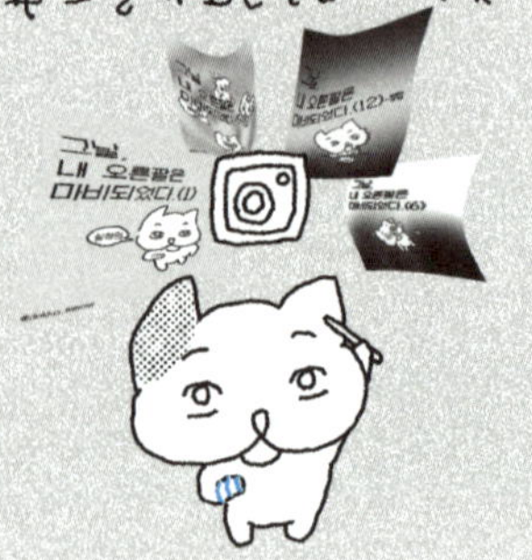

이젠 6개월이라는 시간이
더 이상 길게 느껴지지 않을 정도의 나이가 됐지만

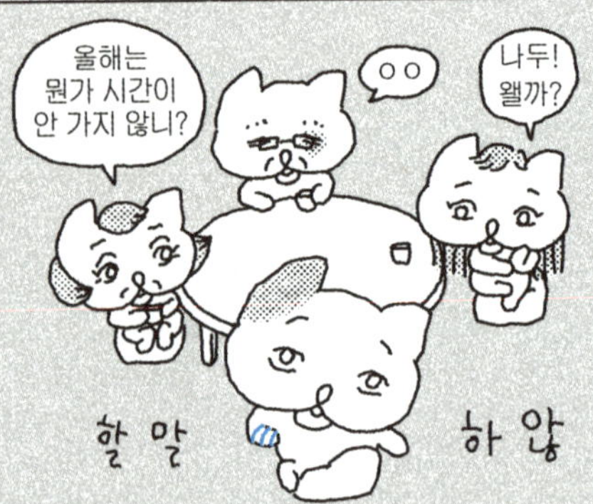

나의 2023년은 꽤나 스펙타클했기에..
체감상 2-3년은 된 것 같은 느낌이다.

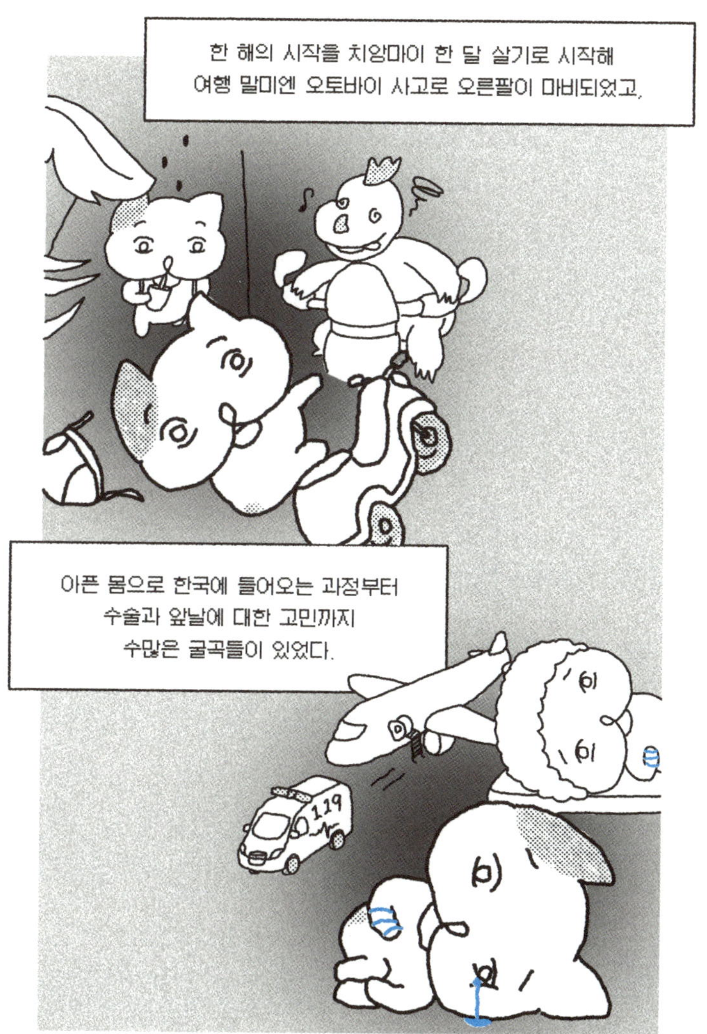
한 해의 시작을 치앙마이 한 달 살기로 시작해
여행 말미엔 오토바이 사고로 오른팔이 마비되었고,
아픈 몸으로 한국에 들어오는 과정부터
수술과 앞날에 대한 고민까지
수많은 굴곡들이 있었다.
119

그렇게 바닥을 찍고 올라오는 과정을
인스타그램에 올리기 시작했는데..

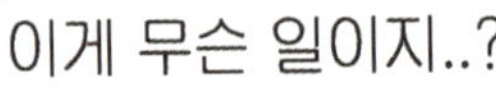

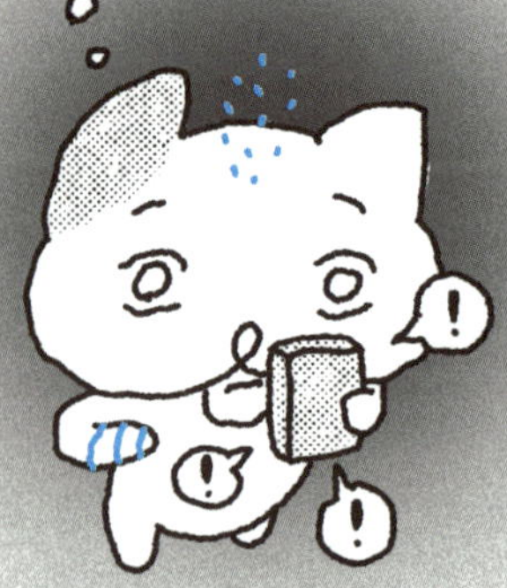

생각보다 너무 많은 응원과 격려를 받고,
내 이야기를 궁금해하는 분들이 생겼다.

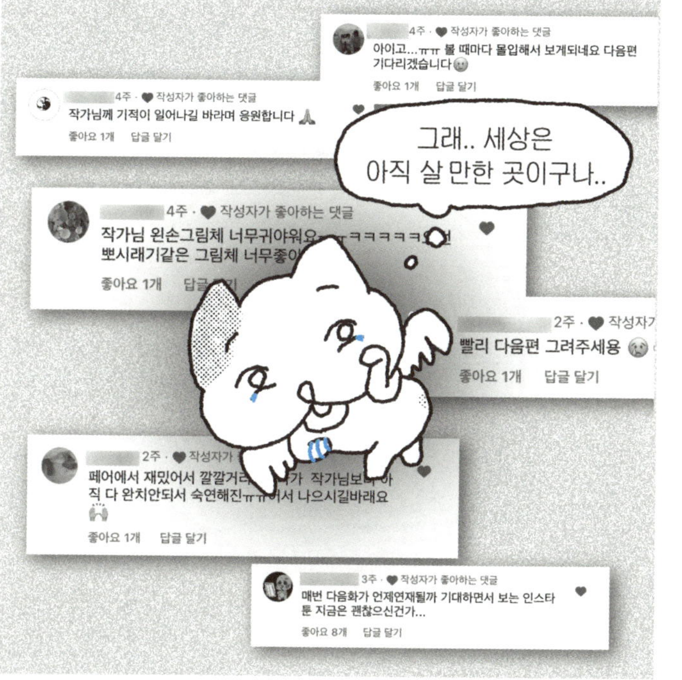

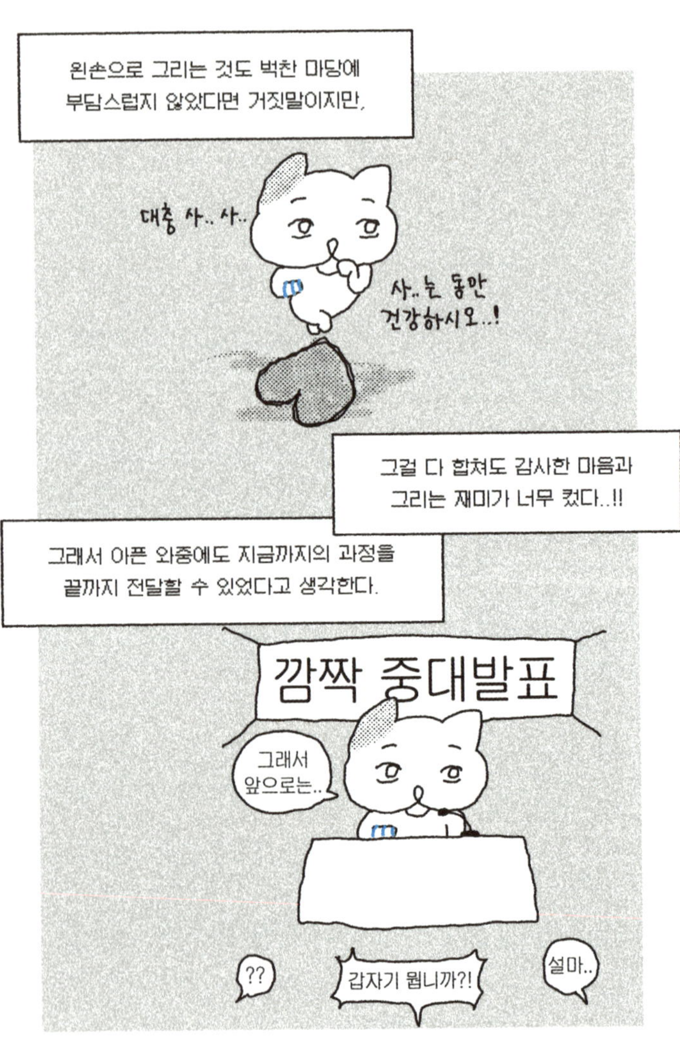
왼손으로 그리는 것도 벅찬 마당에
부담스럽지 않았다면 거짓말이지만,
대충 사.. 사..
사..는 동안
건강하시오..!
그걸 다 합쳐도 감사한 마음과
그리는 재미가 너무 컸다..!!
그래서 아픈 와중에도 지금까지의 과정을
끝까지 전달할 수 있었다고 생각한다.
깜짝 중대발표
그래서
앞으로는..
??
갑자기 뭡니까?!
설마..

왼팔로 살아가면서 내가 겪는 에피소드와
영감들 그리고 어려움까지도
계속해서 공유해 나갈 생각이다..!

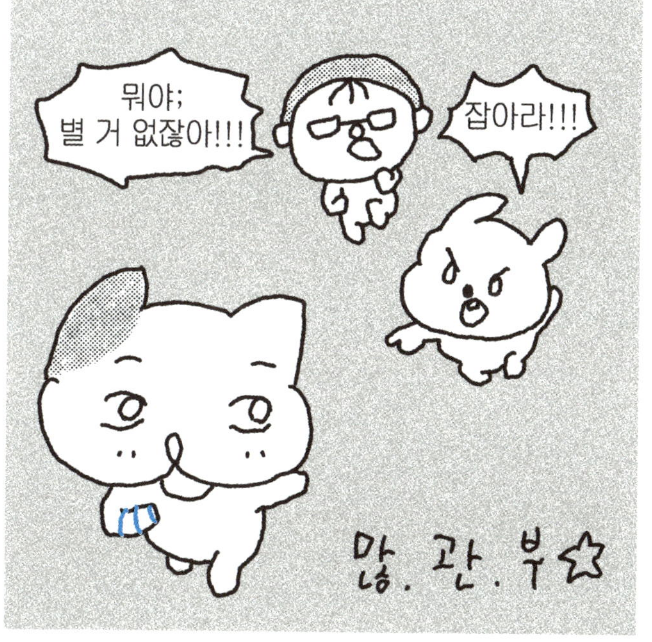

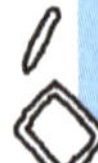

난생 처음 페어란 곳에 초청(?)받았다

팔로워가 갓 500명을 돌파하고 어느 날,
<2023 라이프트렌드페어>라는 곳에서
DM을 받게 된 독고.

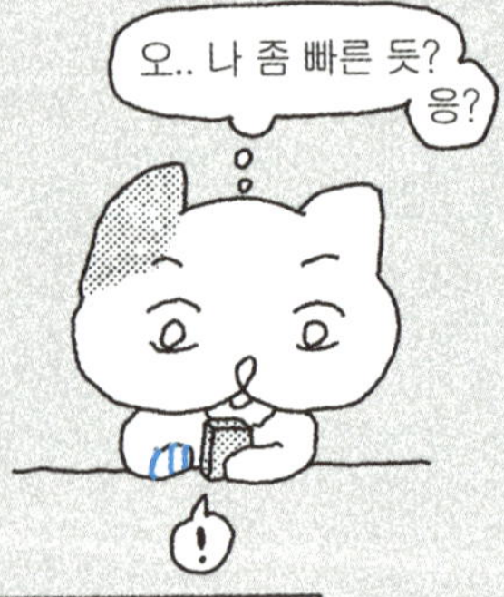

내용은 대충 페어에 인스타툰 작가로
초청하고 싶다는 내용이었다.

2030세대의 공감을 불러일으킬 수 있는
'직장인/갓생' 만화 및 일러스트 작가님들
을 초청하고자 이렇게 연락드렸습니다.

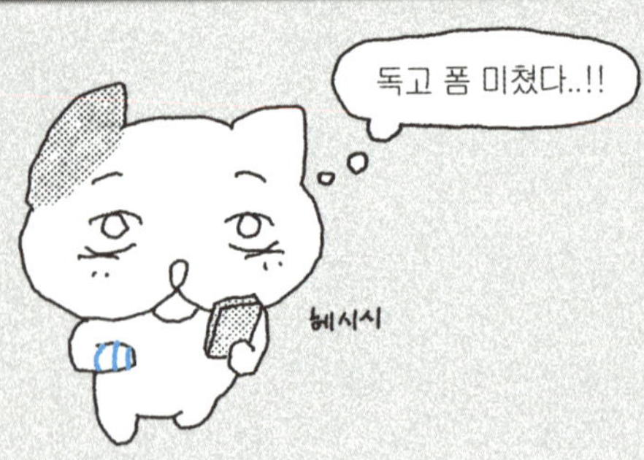

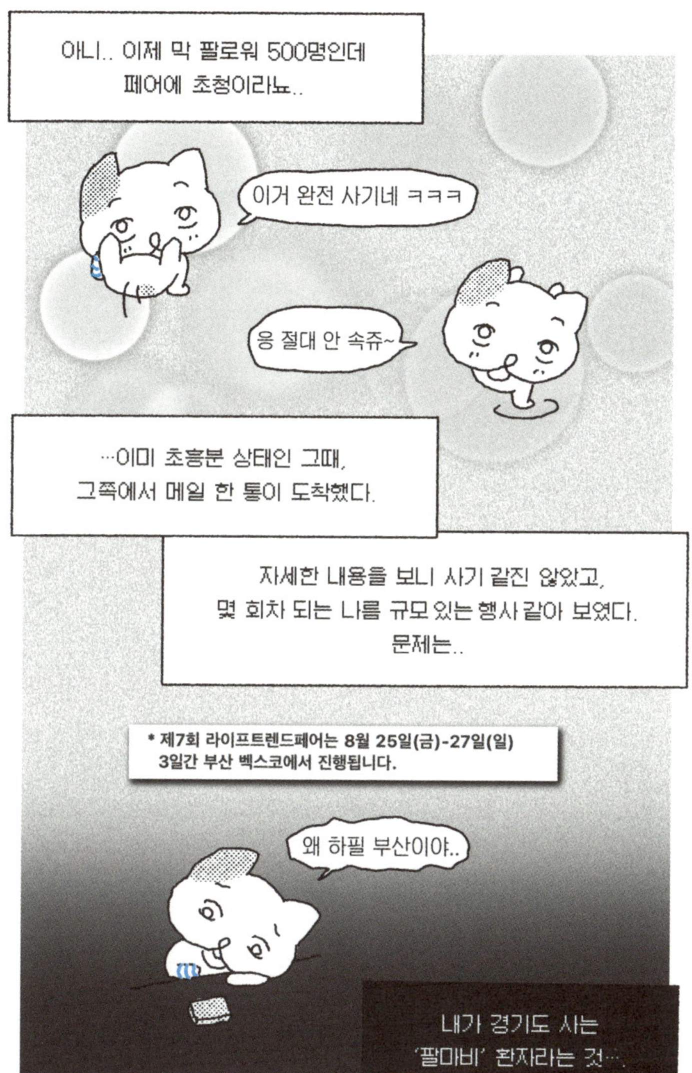
아니.. 이제 막 팔로워 500명인데
페어에 초청이라뇨..
이거 완전 사기네 ㅋㅋㅋ
응 절대 안 속쥬~
…이미 초흥분 상태인 그때,
그쪽에서 메일 한 통이 도착했다.
자세한 내용을 보니 사기 같진 않았고,
몇 회차 되는 나름 규모 있는 행사 같아 보였다.
문제는..
* 제7회 라이프트렌드페어는 8월 25일(금)-27일(일)
3일간 부산 벡스코에서 진행됩니다.
왜 하필 부산이야..
내가 경기도 사는
'팔마비' 환자라는 것….

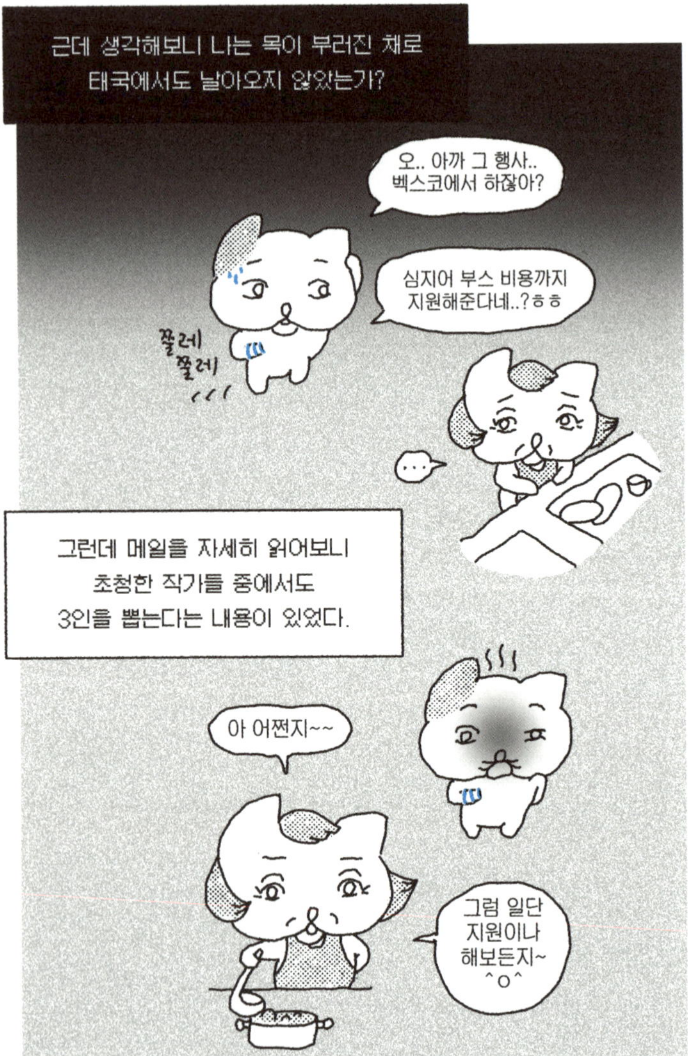

근데 생각해보니 나는 목이 부러진 채로
태국에서도 날아오지 않았는가?

오.. 아까 그 행사..
벡스코에서 하잖아?
심지어 부스 비용까지
지원해준다네..?ㅎㅎ
쭈레
쭈레
...

그런데 메일을 자세히 읽어보니
초청한 작가들 중에서도
3인을 뽑는다는 내용이 있었다.

아 어쩌지~~
그럼 일단
지원이나
해보든지~
^o^

근데 진짜로 그 일이 일어나버림..

안녕하세요, 제7회 라이프트렌드페어 주최사무국입니다!

셀프라이프 인스타툰 기획전시에 선정되신 것을 축하드립니다!

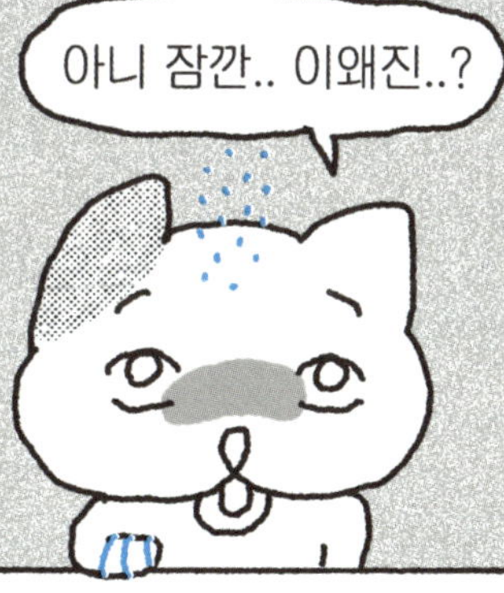

기쁨도 잠시 진짜 고민에 빠져버린
독고.. 왜냐하면..

집에서 부산까지가 너무 먼데다가
2박 3일 동안 8시간씩 부스를 지키는 게
과연 내 몸으로 가능한 일인가 싶었다.

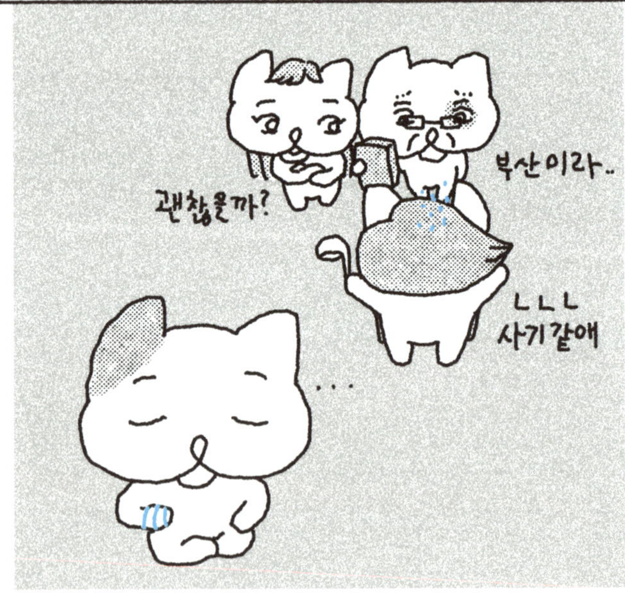

결정적으로 페어까지
단 10일도 채 남지 않았…

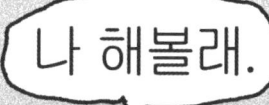

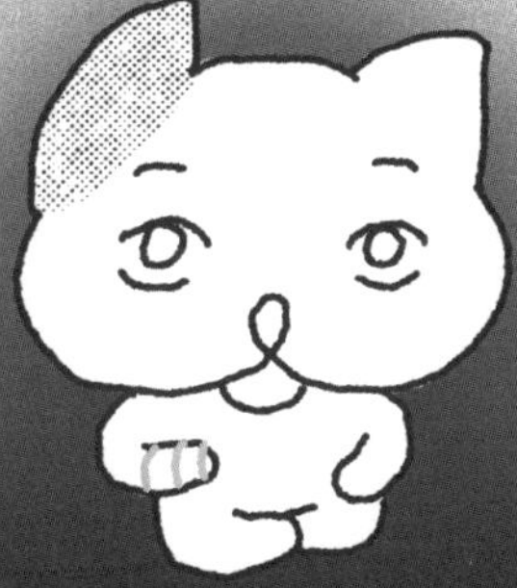

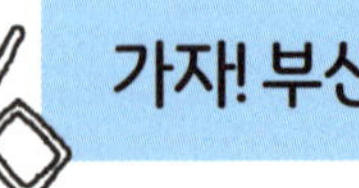
가자! 부산으로

오른팔이 마비됐음에도
부산에서 열리는 페어에 가겠다는 독고.

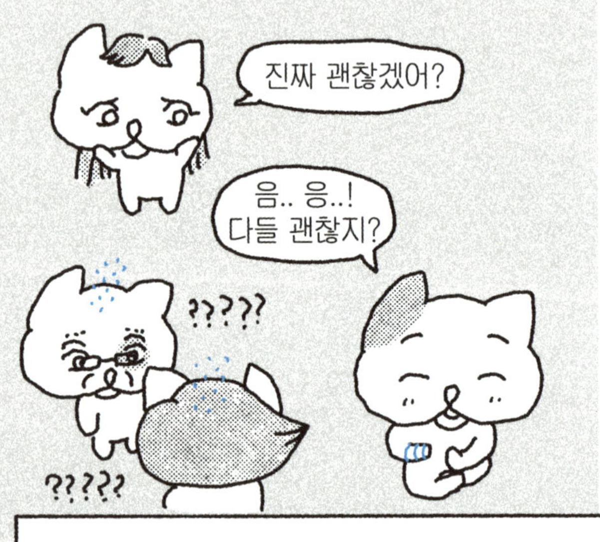
진짜 괜찮겠어?
음.. 응..!
다들 괜찮지?
?????
?????

…그렇게
페어 참가 겸 가족여행이 시작되었다.

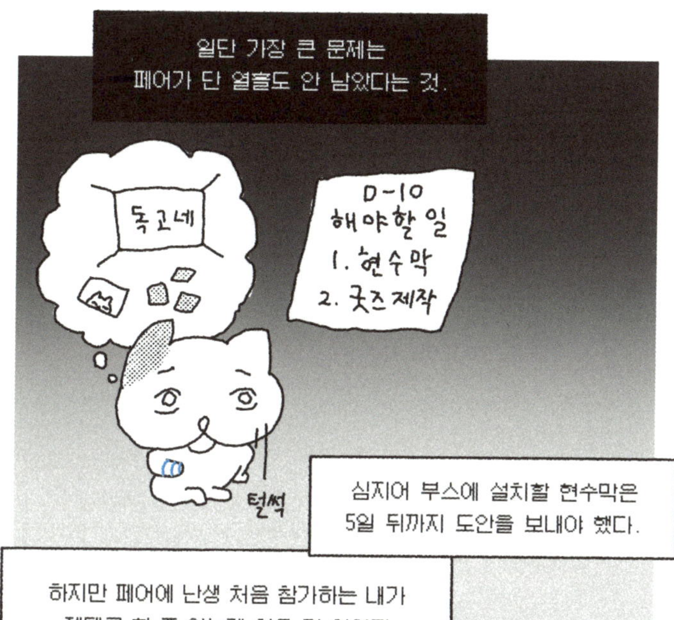
일단 가장 큰 문제는
페어가 단 열흘도 안 남았다는 것.
독고네
D-10
해야할 일
1. 현수막
2. 굿즈 제작
털썩
심지어 부스에 설치할 현수막은
5일 뒤까지 도안을 보내야 했다.
하지만 페어에 난생 처음 참가하는 내가
제대로 할 줄 아는게 있을 리 없었다.

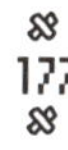

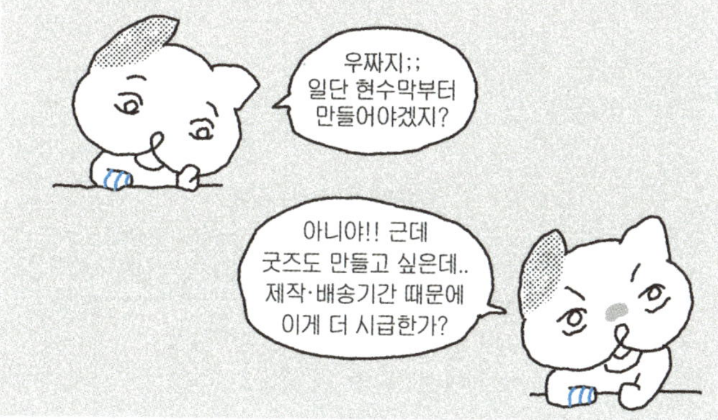
우짜지;;
일단 현수막부터
만들어야겠지?
아니야!! 근데
굿즈도 만들고 싶은데..
제작·배송기간 때문에
이게 더 시급한가?

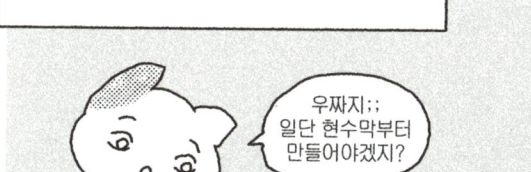

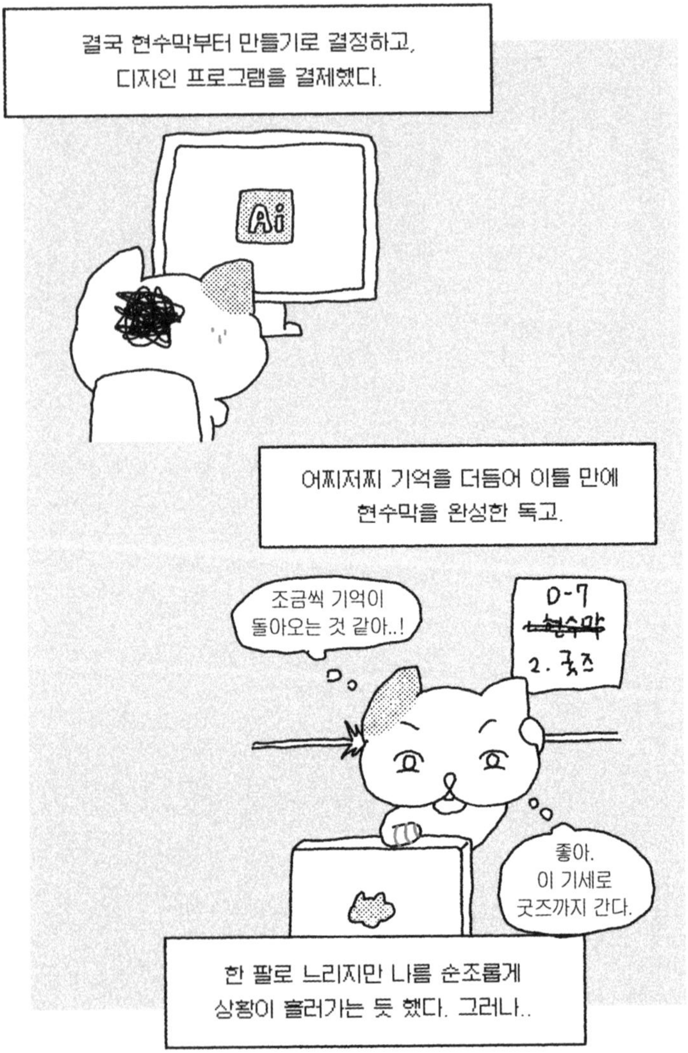

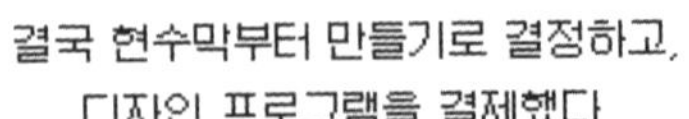

결국 현수막부터 만들기로 결정하고,
디자인 프로그램을 결제했다.

Ai

어찌저찌 기억을 더듬어 이틀 만에
현수막을 완성한 독고.

D-7
1. 현수막
2. 굿즈

조금씩 기억이
돌아오는 것 같아..!

좋아.
이 기세로
굿즈까지 간다.

한 팔로 느리지만 나름 순조롭게
상황이 흘러가는 듯 했다. 그러나..

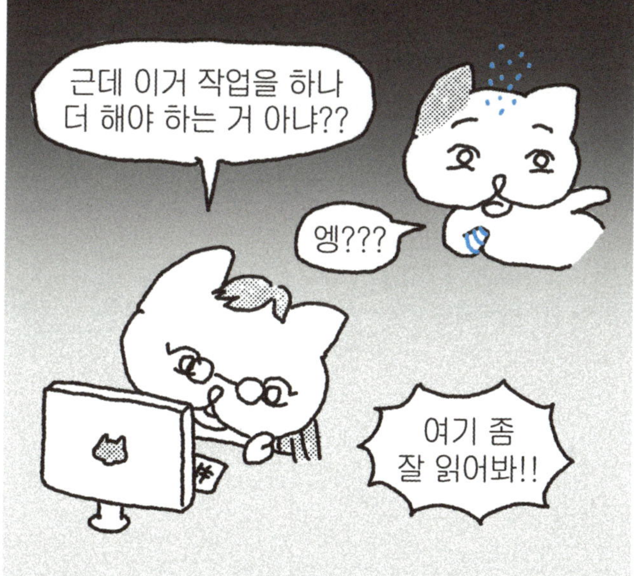
따로 마련된 '인스타툰 특별전 공간'도
디자인해야 한다는 걸
제출 마감 하루 전 날 알아버린 것..
근데 이거 작업을 하나
더 해야 하는 거 아냐??
엥???
여기 좀
잘 읽어봐!!

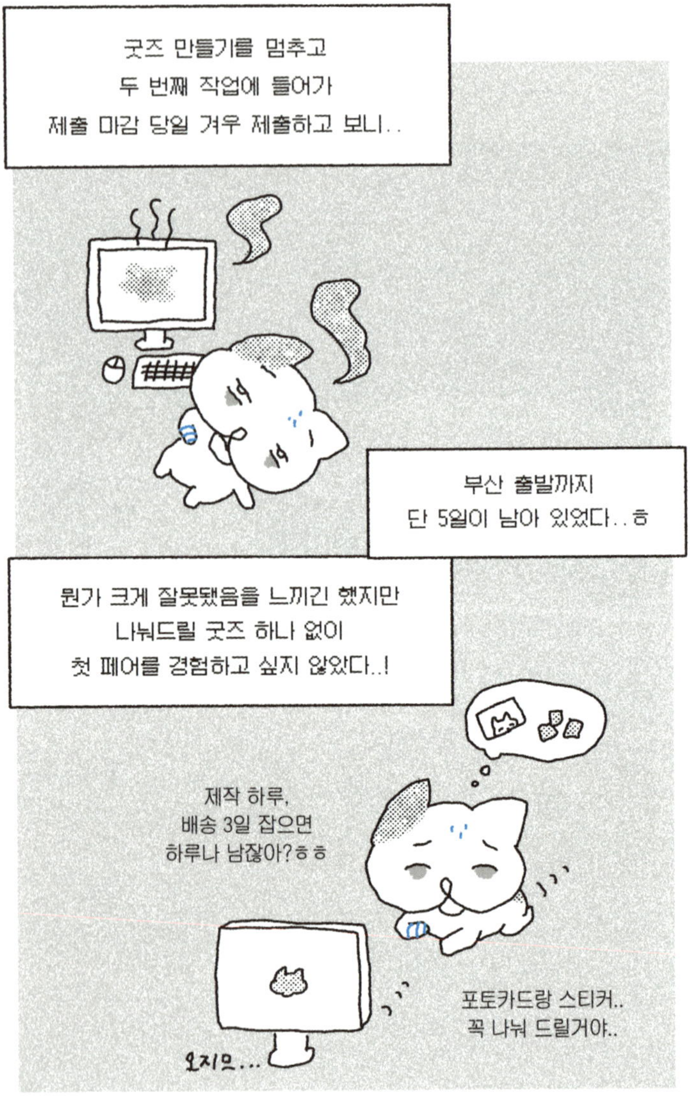

굿즈 만들기를 멈추고
두 번째 작업에 들어가
제출 마감 당일 겨우 제출하고 보니..

부산 출발까지
단 5일이 남아 있었다..ㅎ

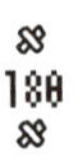

뭔가 크게 잘못됐음을 느끼긴 했지만
나눠드릴 굿즈 하나 없이
첫 페어를 경험하고 싶지 않았다..!

제작 하루,
배송 3일 잡으면
하루나 남잖아?ㅎㅎ

포토카드랑 스티커..
꼭 나눠 드릴거야..

오지므...

어찌저찌 한 팔로 밤새다시피 작업해
굿즈 주문을 넣은 독고.

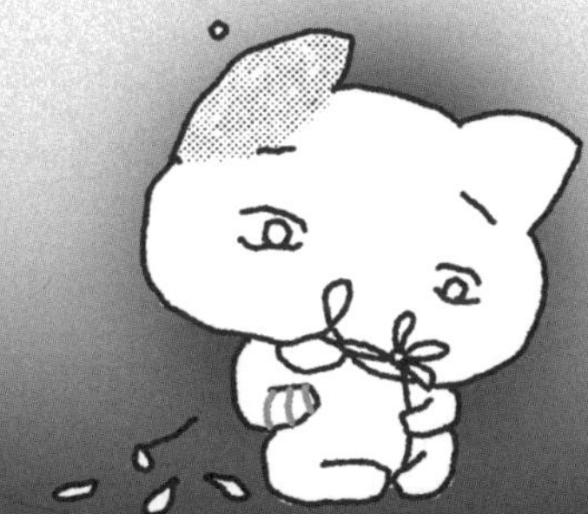

과연 출발 전까지 받을 수 있을까..?

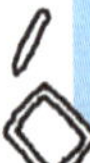

만화 한 편 보고 가세요

폭풍 같던 10월이 지나고
드디어 다가온 페어 전날..!

그러나 그 누구도 출발하자고
말하지 못하고 있었으니..

왜냐면 페어에 가져갈 굿즈가
아직 도착하지 않았기 때문..

독고야
이제는 진짜..

잠깐..!!!

...툭!

출발 직전 가까스로 굿즈를 받은
독고와 가족들은

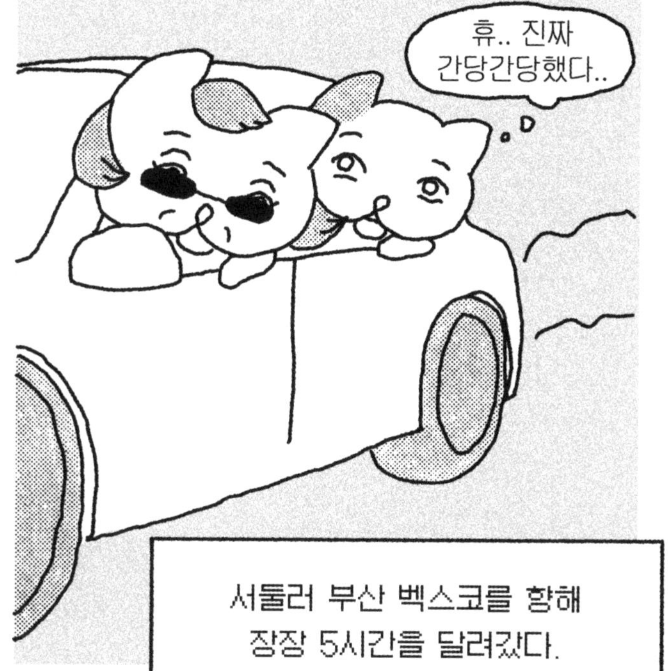
휴.. 진짜
간당간당했다..
서둘러 부산 벡스코를 향해
장장 5시간을 달려갔다.

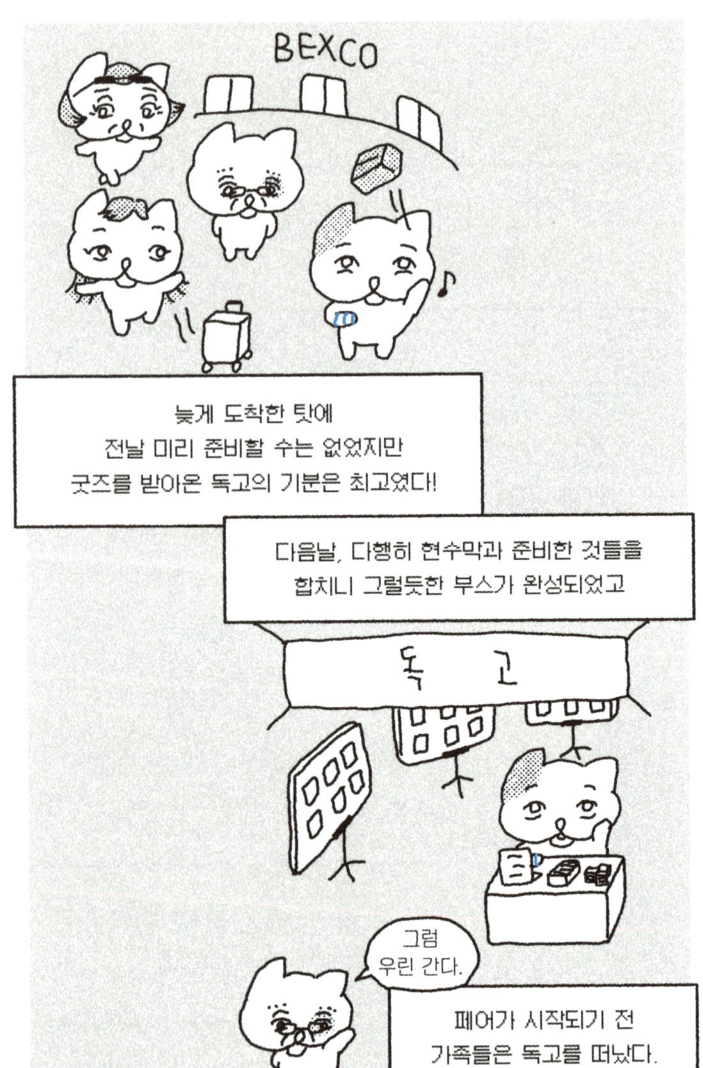
BEXCO
늦게 도착한 탓에
전날 미리 준비할 수는 없었지만
굿즈를 받아온 독고의 기분은 최고였다!
다음날, 다행히 현수막과 준비한 것들을
합치니 그럴듯한 부스가 완성되었고
독 고
그럼
우린 간다.
페어가 시작되기 전
가족들은 독고를 떠났다.

184

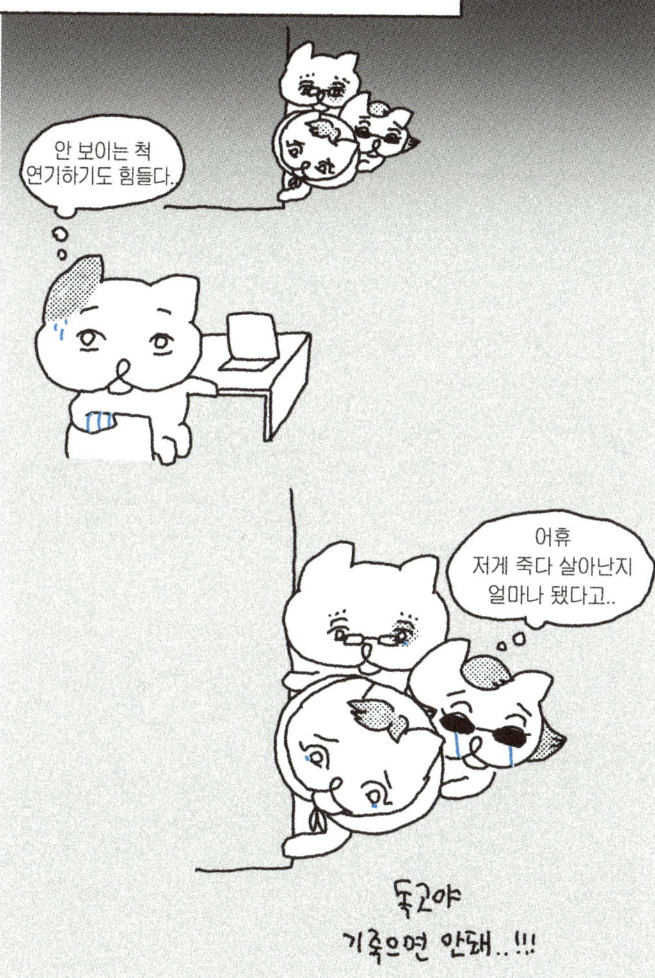
그런데 잠시후 저 멀리..
독고를 뚫어지게 쳐다보는 수상한 3명..
안 보이는 척
연기하기도 힘들다..
어휴
저게 죽다 살아난지
얼마나 됐다고..
독고야
기죽으면 안돼..!!!

185

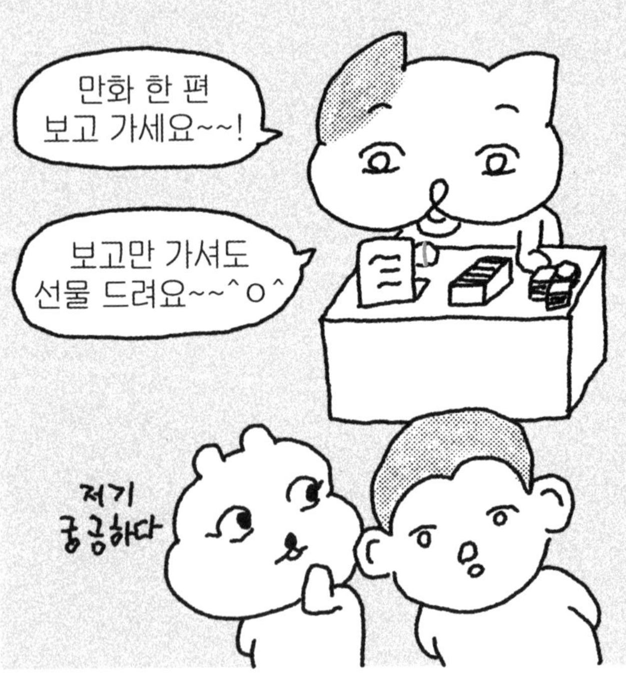
하지만 그들의 걱정은
상당한 기우였던 것..^_^
만화 한 편
보고 가세요~~!
보고만 가셔도
선물 드려요~~^o^
저기
궁금하다

그렇게 인생 첫 페어의 순간(?)을 보내고 있던 독고였다..!

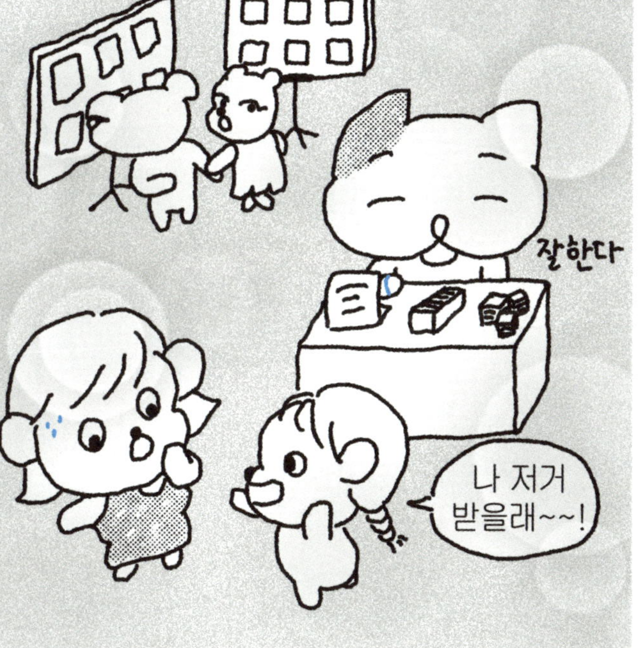

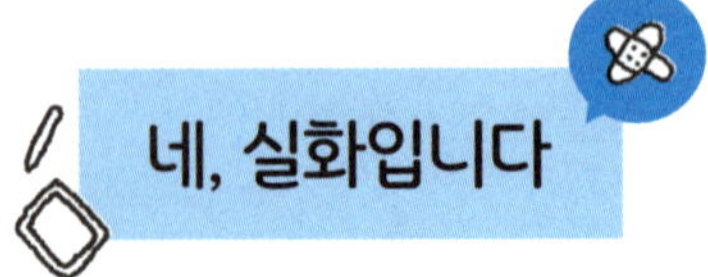

가족들의 염려와는 달리
독고는 페어에 빠르게 적응했다.

독고

아자자잣-!!!

WEL COME

가요.. 여보..

처음엔 대부분 그냥 스쳐가는 바람에
역시 괜히 왔나 싶다가도

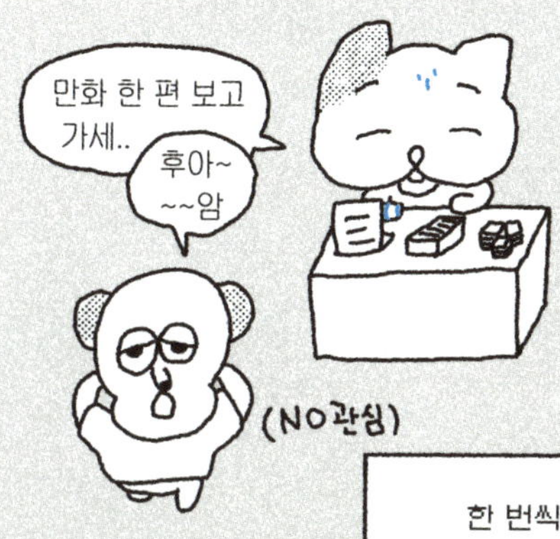
만화 한 편 보고
가세..
후아~
~~암
(NO관심)

한 번씩 부스에 들어오셔서
응원해주시고 가실 때마다
언제 그랬냐는 듯 벅차 올랐다.

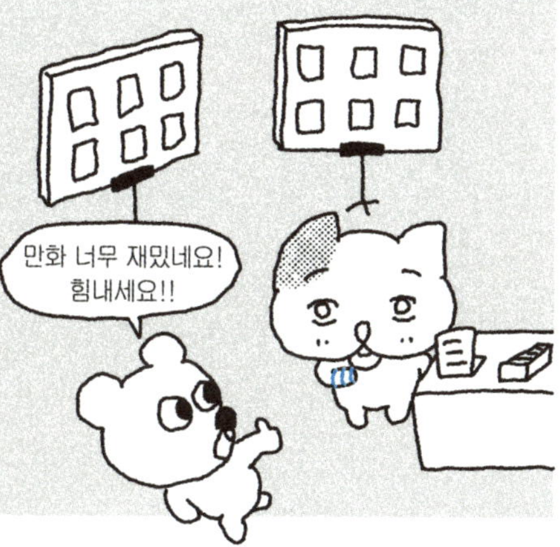
만화 너무 재밌네요!
힘내세요!!

그러다 어느 순간엔 사람들이 몰려서
오히려 민망하고 당황스러운
상황이 되기도 했었다는..ㅎㅎ

198

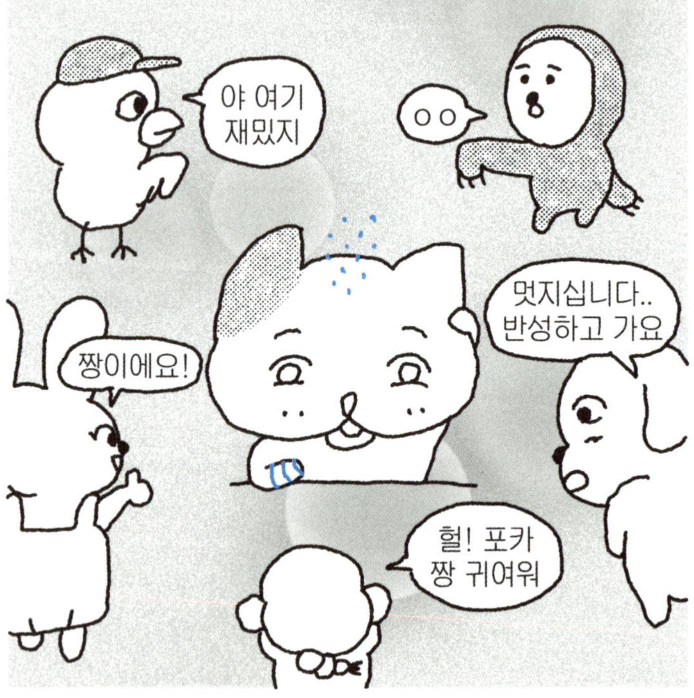

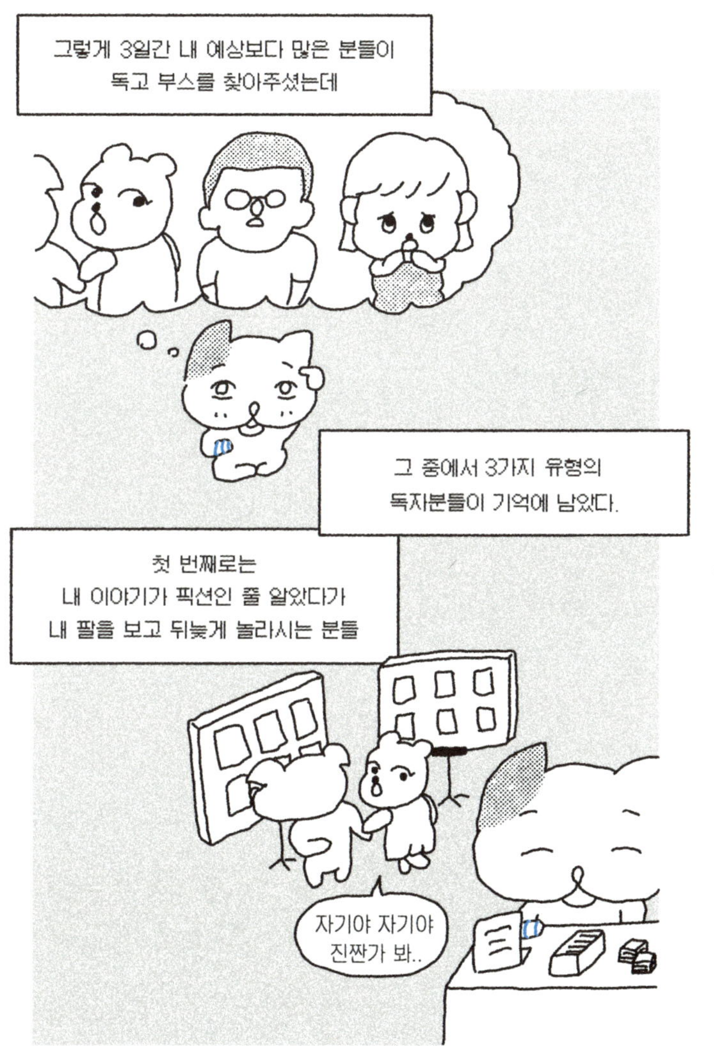
그렇게 3일간 내 예상보다 많은 분들이
독고 부스를 찾아주셨는데
그 중에서 3가지 유형의
독자분들이 기억에 남았다.
첫 번째로는
내 이야기가 픽션인 줄 알았다가
내 팔을 보고 뒤늦게 놀라시는 분들
자기야 자기야
진짜가 봐..

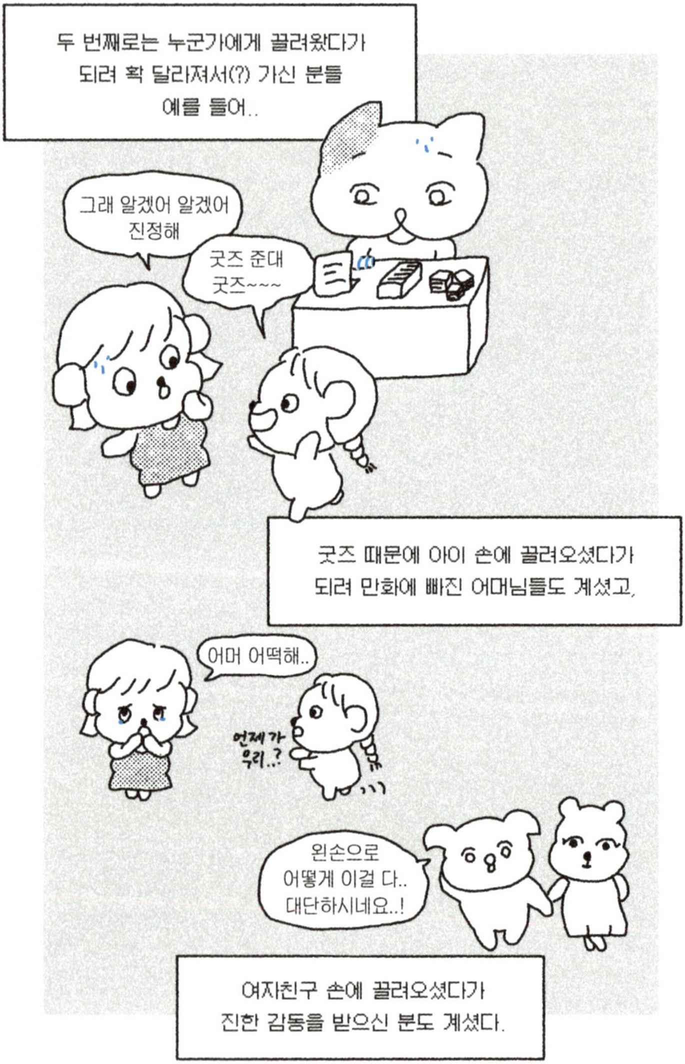

두 번째로는 누군가에게 끌려왔다가
되려 확 달라져서(?) 가신 분들
예를 들어..

그래 알겠어 알겠어
진정해

굿즈 준대
굿즈~~~

굿즈 때문에 아이 손에 끌려오셨다가
되려 만화에 빠진 어머님들도 계셨고,

어머 어떡해..

언제가
우리..?

왼손으로
어떻게 이걸 다..
대단하시네요..!

여자친구 손에 끌려오셨다가
진한 감동을 받으신 분도 계셨다.

내 만화를 보러와주신
한 분 한 분 모두가 감동이었지만

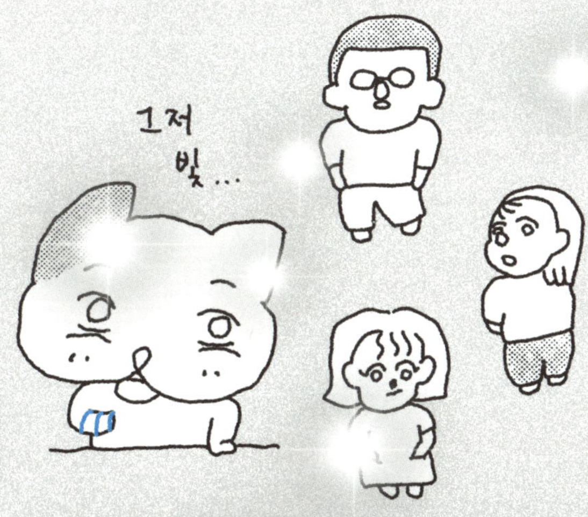

아무래도 가장 큰 힘이 되었던 건
마지막 세 번째 유형의 분들이었다.

가장 큰 위로

난생 처음 참가한 페어에서
가장 기억에 남은 마지막 세번째 유형은

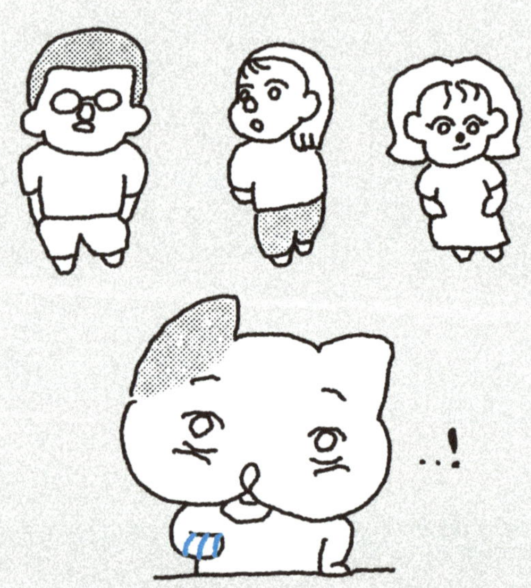

나에게 이겨낼 수 있다는
희망을 안겨준 분들이었다.

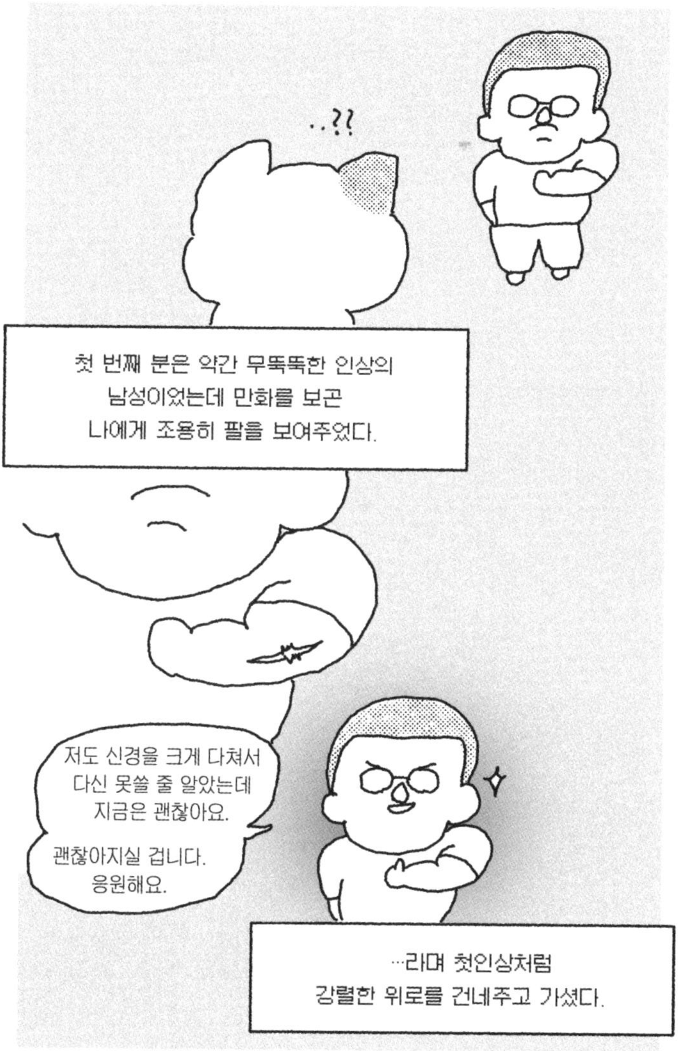

..??

첫 번째 분은 약간 무뚝뚝한 인상의
남성이었는데 만화를 보곤
나에게 조용히 팔을 보여주었다.

저도 신경을 크게 다쳐서
다신 못쓸 줄 알았는데
지금은 괜찮아요.

괜찮아지실 겁니다.
응원해요.

…라며 첫인상처럼
강렬한 위로를 건네주고 가셨다.

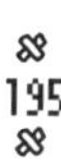

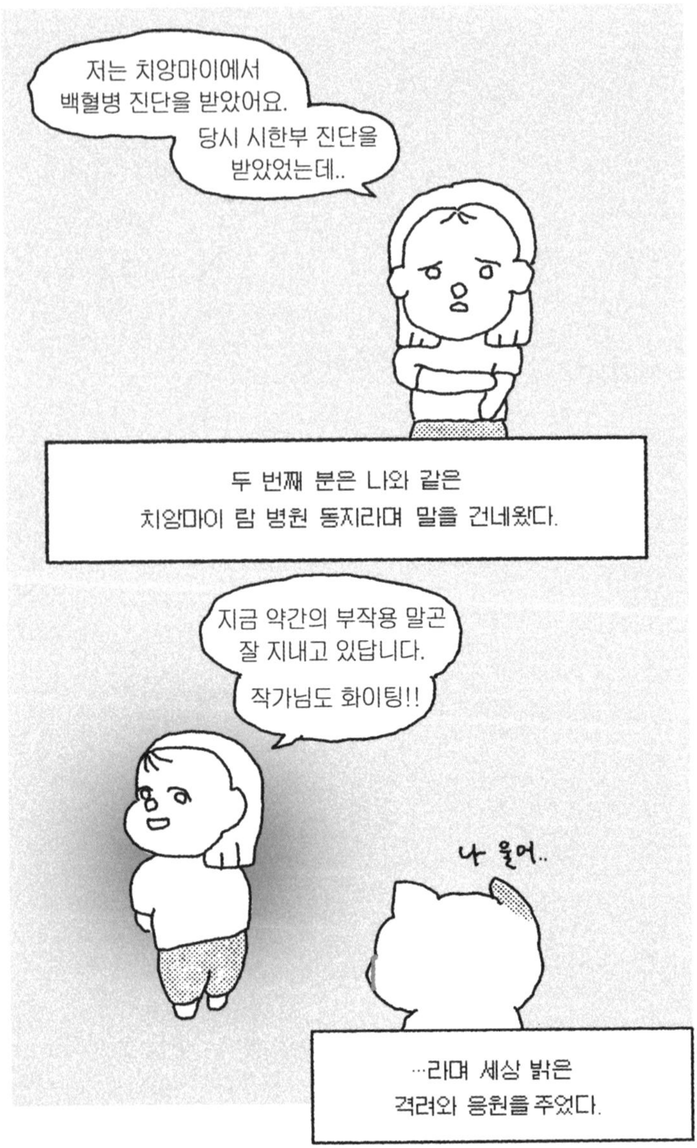

저는 치앙마이에서
백혈병 진단을 받았어요.

당시 시한부 진단을
받았었는데..

두 번째 분은 나와 같은
치앙마이 람 병원 동지라며 말을 건네왔다.

지금 약간의 부작용 말고
잘 지내고 있답니다.
작가님도 화이팅!!

나 울어..

…라며 세상 밝은
격려와 응원을 주었다.

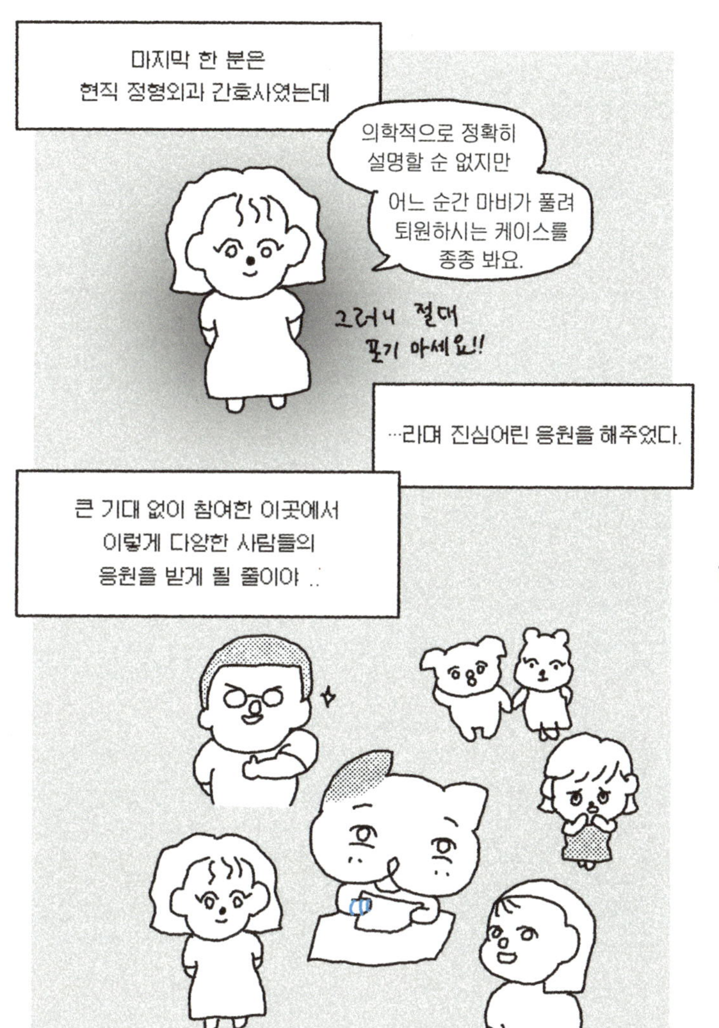
마지막 한 분은
현직 정형외과 간호사였는데
의학적으로 정확히
설명할 순 없지만
어느 순간 마비가 풀려
퇴원하시는 케이스를
종종 봐요.
그러니 절대
포기 마세요!!
…라며 진심어린 응원을 해주었다.
큰 기대 없이 참여한 이곳에서
이렇게 다양한 사람들의
응원을 받게 될 줄이야…!

특히 나와 비슷하게 힘든 경험을 했거나
바로 옆에서 지켜본 이들의 응원이라니..!

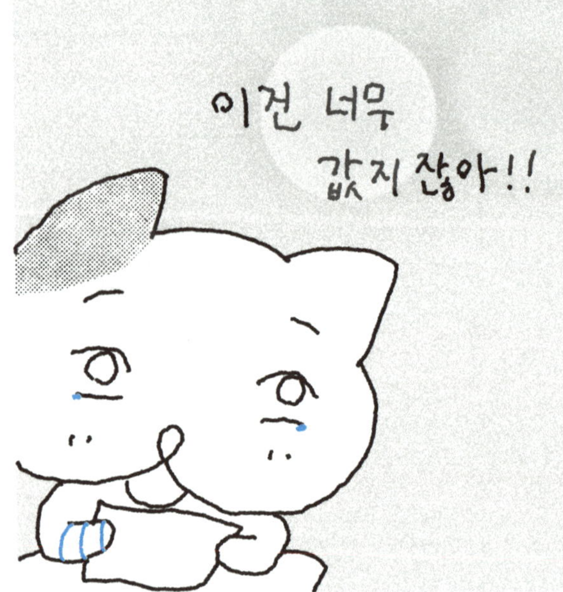

아무리 생각해도 충동적이긴 했지만
이곳에 오기로 한 나..

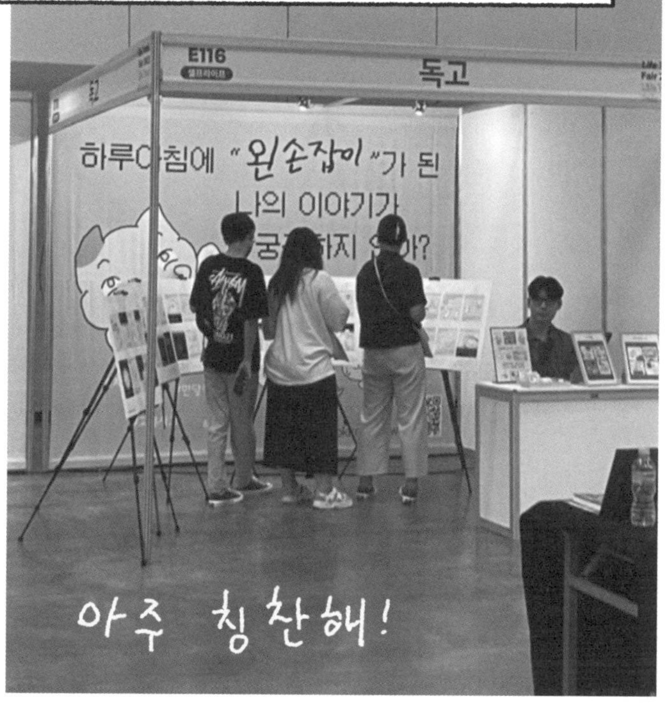

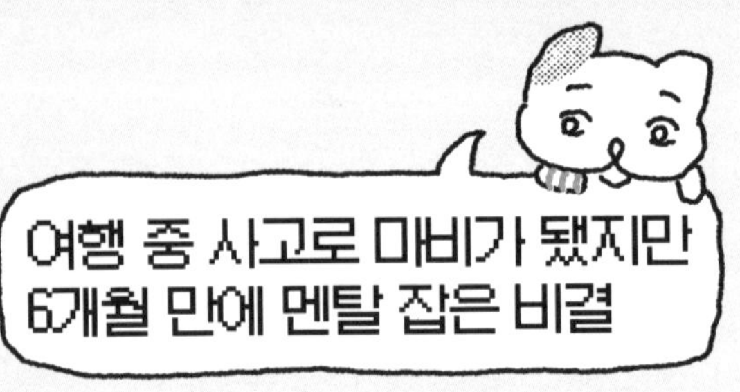

여행 중 사고로 마비가 됐지만
6개월 만에 멘탈 잡은 비결

평범한 직장인이었던 나는 치앙마이로 '한 달 살기'를 떠난지 27일째에 태국인 음주운전자와의 오토바이 충돌사고로 오른팔이 마비되었다. 한순간에 평범했던 직장인에서 평생 장애를 갖고 살지도 모를 백수가 되어버린 이 기분은….

땅바닥에 내다 꽂힌 것도 모자라 마치 지하 2km까지 파묻힌 듯한 기분이었다. 이후 5개월 간 빈 껍데기처럼 살았다. 하루에 몇 시간씩 눈물이 나는 것도 몇 달이지 이후엔 그냥 텅 비어서 아무것도 안 느껴졌다. 재밌는 걸 봐도 왜 웃긴지 모르겠고, 멀쩡한 사람들이 나오는 게 보기 싫어서 TV, 유튜브 다 끊고 방에 틀어박혀 책을 읽거나 잠만 잤다.

그렇게 '더 이상 평범한 사람이 될 수 없다'는 생각에 파묻혀 지내던 어느 날, 순간 이상하단 생각이 들었다. 다치기 전에는 평범하게 직장생활하는 게 참 싫었는데, 항상 특별한 사람이 되고 싶었는데, 지금은 평범해지지 못해서 이렇게 힘들어 하다니…. 어떻게 보면 내가 바라던 방식은 아니지만 어쨌든 특별한 사람이 된 건 맞지 않을까?

'조금 불편한 특별한 사람.'

이 생각이 트리거가 되어 '오히려 나의 이 특별함을 이용해 뭔가 할 수 없을까?'라는 생각을 하기 시작했고, '다치기 직전까지 좋아했던 인스타툰을 왼손으로 다시 시작해보자'라는 결론에 도달해, 지금은 나의 이런 '특별함'을 매개로 사람들과 소통하고 있다.
끝나지 않을 것 같은 괴로움은 내가 능동적으로 그것을 받아들이는 순간 무력해진다. 평범하지 '못한' 삶에서 평범하지 '않은' 삶을 살기로 선택한 순간, 마법은 일어난다.

아직 완전히 극복한 것은 아니지만 이 선택의 힘이 아니었다면 절대 지금의 긍정적인 모습으로 변하지 못했을 것이다. 자신의 외모, 능력, 조건 등 어떠한 것이라도 자신을 괴롭힌다면, 한 번쯤은 '오히려 좋아!'라고 정신승리를 해봐도 좋을 것 같다.

어차피 평생 함께 해야 할 나의 부족함이라면 평생 친구처럼 대해주자. 어느 날 나에게 어떤 선물을 가져다 줄지 모르니까.

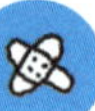

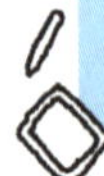

오른손은 못 쓰지만 자신 있습니다

여행 중 사고로
오른팔이 마비되기 전까지
나는 지극히 평범한 K-직장인이었다.

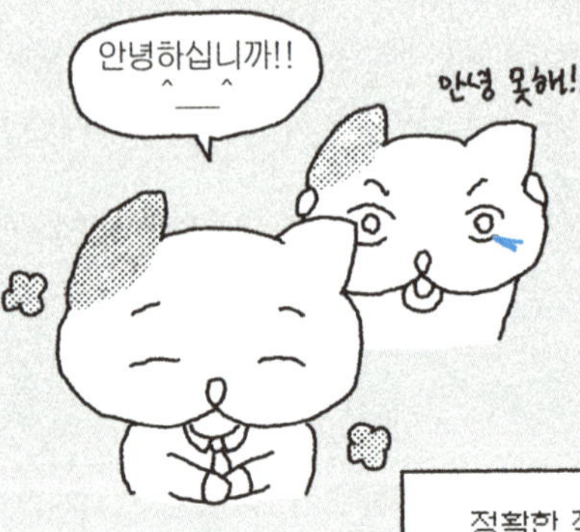
안녕하십니까!!
^___^
안녕 못해!!

202

정확한 직업을 밝힐 순 없지만
신체가 건강하지 못하면
할 수 없는 일이었기에

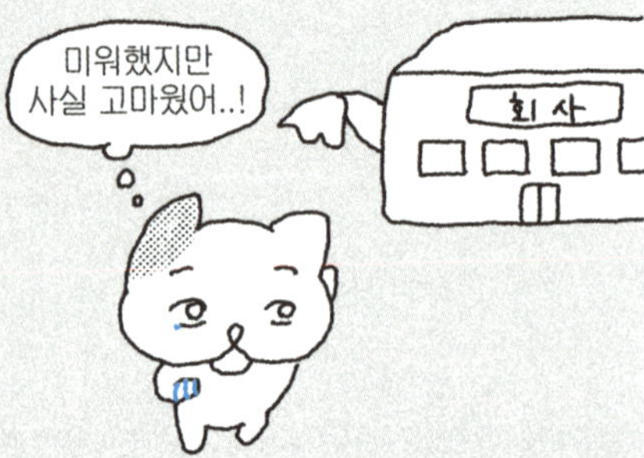
미워했지만
사실 고마웠어..!
회사

갑작스럽게 거의 퇴사나 다름 없는
휴직에 들어가게 되었다.

그렇게 시간이 많아진 나는
서툰 왼손으로 만화를 그리기 시작했고,

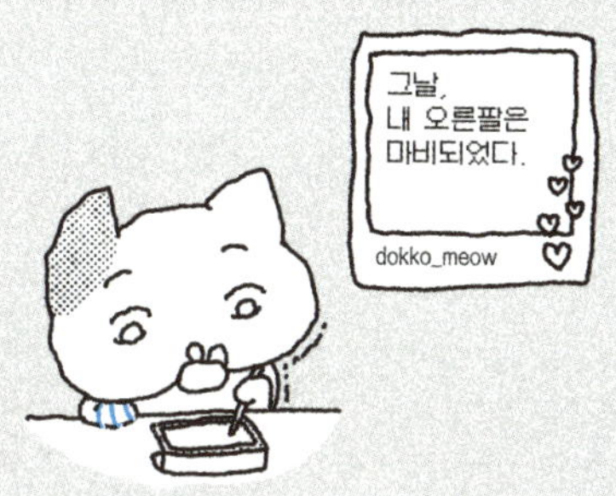

그날,
내 오른팔은
마비되었다.
dokko_meow

내 기대보다 빠르게
많은 독자분들이 생겼지만..
인스타툰은 당장 돈이 되는 일은 아니었다.

그 동안 모아놓은 잔고와 엄카로
생활하던 나는 항상 고민했다.

언제까지
이렇게 살 수 있을까?

과연 나를
필요로 하는 곳이 있을까?

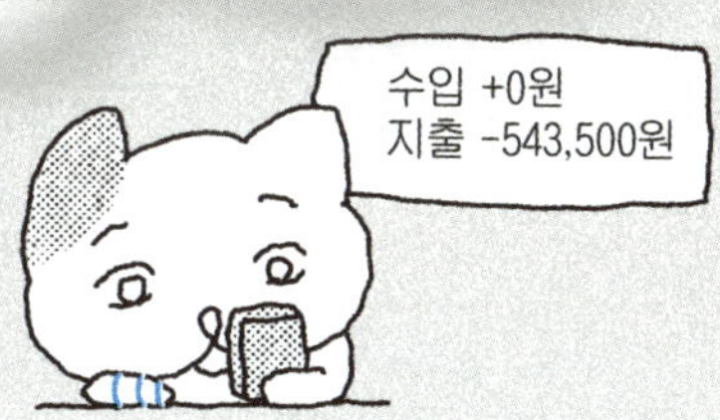

그러던 중 몇 년 전 같이 동업을 했던
고등학교 친구로부터 뜬금 없이 연락이 왔다.

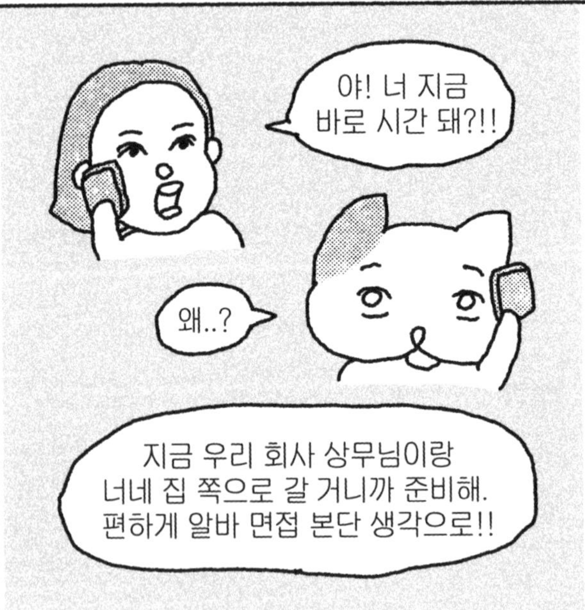

..? 무슨 일인지 어리둥절했지만
이런 나를 필요로 할지도 모른단 생각에
재빨리 준비해 면접을 보러 나갔다.

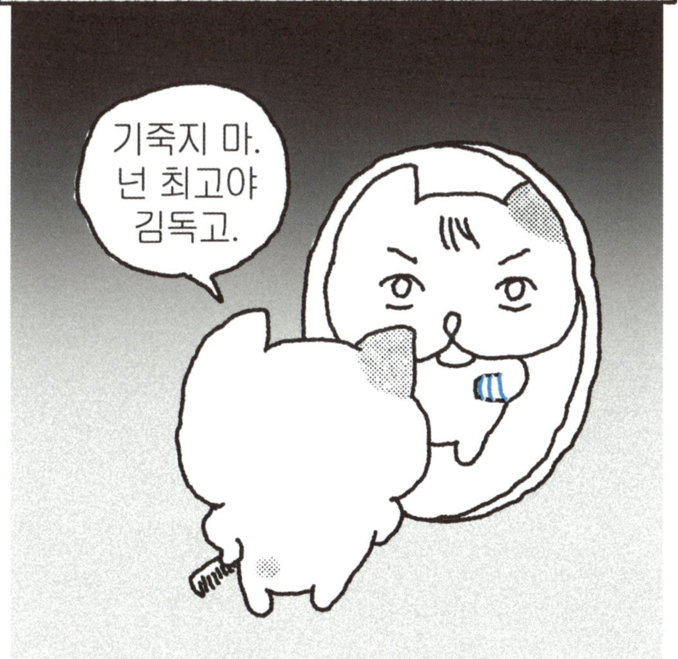

집 앞 카페에서 두 사람을 만나
약간의 긴장 속에서 간단한 소개와 함께
솔직한 내 상황을 설명했다.

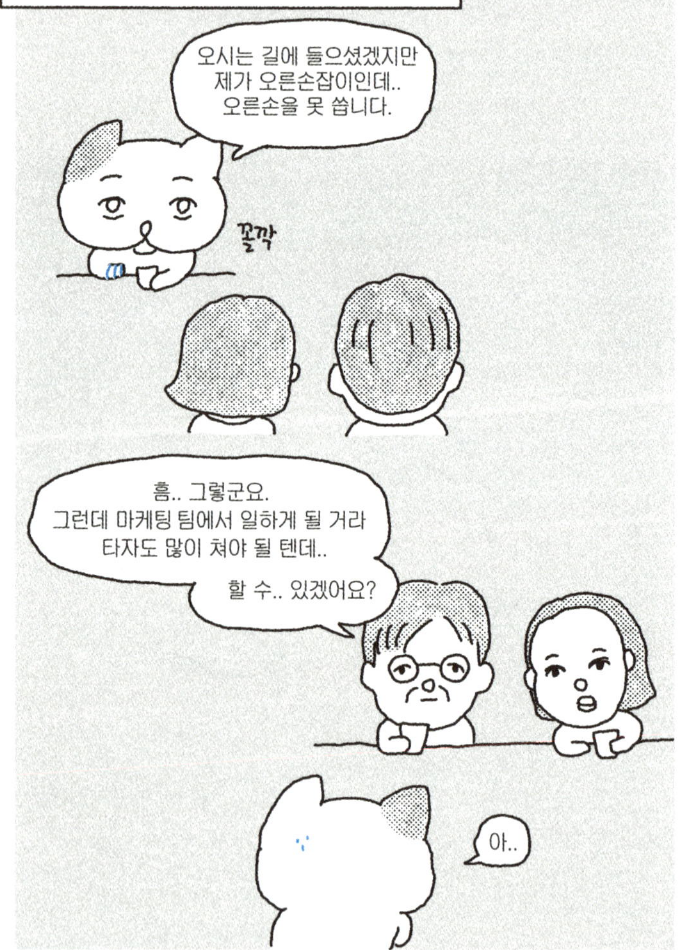

오시는 길에 들으셨겠지만
제가 오른손잡이인데..
오른손을 못 씁니다.
꼴깍
흠.. 그렇군요.
그런데 마케팅 팀에서 일하게 될 거라
타자도 많이 쳐야 될 텐데..
할 수.. 있겠어요?
아..

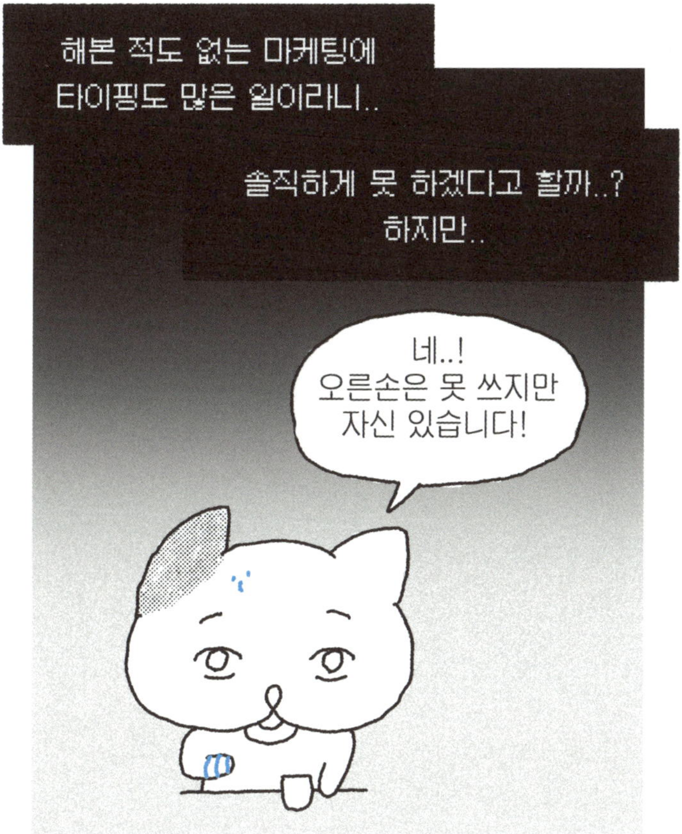

해본 적도 없는 마케팅에
타이핑도 많은 일이라니..

솔직하게 못 하겠다고 할까..?
하지만..

네..!
오른손은 못 쓰지만
자신 있습니다!

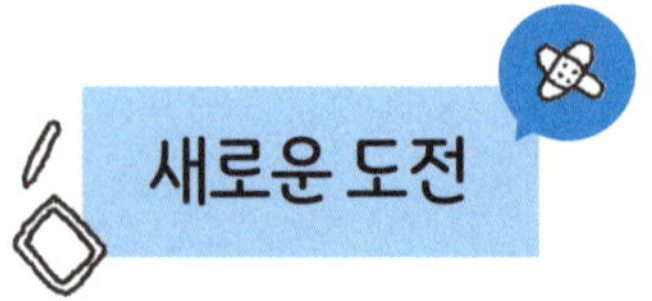

새로운 도전

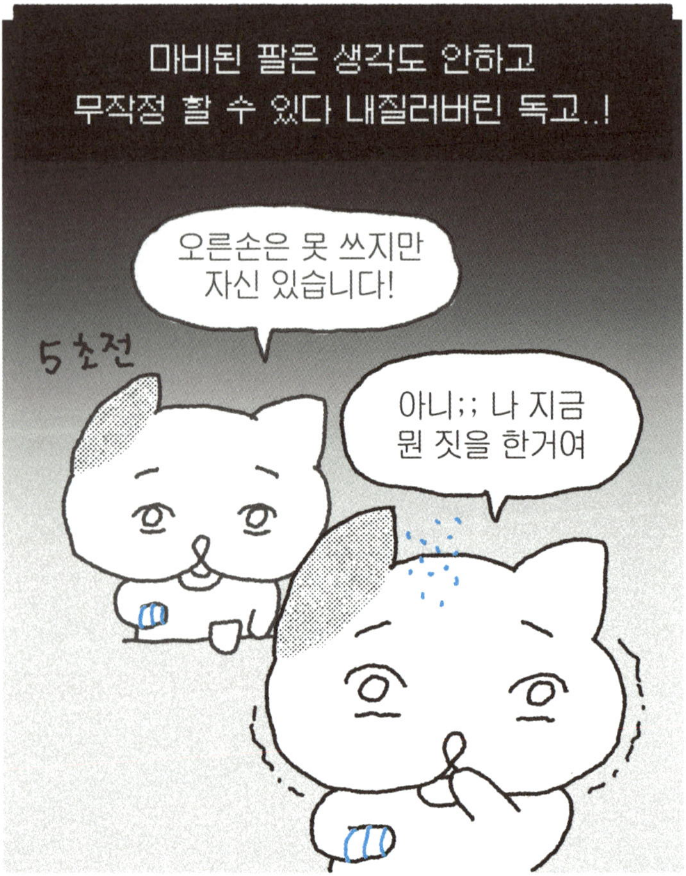

마비된 팔은 생각도 안하고
무작정 할 수 있다 내질러버린 독고..!

오른손은 못 쓰지만
자신 있습니다!

5초전

아니;; 나 지금
뭔 짓을 한거여

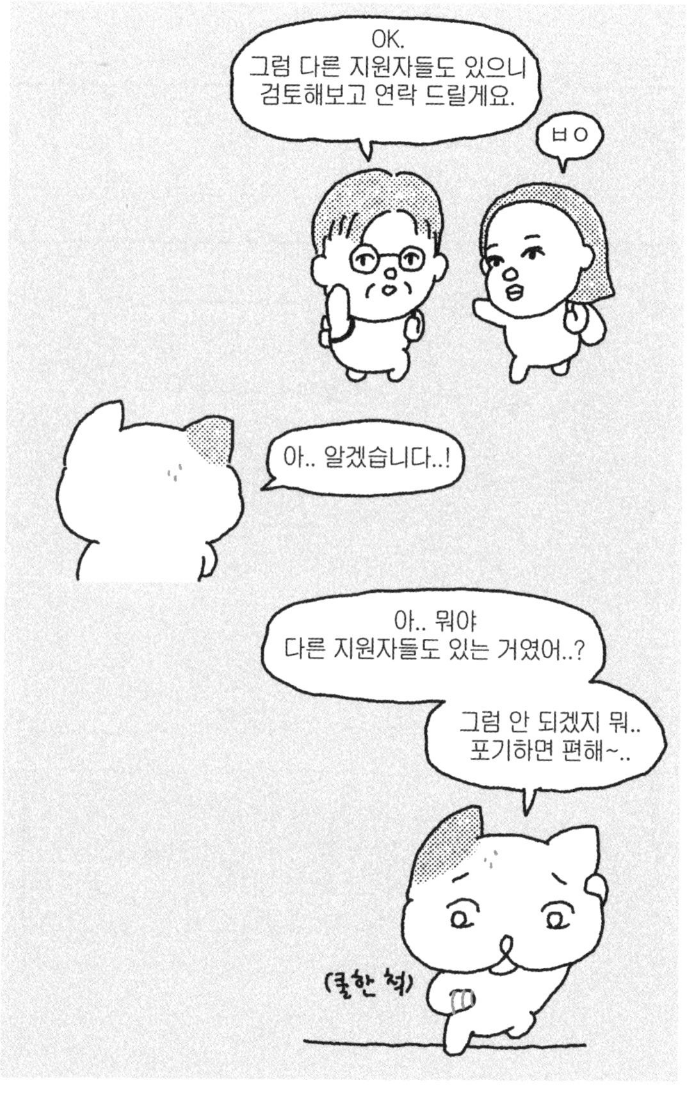

OK.
그럼 다른 지원자들도 있으니
검토해보고 연락 드릴게요.

ㅂㅇ

아.. 알겠습니다..!

아.. 뭐야
다른 지원자들도 있는 거였어..?

그럼 안 되겠지 뭐..
포기하면 편해~..

(쿨한 척)

그리고 일주일 뒤,
면접 봤던 일이 가물가물해질 때 쯤..

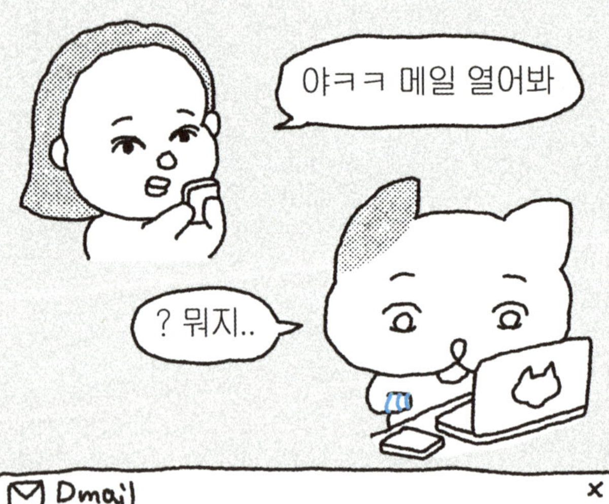
야ㅋㅋ 메일 열어봐
? 뭐지..
Dmail
김독고님,
짧은 기간이지만 함께 일하게 되어 기쁩니다.
계약서 작성을 위해 사무실로
방문해주시기 바랍니다.

비록 단기 계약직이었지만
불편한 몸으로 용돈벌이에 성공하게 된 독고.

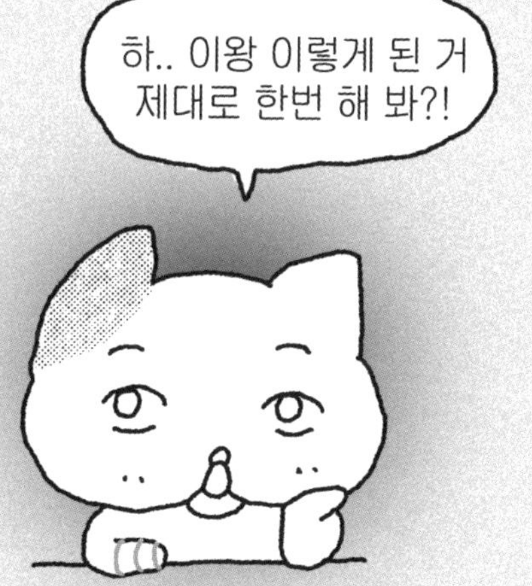
하.. 이왕 이렇게 된 거
제대로 한번 해 봐?!

심지어 잘 모르는 분야였지만
더더욱 잘해내고 싶어졌다. 그 이유는..

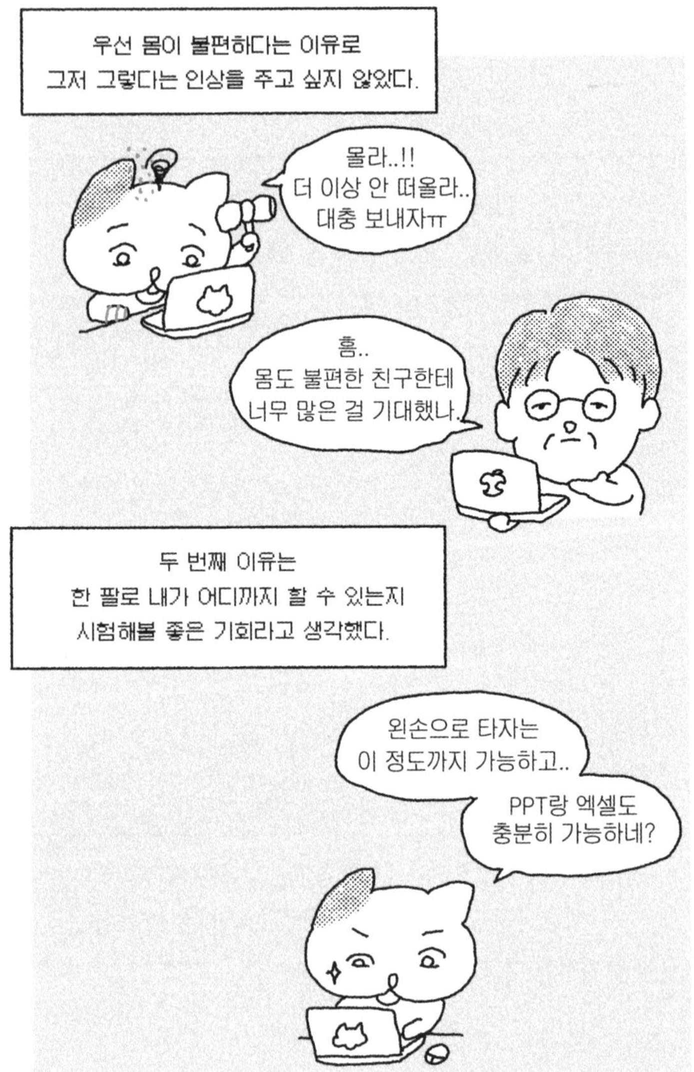
우선 몸이 불편하다는 이유로
그저 그렇다는 인상을 주고 싶지 않았다.
몰라..!!
더 이상 안 떠올라..
대충 보내자ㅠ
흠..
몸도 불편한 친구한테
너무 많은 걸 기대했나.
두 번째 이유는
한 팔로 내가 어디까지 할 수 있는지
시험해볼 좋은 기회라고 생각했다.
왼손으로 타자는
이 정도까지 가능하고..
PPT랑 엑셀도
충분히 가능하네?

그리고 마지막으론
내게 최고의 복지인 풀 재택근무,
그리고 예상보다 높은 페이 때문이었다!

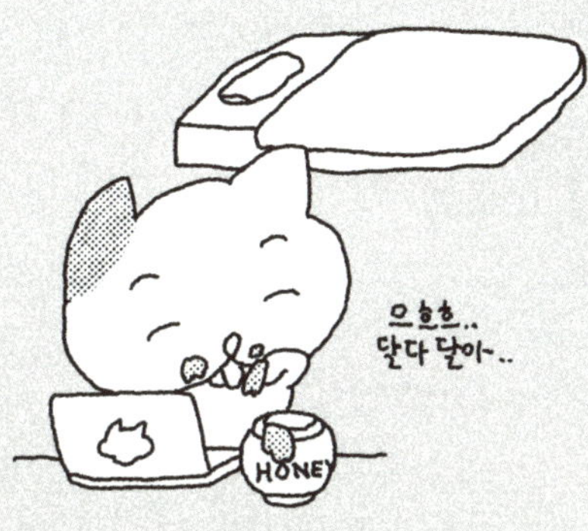

그렇다면 짧디 짧은 3개월이란 시간 동안
독고는 과연 자신과 회사에게
스스로를 증명해낼 수 있었을까?

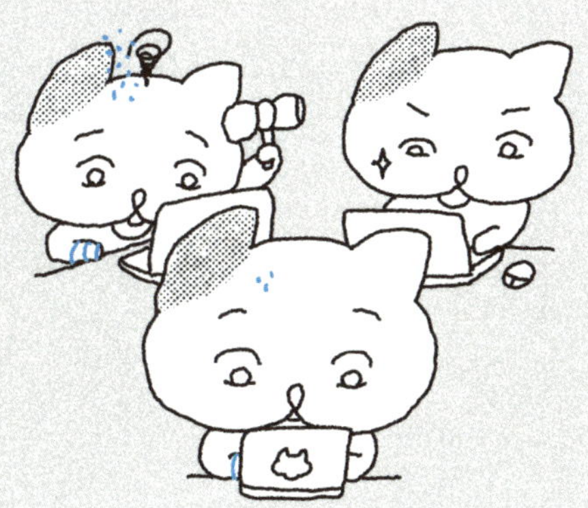

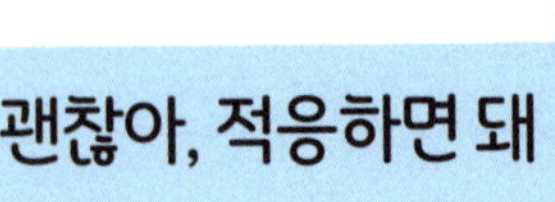

괜찮아, 적응하면 돼

9월부터 시작해 어느덧 12월 말.
오른손을 쓰지 못하는 내가
어느덧 4개월 째 회사를 다니고 있다.

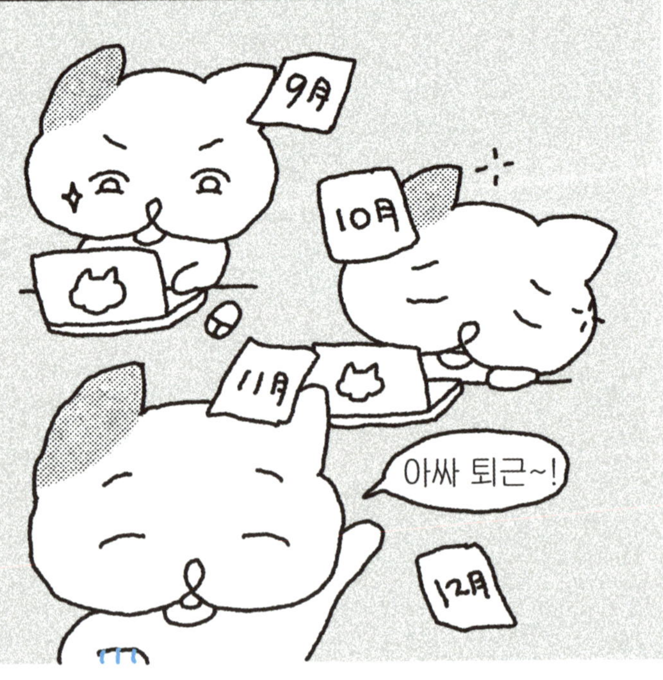

처음에는 좀 힘들었다.
타자는 고사하고 오른손으로 쓰던 마우스를
왼손으로 잡는 것부터 너무 어색했으니까.

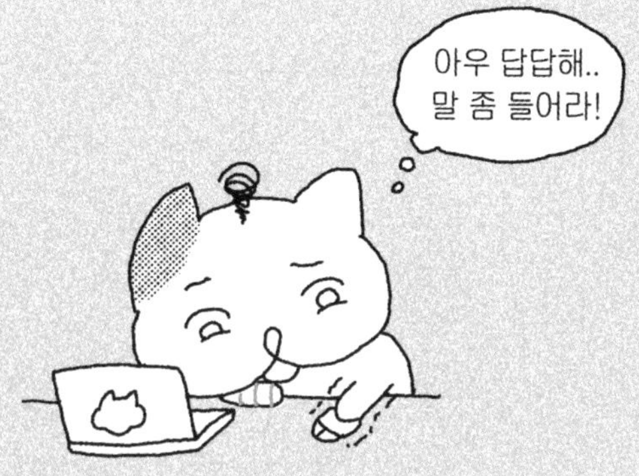
아우 답답해..
말 좀 들어라!

하지만 내가 왼손으로 만화를 그리게 된 것처럼
하루에 몇 시간씩 노트북을 만지다보니
마우스도 한손 타자도 모두
하루가 다르게 익숙해져 갔다.

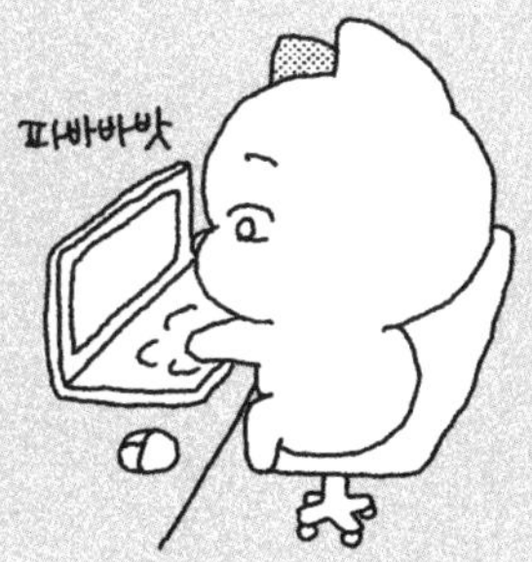
파바바밧

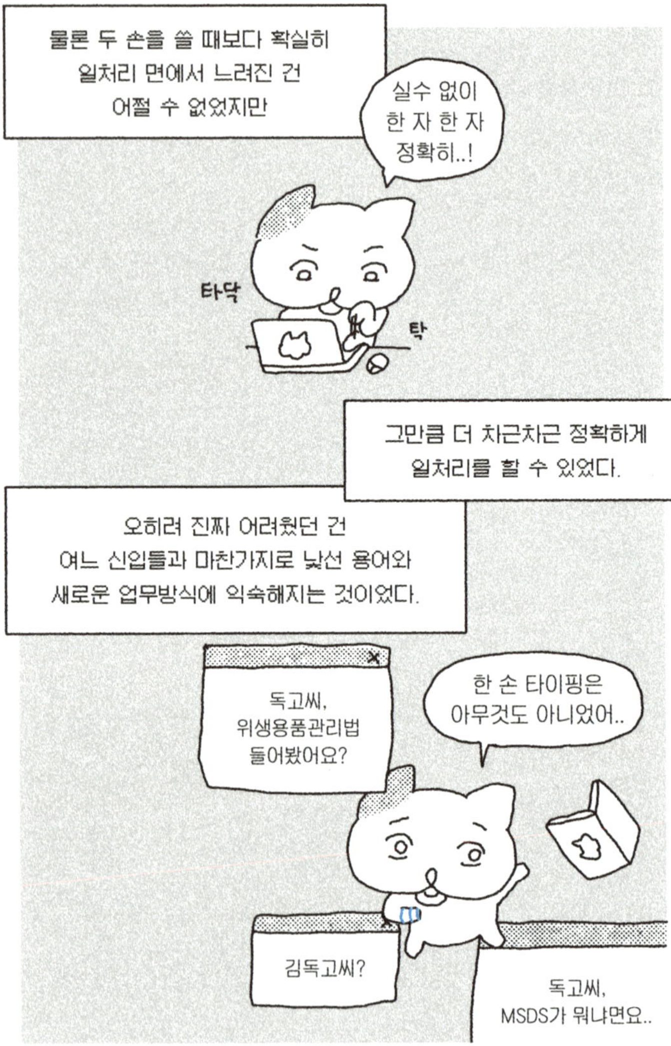

물론 두 손을 쓸 때보다 확실히
일처리 면에서 느려진 건
어쩔 수 없었지만

실수 없이
한 자 한 자
정확히..!

타닥

탁

그만큼 더 차근차근 정확하게
일처리를 할 수 있었다.

오히려 진짜 어려웠던 건
여느 신입들과 마찬가지로 낯선 용어와
새로운 업무방식에 익숙해지는 것이었다.

독고씨,
위생용품관리법
들어봤어요?

한 손 타이핑은
아무것도 아니었어..

김독고씨?

독고씨,
MSDS가 뭐냐면요..

처음에는 한 손이라
나는 다른 사람들과 너무 다르다고,
그러니 더 못할 수 밖에 없다고 생각했다.

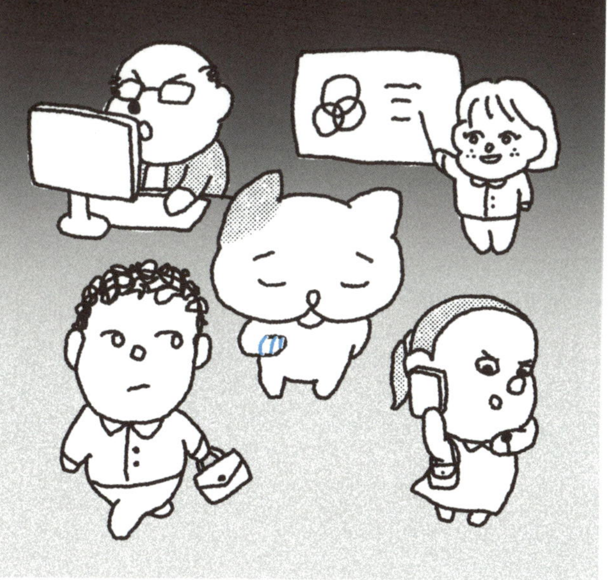

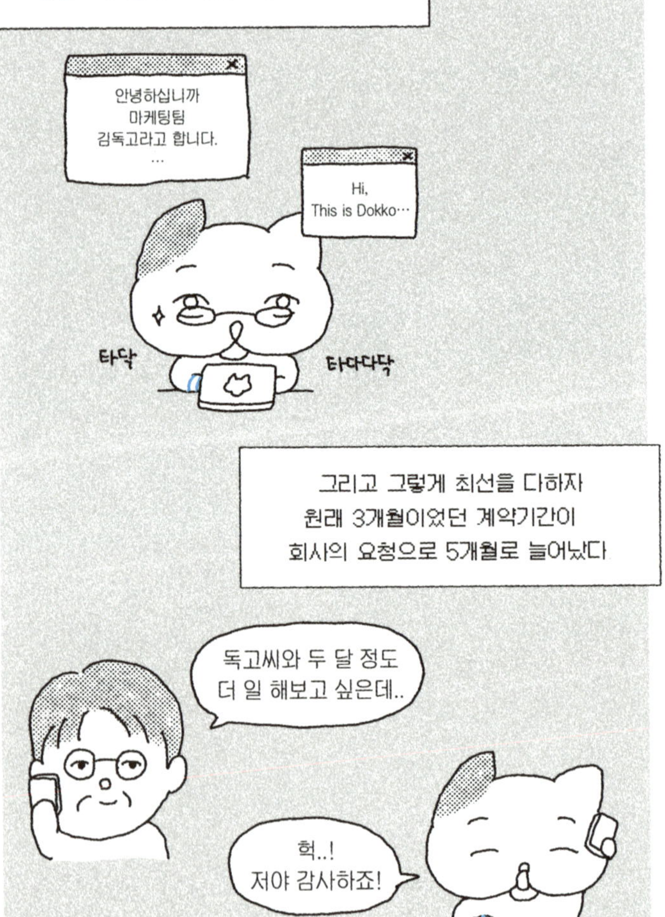
하지만 한 손이 불편한 건
정말 사소한 문제일 뿐, 어느새
동등하게 일하고 있는 나를 발견했다.
안녕하십니까
마케팅팀
김독고라고 합니다.
...
Hi,
This is Dokko···
타닥
타다다닥
그리고 그렇게 최선을 다하자
원래 3개월이었던 계약기간이
회사의 요청으로 5개월로 늘어났다.
독고씨와 두 달 정도
더 일 해보고 싶은데..
헉..!
저야 감사하죠!

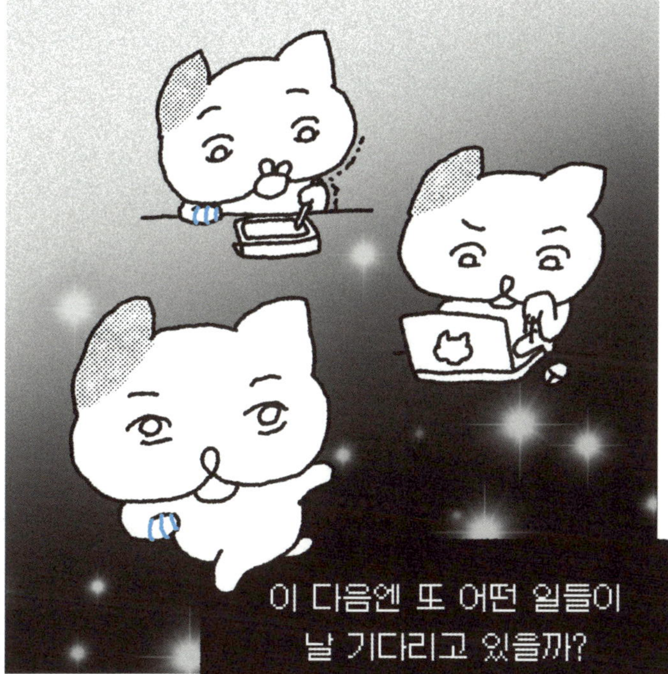
마비 1년차,
나는 이제 왼손으로 만화도 그리고,
회사일도 할 수 있는 사람이 되었다.
이 다음엔 또 어떤 일들이
날 기다리고 있을까?

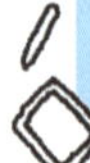

마비 환자는 이런 꿈을 꿉니다

어느 일요일 오후,
책을 보다 낮잠에 든 독고.

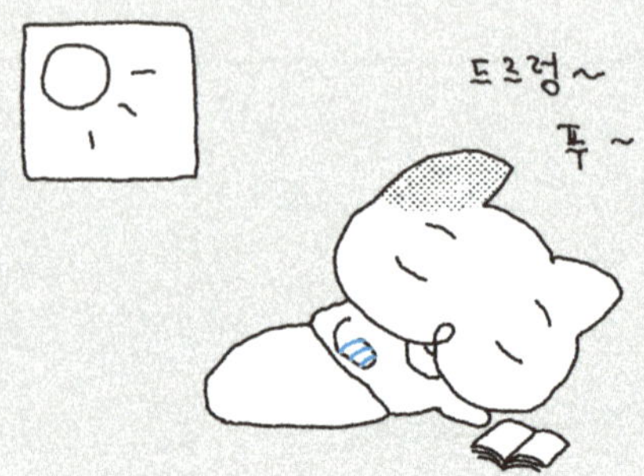

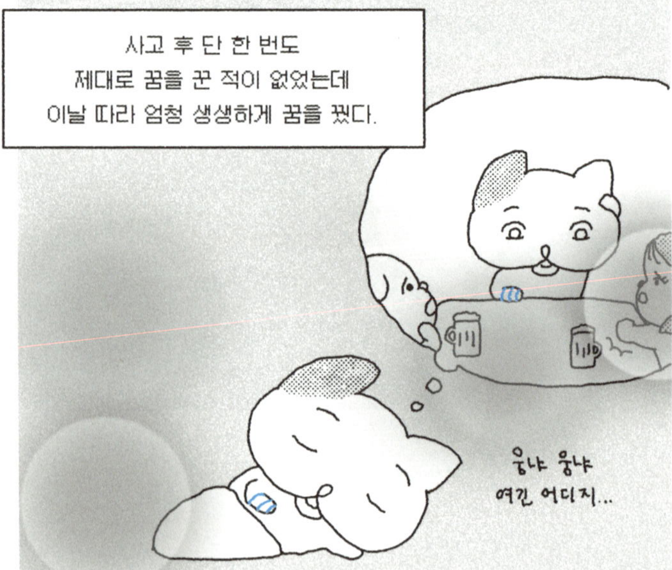

사고 후 단 한 번도
제대로 꿈을 꾼 적이 없었는데
이날 따라 엄청 생생하게 꿈을 꿨다.
웅냐 웅냐
여긴 어디지…

꿈에서 오랜만에 만난 동창들과 나.
우리는 서로의 안부를 묻다가 자연스럽게
나의 사고에 대해서 이야기하고 있었다.

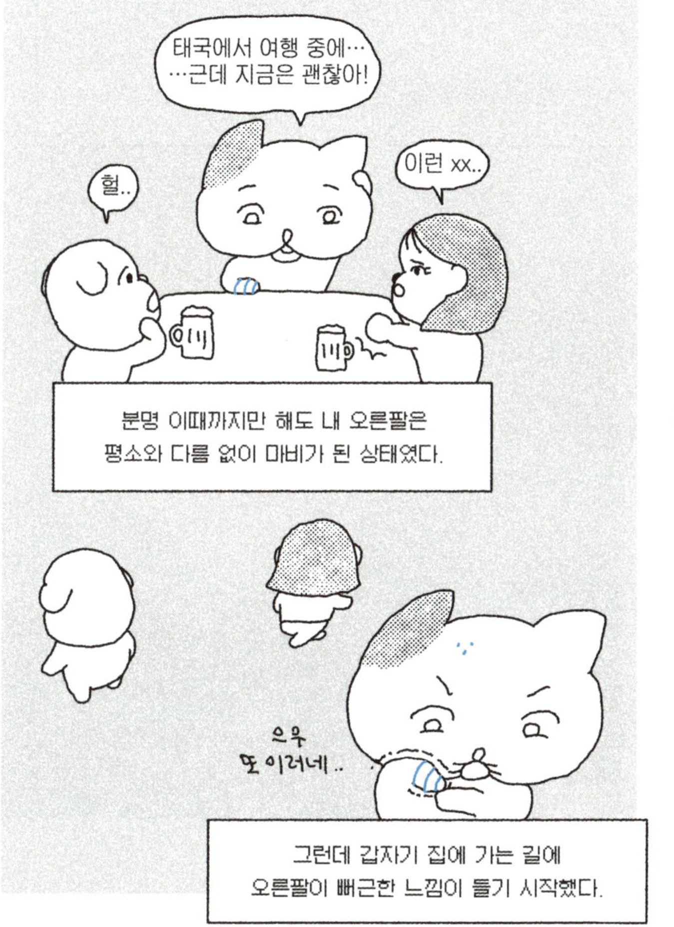

태국에서 여행 중에…
…근데 지금은 괜찮아!
헐..
이런 xx..
분명 이때까지만 해도 내 오른팔은
평소와 다름 없이 마비가 된 상태였다.
으우
또 이러네..
그런데 갑자기 집에 가는 길에
오른팔이 뻐근한 느낌이 들기 시작했다.

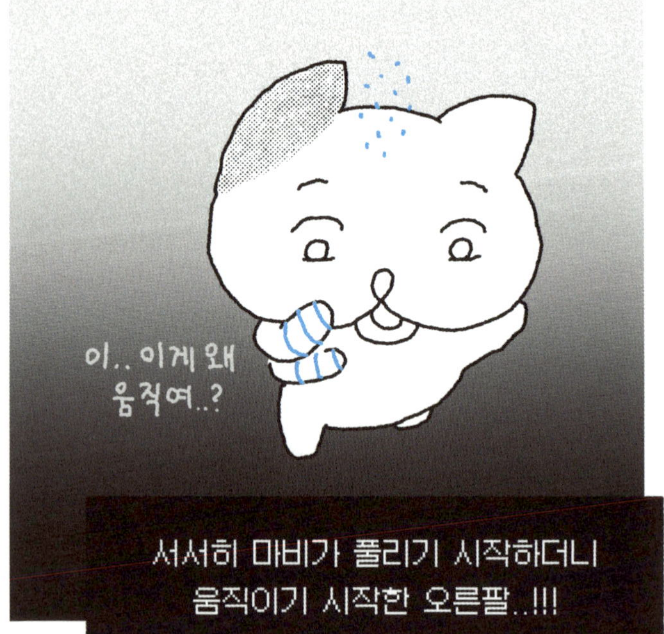
평소에도 돌발적인 통증과 뻐근함이
항상 있었던 터라
별로 대수롭지 않게 생각했는데..
이.. 이게 왜
움직여..?
서서히 마비가 풀리기 시작하더니
움직이기 시작한 오른팔..!!!

그렇게 약 1분간 사고 전으로 돌아가
잠깐이나마 오른손이 멀쩡해진
기분을 느낄 수 있었다.

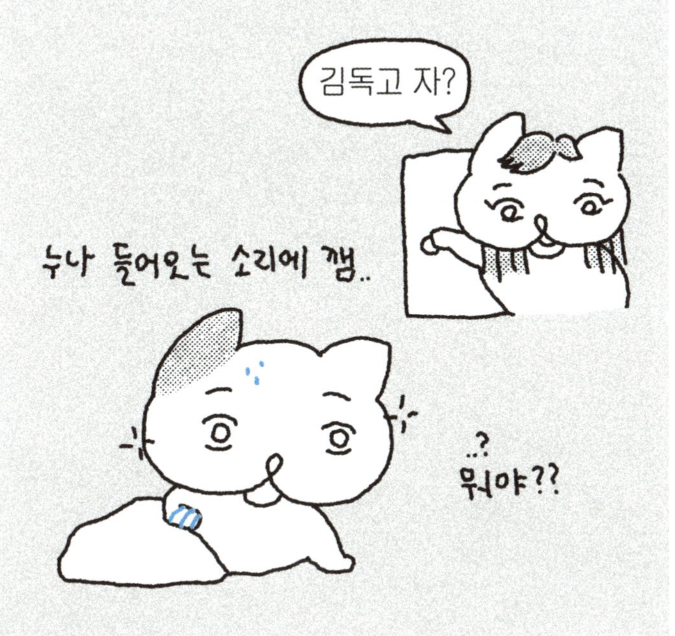

김독고 자?
누나 들어오는 소리에 깸..
..?
뭐야??

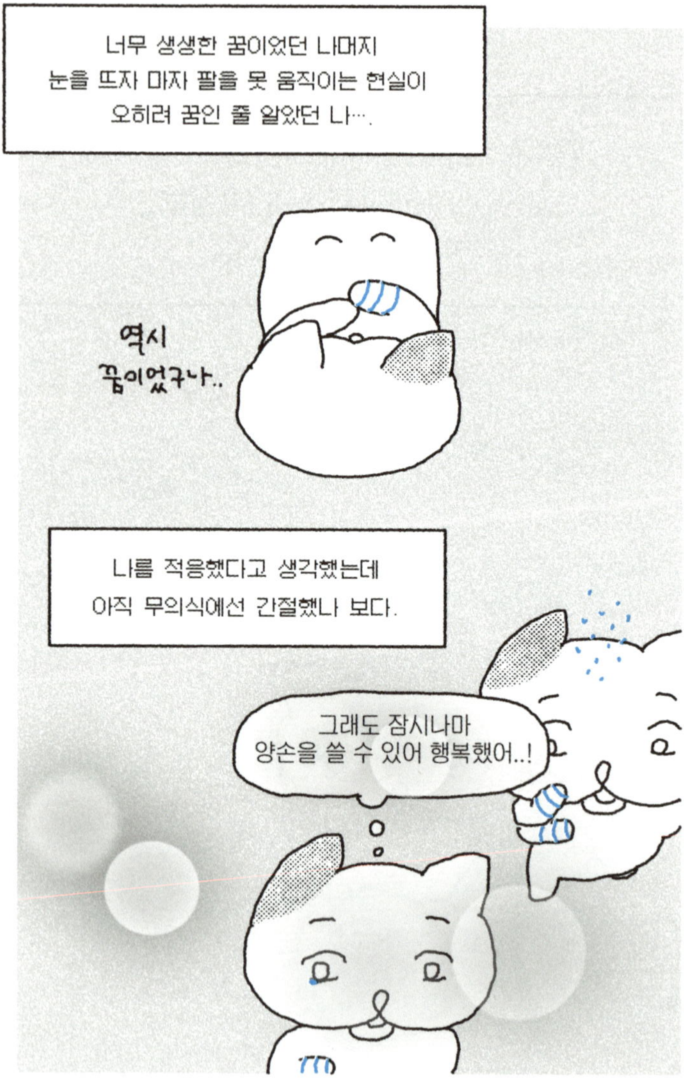

너무 생생한 꿈이었던 나머지
눈을 뜨자 마자 팔을 못 움직이는 현실이
오히려 꿈인 줄 알았던 나….

역시
꿈이었구나..

나름 적응했다고 생각했는데
아직 무의식에선 간절했나 보다.

그래도 잠시나마
양손을 쓸 수 있어 행복했어..!

앞으로도 종종
꿈에서라도 움직였으면 좋겠네.

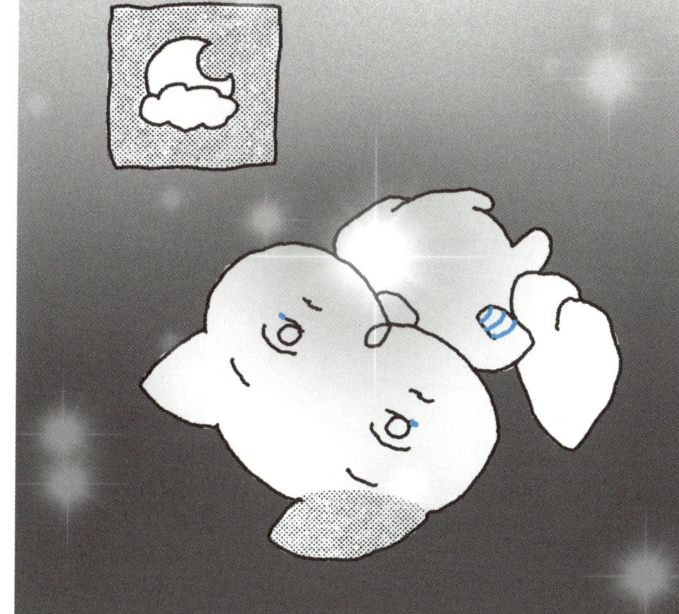

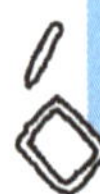

팔이 마비되면 뭐가 가장 힘들까?

오른팔이 마비된 지도..
이제 어언 열 달째.
그동안 산전수전 다 겪느라
마치 2년은 족히 지난 것 같다.
팔이 마비되면
가장 불편한 게 뭐라고
생각하시오?!!
예..? 그거야;;
당연히 두 팔을 다 못 쓰는거
아닌가요?

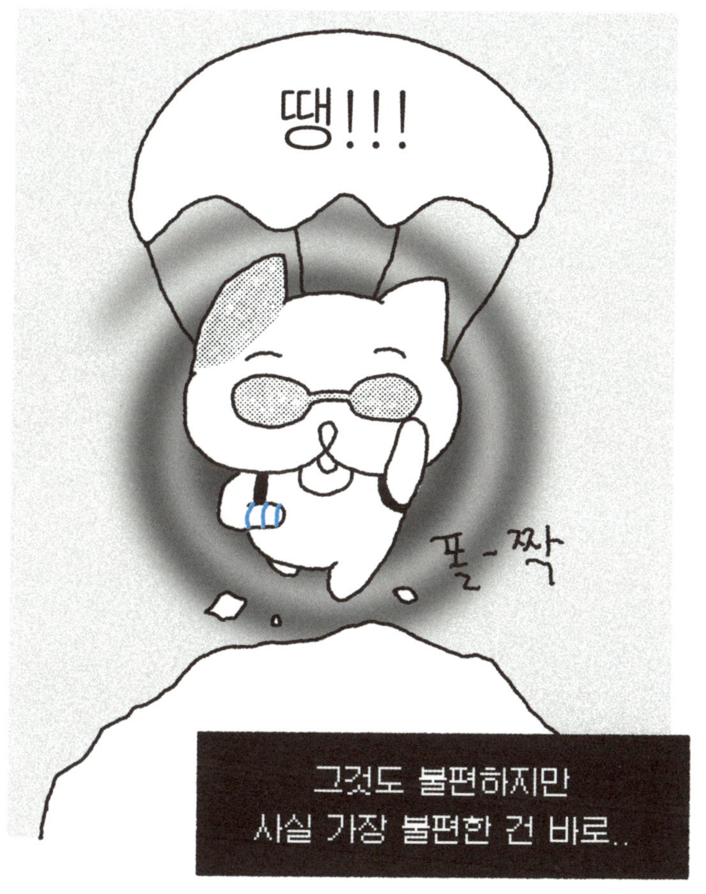
땡!!!
폴-짝
그것도 불편하지만
사실 가장 불편한 건 바로..

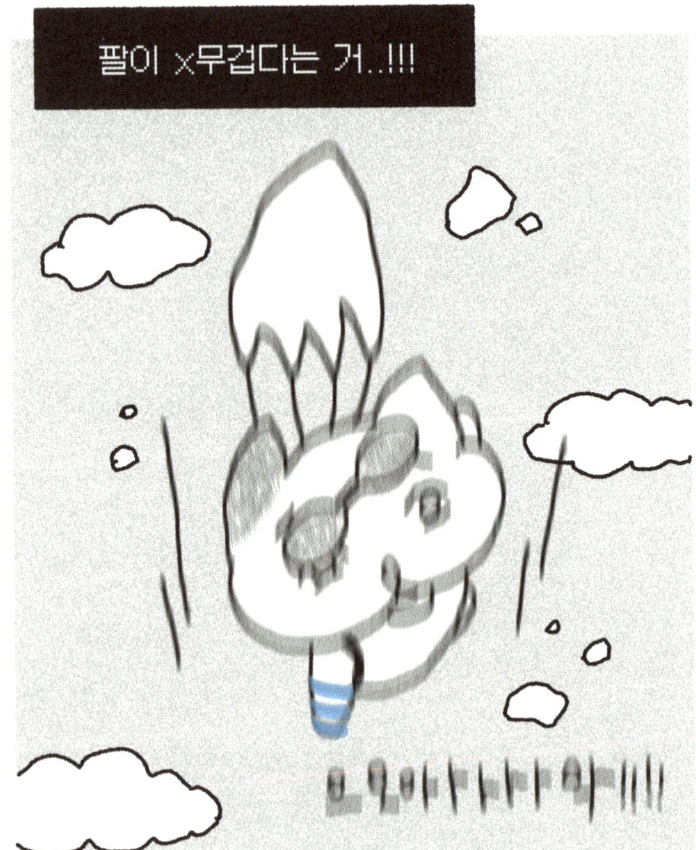
팔이 x무겁다는 거..!!!

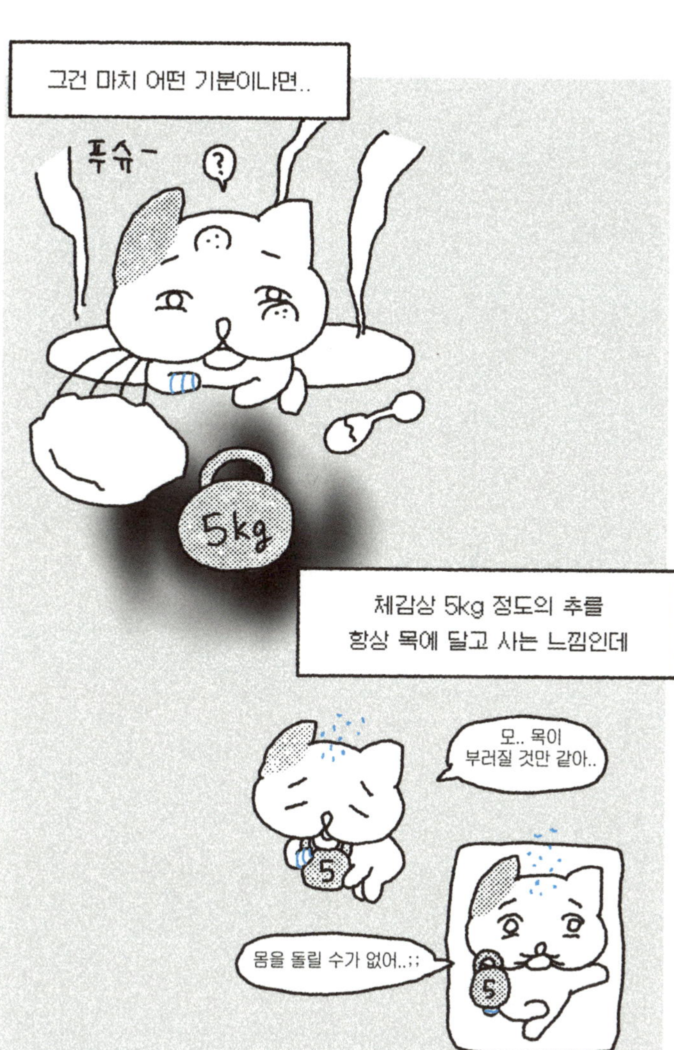
그건 마치 어떤 기분이냐면..
푸슈-
?
5kg
체감상 5kg 정도의 추를
항상 목에 달고 사는 느낌인데
모.. 목이
부러질 것만 같아..
5
5
몸을 돌릴 수가 없어..;;
진심 어떤 자세를 해도 불편하다.
심지어 누워 있어도 불편함.

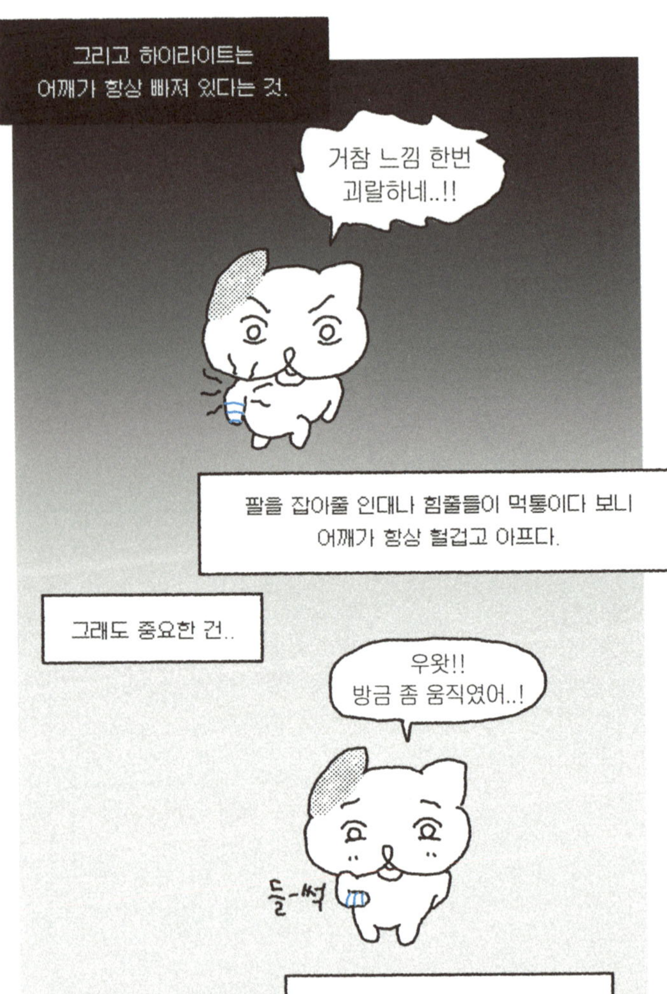

느리지만 아주 아주 조금씩
나아지고 있다는 것..!

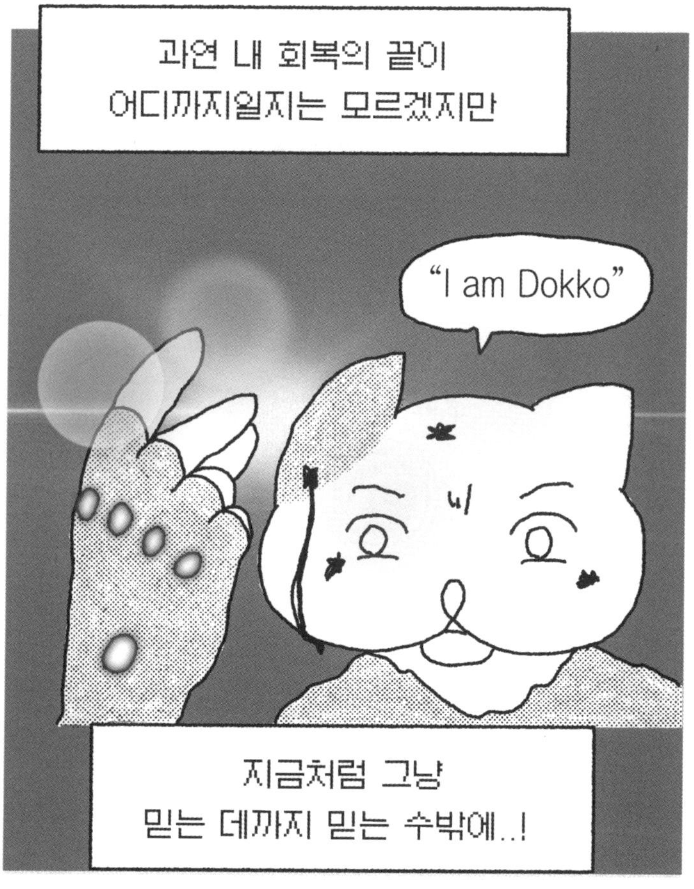
과연 내 회복의 끝이
어디까지일지는 모르겠지만
"I am Dokko"
지금처럼 그냥
믿는 데까지 믿는 수밖에..!

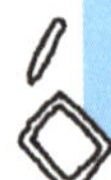

마비된 오른팔로 사회생활은 어려워

오른팔이 마비되고 몇 달 뒤
새로운 곳에서 일을 시작한 독고.

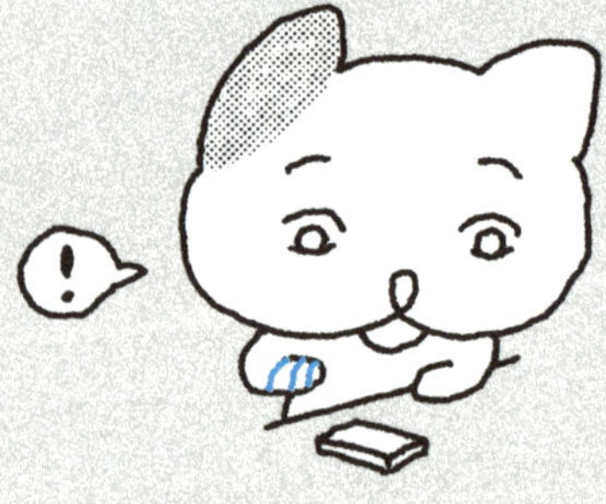

Dmail

김독고님,
짧은 기간이지만 함께 일하게 되어 기쁩니다.
계약서 작성을 위해
사무실로 방문해주시기 바랍니다.

모든 일이 노트북으로 이루어지는
재택근무였기 때문에
신경쓸 건 <업무 잘하기> 딱 한 가지였다.

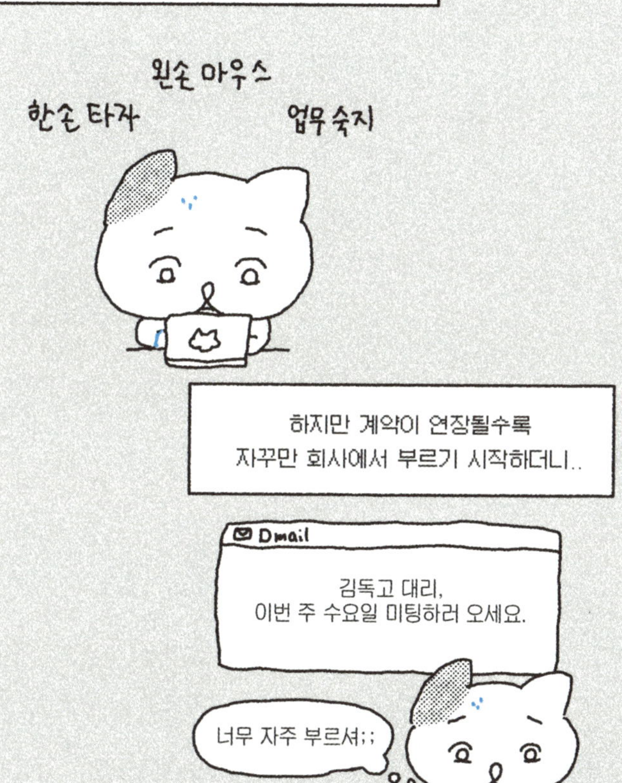

한손 타자
왼손 마우스
업무 숙지
하지만 계약이 연장될수록
자꾸만 회사에서 부르기 시작하더니..
Dmail
김독고 대리,
이번 주 수요일 미팅하러 오세요.
너무 자주 부르셔;;

예상치 못했던
새로운 애로사항들이 생겨나기 시작했다.

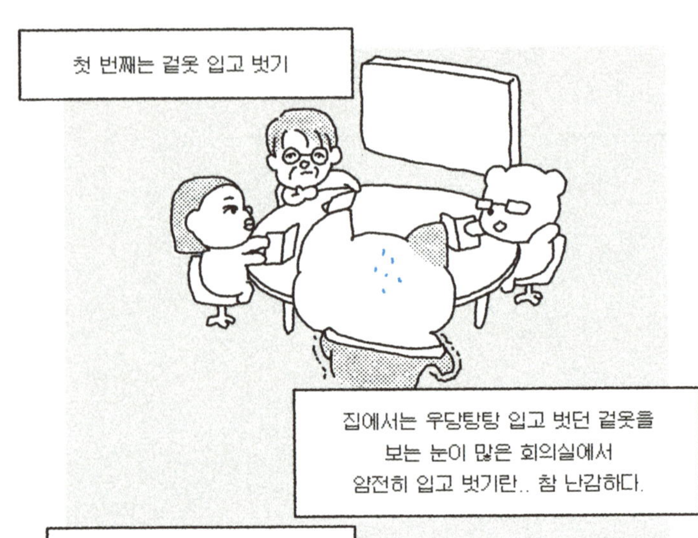
첫 번째는 겉옷 입고 벗기
집에서는 우당탕탕 입고 벗던 겉옷을
보는 눈이 많은 회의실에서
얌전히 입고 벗기란.. 참 난감하다.

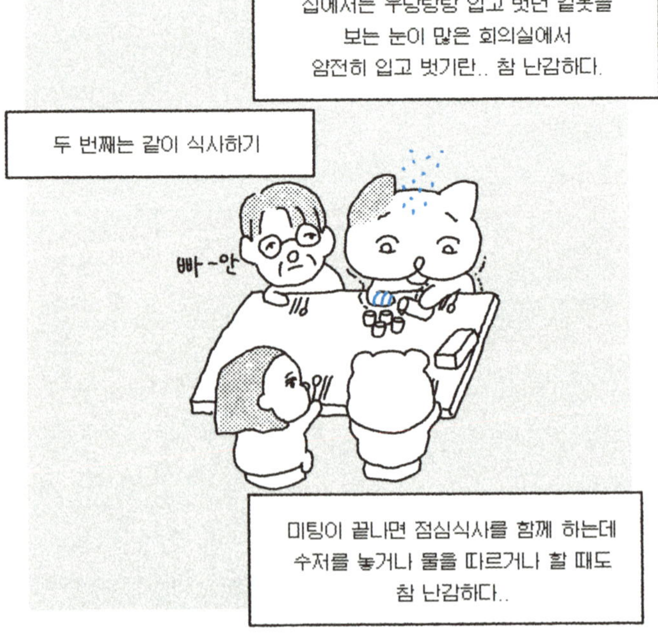
두 번째는 같이 식사하기
빠~안
미팅이 끝나면 점심식사를 함께 하는데
수저를 놓거나 물을 따르거나 할 때도
참 난감하다..

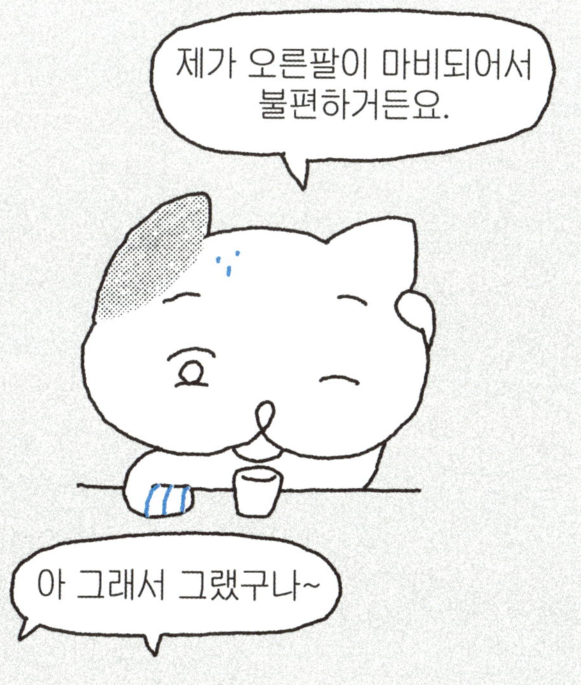
그래도 여기까진 괜찮다.
점심 먹으면서 설명하면 되니까..
제가 오른팔이 마비되어서 불편하거든요.
아 그래서 그랬구나~

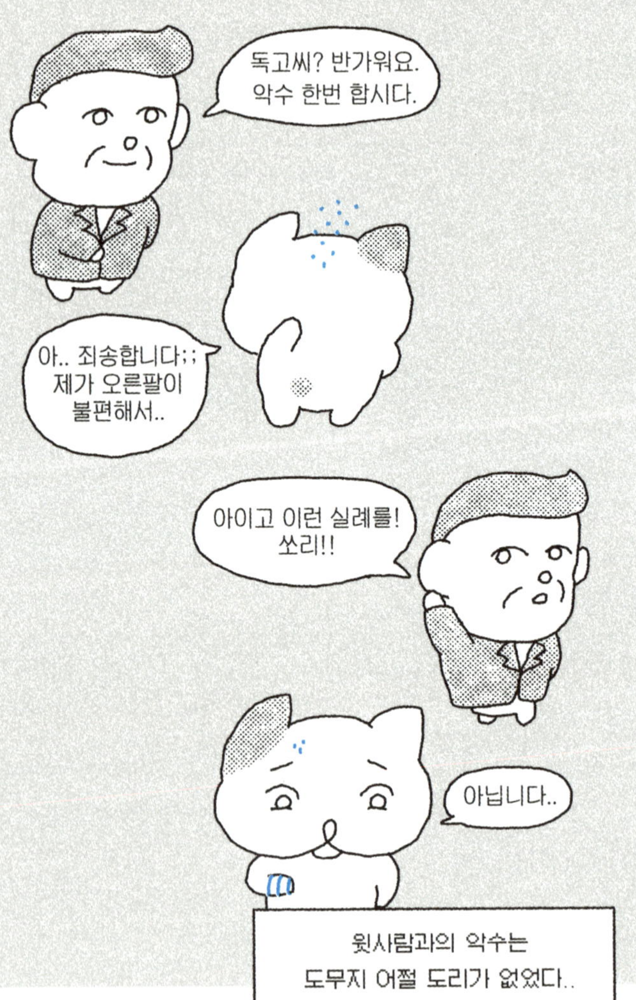
그런데 이번에 처음으로
대표님을 마주칠 일이 있었는데
독고씨? 반가워요.
악수 한번 합시다.
아.. 죄송합니다;;
제가 오른팔이
불편해서..
아이고 이런 실례를!
쏘리!!
아닙니다..
윗사람과의 악수는
도무지 어쩔 도리가 없었다..

사회생활을 함에 있어서
오른손을 못 쓴다는 것은 몸도 몸이지만
마음도 참 불편한 일인 것 같다.

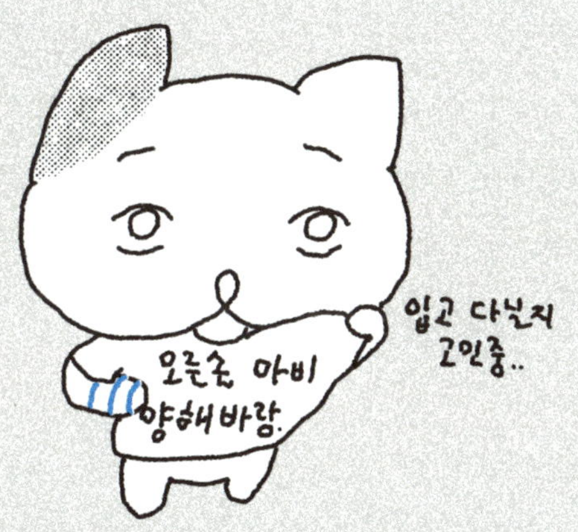

앞으로 나의 사회생활엔
또 어떤 우여곡절들이 기다리고 있을까?

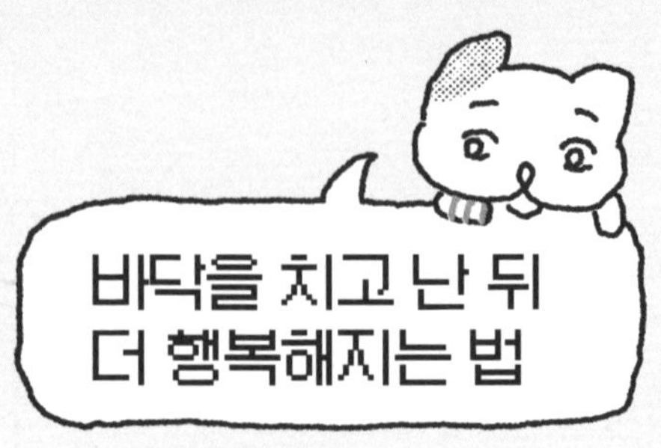
바닥을 치고 난 뒤
더 행복해지는 법

첫 번째는 아주 작은 일에도 성취감을 느끼는 것이었다. 왼손으로 젓가락질하는 것부터 글씨 쓰는 것까지 처음에는 정말 형편 없었고 나도 그걸 알고 있었지만 스스로에게 부정적인 말은 하지 않으려고 노력했다. 대신 어제보다 오늘 더 나아진 부분에 대해 집중했다. 나 자신이 아이라고 생각하고 지치거나 포기하지 않도록 어르고 달래며 잘 하고 있다고 끊임없이 응원했다.

두 번째는 나에게 일어난 일을 애써 숨기지 않으려고 노력했다. 불의의 사고였고 부끄러운 일이 아니었지만 괜히 약해진 내 모습이 부끄러워 숨고만 싶었다. 그래서 오히려 소셜 미디어에 내 이야기를 솔직하게 오픈했다.처음에는 사람들의 시선이 두렵고 불편했지만 생각지 못한 많은 응원에 힘입어 점차 나를 향한 시선이나 평가에 적응할 수 있었다.

마지막으로는 행복의 기준이 남이 아니라 나에게 있다는 걸 깨닫는 것이었다. 1번을 통해 매일 작은 성취를 느끼고, 2번을 통해 그 전에는 몰랐던 새로운 형태의 행복이 있다는 걸 깨달았다.
누군가보다 많이 벌고 멋지게 보여지는 것에 행복이 있다고 생각했는데 더 고차원적인 행복이 있다는 것을 알게 되었다.

어쩌면 바닥을 치고 난 지금이 나는 더 행복할지도 모르겠다..!

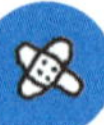
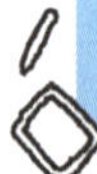

팔은 마비됐어도 마라탕은 먹고 싶어

사고로 한쪽 팔을 못 쓰게 된 뒤,
앞으로 혼자서 하기 힘든 일들에 대해
상상해본 적이 있다.

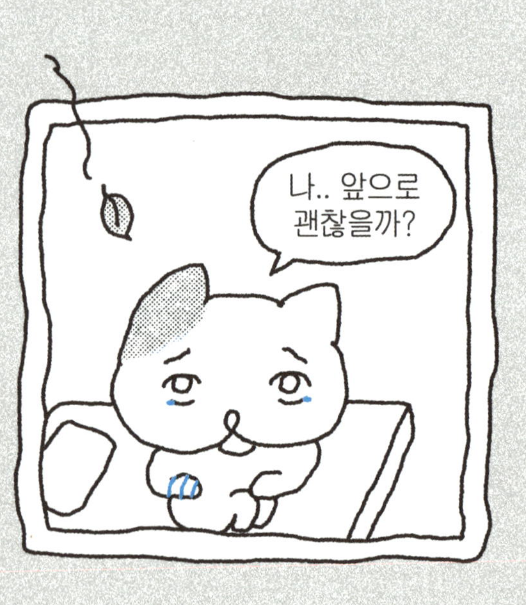

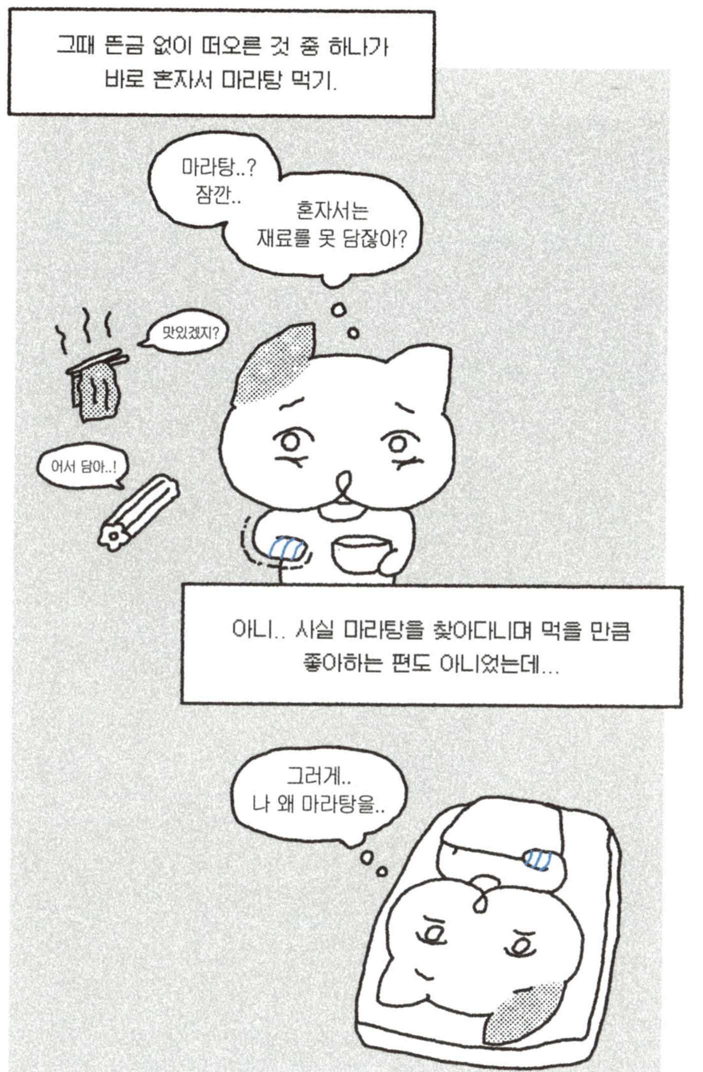
그때 뜬금 없이 떠오른 것 중 하나가
바로 혼자서 마라탕 먹기.
마라탕..? 잠깐..
혼자서는 재료를 못 담잖아?
맛있겠지?
어서 담아..!
아니.. 사실 마라탕을 찾아다니며 먹을 만큼
좋아하는 편도 아니었는데...
그러게..
나 왜 마라탕을..

241

근데 한 번 이 생각이 떠오른 이후로
자꾸만 마라탕이 머릿속에서
떠나질 않는 것이다..!!

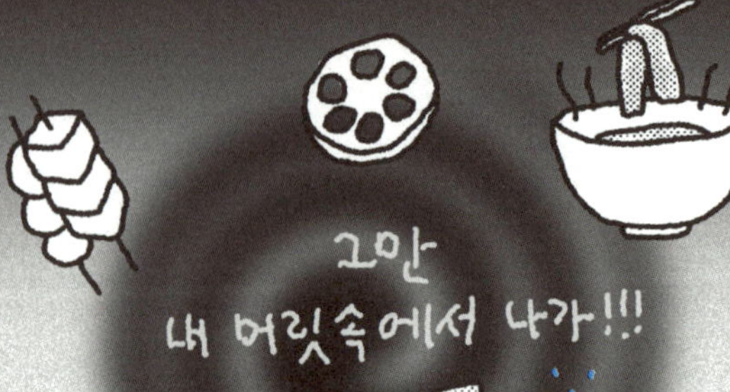

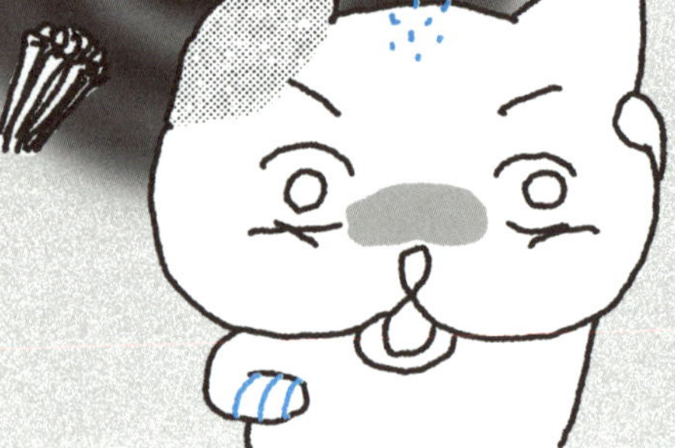

그래서 결국..
이번에 머리를 자르러 나갔을 때
꼭 마라탕을 먹고 오겠다고 다짐했다.

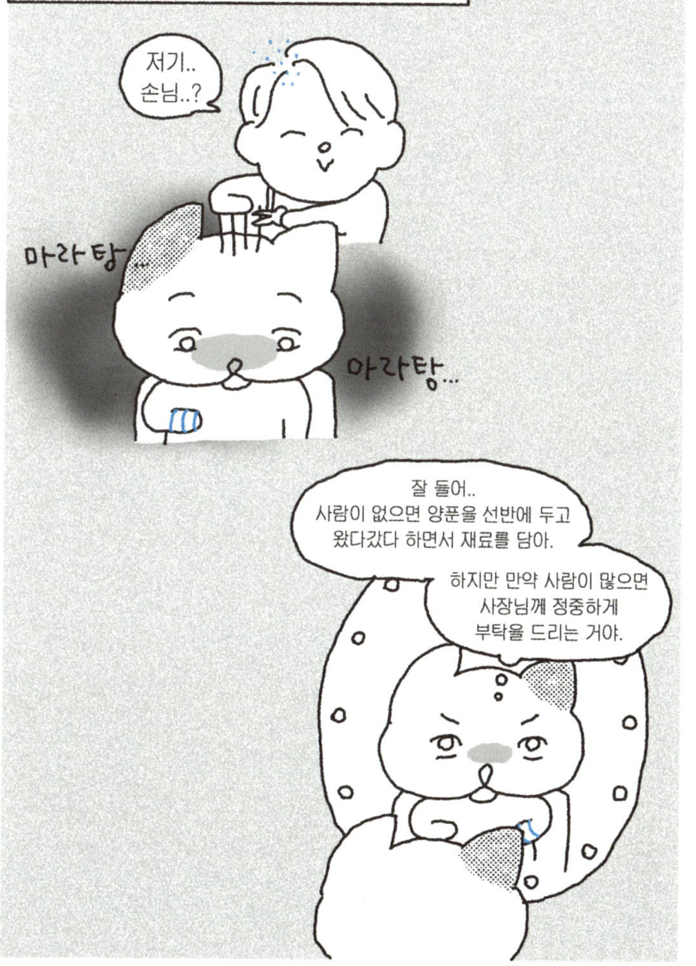

저기..
손님..?
마라탕..
마라탕...
잘 들어..
사람이 없으면 양푼을 선반에 두고
왔다갔다 하면서 재료를 담아.
하지만 만약 사람이 많으면
사장님께 정중하게
부탁을 드리는 거야.

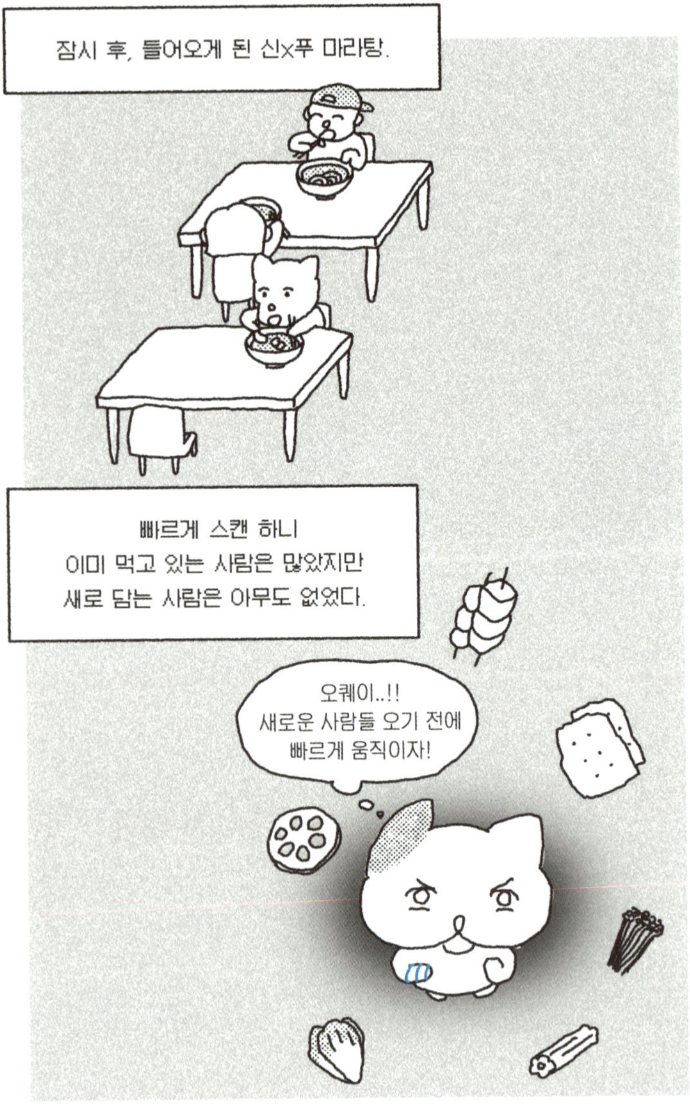

잠시 후, 들어오게 된 신x푸 마라탕.

빠르게 스캔 하니
이미 먹고 있는 사람은 많았지만
새로 담는 사람은 아무도 없었다.

오케이..!!
새로운 사람들 오기 전에
빠르게 움직이자!

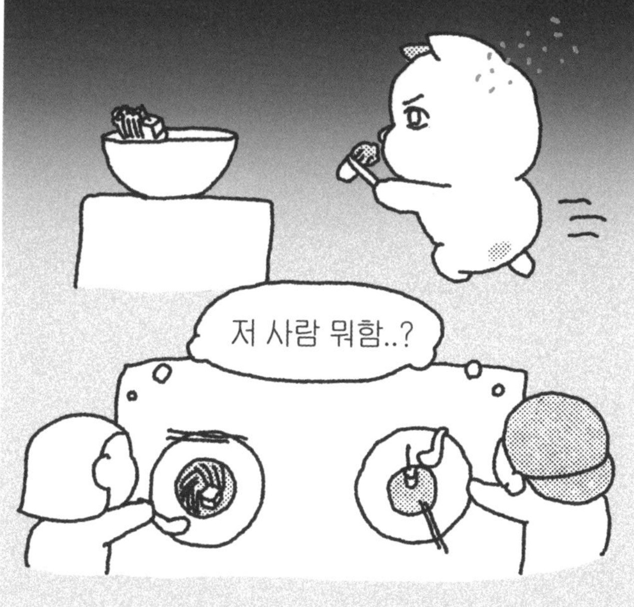
그렇게 누가 봐도 수상하게
재료를 담기 시작한 독고였다.
저 사람 뭐함..?

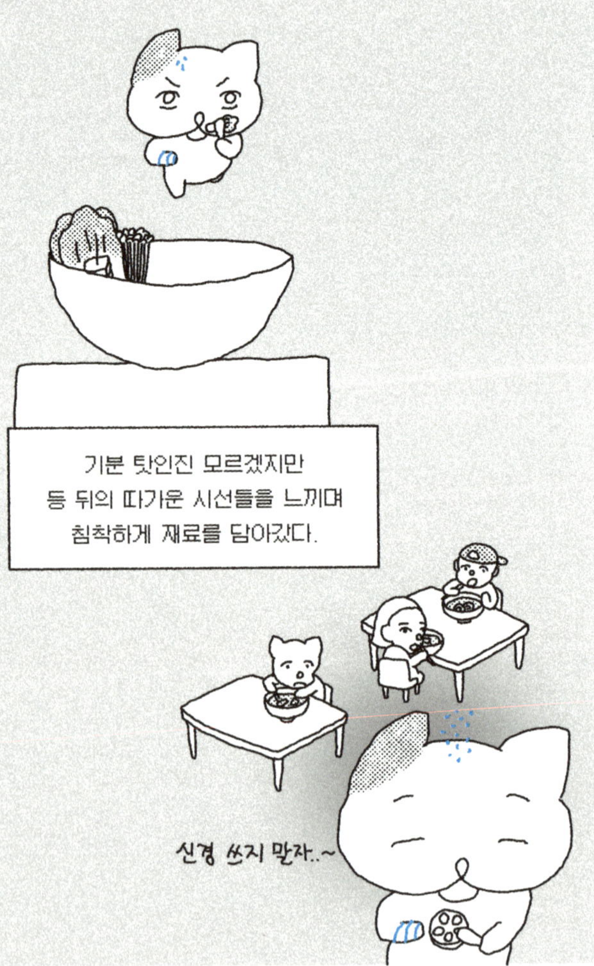
마비된 팔로
홀로 마라탕 먹기에 도전한 독고.
기분 탓인진 모르겠지만
등 뒤의 따가운 시선들을 느끼며
침착하게 재료를 담아갔다.
신경 쓰지 말자..~

그런데 그때 내 앞을 지나가시던 사장님과
3초 정도 눈이 마주치고 말았고

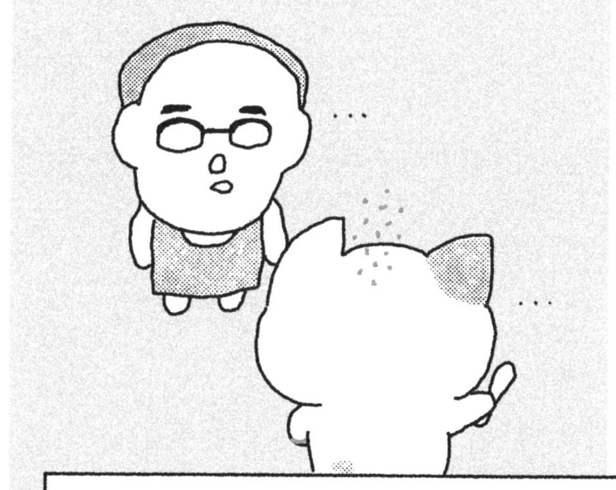

사장님의 시선이 내 오른팔에 머물렀던
그 3초가 마치 3분처럼 느껴졌다.

아무튼 무사히 계산까지 마치고
뿌듯하게 먹을 준비를 하고 앉았는데
저 멀리 보이는 글귀 하나.

"번호가 불리면 가져가 주세요."

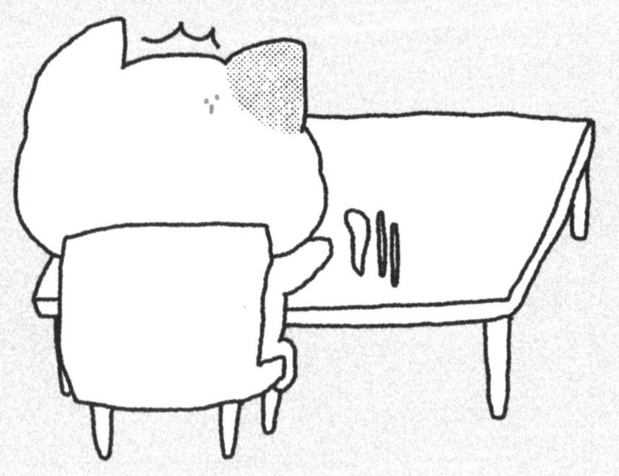

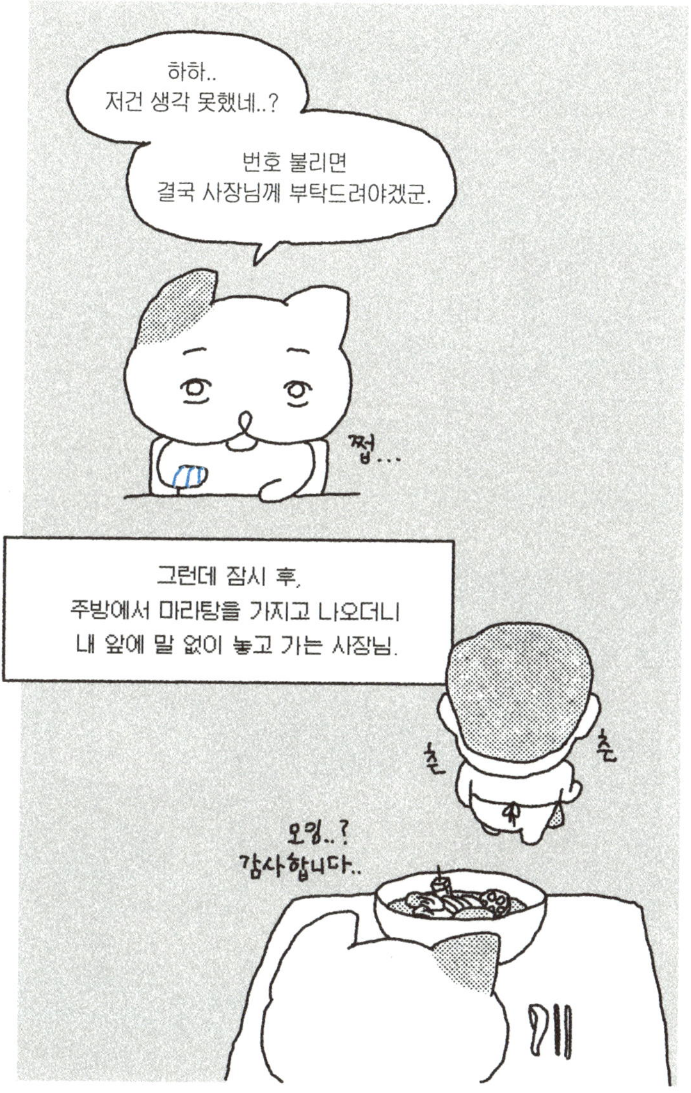

하하..
저건 생각 못했네..?

번호 불리면
결국 사장님께 부탁드려야겠군.

쩝...

그런데 잠시 후,
주방에서 마라탕을 가지고 나오더니
내 앞에 말 없이 놓고 가는 사장님.

츤

츤

모잉..?
감사합니다..

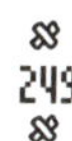

그렇게 먹게 된 마라탕의 맛은
발로 뛰어(?) 얻은 만큼
여태 먹었던 마라탕 중 단연코 최고였다..!

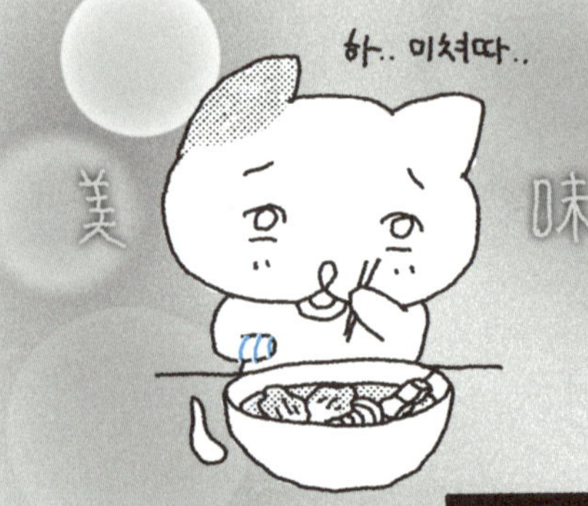
하.. 미쳐따..
美
味

하지만 동시에 든 생각은..

겉으로 보기엔 멀쩡해 보이는데
왼팔만 쓰는 나를 사람들은 어떻게 볼까..?
차라리 설명이라도 할 수 있음 좋을텐데..

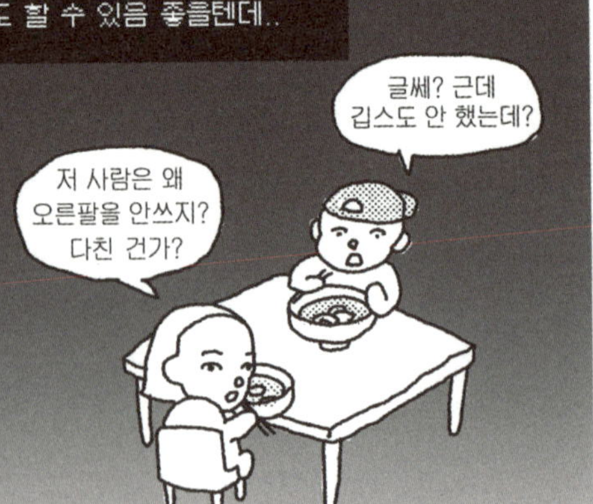
글쎄? 근데
깁스도 안 했는데?
저 사람은 왜
오른팔을 안쓰지?
다친 건가?

마라탕은 너무 맛있었지만
앞으로 이런 순간이 참 많을 거란 생각에
조금은 씁쓸해진 하루였다.

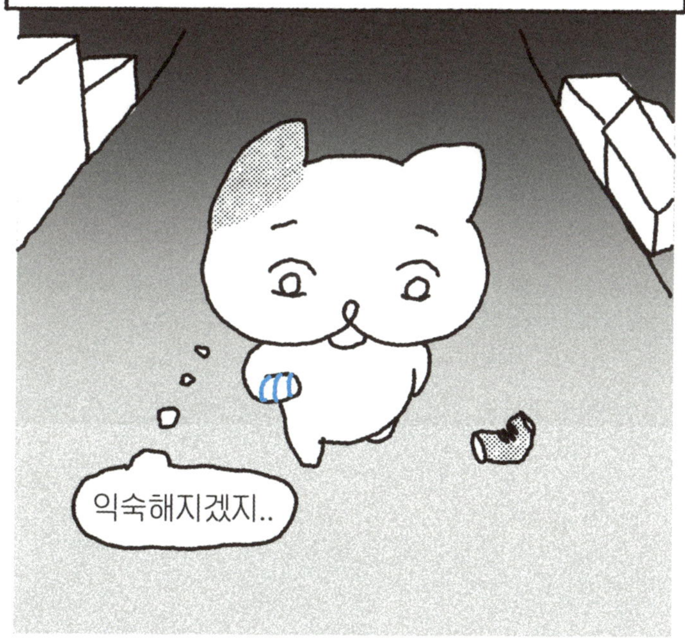

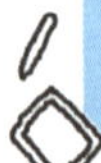

내가 희망의 아이콘..?

인스타툰을 다시 시작한지도
어언 9개월 차.

오른손이 마비돼서
왼손으로 다시 시작해요..!

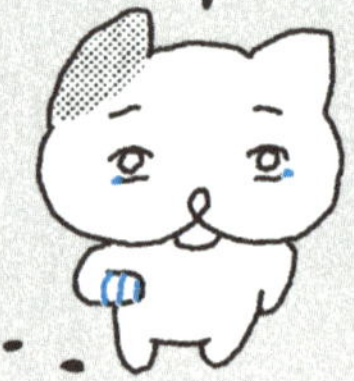

그 동안 정말 수많은 댓글과 DM으로
응원과 감사의 메세지를 받아온 독고.

8주 · 작성자가 좋아하는 댓글
알고리즘타고 왔어요
사고이야기 처음부터 다 읽었는데 왼손으로 그리신 그림과 솔직한 마음을 적으신 글을 보며 저도 함께 여러가지 감정을 느꼈어요
멋진 작가님 계속 응원하겠습니다
1

11주 · 작성자가 좋아하는 댓글
독고님 만화를 우연히 보게되었는데
이제 막 그림을 시작한 저도 스스로 반성하게 될 정도로 대단하다고 느꼈습니다 ㅎㅎ
제가 같은 상황이였어도 작가님처럼 할 수 있었을까 생각이 들기도 하더라구요
앞으로 더 좋은 일 많이 생기시길 바랄게요
기적처럼 오른손도 돌아오길 바랍니다!
1

독고님 인그타툰 항상 잘보고 응원하고 있습니다 , 저는 안좋은일을 겪으면서 1년동안이나 회복을 못하고 있는데
독고님은 매사에 진취적이셔서 항상 힘을 얻고있습니다 , 앞으로도 응원하겠습니다!!

그런 메시지들이 쌓일수록 뭔가..
희망의 아이콘(?)
..이 되는 듯한 기분이 들었다.

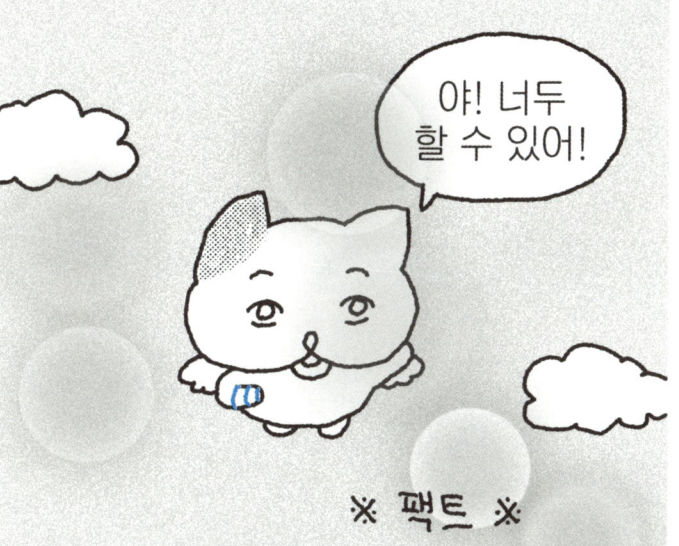

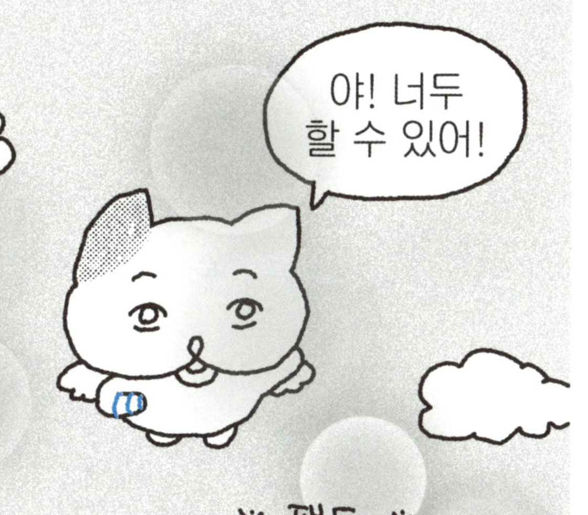

※ 팩트 ※
아무도 시켜준 적 없음.

정말 정말 감사하긴 한데
문제는..

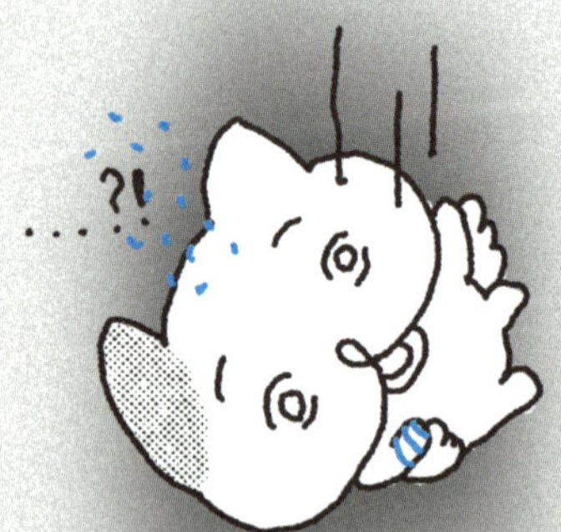

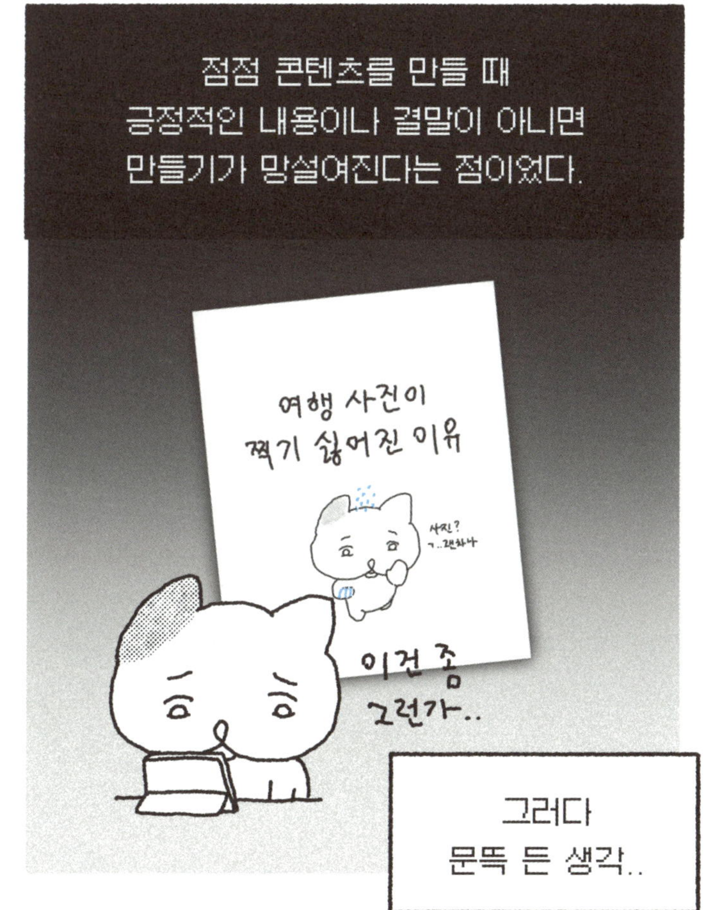
점점 콘텐츠를 만들 때
긍정적인 내용이나 결말이 아니면
만들기가 망설여진다는 점이었다.
여행 사진이
찍기 싫어진 이유
사진?
ㄱ..괜찮나
이건 좀
그런가..
그러다
문뜩 든 생각..

255

사람이 언제나 희망차고
긍정적일 수만은 없는 법이고,

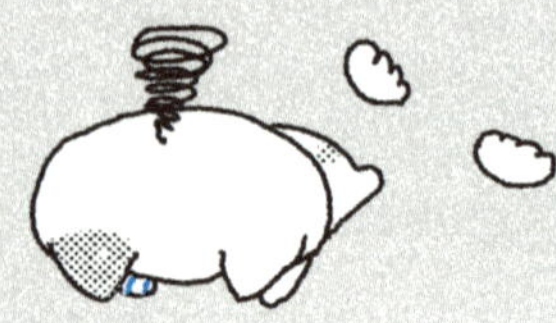

나의 불행도 실패도
누군가에겐 영감이 되고
위로가 될 수 있지 않을까?

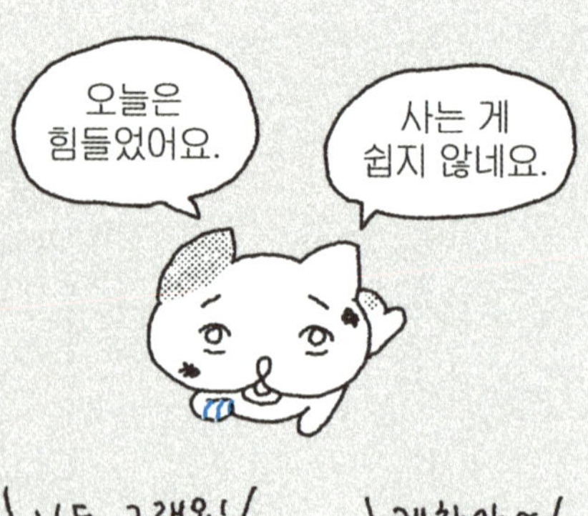

그래서 나는 내가 행복하면 행복한대로
힘들면 힘든대로 계속 솔직하게
콘텐츠를 만들기로 했다!

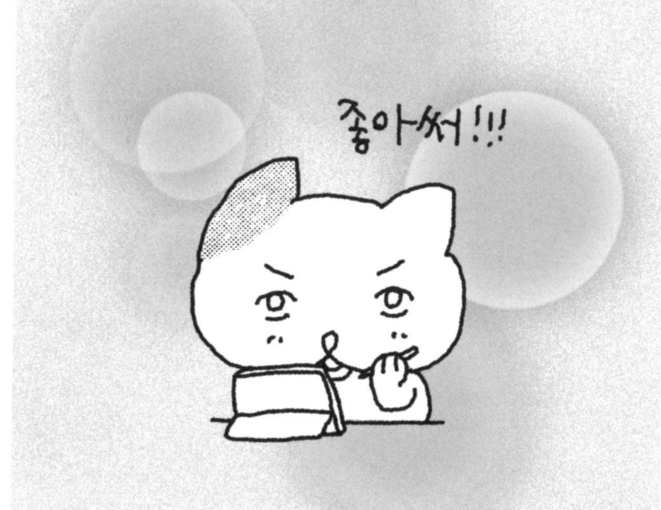

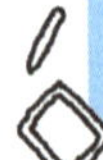

야생의(?) 마비환자를 발견한 사람들

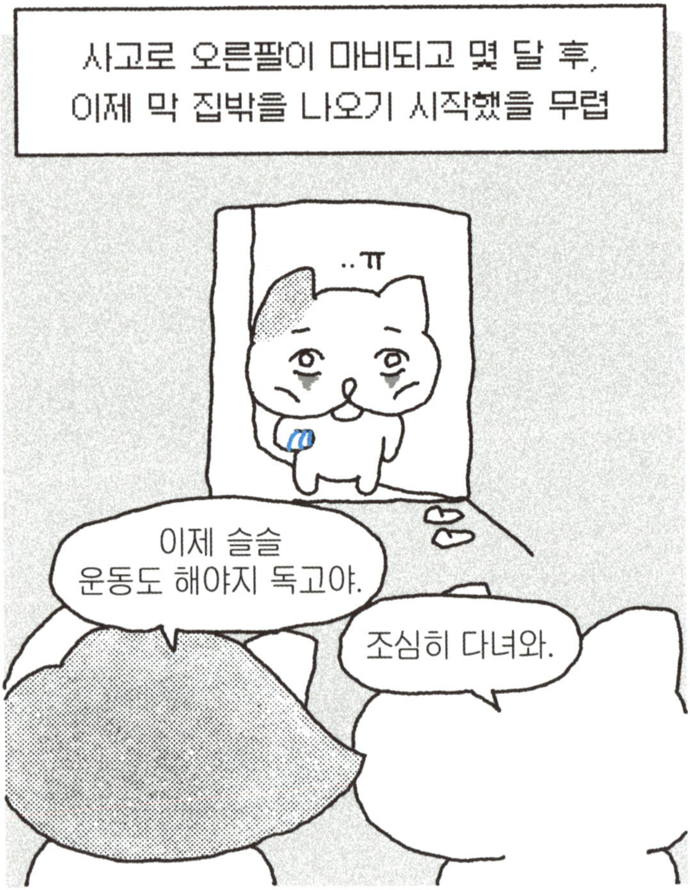

사고로 오른팔이 마비되고 몇 달 후,
이제 막 집밖을 나오기 시작했을 무렵

..ㅠ

이제 슬슬
운동도 해야지 독고야.

조심히 다녀와.

통증과 팔 무게로 인해
몰골이 말이 아니었던 난..
주위의 시선을 한 몸에 끌고 다녔다.

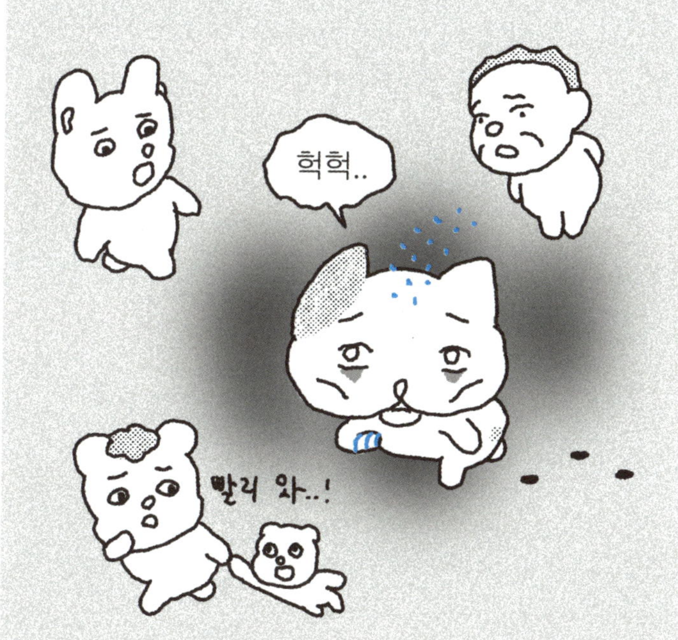

재밌었던 건(?)
그 당시 길에서 마주치는 사람들마다
연령대별로 특징이 있었다는 것..ㅎㅎ

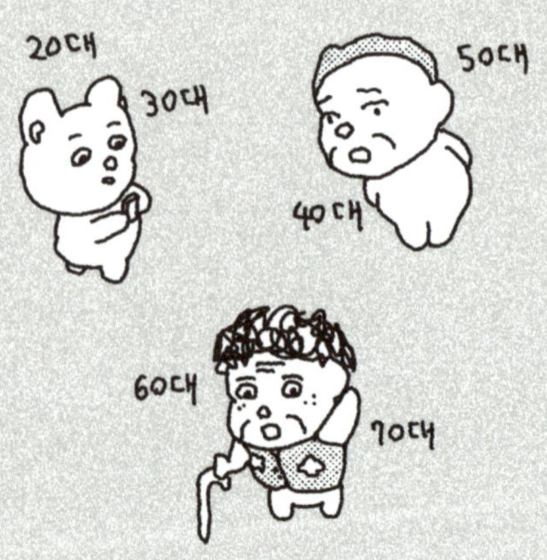

내 또래인 20,30대 친구들은
대부분 마주쳐도 다시 휴대폰 보기 바빠서
지나다니기 불편하지 않았다면..

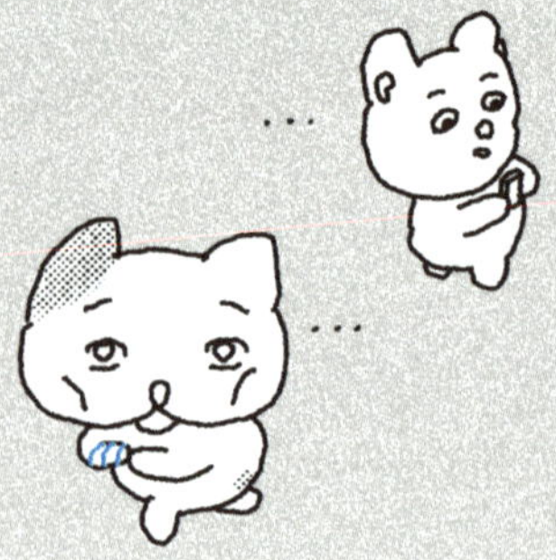

40대 이상으로 보이는 분들은
나를 뚫어지게 쳐다보는 경우가
종종 있었다.

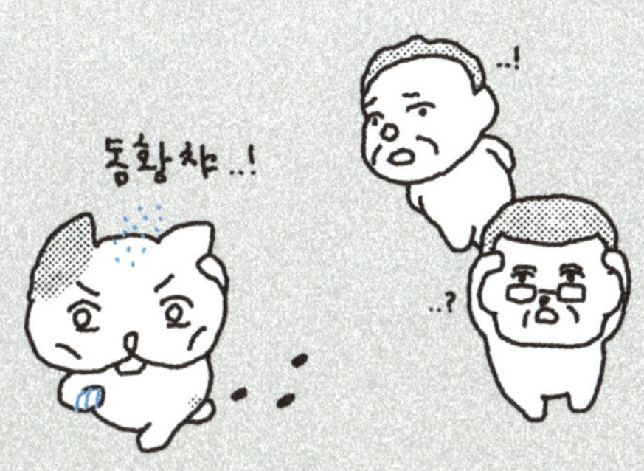

특히 아저씨들이 신기하단 듯이
위아래로 훑어볼 때면
마치 동물원 원숭이가 된 듯한 기분이었다.

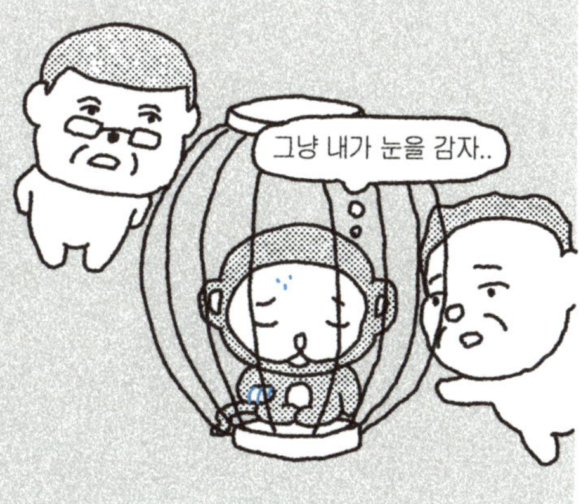

하지만 최종 보스는 바로 우리 할머니들..
아예 붙잡고 말을 거는 경우도 있는데..

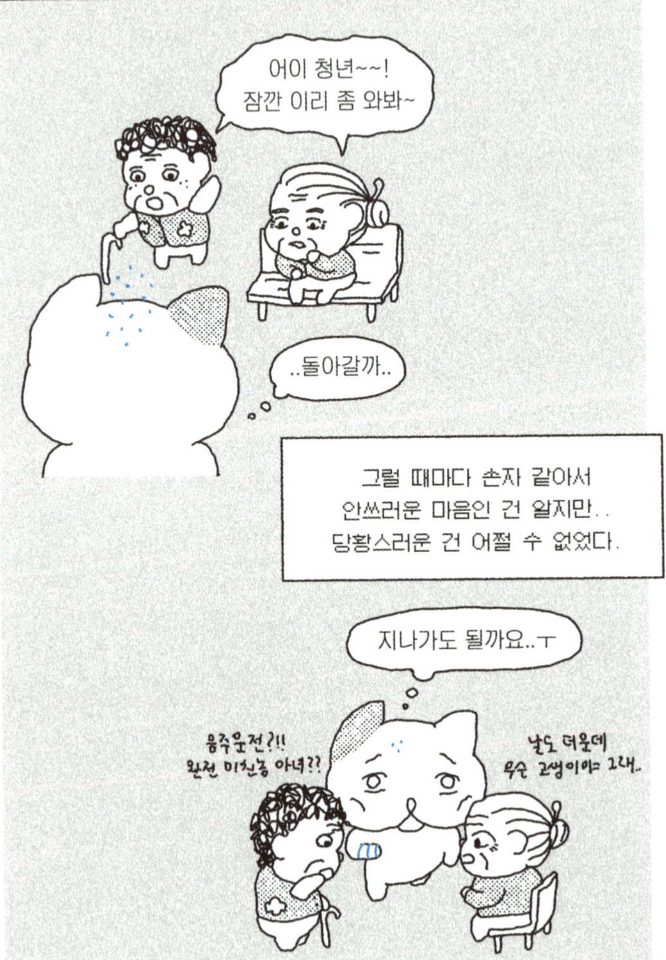

어이 청년~~!
잠깐 이리 좀 와봐~
..돌아갈까..
그럴 때마다 손자 같아서
안쓰러운 마음인 건 알지만..
당황스러운 건 어쩔 수 없었다.
지나가도 될까요..ㅜ
음주운전?!!
완전 미친놈 아녀??
날도 더운데
무슨 고생이야 그래..

하여튼 이때를 생각하면
많이 익숙해진 지금이
신기하기도 감사하기도 하다!

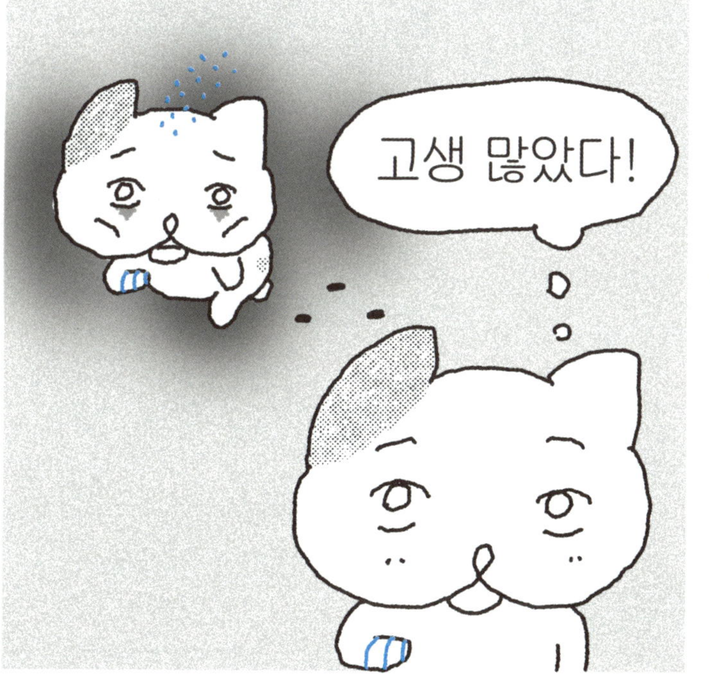

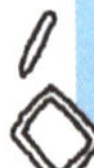

마비 환자가 들키고 싶지 않은 한 가지 비밀

나는 마비 환자다.

위풍당당

그리고 난 더 이상
그 사실이 부끄럽지 않다.

하지만 내가 마비 환자인 것과 별개로
들키고 싶지 않은 비밀이
하나 있는데..

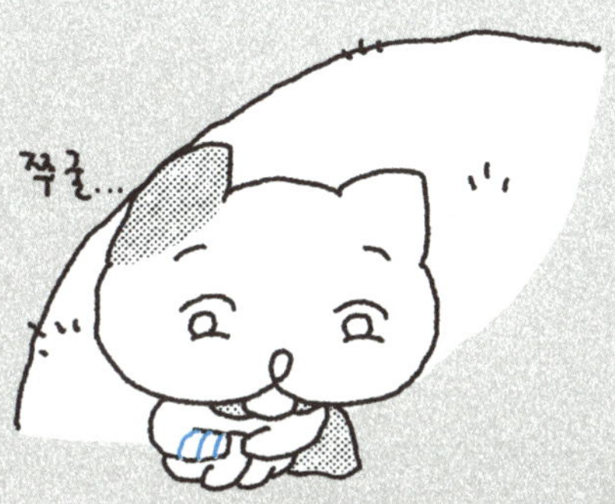

그건 바로
24시간 통증에 시달리고 있다는 것.

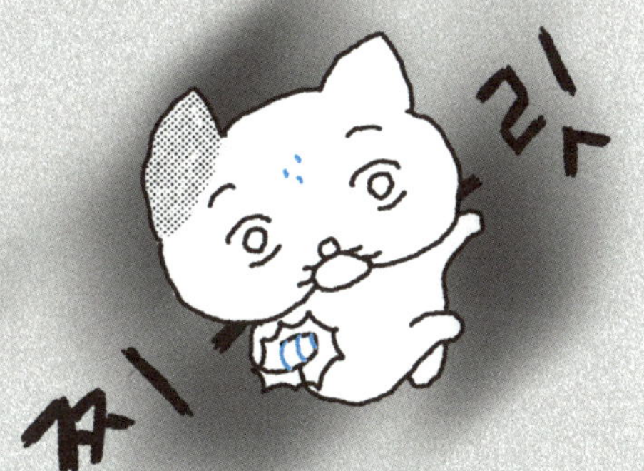

이걸 밝히고 싶지 않았던 이유는
과거의 사고로부터 여전히 고통받는
안타까운 사람으로 보이고 싶지 않기 때문.

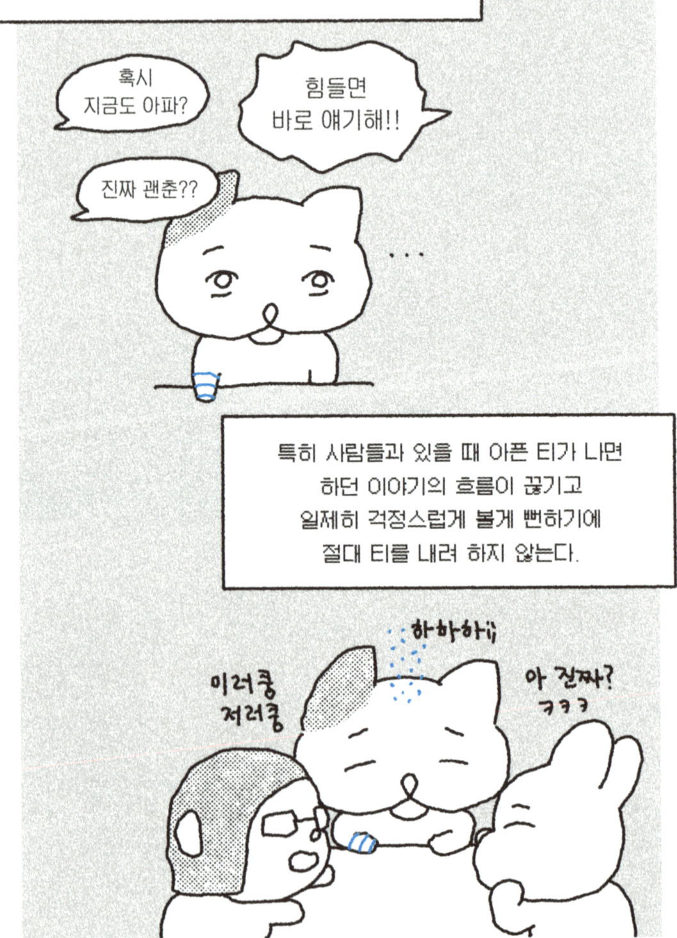

혹시
지금도 아파?
힘들면
바로 얘기해!!
진짜 괜춘??
...
특히 사람들과 있을 때 아픈 티가 나면
하던 이야기의 흐름이 끊기고
일제히 걱정스럽게 볼게 뻔하기에
절대 티를 내려 하지 않는다.
하하하;;
이러쿵
저러쿵
아 진짜?
ㅋㅋㅋ

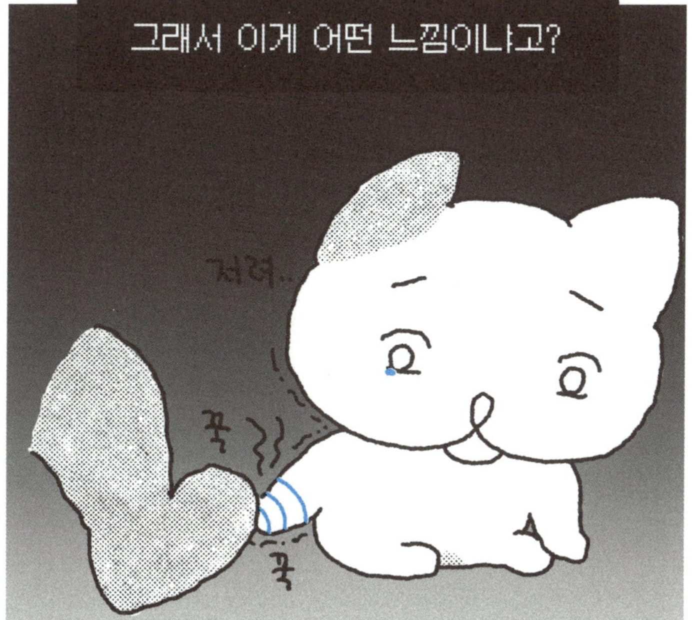

쉽게 말해 24시간 누군가가
내 손끝부터 팔꿈치까지
발로 정성스럽게 밟는 느낌이랄까..

그리고 5~10분 마다
돌발적인 통증이 오는데
마치 킬힐로 밟거나 트럭이 지나가는 듯한
극심한 통증이 오기도 한다.

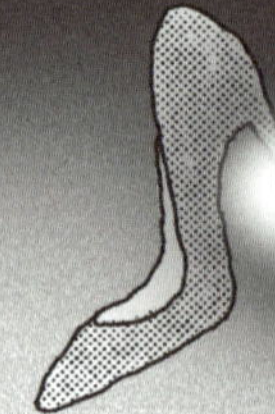
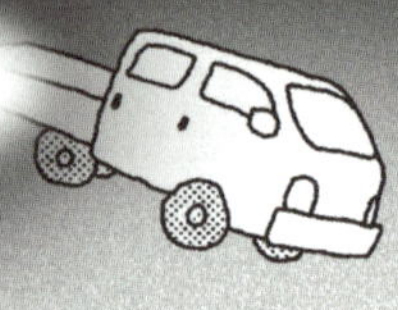

처음엔 이 통증 때문에 하루 종일
아무것도 못할 정도로 힘들었지만
지금은 태연하게 하던 말을 계속하거나
하던 일에 집중할 수 있을 정도로 적응했다.

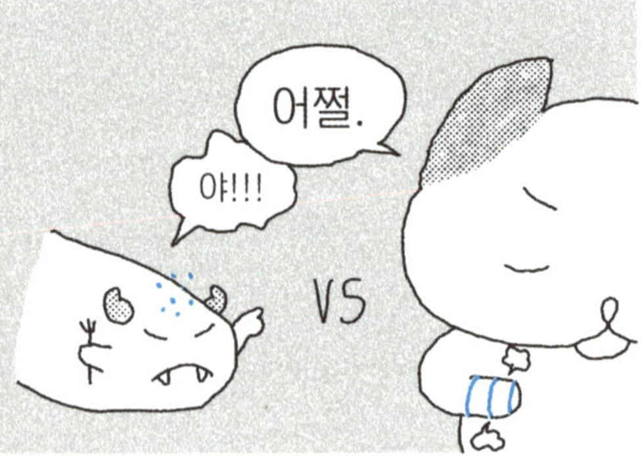

아무튼 오늘도 나는
이 말 안듣는 몸뚱이와 밀당을 하며
나름 잘(?) 지내고 있다.

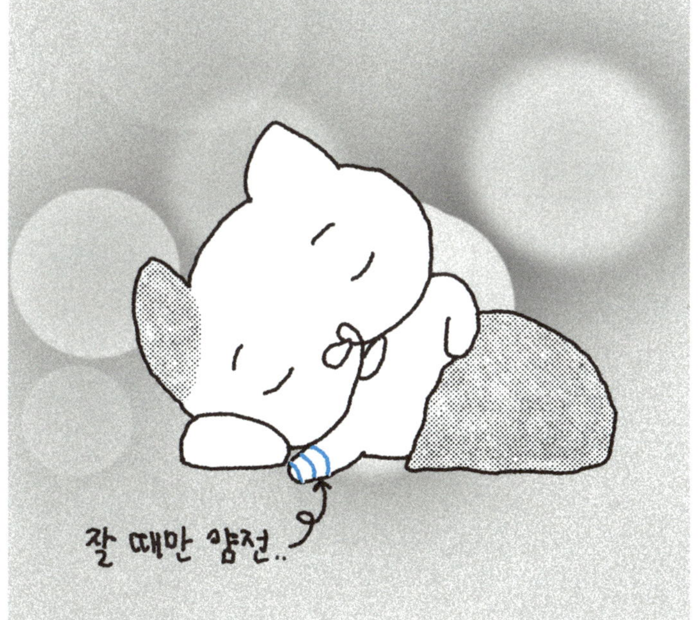

언젠가 다시 그런 날이 올까요?

태국 빠이에서 사고가 난지
정확히 일 년째 되는 날.

작년 이맘때는 따뜻한 태국을 여행하며
추운게 뭔지도 모르고 지냈었는데

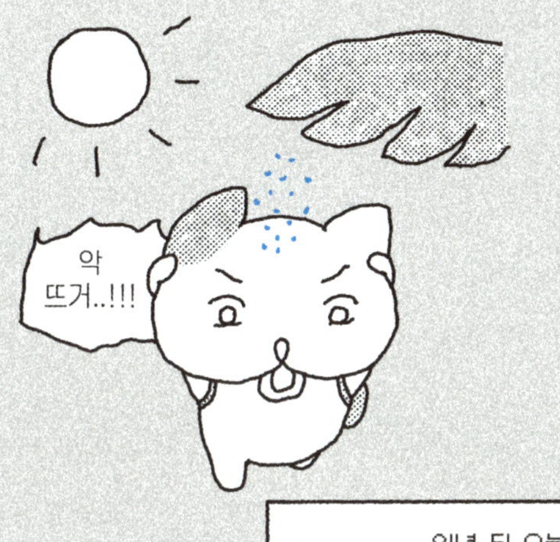

일년 뒤 오늘은
꽤나 혹독한 겨울을 치르는 중이다.

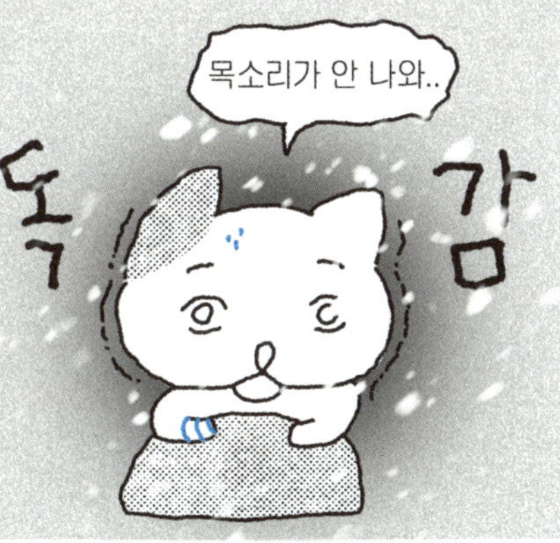

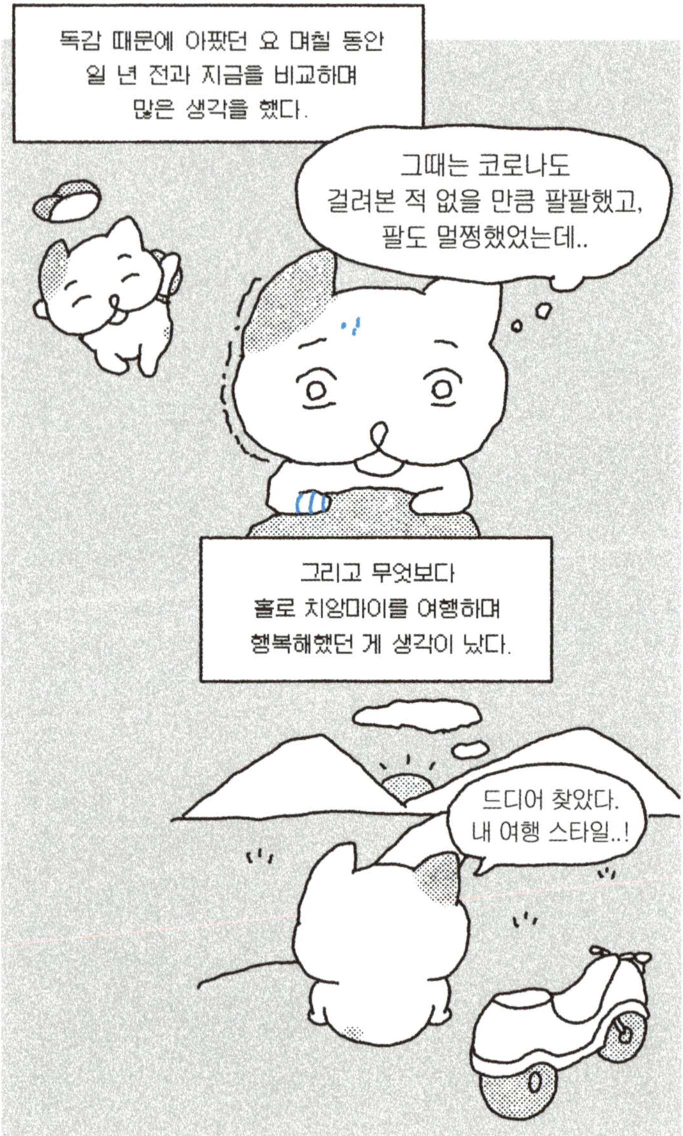

독감 때문에 아팠던 요 며칠 동안
일 년 전과 지금을 비교하며
많은 생각을 했다.

그때는 코로나도
걸려본 적 없을 만큼 팔팔했고,
팔도 멀쩡했었는데..

그리고 무엇보다
홀로 치앙마이를 여행하며
행복해했던 게 생각이 났다.

드디어 찾았다.
내 여행 스타일..!

하지만 이게
마지막 해외 여행이
될 줄은 꿈에도 몰랐지….

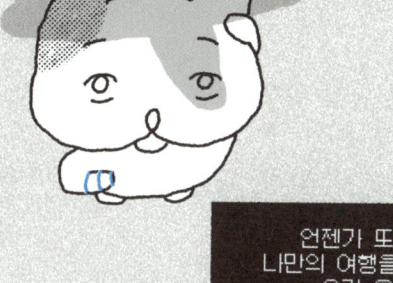

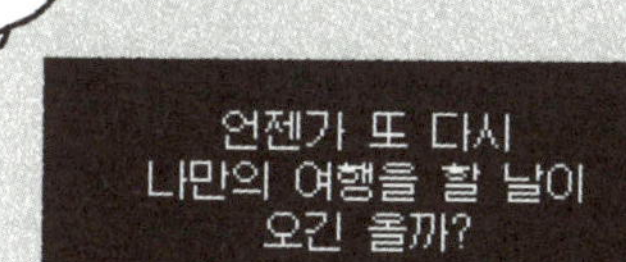
언젠가 또 다시
나만의 여행을 할 날이
오긴 올까?

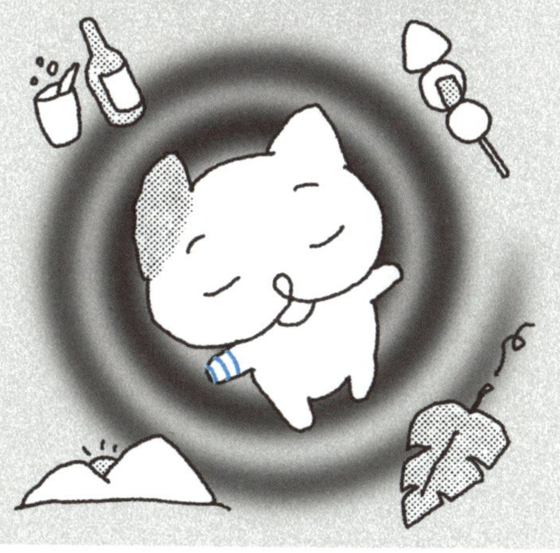

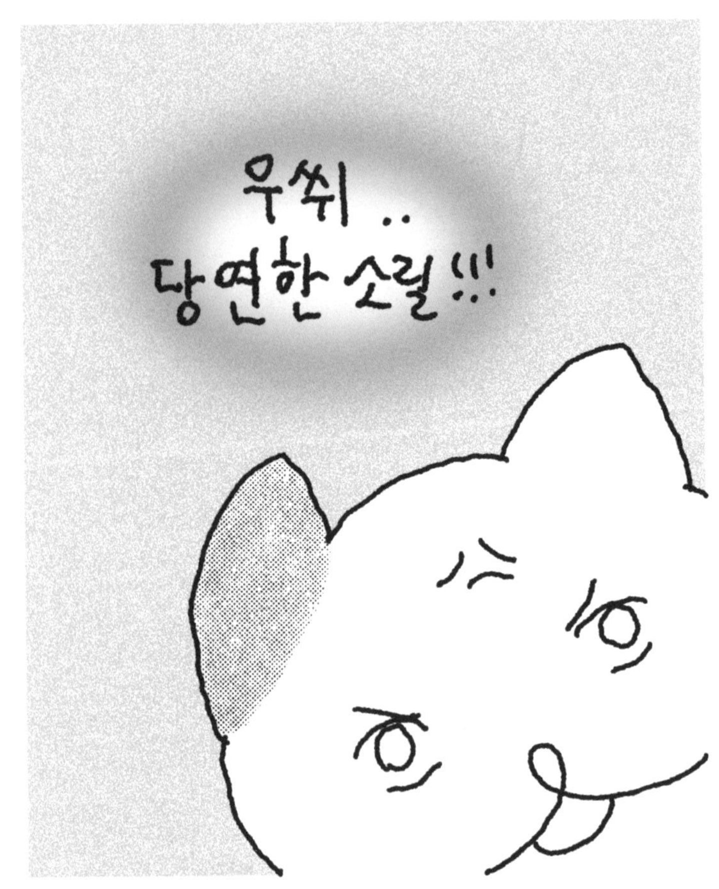

274

역시 몸이 아프니까
마음도 약해지나 보다.

안 되겠어.
빨리 나아야지!!

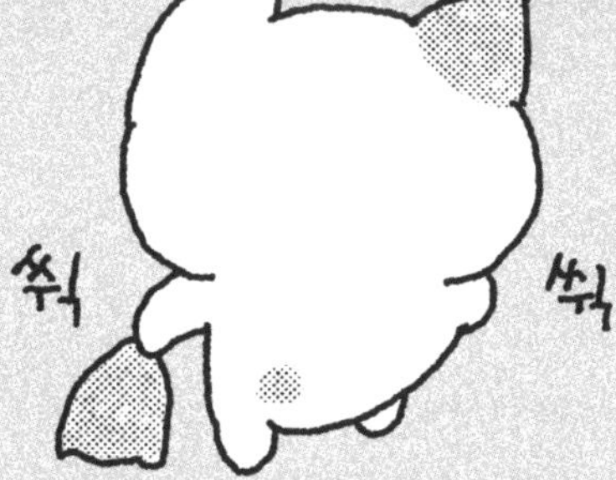

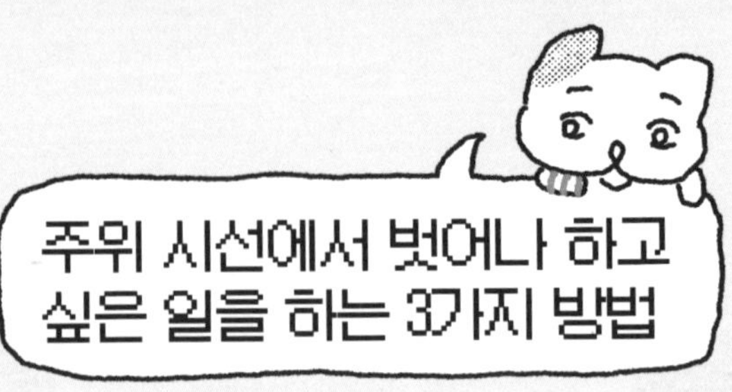
주위 시선에서 벗어나 하고
싶은 일을 하는 3가지 방법

'내가 짱이다!!'라고 생각한다?

그것도 한가지 방법이 될 수도 있겠지만 나에겐 그것보다 더 확실한 방법이 있었다.

첫 번째로는 나 스스로에게 오히려 '넌 아무것도 아니다'라고 알려주는 거였다.

내 개인적으로 보면 엄청나게 힘들고 슬픈 일일 수도 있지만 이 세상 전체를 놓고 보면 나보다 힘들고 더 어이없는 사연을 가진 사람들이 훨씬 많을 게 분명했다. 내가 이 세상에서 제일 힘든 비련의 주인공이라는 착각에서 벗어나려고 노력했다.

두 번째로는 '그냥 신경 끄기'였다.

첫 번째 방법에 이어서 내가 특별한 사람이 아니라 수십억 평범한 사람들 중에 한 명이라고 생각하니까 누가 나 하나까지 신경 쓸 거

같지 않았다.

특히 이런 오글거릴 수도 있는 컨텐츠를 만들 때 원래 같았으면 주위 반응을 엄청 신경썼을 텐데 오히려 관심있게 봐주고 욕해주는 게 특별한 일이라고 생각하니까 자연스럽게 주위 반응에 신경을 끄게 되었달까..?

마지막으로는 '실행하기!'

나는 특별하지도 않고 아무도 날 신경 쓰지않으니까 그냥 하고 싶은 걸 시작하는 거다. 지금까지 "이건 특별한 사람만 하는 거야. 내가 해봤자 망하고 욕만 먹을 거야." 라고 생각했다면,지금부터 그 생각을 180도 바꿔보자.

"우린 아무것도 아니고, 우리가 뭘 지지고 볶든 아무도 기억 못 한다. 그러니까 그냥 해보자!"

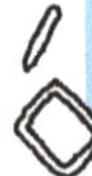

마비된 몸으로 여행을 한다는 것은

어렸을 때부터
여행을 너무너무 좋아했던 나에게
2023년 1월, 재앙과 같은 일이 벌어졌다.

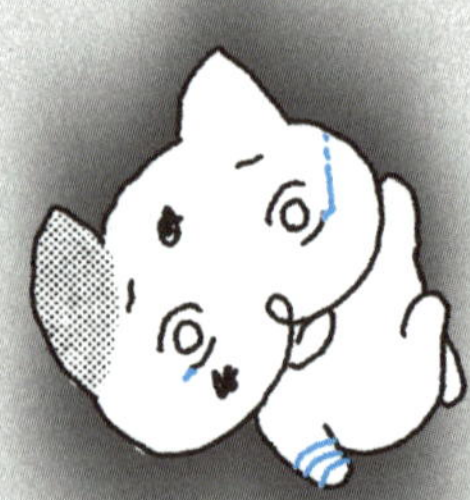

치앙마이를 여행하던 어느 날,
마주 오던 오토바이와 사고로
오른팔이 마비가 된 것이었다.

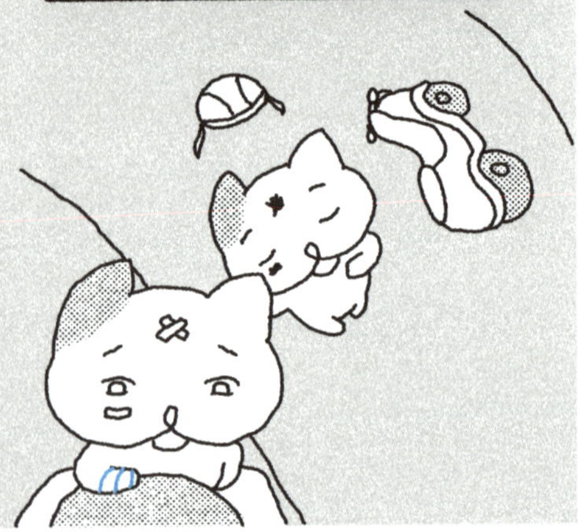

그로부터 1년,
여전히 내 오른팔은 마비 상태고
이불 밖을 나가는 순간부터 고생이지만
그럼에도 꼭 확인하고 싶었다.

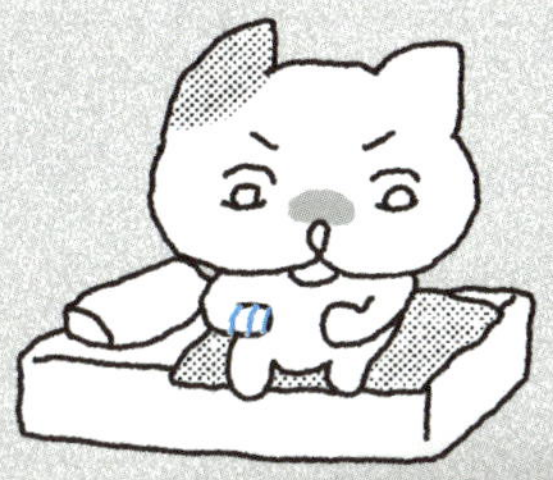

과연 나는 이 몸으로도
자유롭게 여행할 수 있을까?

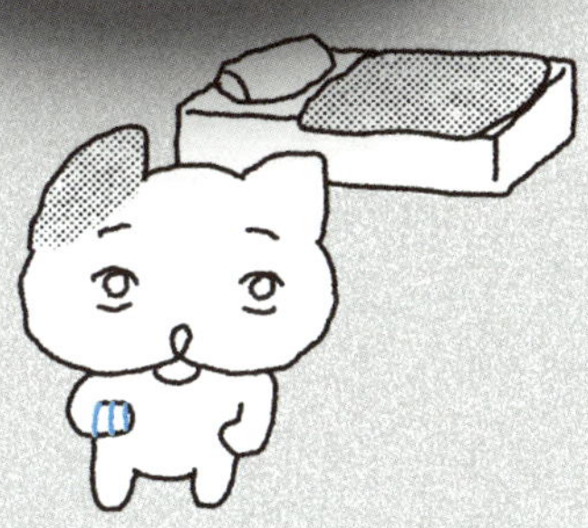

그리고 나만큼이나 우리 가족 역시
내가 다시 여행을 할 수 있기를 바랐다.

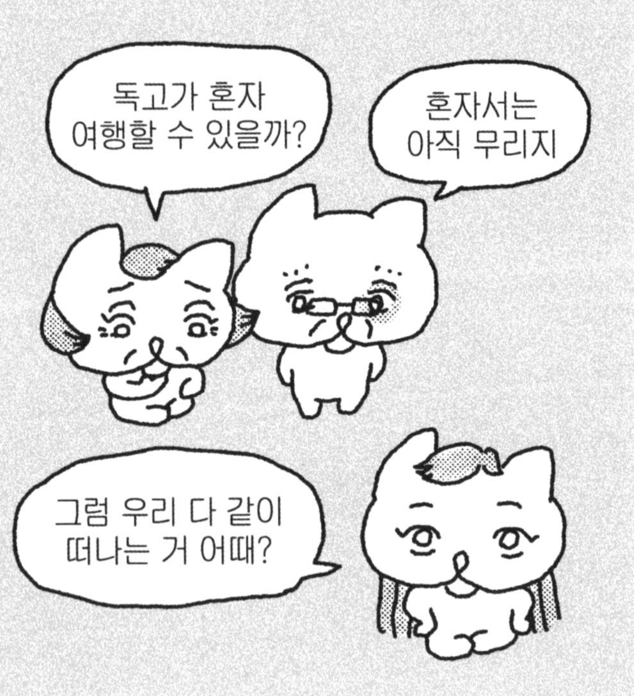

그렇게 우리 가족은 여러 번의 회의 끝에
다 같이 여행을 가기로 하고
시드니행 티켓을 끊었다.

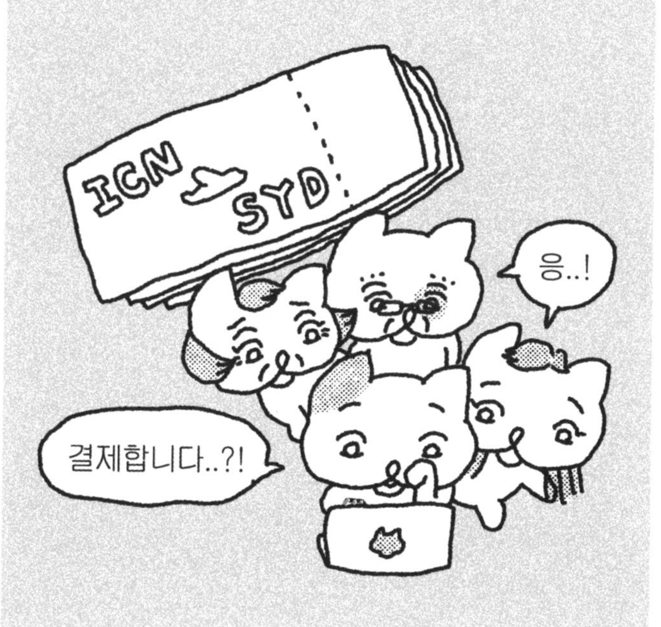

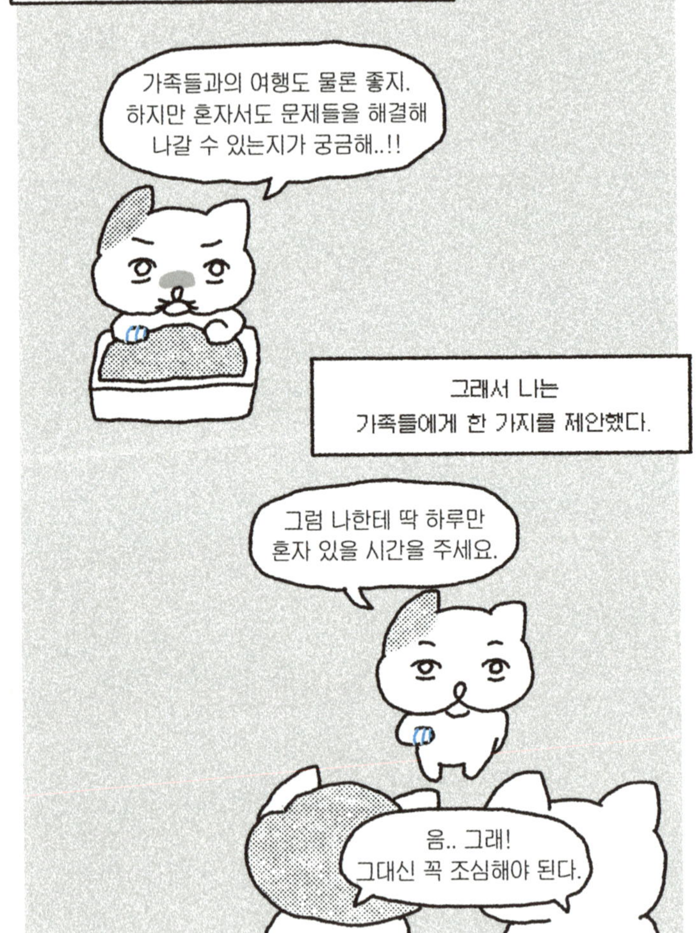
하지만 내가 진짜 확인하고 싶었던 건
나 혼자서도 자유롭게 여행할 수 있는지
그게 궁금했다.
가족들과의 여행도 물론 좋지. 하지만 혼자서도 문제들을 해결해 나갈 수 있는지가 궁금해..!!
그래서 나는
가족들에게 한 가지를 제안했다.
그럼 나한테 딱 하루만 혼자 있을 시간을 주세요.
음.. 그래! 그대신 꼭 조심해야 된다.

그렇게 마비된 팔과 떠나는
나의 시드니 여행이 시작되었다..!

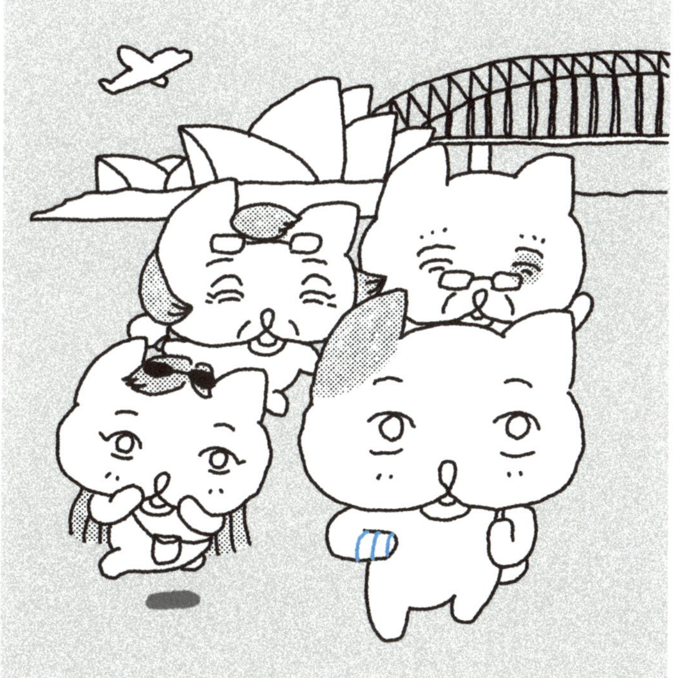

첫 번째 고비

시드니 출발 당일,
인천공항에 도착한 독고와 가족들.

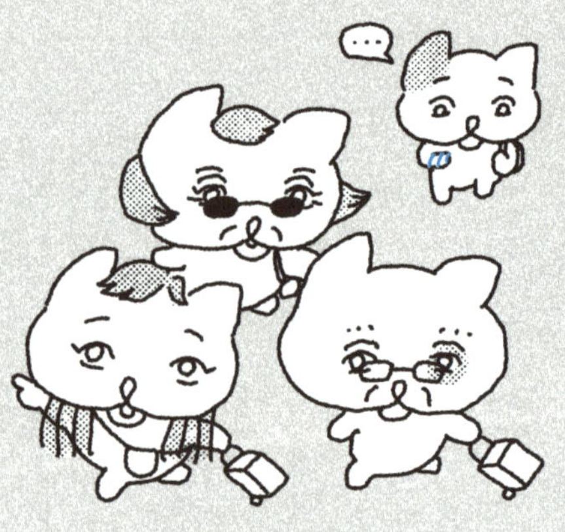

284

하지만 다친 후 처음으로 타는 비행기에
살짝 긴장한 듯한 독고.
그 이유는..

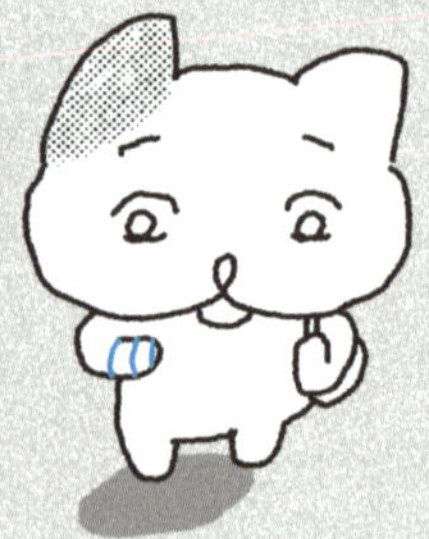

티켓을 급하게 끊은 탓에
가족 모두가 따로따로 앉게 된 것도 있고
장시간 비행하는 게 몸에 무리는 아닐지
걱정이 됐기 때문이다.

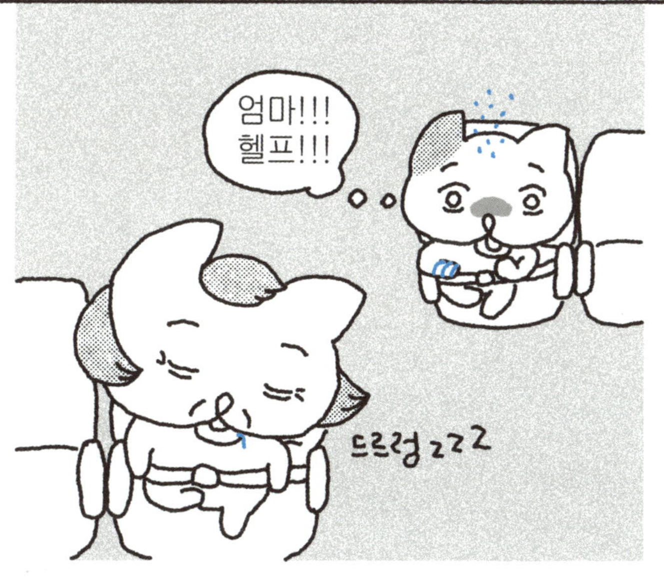

285

그리고 무엇보다
옆사람에게 피해를 주는 상황이
생기진 않을까 걱정됐다.

제발 별 일 없이
조용히 가자..!

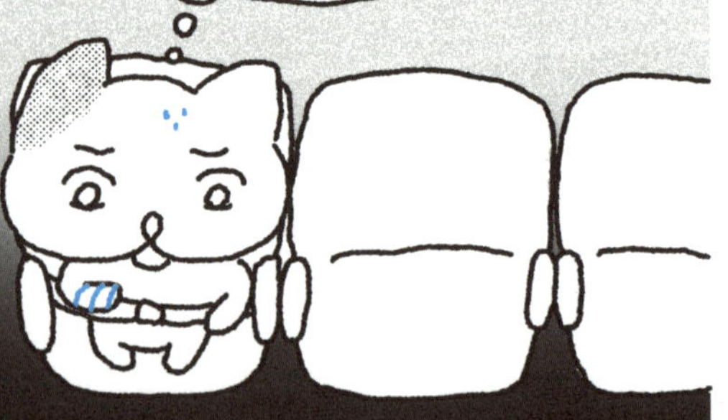

그러나..
이륙하자마자 찾아온 첫 번째 고비

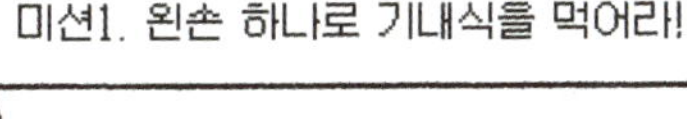
미션1. 왼손 하나로 기내식을 먹어라!

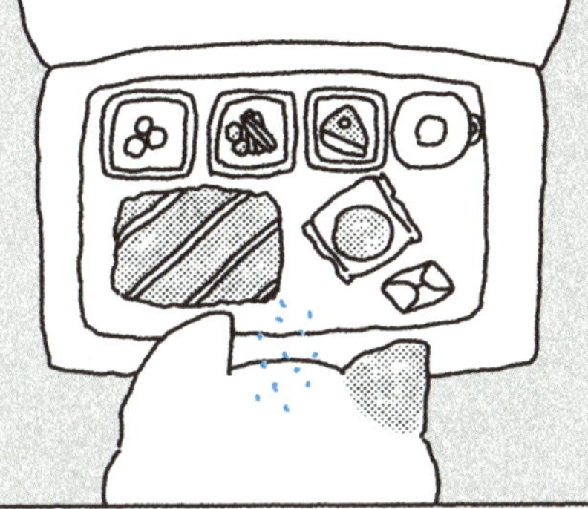

기내식답게 모든 음식이 포장이 된 상태..
옆사람이 거의 반 이상 먹었을 때쯤
나는 모든 포장을 벗길 수 있었다.

하지만 그게 끝이 아니었다.

〈이상〉
들고 먹을 수 있음.

〈현실〉
머리를 박고 먹어야 함.

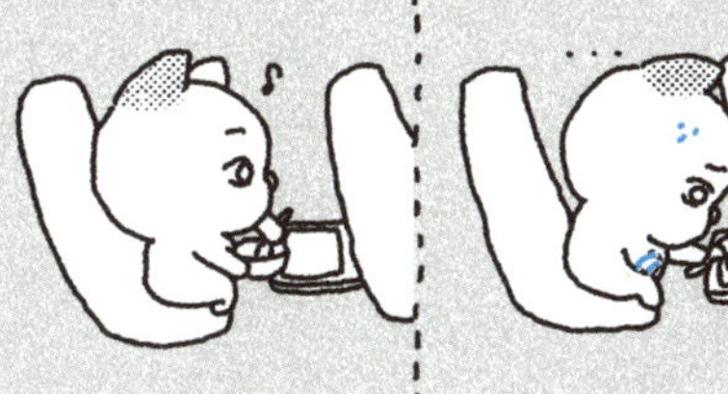

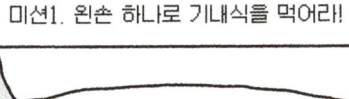

좌석 앞뒤 공간이 너무 좁아서 먹으려고만 하면
앞 좌석에 자꾸 머리를 박아댔다..
(거의 대역죄인 먹방이었음..ㅎ)

미션2. 헤드폰을 껴라!
밥도 먹고 화장실도 갔다 와서
영화를 보려던 그때..

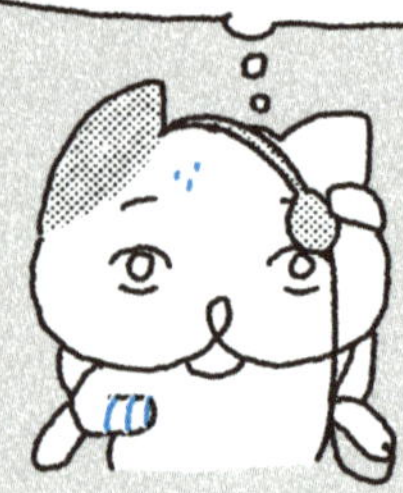
이제 영화 보면서 쉬어야.. 지..?

나는 한 손으로 헤드폰을
껴본 적이 없다는 사실을 깨달았다..

몇 분 동안 옆자리 눈치보면서
헤드폰과 씨름하던 난
그냥 객실 불이 꺼지기를 기다렸고,

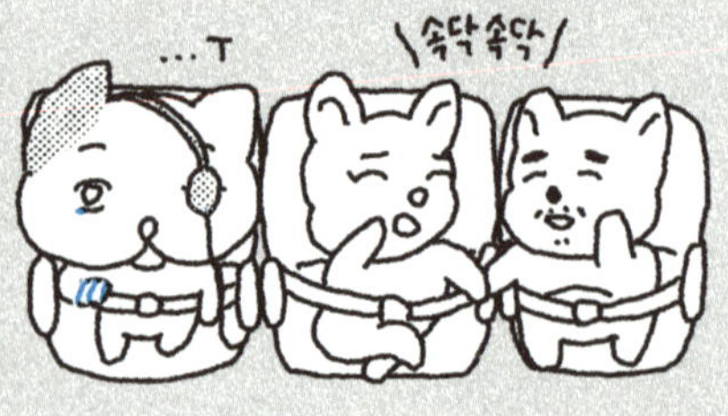
...T
속닥속닥

그렇게 아무도 날 보지 않는 어둠 속에서
겨우겨우 헤드폰을 착용하고 나서야
영화를 볼 수 있게 되었다.

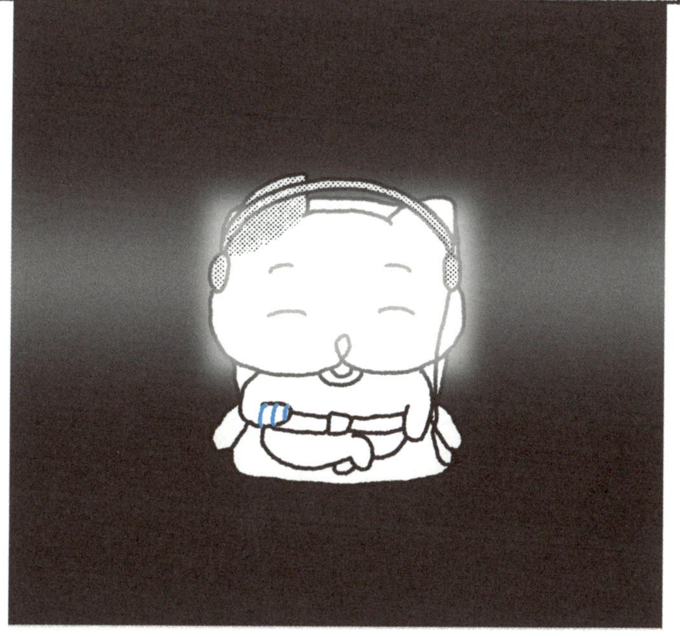

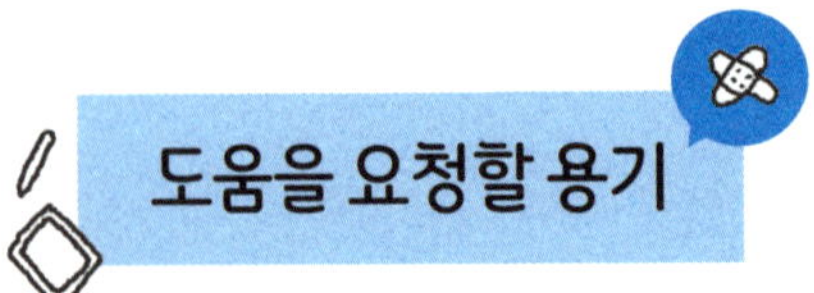

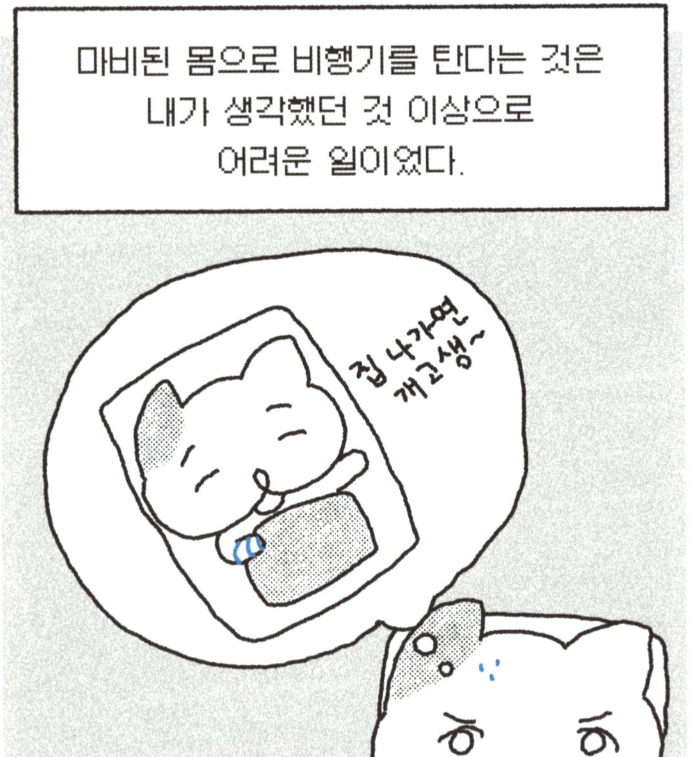

마비된 몸으로 비행기를 탄다는 것은
내가 생각했던 것 이상으로
어려운 일이었다.

집 나가면
개고생~

눕고 시퍼..

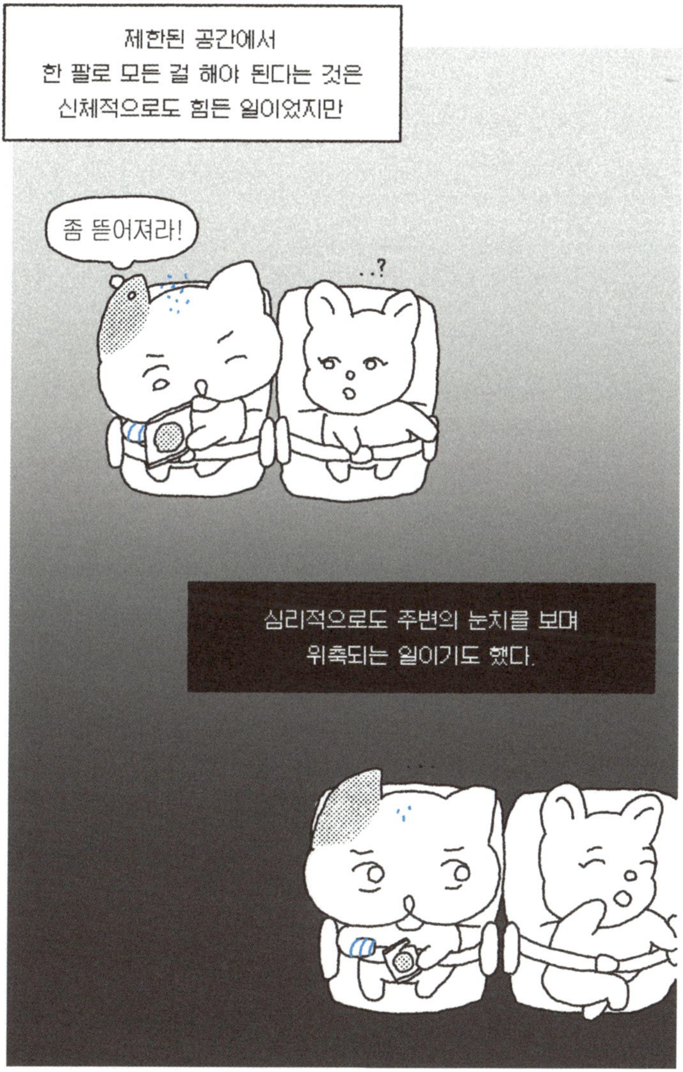

제한된 공간에서
한 팔로 모든 걸 해야 된다는 것은
신체적으로도 힘든 일이었지만

좀 뜯어져라!

..?

심리적으로도 주변의 눈치를 보며
위축되는 일이기도 했다.

...

그럴 만도 한 게 다친 후 지금까지는
말하지 않아도 척하면 척인
가족들, 친구들의 도움을 받든가

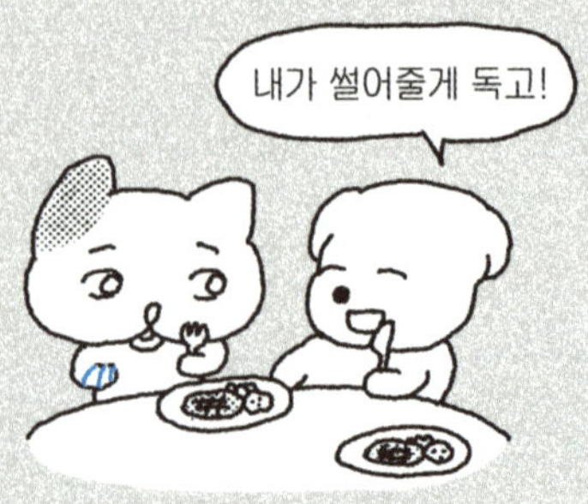

292

아니면 아무도 없는 곳에서
혼자 어떻게든 해내든가
둘 중 하나였는데

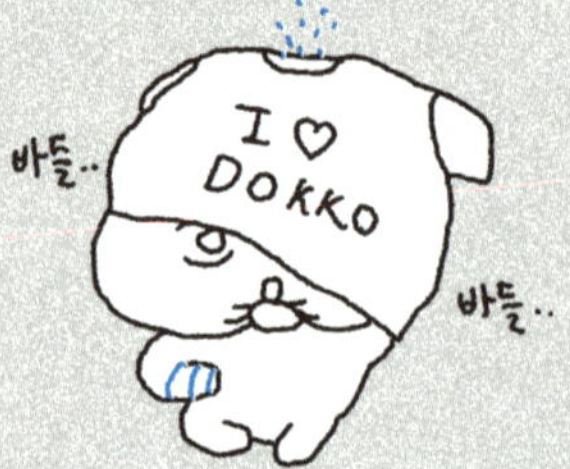

나를 모르는 사람들 틈에선
내가 먼저 요청하지 않으면
도움을 받을 수 없었다.

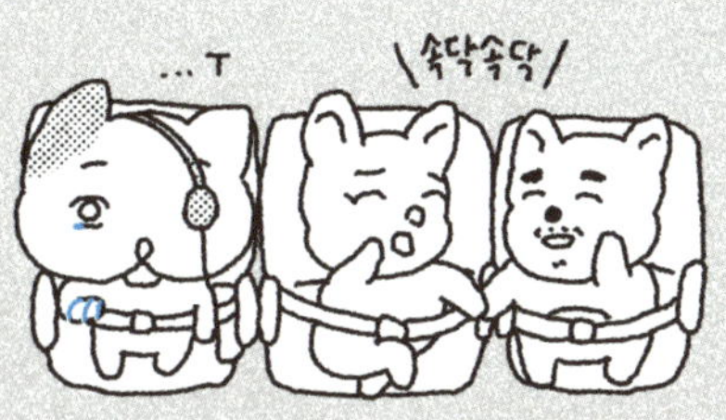

"도와주세요." 한 마디가 어려워
혼자 끙끙대던 내 모습에
스스로 현타가 왔다.

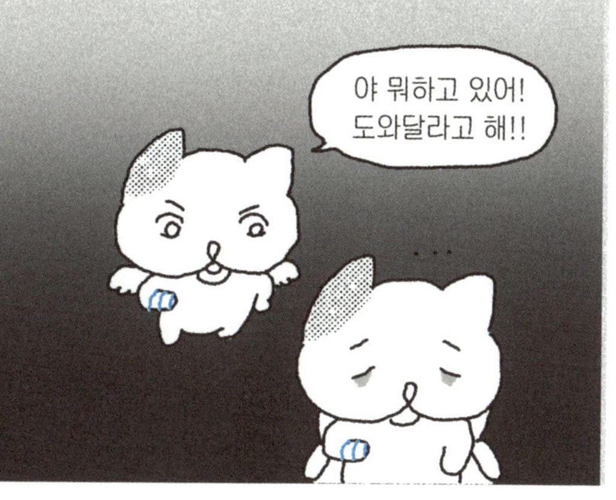

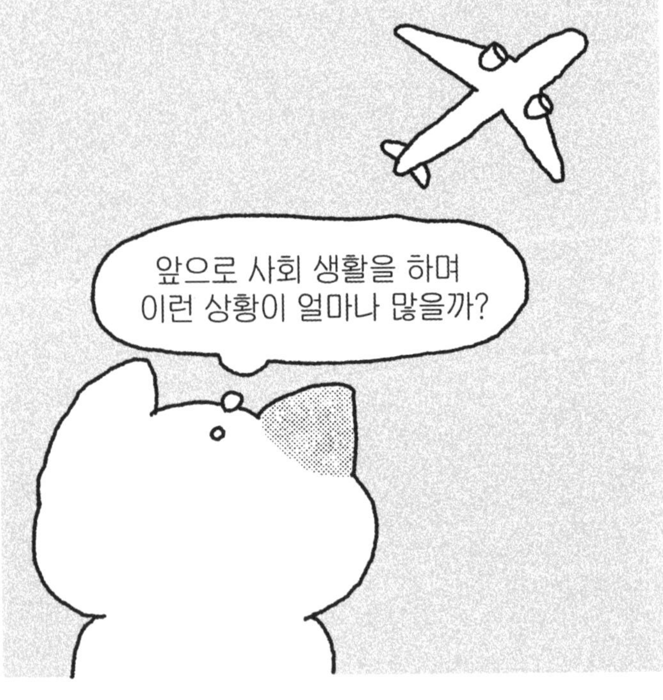
그렇게 비행기에서 내린 후
문득 든 생각은..
앞으로 사회 생활을 하며
이런 상황이 얼마나 많을까?

혼자 힘으로 해내는 것도 중요하지만
도움이 필요할 때 용기내서 요청할 수 있는
유연함도 필요한 것 같다.

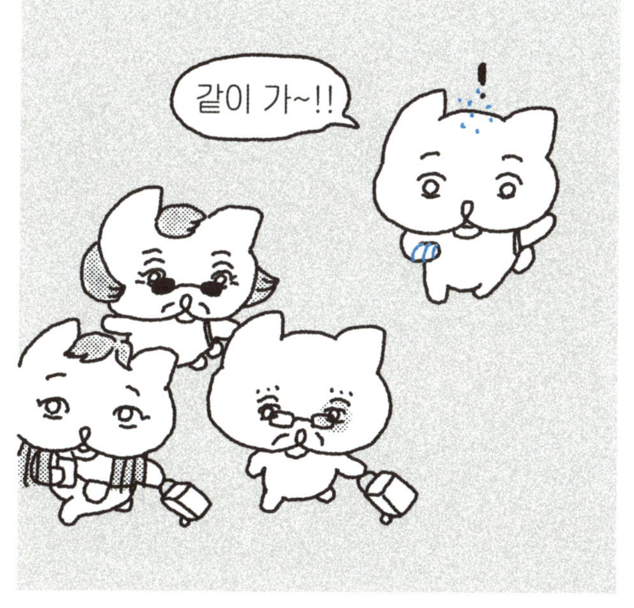

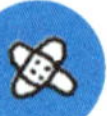

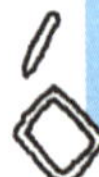

여행이 두려워진 마비 환자

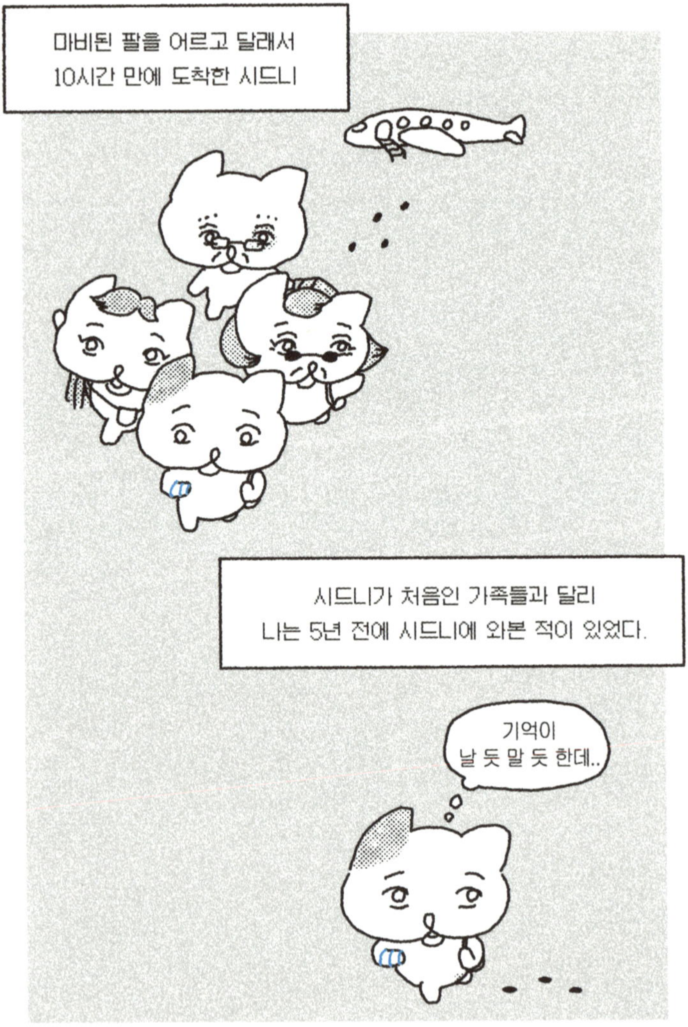

마비된 팔을 어르고 달래서
10시간 만에 도착한 시드니

시드니가 처음인 가족들과 달리
나는 5년 전에 시드니에 와본 적이 있었다.

기억이
날 듯 말 듯 한데..

그때 내 기억 속의 시드니는
공항에 내리자 마자
새파란 하늘이 반겨주는 느낌이었는데

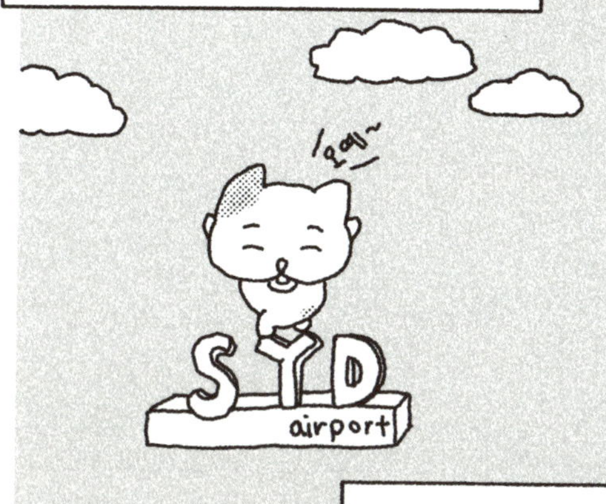

날씨 탓인지 내 기분 탓인지
다친 후 5년 만에 온 시드니는
조금 더 어둡고 차분한 느낌이었다.

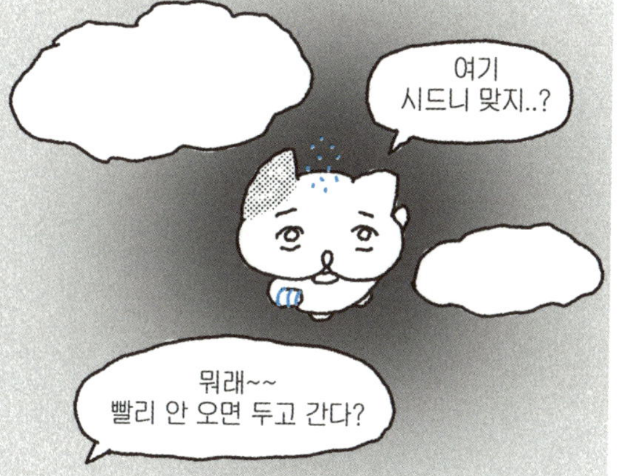

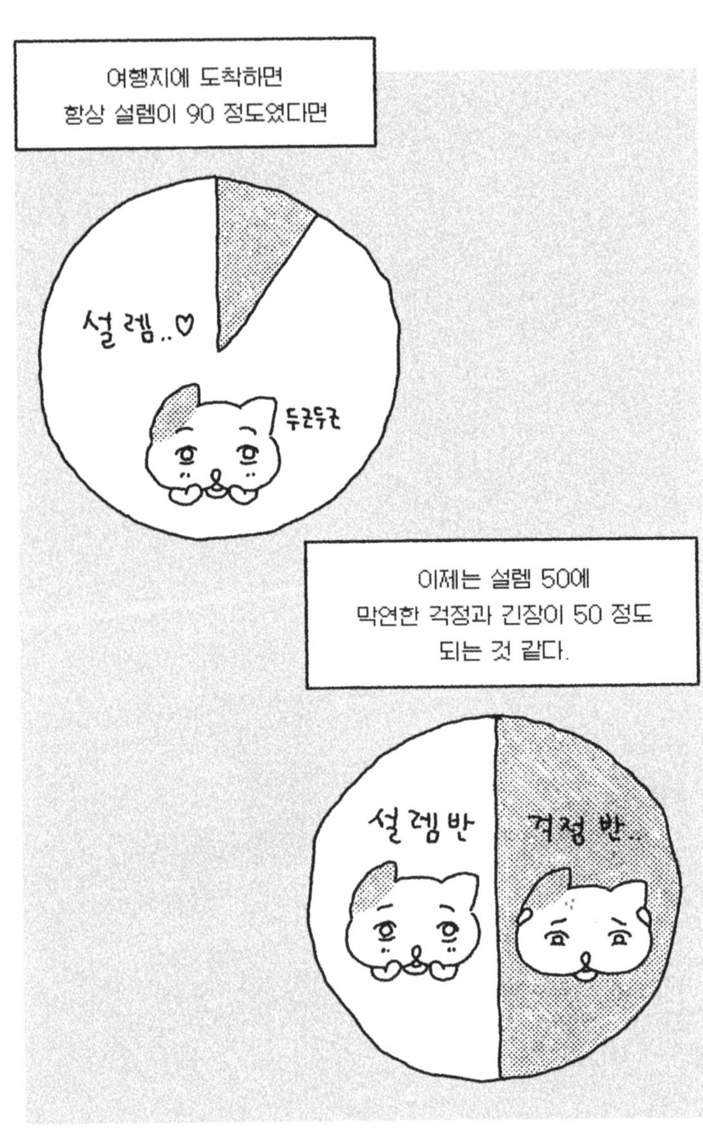
여행지에 도착하면
항상 설렘이 90 정도였다면
설렘..♡
두근두근
이제는 설렘 50에
막연한 걱정과 긴장이 50 정도
되는 것 같다.
설렘 반
걱정 반..

가족과 함께 하는 이틀간의 여행 후에는
혼자 다녀보기로 했는데

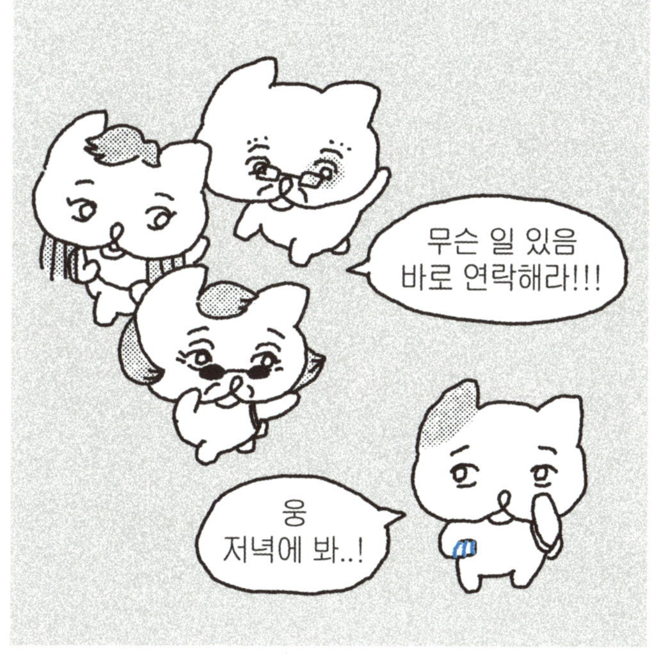

그때까지 걱정보단
설렘으로 가득 채울 수 있기를..

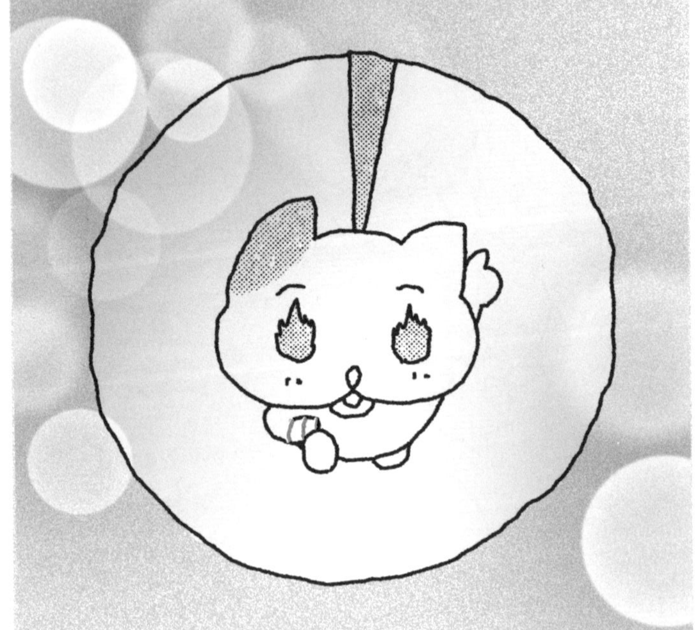

모르겠고 일단
캥거루랑 쿼카나 보러 가야지..!!

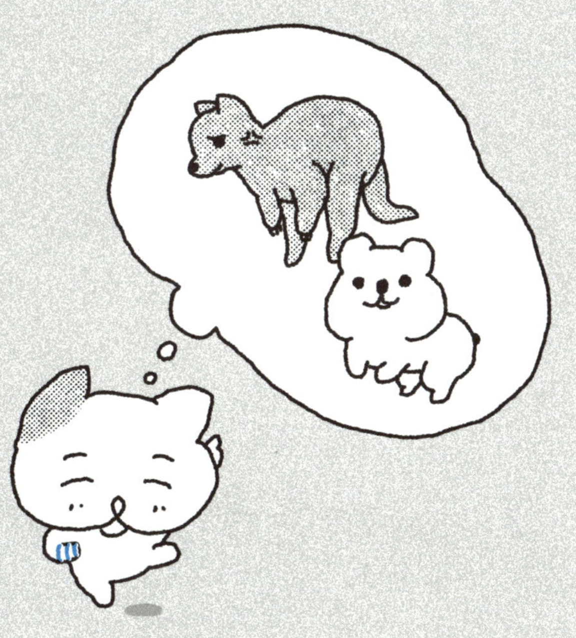

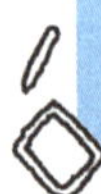

쿼카와 캥거루의 실체 ㄷㄷ

시드니 도착 다음날,
호주의 한 동물원에 방문한 독고네 가족

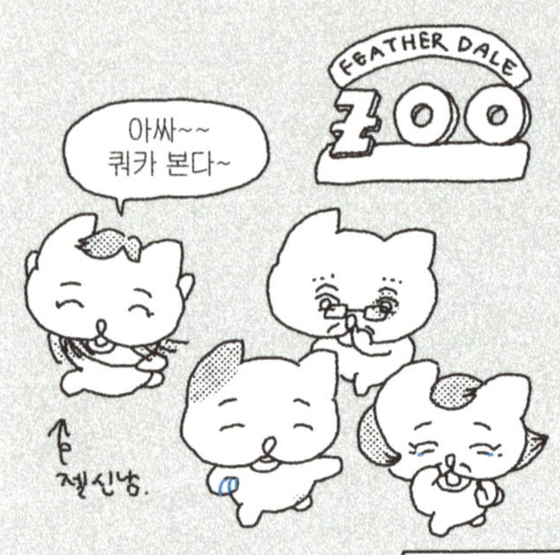
FEATHER DALE
ZOO
아싸~~
쿼카 본다~
젤신남.

국내에서 짤 하나로
인기 원탑을 먹은 쿼카를
드디어 만나러 온 것!!!

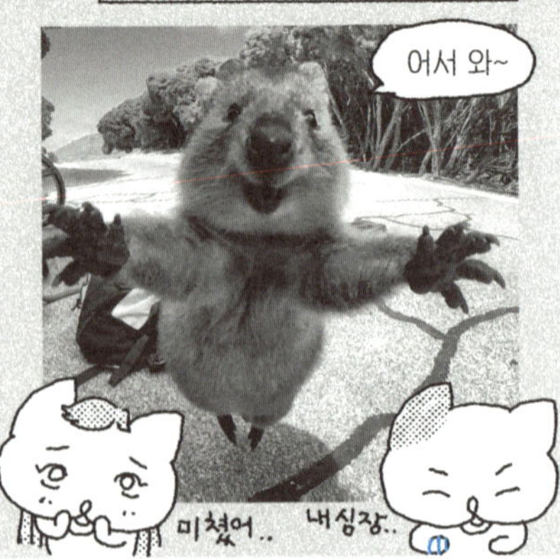
어서 와~
미쳤어..
내심장..

하지만 역시 주인공 답게
동물원 제일 깊숙한 곳에 있다는 녀석

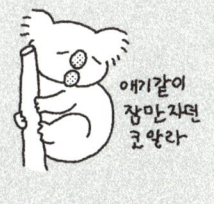

ㅋㅋ

START

찾아내겠어!!

물론 쿼카에게 가는 길에 만났던
다른 생명체들도 장난 아니게 귀여웠다.

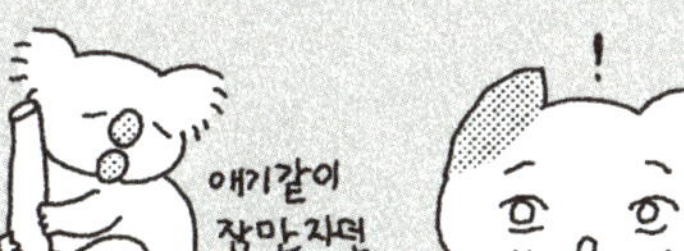

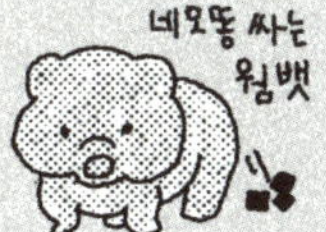

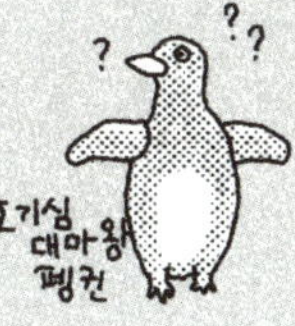

하지만 주인공은 역시
기다리고 기다리던 쿼카..!

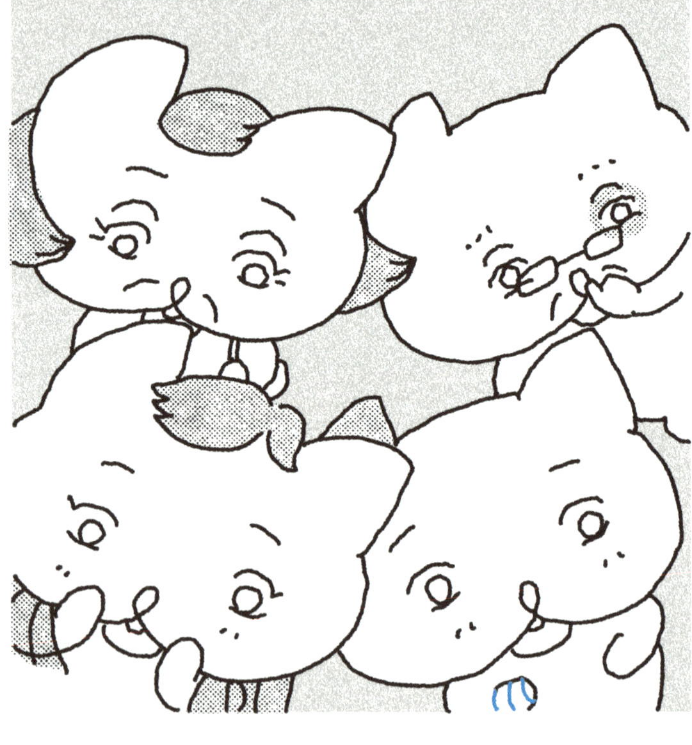

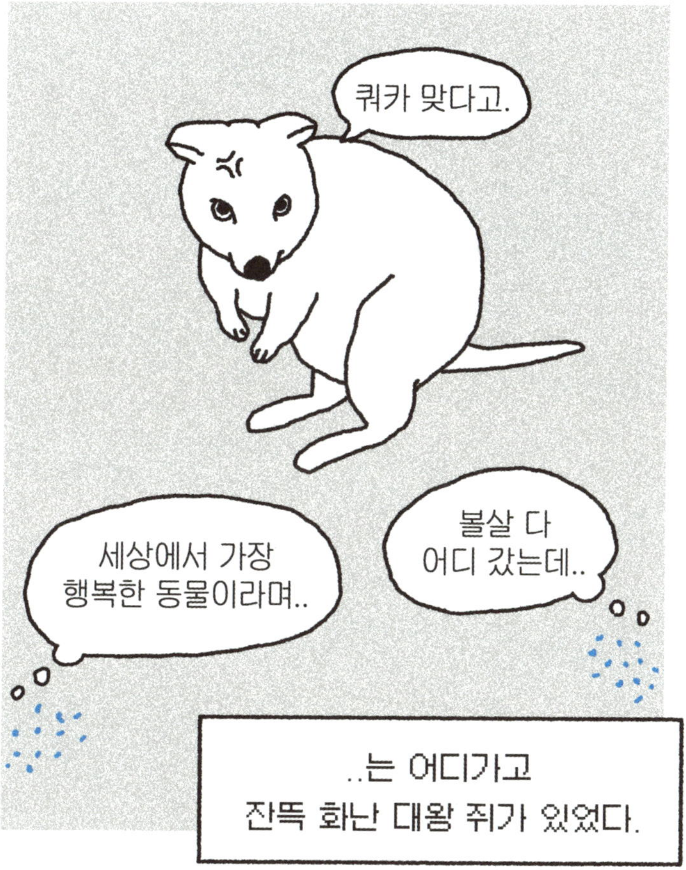

쿼카 맞다고.

세상에서 가장
행복한 동물이라며..

볼살 다
어디 갔는데..

..는 어디가고
잔뜩 화난 대왕 쥐가 있었다.

짜게 식으려던 그때
예상 외로 우리를 반겨줬던 건
바로 캥거루들이었다..!

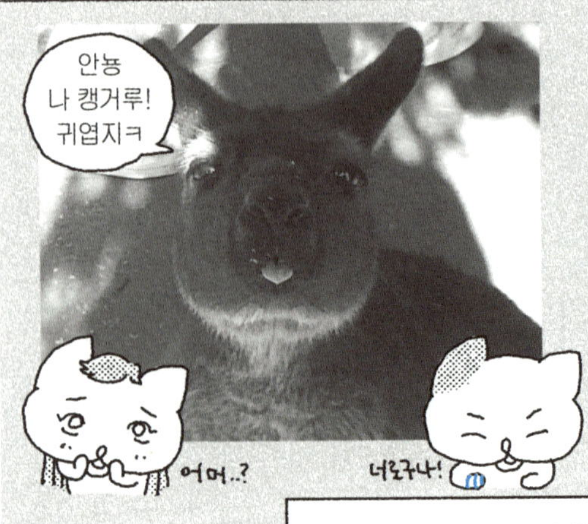

안뇽
나 캥거루!
귀엽지ㅋ
어머..?
너로구나!

어린 캥거루들이라 그런지
예상했던 이미지와는 달리
순둥순둥 그 자체였다..!

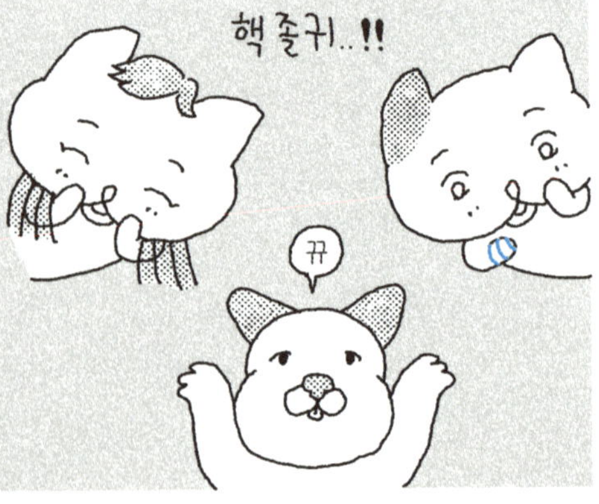

그렇게 계획되었던 쿼카와의 투샷은
캥거루로 대체되었다고 한다.

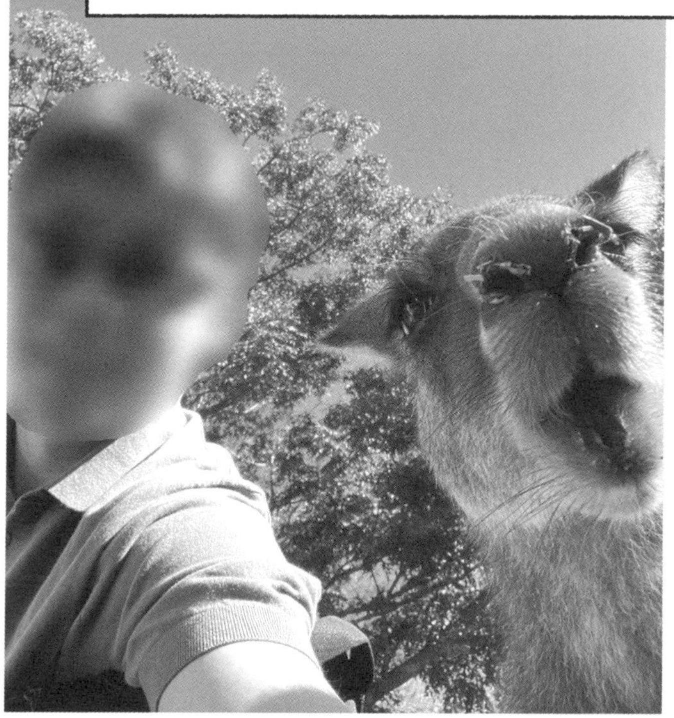

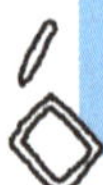

마비 환자의 나 홀로 시드니 여행

시드니 여행 셋째날,
드디어 가족들과 떨어져
혼자 다녀보기로 한 독고.

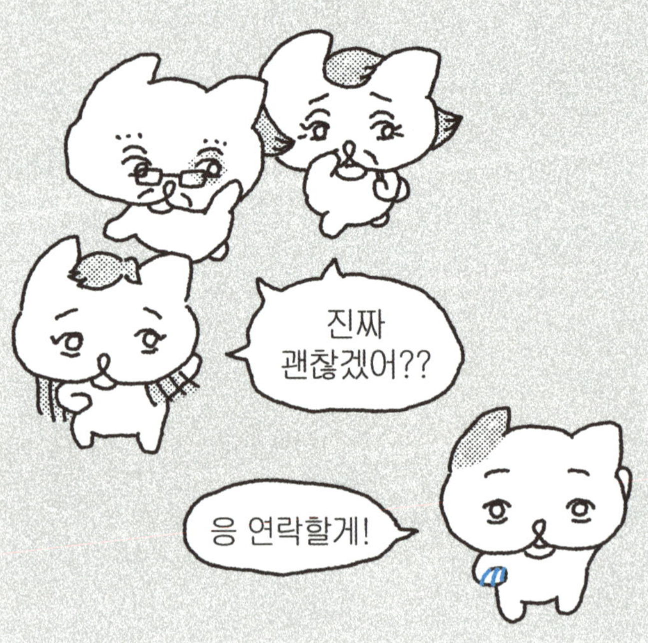

굳이 혼자 다녀보겠다고 하는 이유는
한 팔이 마비된 상태로도
혼자 여행을 할 수 있을지

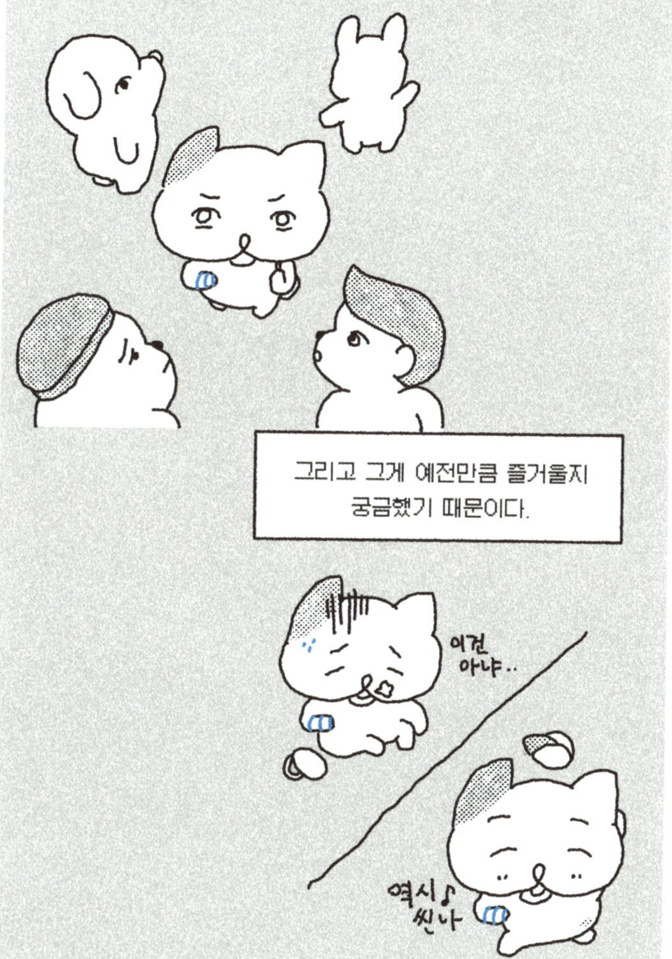

그리고 그게 예전만큼 즐거울지
궁금했기 때문이다.
이건 아냐..
역시♪ 씬나

그렇게 혼자 교통카드를 구매하고,
내 스타일대로 아무런 계획 없이
시드니 이곳저곳을 떠돌기 시작했다..!

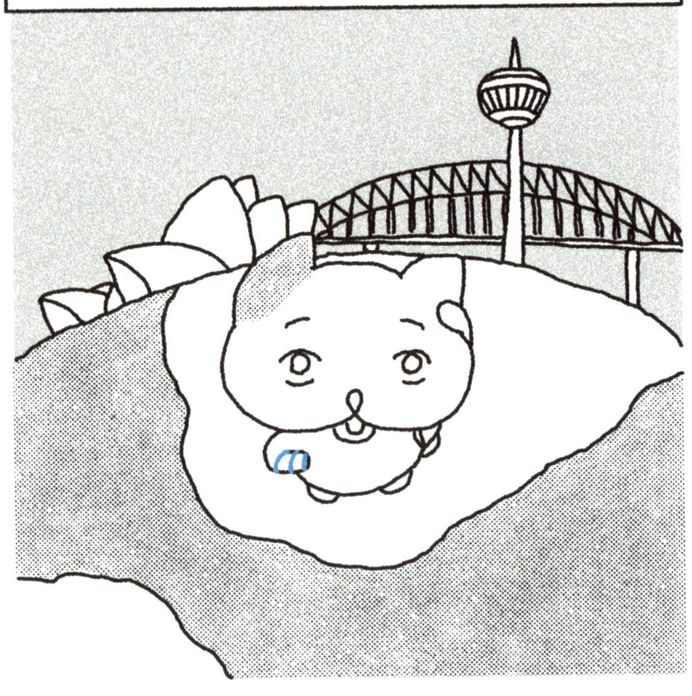

호그와트를 닮은 시드니대학교도 가보고
구글맵에서 평점이 좋은 식당에도 가보고
인스타에서 유명한 카페에도 가보면서 느꼈던 건

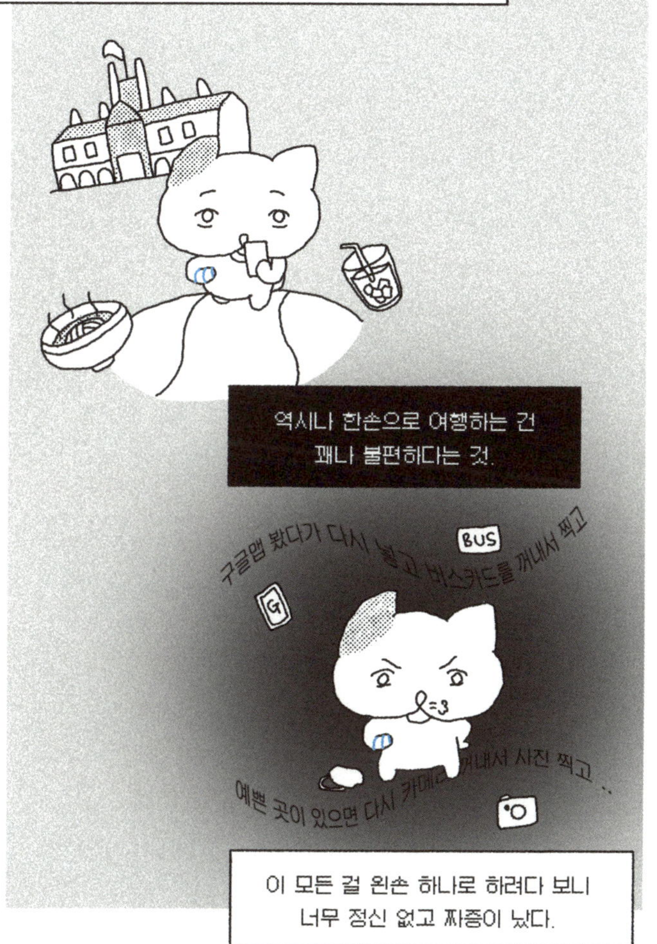

역시나 한손으로 여행하는 건
꽤나 불편하다는 것.
구글맵 봤다가 다시 넣고 버스카드를 꺼내서 찍고
BUS
G
예쁜 곳이 있으면 다시 카메라 꺼내서 사진 찍고 . .
이 모든 걸 왼손 하나로 하려다 보니
너무 정신 없고 짜증이 났다.

그리고 마비된 무거운 오른팔과
쉴 새 없이 움직여야 하는 왼팔 때문에
체력이 뚝뚝 떨어져갔다.

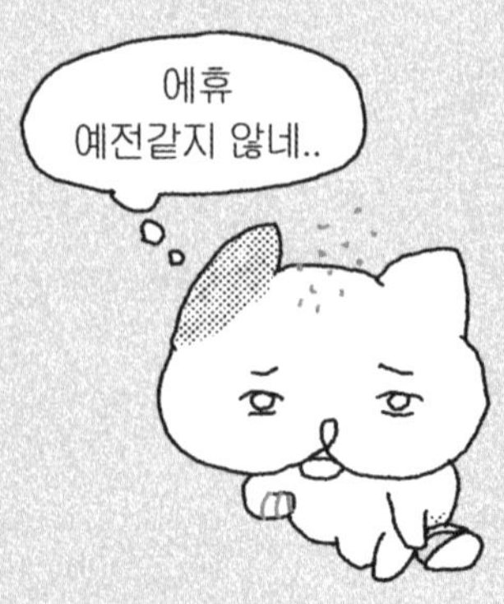
에휴
예전같지 않네..

그래도 역시 혼자 하는 여행이
즐거운 이유 중 하나는
즉흥적인 뭔가가 있기 때문이다.

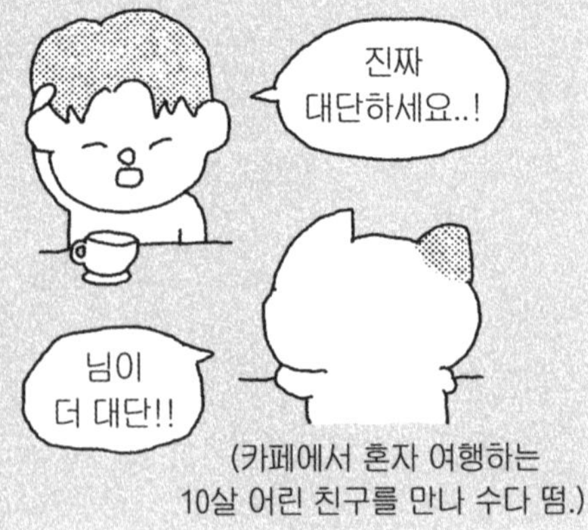
진짜
대단하세요..!
님이
더 대단!!

(카페에서 혼자 여행하는
10살 어린 친구를 만나 수다 떰.)

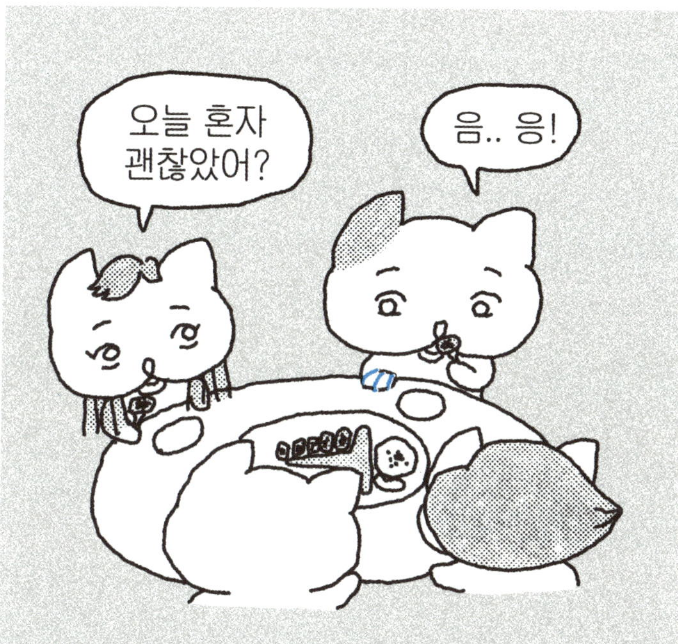

매순간 즐겁지만은 않았던 하루였지만
달리 말하면 매번 그 순간들을 넘어섰기에
의미 있는 하루이지 않았을까?

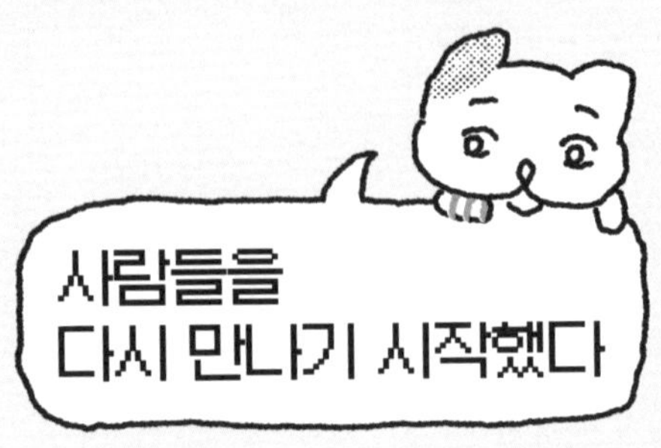
사람들을
다시 만나기 시작했다

사고로 오른팔이 마비된지 이제 열 달이 좀 넘었다. 그동안 우울증까지 찾아와 버린 탓에 사람을 마주하기가 쉽지 않았다. 그런 이유로 정말 어릴 때부터 친했던 친구들의 병문안을 제외하면 최근에 들어서야 적극적으로 친구들을 만나러 다니기 시작했다.

몸을 회복하면서 혼자 이상한 상상을 하곤했다.
망가져버린 나에게 은연 중 보내는 무시하는 눈빛, 나를 측은하게 바라보는 표정, 그러게 거길 왜 갔냐는 둥 그러게 왜 오토바이를 탔냐는 둥 각종 핀잔들….

하지만 감사하게도 이런 내 예상은 모두 빗나갔다.
더 이상 거절하기 어려워 나가기 시작한 친구들과의 약속에서, 변했다고 생각한 건 나뿐이라는 걸 알게 되었다.

사고 자체를 안타깝게 여길지언정 나 자신을 이전과 다르게 바라보거나 탓하는 친구는 단 한 명도 없었다.

오히려 친구들을 안 좋게 생각하려 했던 스스로가 창피해졌다. 그리고 이런 나한테 어떻게 이렇게 좋은 사람들만 남아 있는지 감사해졌다!

지금은 오히려 사고 후 연락이 끊긴 친구들에게 한 명 한 명 먼저 연락을 시도해보고 있다. 이게 다 내가 동굴 속에 숨어 있을 때 포기하지 않고 계속 먼저 연락해줬던 친구들 덕분이다.

고마워 친구들!

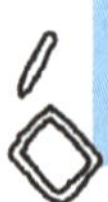

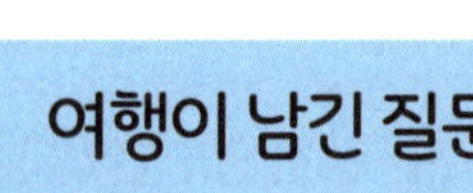

여행이 남긴 질문

4일간의 시드니 여행을 마치고
다시 한국으로 돌아오는 비행기 안

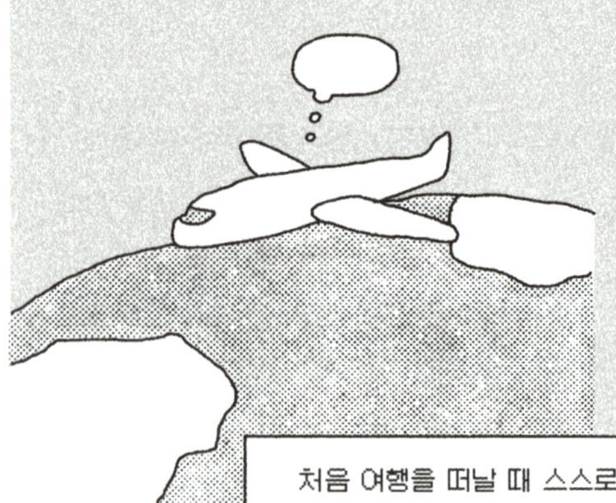

처음 여행을 떠날 때 스스로에게 던졌던
질문에 대한 답을 곰곰히 생각해봤다.

한 팔이 마비된 채로도
여전히 즐겁고 자유롭게
여행을 할 수 있을까?

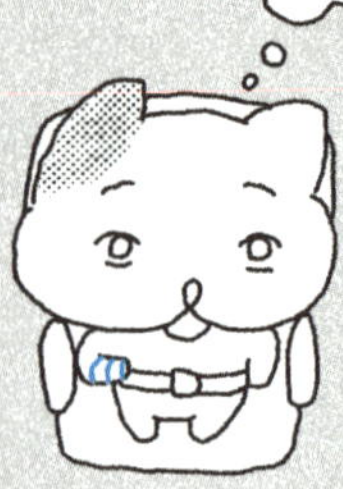

스스로에게 자신있게

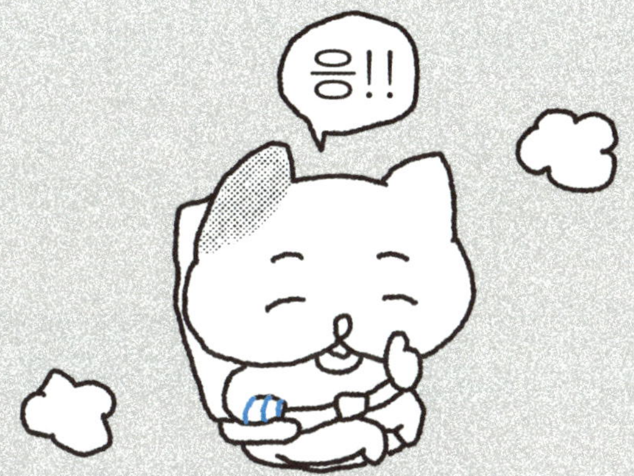

..이라고 말해주고 싶지만
정말 솔직하게 말하면.. 잘 모르겠다.

분명 가족들과 함께 행복한 시간을 보냈고
혼자서도 돌아다녀 봤지만

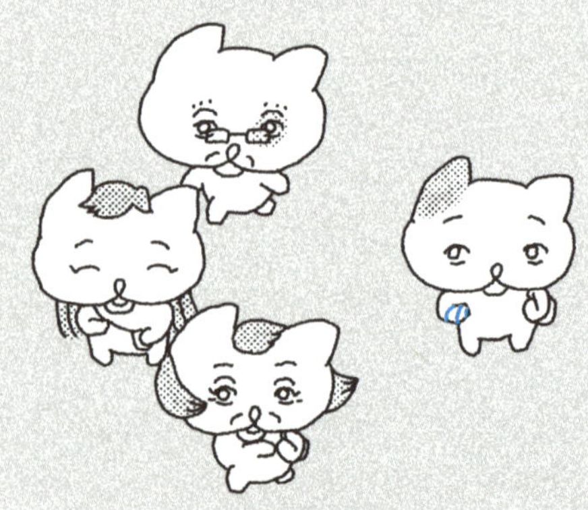

상상했던 것보다
실제 여행은 생각지 못한 변수들이
많았기 때문이다.

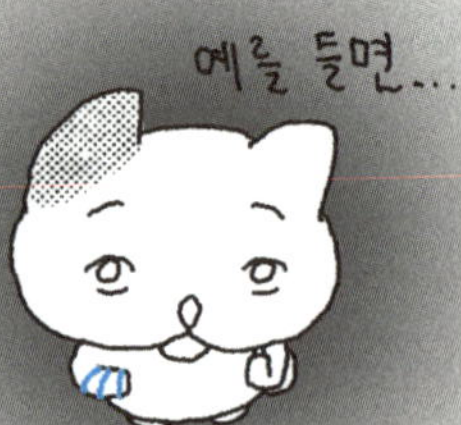

지도를 보면서 가야 하는데
비가 와서 우산을 쓸 수 없었다거나

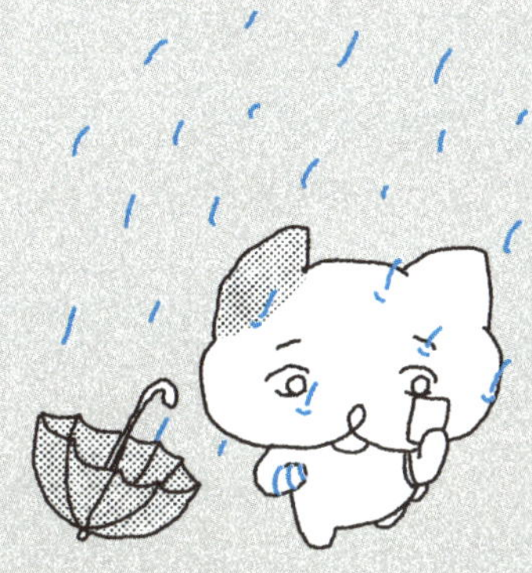

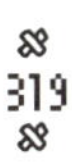

아직 남아 있는 통증과 팔 무게 때문에
예전 같지 않은 체력 등

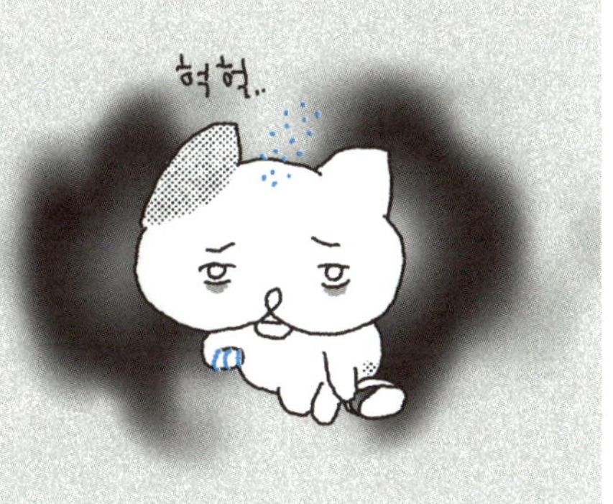

혼자서도 다 잘할 수 있다는 확신보다는
가족들의 고마움에 대해서
더 절실히 느꼈던 시간이었다.

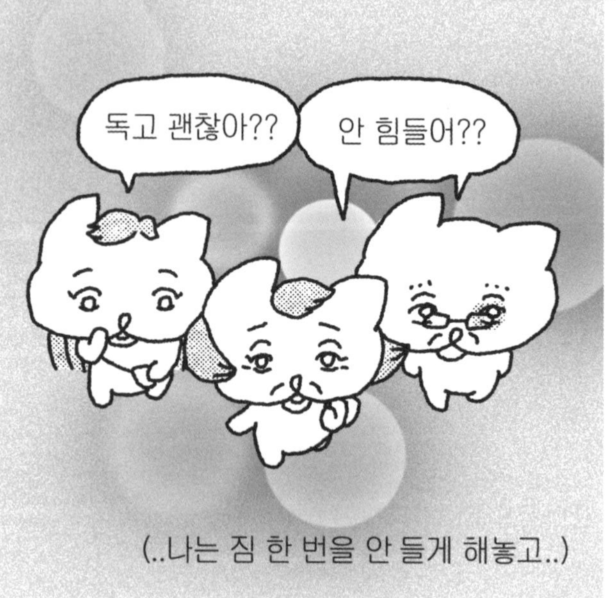

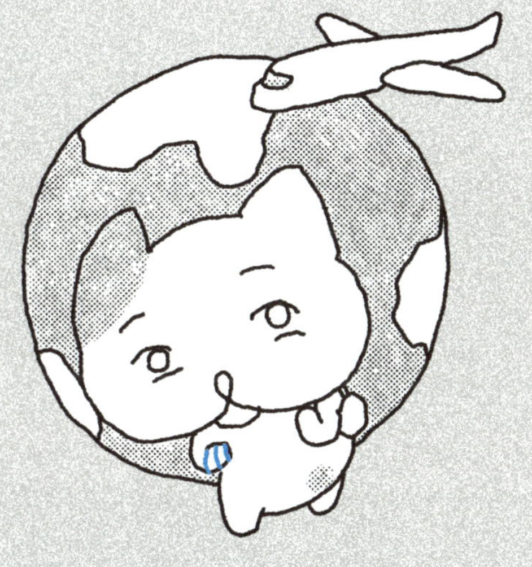
시간은 좀 더 걸리겠지만
몸도 마음도 조금 더 준비가 됐을 때
더 행복한 여행을 할 수 있지 않을까 싶다!

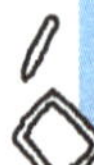

수상한 점괘를 뽑다..!

몇 주 전 시드니에 이어
오사카·교토 여행을 다녀온 독고.

기억에 남는 한 가지 에피소드를 꼽으라면
단연코 점괘를 뽑았던 일.

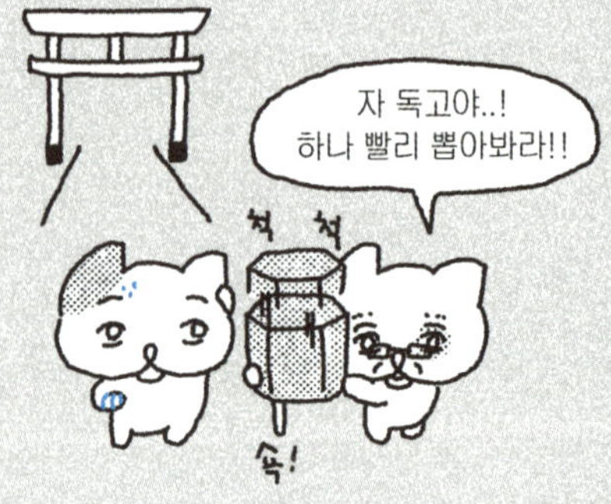

322

교토의 한 신사에서 200엔을 내고
재미로 뽑았던 점괘였는데

파파고를 돌려보니
죄다 안좋은 말 뿐이었음..

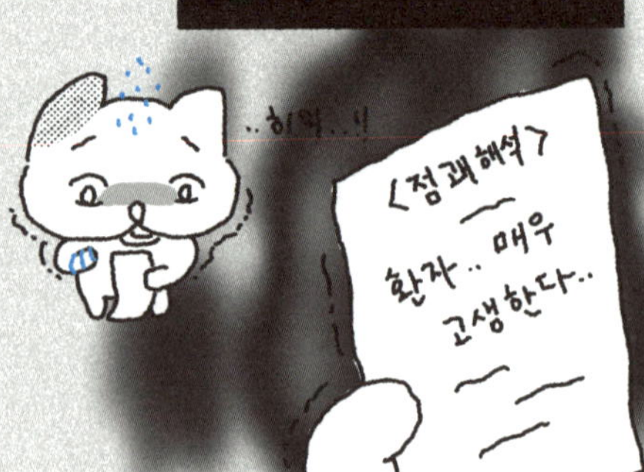

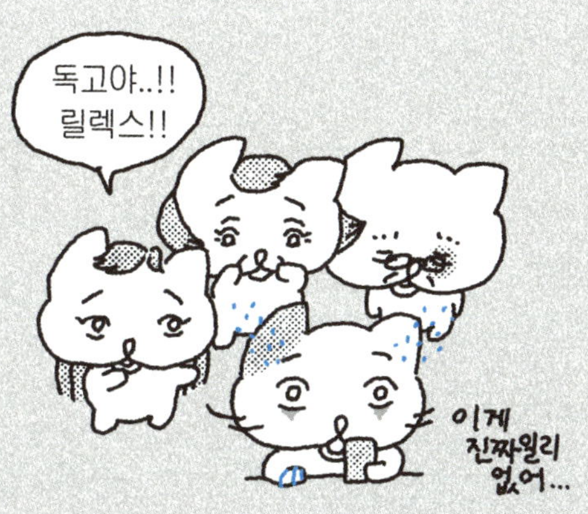

독고야..!!
릴렉스!!
이게
진짜일리
없어...

현실 부정하며 이리저리 뒤지다
어느 블로그에서
제대로 된 해석을 보게 되었고,

파파고의 번역과는
전혀 다른 내용이었음을 알게 되었다..!

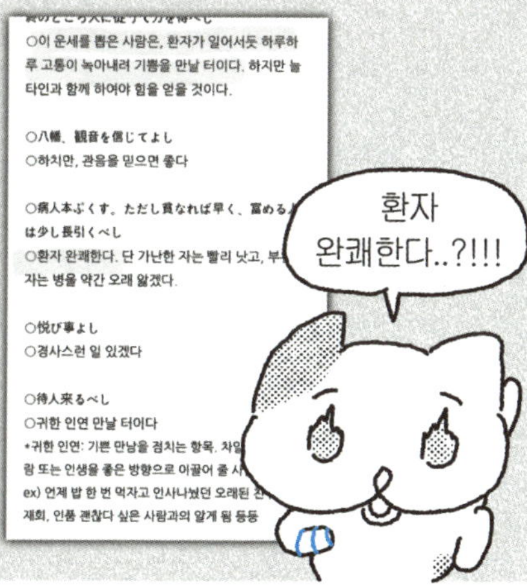

○이 운세를 뽑은 사람은, 환자가 일어서듯 하루하루 고통이 녹아내려 기쁨을 만날 터이다. 하지만 늘 타인과 함께 하여야 힘을 얻을 것이다.

○八幡、観音を信じてよし
○하치만, 관음을 믿으면 좋다

○病人本ぶくす。ただし貧なれば早く、富める
は少し長引くべし
○환자 완쾌한다. 단 가난한 자는 빨리 낫고, 부
자는 병을 약간 오래 앓겠다.

○悦び事よし
○경사스런 일 있겠다

○待人来るべし
○귀한 인연 만날 터이다
*귀한 인연: 기쁜 만남을 점치는 항목. 차
람 또는 인생을 좋은 방향으로 이끌어 줄 사
ex) 언제 밥 한 번 먹자고 인사나눴던 오래된 친
재회, 인품 괜찮다 싶은 사람과의 알게 됨 등등

환자
완쾌한다..?!!!

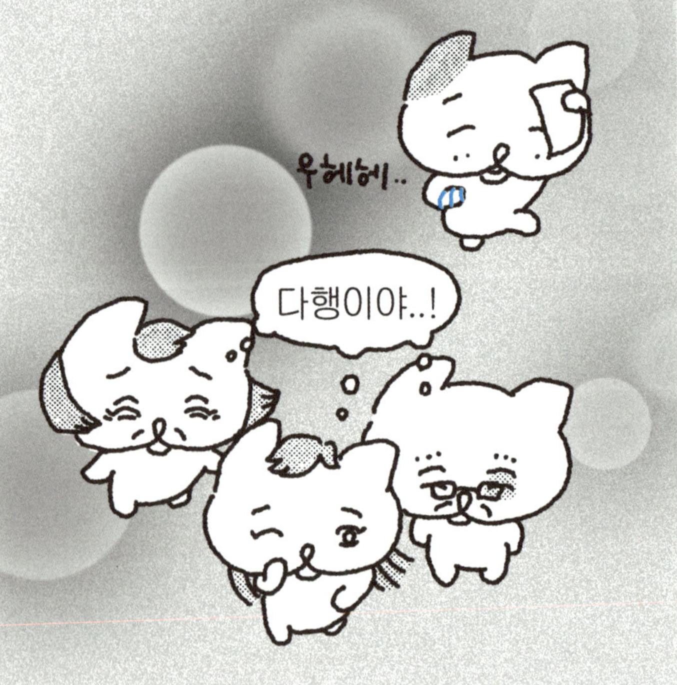
물론 재미로 보는 점괘였지만
그날 하루 기분이 어쩌나 좋던지..
우헤헤..
다행이야..!

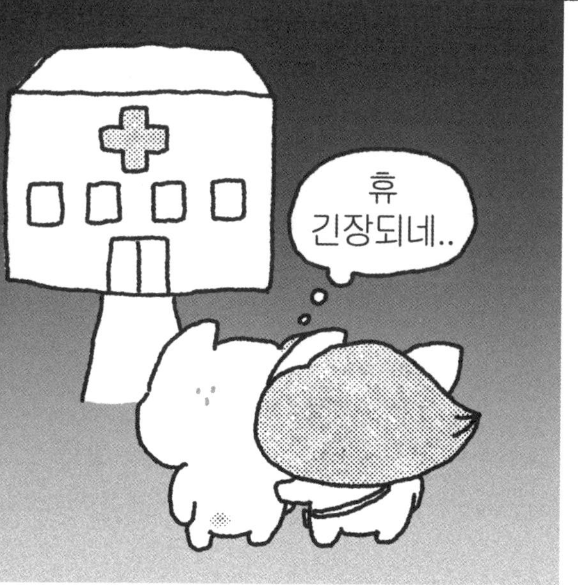
그리곤 한국에 돌아와 몇 주 뒤,
수술한지 1년 만에
병원을 다시 찾게 된 독고.
휴
긴장되네..

여러 가지 검사 후,
교수님께 들은 수술 결과는..

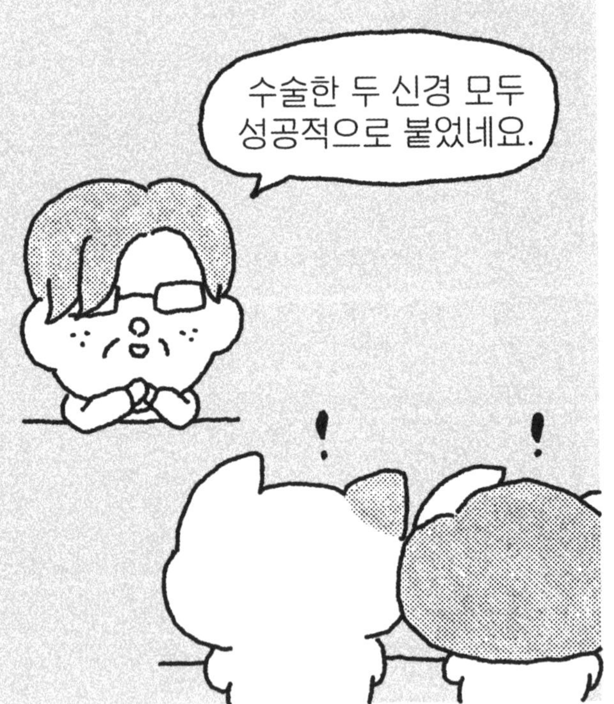

결과를 장담하기 어려운 수술이라
내심 걱정했었는데
마음의 짐을 내려놓은 순간..

일본에서의 그 점괘가 생각났다!

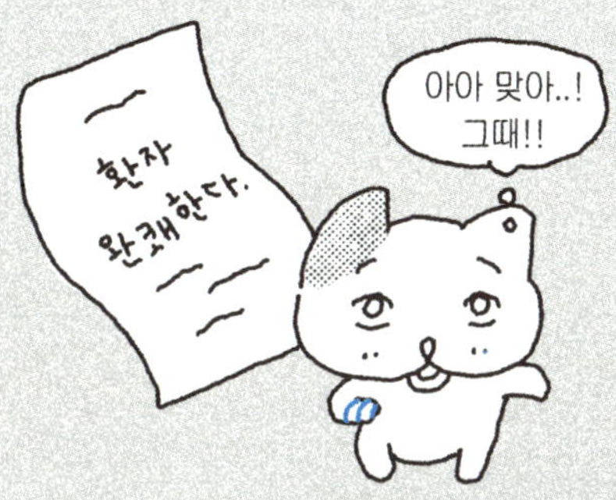

완벽히 전처럼은 아닐지라도
어쩌면 그 점괘..
조금은 믿어도 될지도..?!

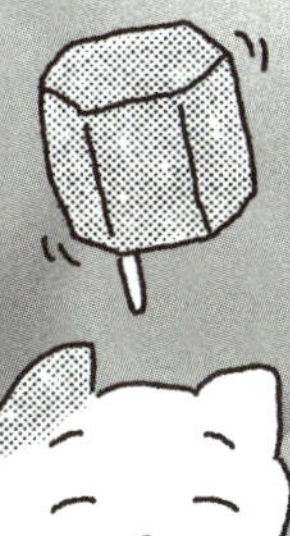

마비 환자의 몸상태 브리핑

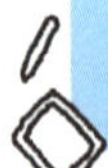

지난 '수상한 점괘를 뽑다..!'편에서
수술이 잘 되었다는 나의 소식에
많은 분들이 댓글을 남겨주시길..

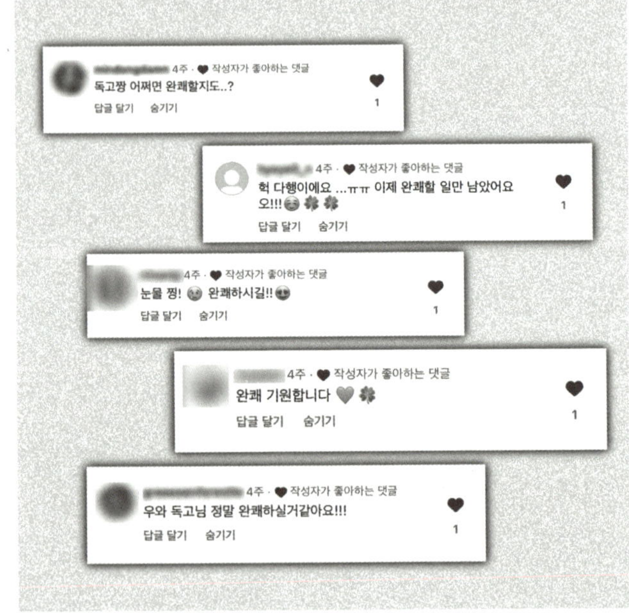

이 '완쾌'라는 단어가 주는 어감이
다소 오해를 불러 일으킬 만한 것 같아서
현재 저의 몸상태와 예후에 대해서
브리핑을 드리기로 했습니다..!

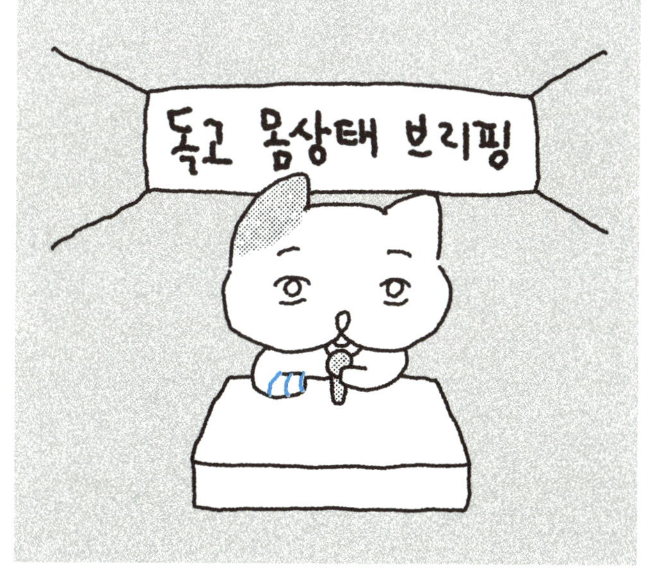

우선 나는 신경이 뿌리까지 뽑힌 케이스라
다시 이어 붙이거나 할 수 없어서
주변의 덜 중요한 신경을 희생해
뽑힌 신경을 살리는 수술을 받았다.

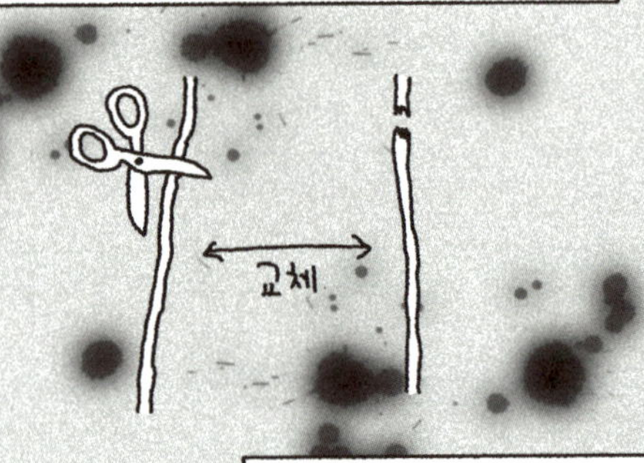
교체

그래서 나는 팔을 벌릴 수는 있지만
내 힘으로 팔을 내릴 수는 없다..

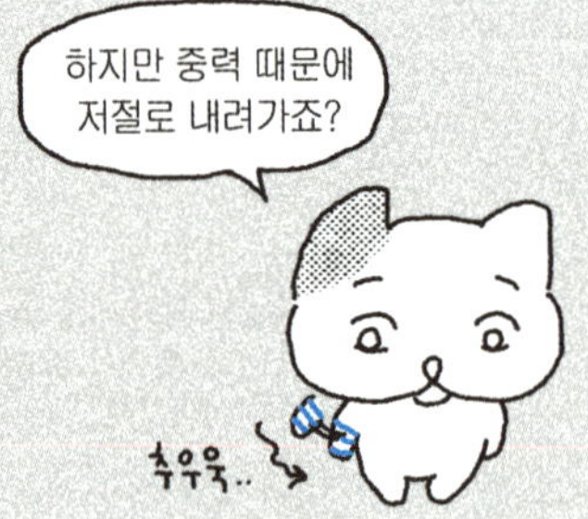
하지만 중력 때문에
저절로 내려가죠?
축우욱..

이런 식으로 덜 중요한 신경들 대신
더 중요한 신경들을 살려놓는 것이다.

심지어 팔꿈치는 호흡 신경이랑
연결되어버려서 들숨을 쉴 때만
팔꿈치를 접을 수 있다.

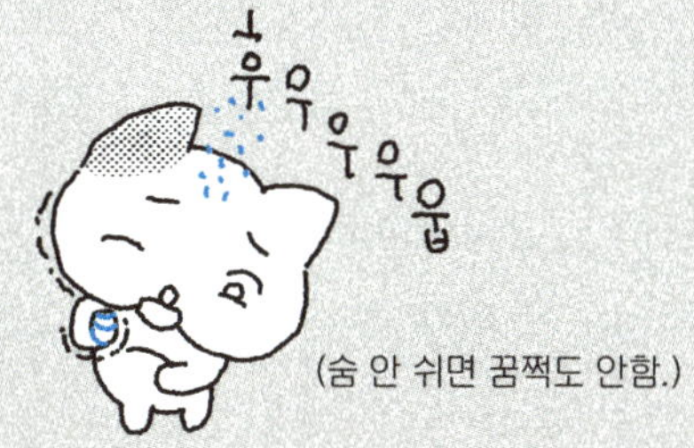
후우우우웁
(숨 안 쉬면 꿈쩍도 안함.)

앞으로 남은 수술들은
힘 없이 떨어지는 손목을 고정하고,
주먹을 살짝 쥘 수 있을 정도로
손가락을 복구하는 수술이 남아 있다

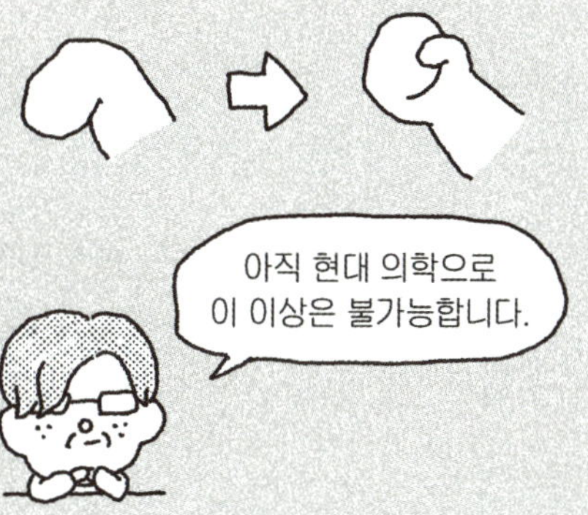
아직 현대 의학으로
이 이상은 불가능합니다.

그래서 결론은
나는 완쾌할 수 없다는 것!!

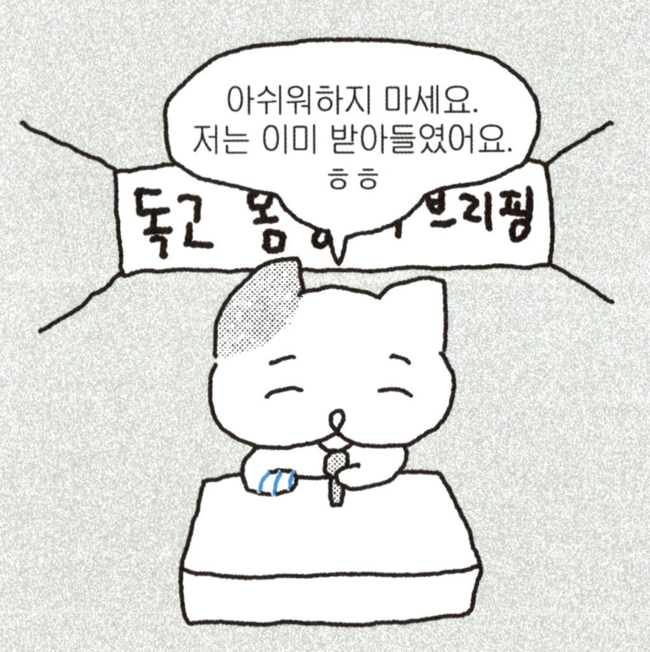

처음엔 이 사실을 받아들이기 힘들어서
수술도 취소하고 그랬지만,
역시.. 시간이 약이었다.

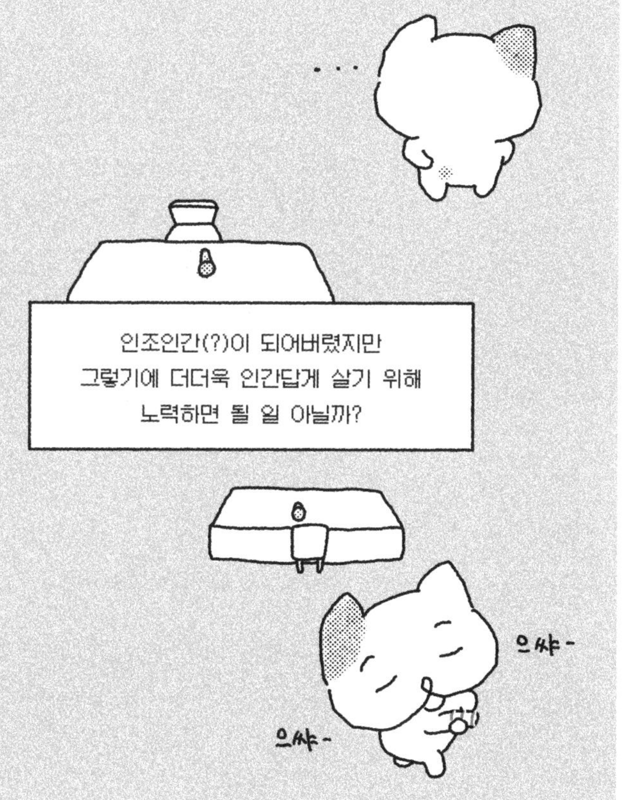

...
인조인간(?)이 되어버렸지만
그렇기에 더더욱 인간답게 살기 위해
노력하면 될 일 아닐까?
으쌰-
으쌰-

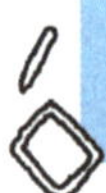

장원영.. 민희진.. 그리고 독고적 사고

요즘 원영적 사고,
민희진적 사고라는게 유행이던데..

이들이 내 상황이었다면
과연 어땠을지 갑자기 궁금해졌다.

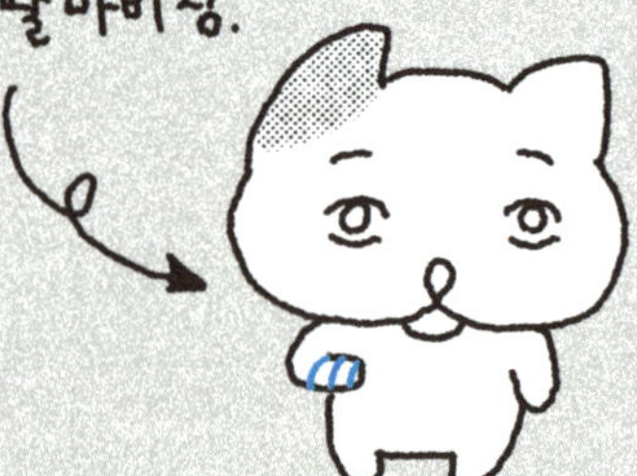
치앙마이 여행 중에
교통사고로 팔아비됨.

<원영적 사고>

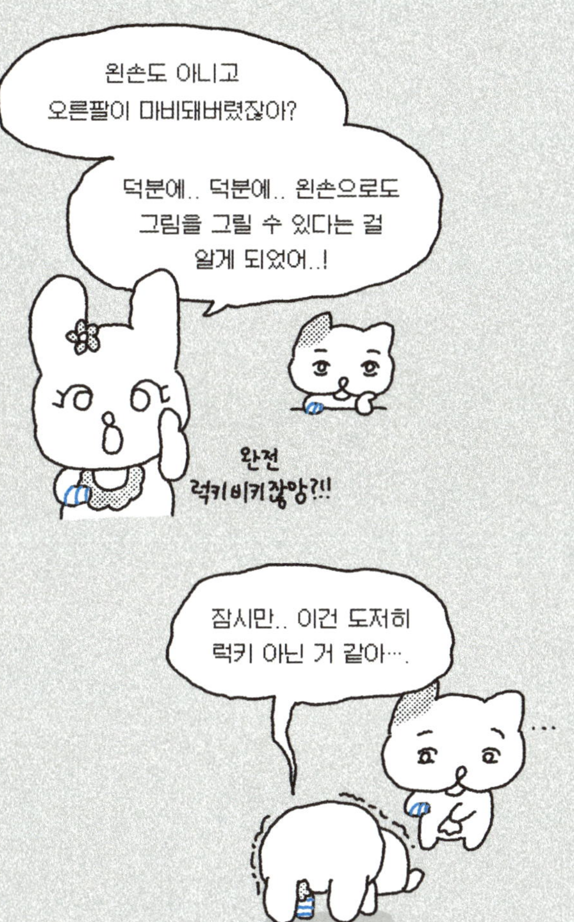

왼손도 아니고 오른팔이 마비돼버렸잖아?
덕분에.. 덕분에.. 왼손으로도 그림을 그릴 수 있다는 걸 알게 되었어..!
완전 럭키비키잖앙?!!
잠시만.. 이건 도저히 럭키 아닌 거 같아….
…

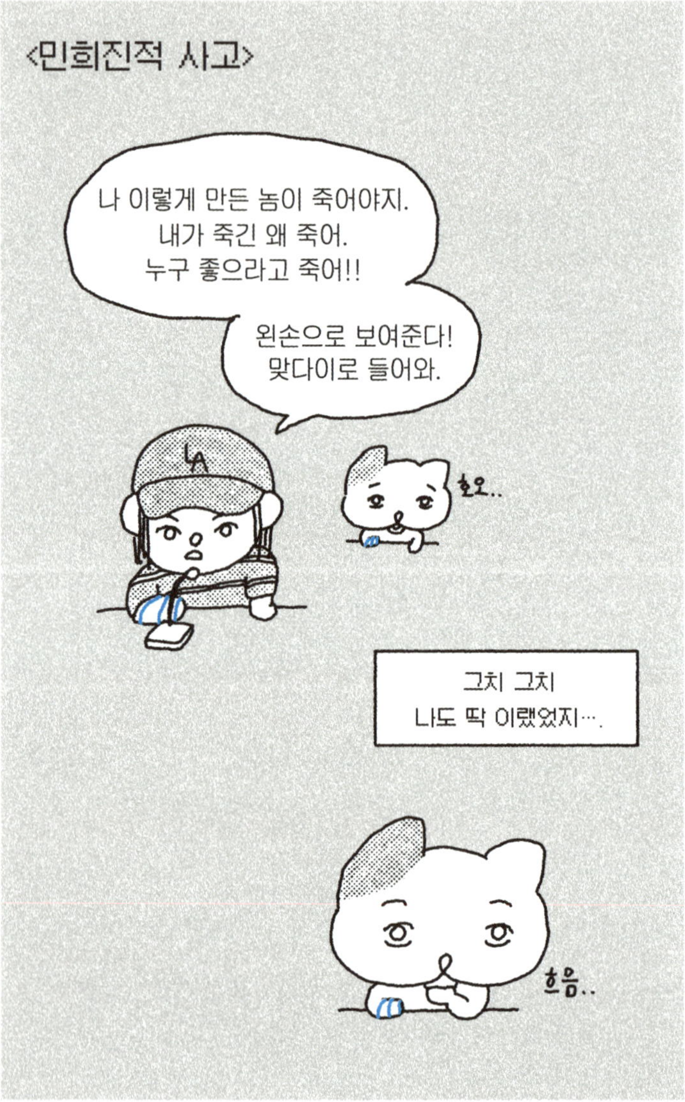

<민희진적 사고>

나 이렇게 만든 놈이 죽어야지.
내가 죽긴 왜 죽어.
누구 좋으라고 죽어!!

왼손으로 보여준다!
맞다이로 들어와.

호오..

그치 그치
나도 딱 이랬었지….

흐음..

하지만 일 년이 훌쩍 지나버린
지금의 나.

사실..
이젠 별 생각이 없다.

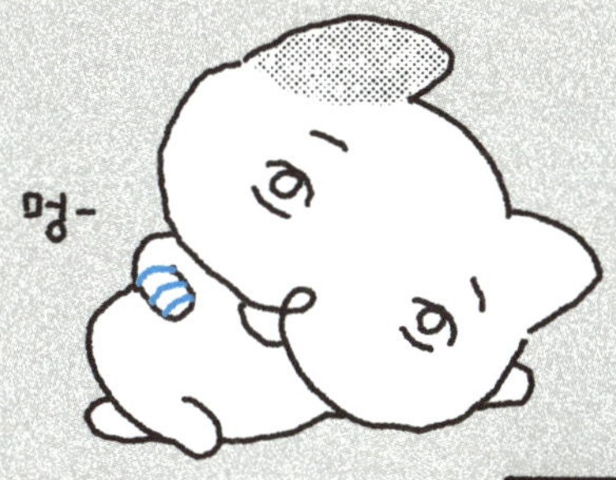

왜냐?

338

이건 정신 승리로 압! 하고
극복할 수 있는 문제도 아니고,

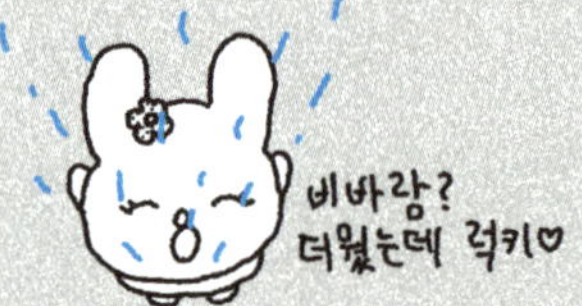

맞다이로 넘어서야 하는
벽 같은 것도 아니었다.

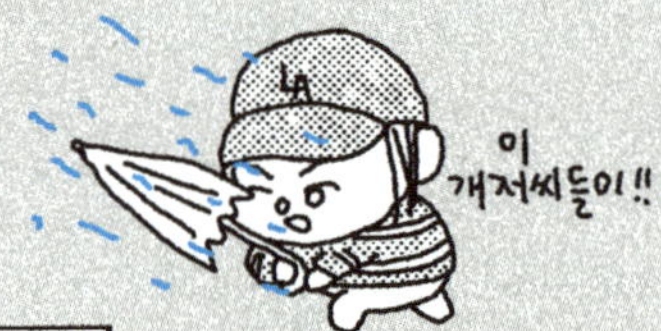

오히려 평생 함께 가야 하는
'동반자'라는 걸 깨달은 뒤론
별 생각이 없어졌달까.

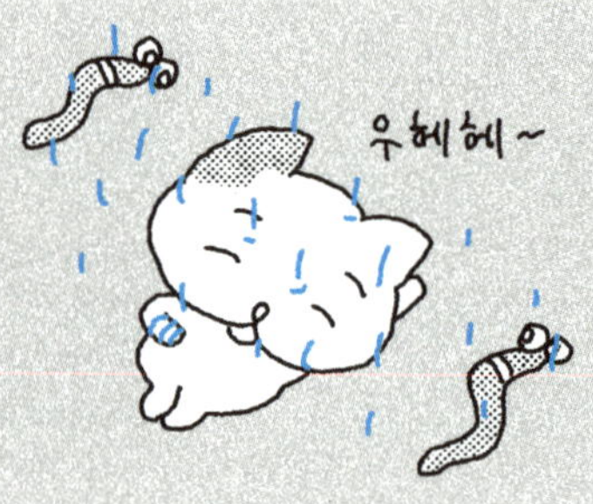

그래서 그냥 이렇게 생각하기로 했다.

<독고적 사고>

내가 선택 or 해결할 수 없다면
감정 소모하지 말기!

이 세상에 생각할 게
얼마나 많은데..!

다음엔
뭐 그리지?

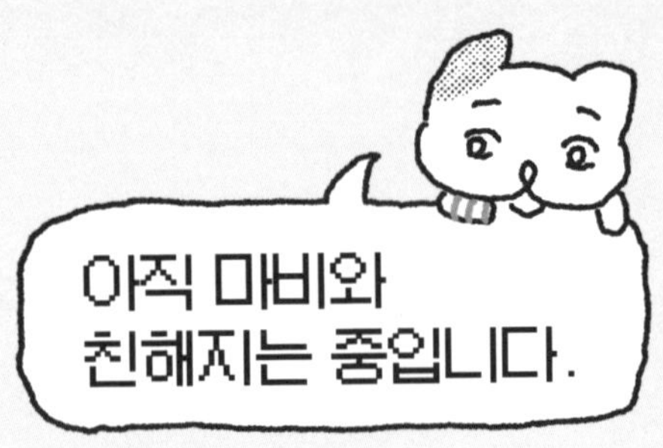
아직 마비와
친해지는 중입니다.

팔이 마비되고 처음으로 단체 모임에 나갔다. 지금까지는 평소에 자주 연락하던 친구들만 만났다면 이제는 점점 더 단체 모임에도 나가려고 하고 있다. 몇 년 만에 보는 친구들에게 나의 사고와 마비에 대해 이야기할 때는 1년이 흘렀음에도 여전히 속이 울렁거렸다.

재미있게 모임을 마치고 지하철역으로 이동한 독고와 친구들.
그런데 이 녀석들이 갑자기 약속이라도 한듯이 한 명씩 포옹을 해주는 것이었다! 친구들을 보내고 알 수 없는 감정에 휩싸인 나는 지하철을 타고 가면서 남몰래 눈물을 찔끔거렸다.

그때의 감정은..

고마움이었을까, 서러움이었을까, 부러움이었을까?
아마도 이 모든 게 섞인 복합적인 감정이었겠지.
이렇게 나는 아직도 마비와 친해지는 중입니다.

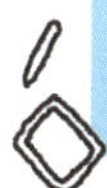

장애가 느껴지지 않는 순간

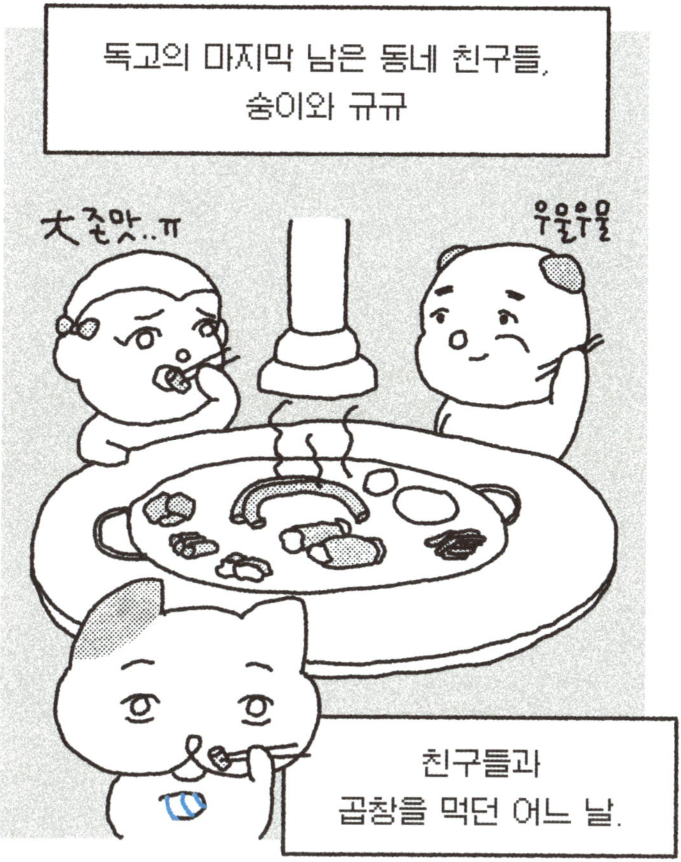

독고의 마지막 남은 동네 친구들,
숭이와 규규

大존맛..ㅠ

우물우물

친구들과
곱창을 먹던 어느 날.

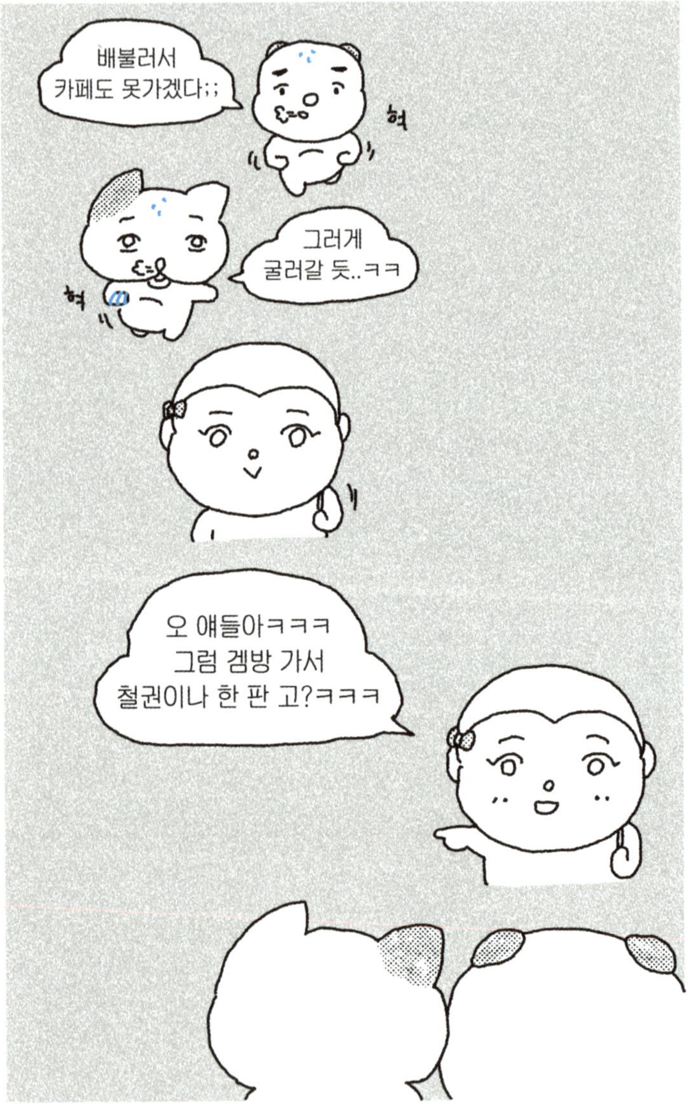

배불러서
카페도 못가겠다;;

헉

그러게
굴러갈 듯..ㅋㅋ

헉

오 얘들아ㅋㅋㅋ
그럼 겜방 가서
철권이나 한 판 고?ㅋㅋㅋ

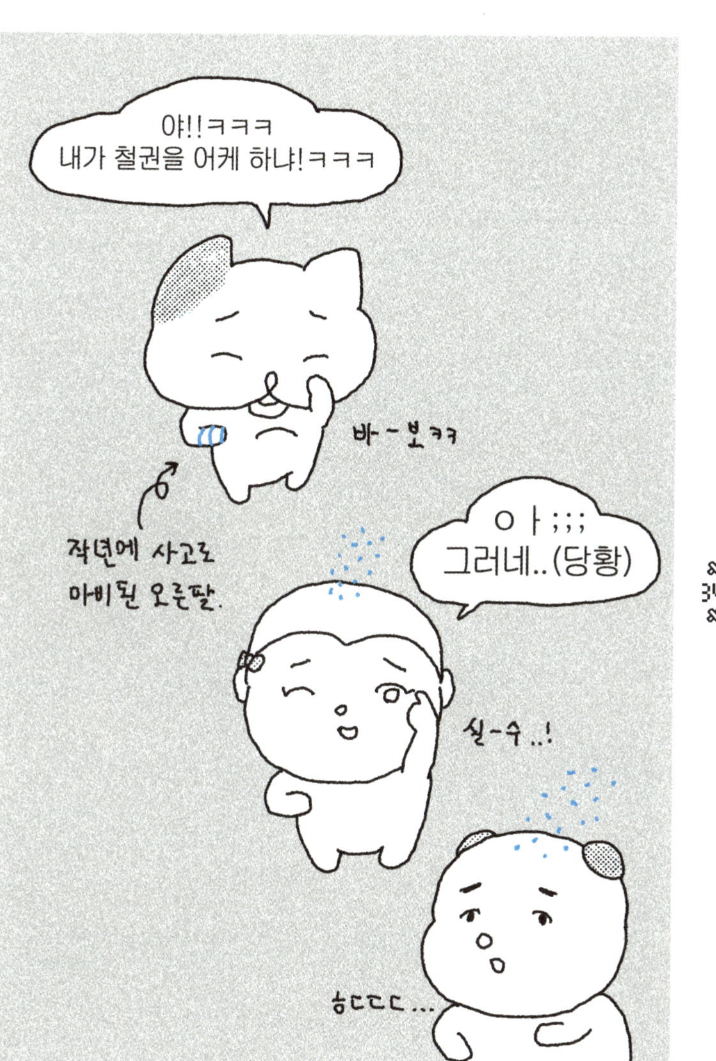
야!!ㅋㅋㅋ
내가 철권을 어케 하냐!ㅋㅋㅋ
바~보ㅋㅋ
작년에 사고로
마비된 오른팔.
아;;;
그러네..(당황)
실-수..!
흐ㄷㄷㄷ...

자 바로 여기!!!!

친구들이 '아차!' 하는 이 포인트가
내가 좋아하는 포인트인데

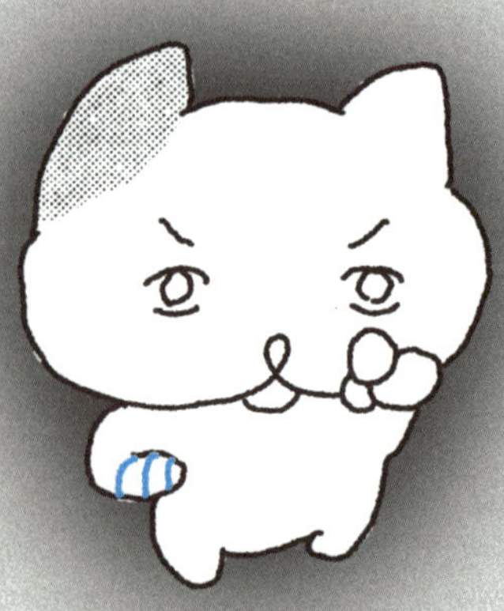

왜냐하면..

친구들이 내 장애를 의식하지 않고
그 전과 똑같이 생각해주는 게
느껴지기 때문..!

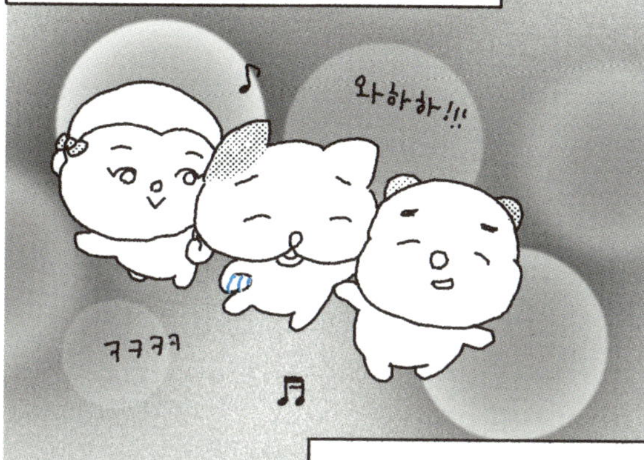

아 그리고!
친구들 뇌정지 오는 게
관전 포인트이기도 함ㅋㅋㅋ

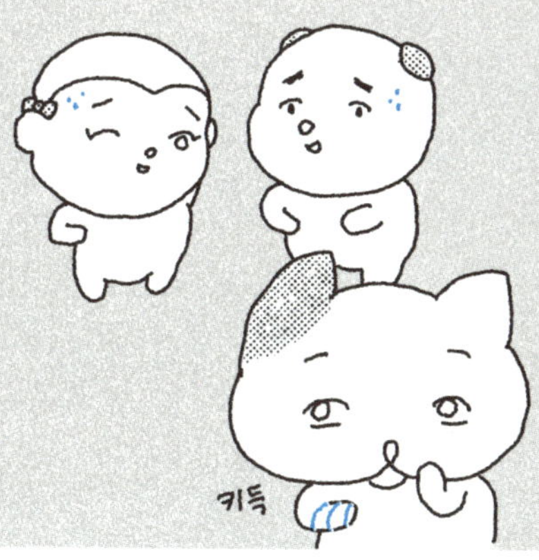

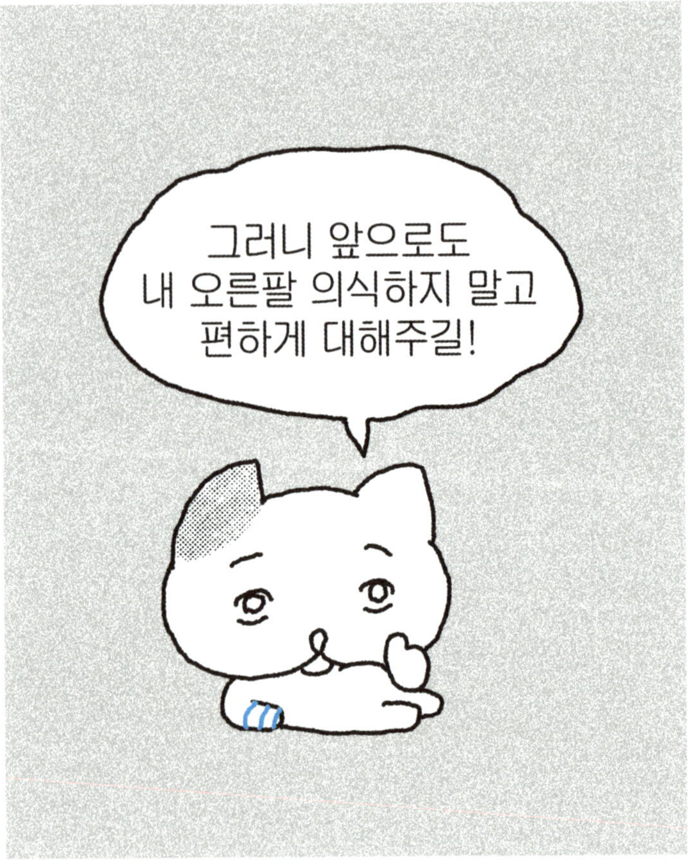

그러니 앞으로도
내 오른팔 의식하지 말고
편하게 대해주길!

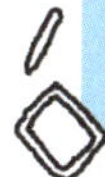

팔이 마비가 됐더니 [   ]가 좋더라

마비가 되면 무슨 좋은 점이 있겠냐만은
굳이굳이 찾아보자면
딱 한 가지가 있다..!

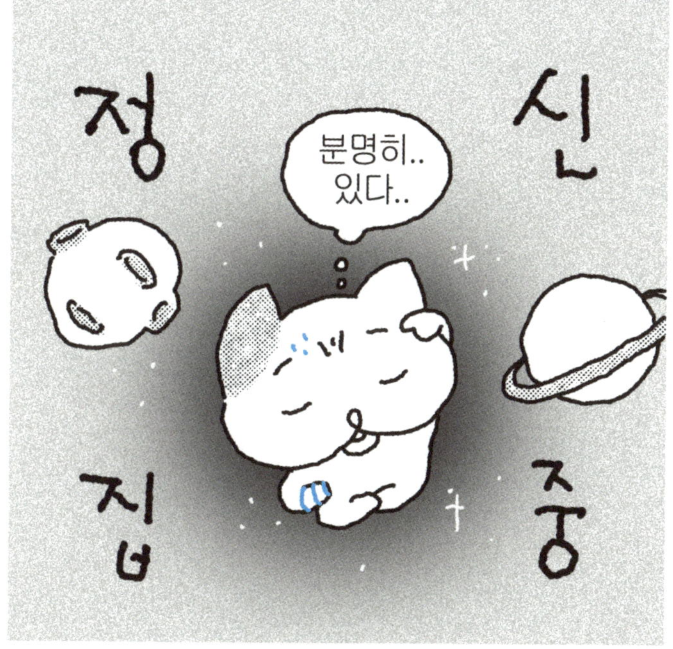

바로 마비된 부위는
'땀이 나지 않는다'는 것!!

특히 요즘 같은 한여름에도
내 오른팔 만큼은 24시간
아주 뽀송뽀송한 상태다.

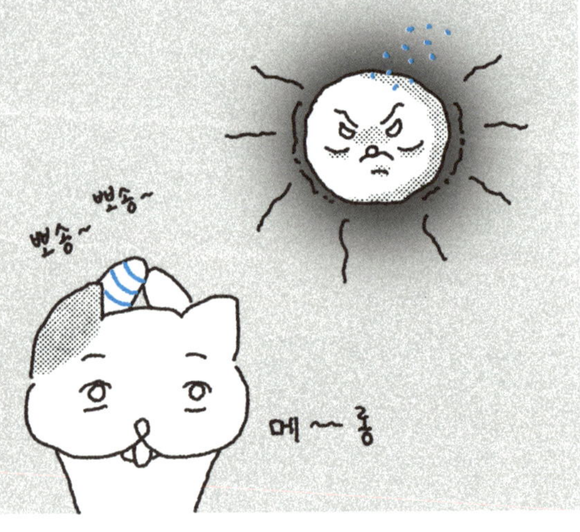

엥? 진짜??
싶겠지만 생각해보면 간단하다.

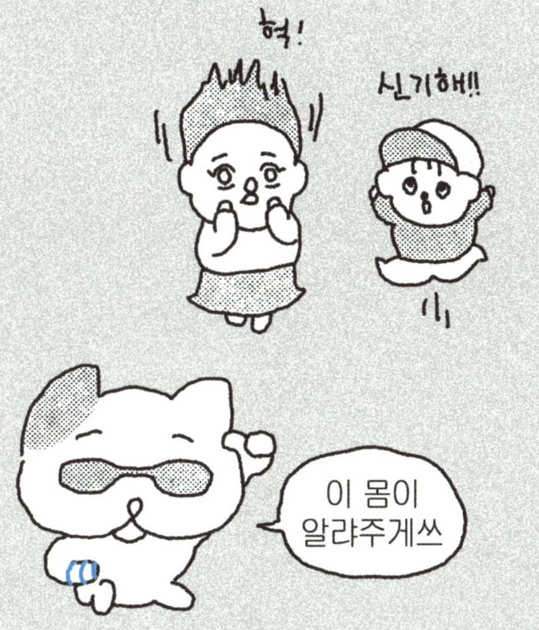

운동신경과 더불어
감각신경이 제 역할을 못하기 때문에
피부의 온도 변화를 느끼지 못하는 것!

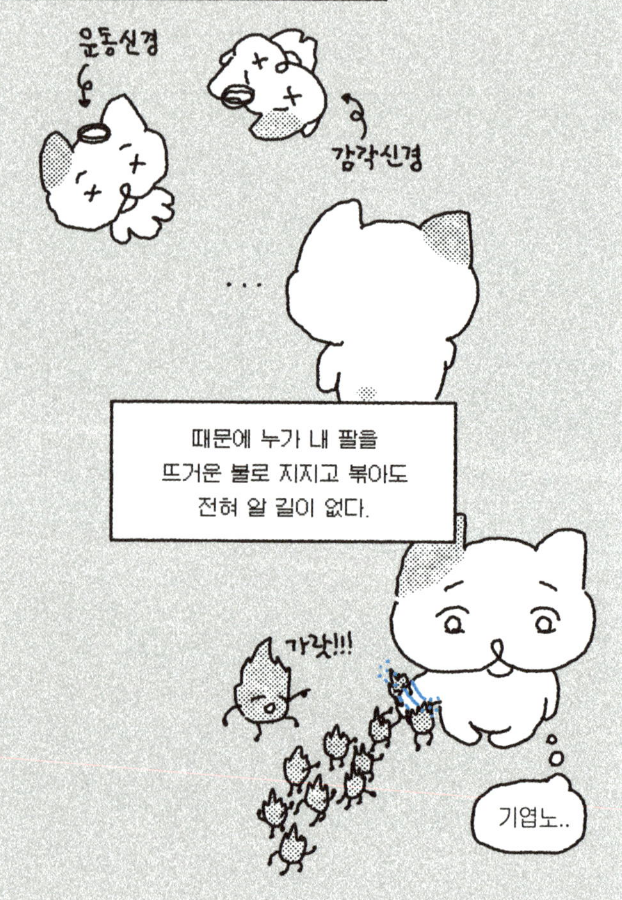

운동신경
감각신경
...
때문에 누가 내 팔을
뜨거운 불로 지지고 볶아도
전혀 알 길이 없다.
가랏!!!
기엽노..

실제로 씻다가 엄청 뜨거운 물로
오른팔을 지지고 있었던 적도 있었고,

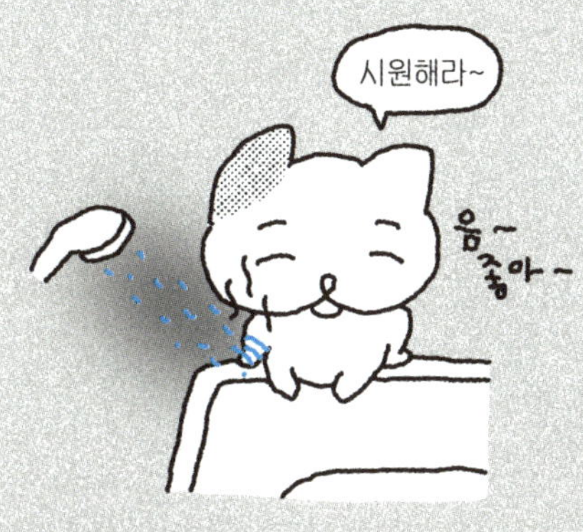

바쁘게 여기저기 다니다보면
나도 모르는 새 오른팔 여기저기에
멍이 들어 있기도 한다.

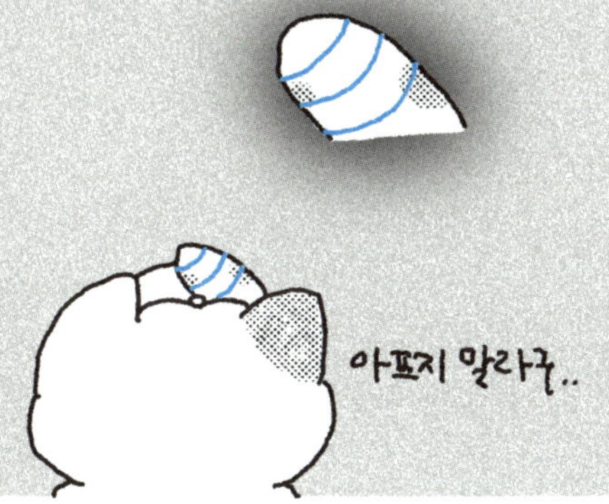

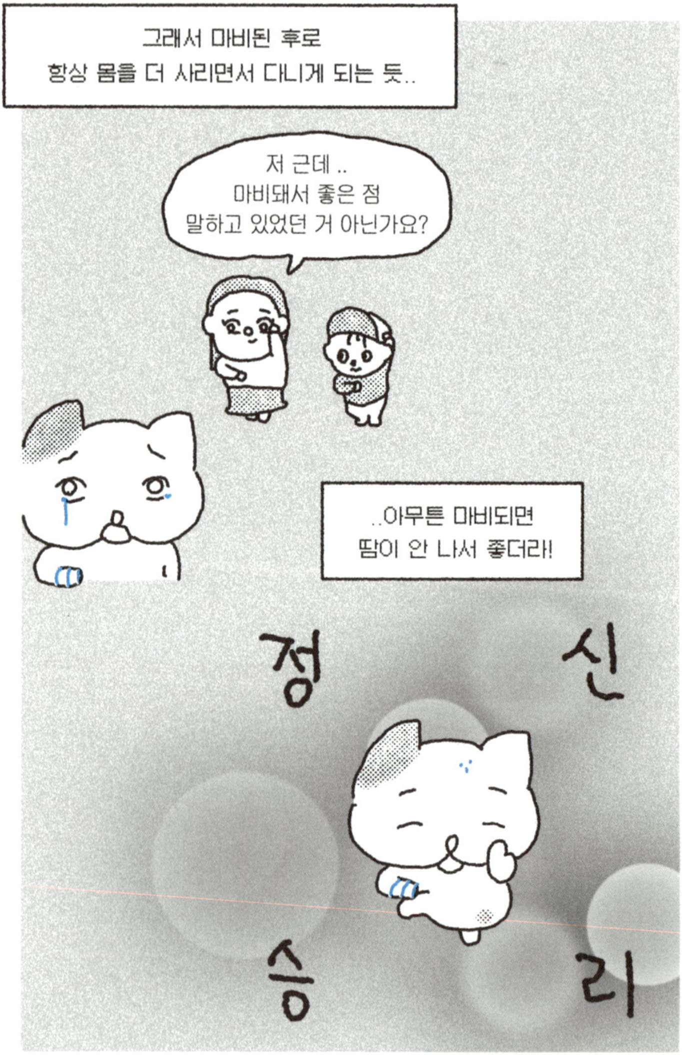

그래서 마비된 후로
항상 몸을 더 사리면서 다니게 되는 듯..

저 근데 ..
마비돼서 좋은 점
말하고 있었던 거 아닌가요?

..아무튼 마비되면
땀이 안 나서 좋더라!

정 신
승 리

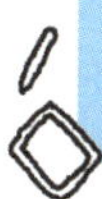

나는 실패를 파는 사람

인스타건 유튜브건 '성공'에 대한 컨텐츠가
쉴 새 없이 쏟아져 나오는 요즘..

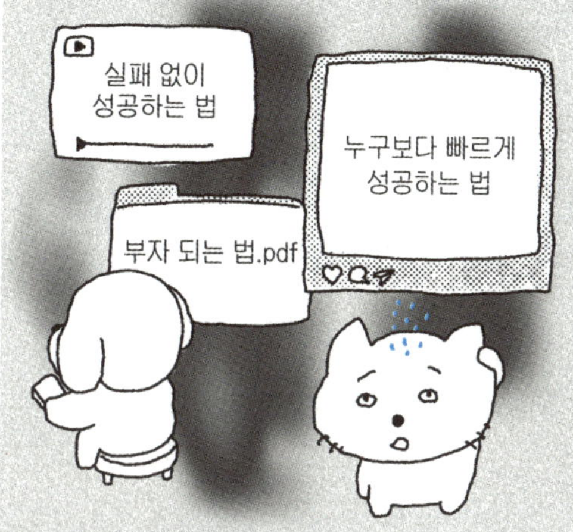

나도 한때 '성공'이라는 두 글자에
목말라하던 시절이 있었고,
그만큼 누구보다 실패를 두려워했다.

지금처럼 살긴 싫은데
도전하긴 무서워..

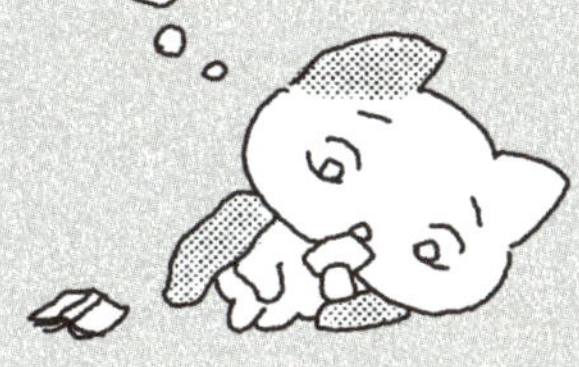

그러다 가장 열심히 커리어를 만들어 나갈
서른이라는 나이에 '오른팔 마비'라는
감당하기 힘든 실패가 하루 아침에 들이닥쳤고,

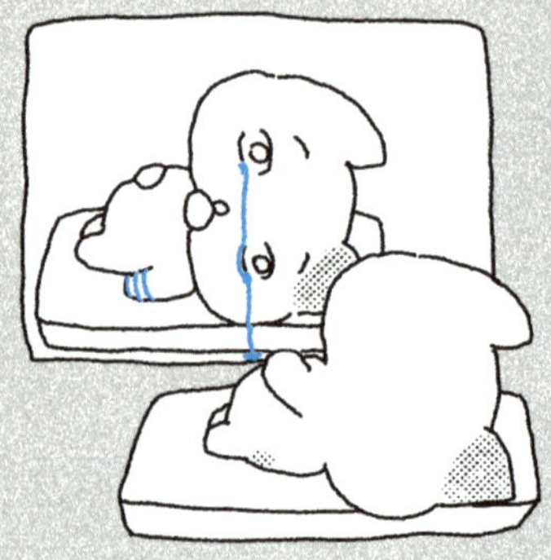

성공은커녕
남들 그리고 과거의 내가 당연하게 누리던
평범한 일상에 닿는 것조차
많은 인내와 노력을 요하게 되었다.

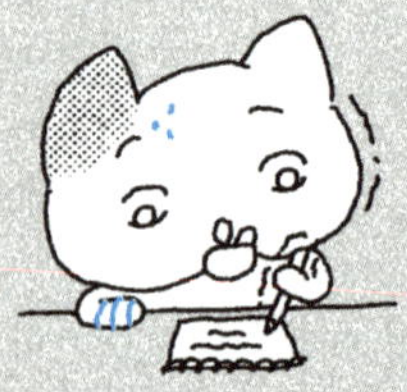

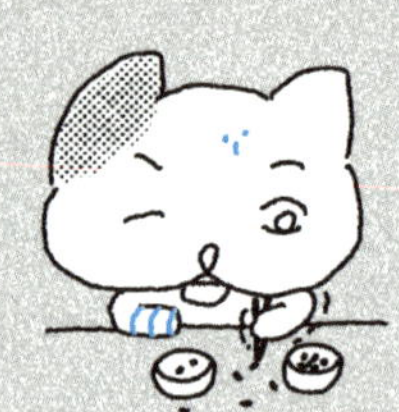

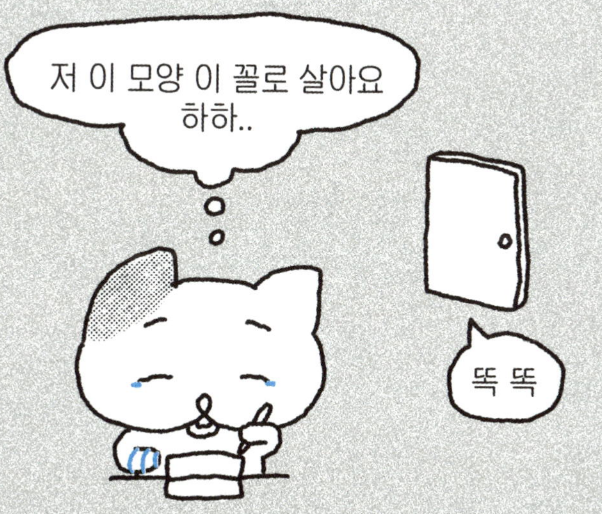
그러다 어느 날
별 생각없이 시작하게 된 인스타툰..
저 이 모양 이 꼴로 살아요
하하..
똑 똑

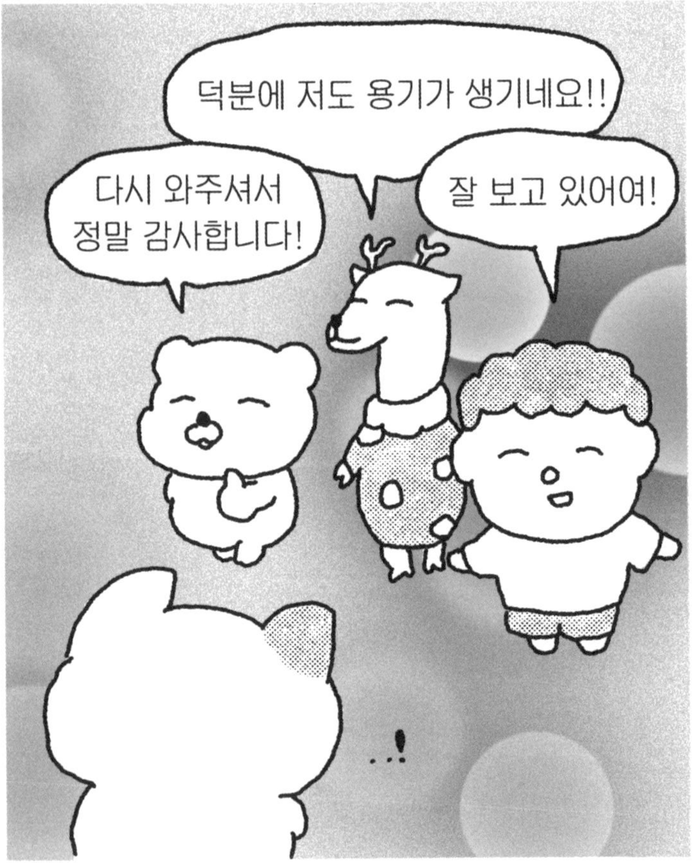

덕분에 저도 용기가 생기네요!!
다시 와주셔서
정말 감사합니다!
잘 보고 있어여!
..!

내 실패가 누군가에게
위로가 되고 용기를 줄 수 있다는 걸
알게 되었을 때,

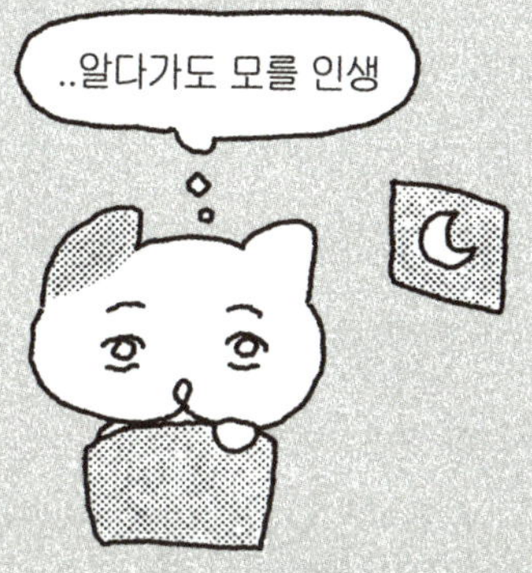

이제는 소위 세상이 말하는 멋진 성공보다
그 누구보다 멋지게 '실패'하는 사람이
되고 싶어졌다.

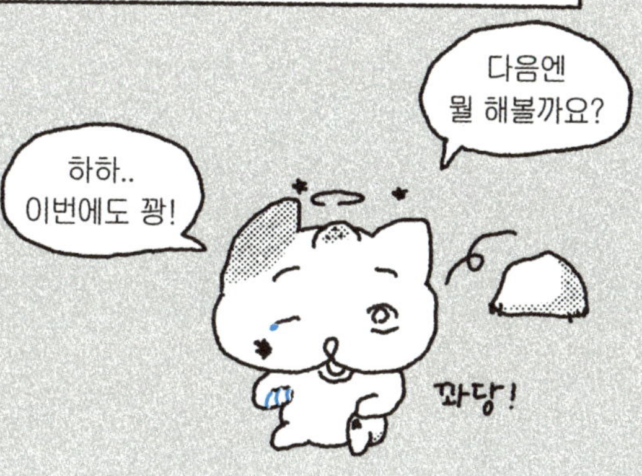

다음엔
뭘 해볼까요?
하하..
이번에도 꽝!
꽈당!

잃을 것 없이 도전하고
실패할 수 있는 지금을
언젠가 그리워할 걸 알기에

지금 이 실패를
맘껏 누려보려 한다..!

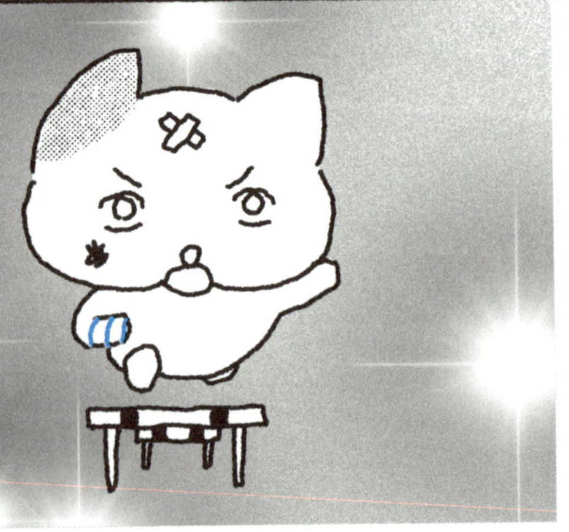

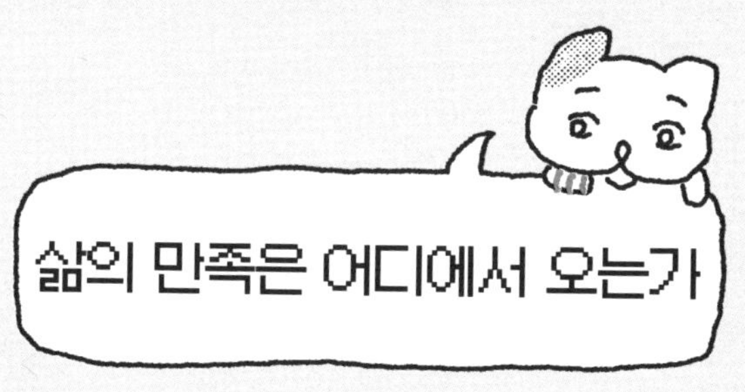
삶의 만족은 어디에서 오는가

나는 원래 물질적 야망이 큰 사람이었다. 대학 시절 열심히 공부했던 이유는 오직 장학금 때문이었고, 취업을 한 이후에도 쉬는 날이면 훗날 내 집 마련을 위해 열심히 공부하고 노력했다.

그러다 갑자기 코로나19가 터져 3년 가까이를 반백수로 보냈고, 코로나19가 끝나갈 즈음엔 교통사고로 오른팔이 마비되어 더 이상 일을 할 수 없게 되었다. 이 황당하기 그지없는 20대 후반을 거쳐 30대가 된 지금, 나는 사뭇 다른 인간이 되었다.

인생은 예상대로 흘러가지 않는다는 걸 뼈저리게 경험했고, 보편적 삶의 기준에서 벗어나도 행복할 수 있다는 걸 깨달았다.

불안정한 미래, 불완전한 몸이지만 좋아하는 일을 찾아서 노력하고 성장하는 지금이 좋다. 삶의 만족이란 어쩌면 손에 쥔 반짝이는 것이 아닌 내 안의 반짝이는 것을 찾아가는 과정에 있지 않을까?

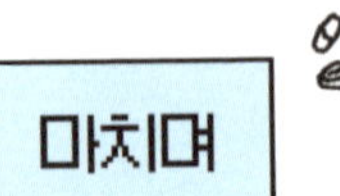

마치며

처음 사고를 당했을 때, 저는 제 인생을 통째로 잃어버렸다고 생각했습니다. 꿈꿔왔던 목표들, 여러 가지 인생의 계획들 그리고 그것들을 이루기 위해 쌓아온 시간들이 한순간에 무너지는 듯했습니다. 하지만 시간이 흐를수록 깨닫게 되었습니다. 저는 모든 것을 잃은 것이 아니라, 다만 다른 방식으로 살아가야 하는 변화를 맞이했을 뿐이라는 것을요.

왼손으로 그림을 그리기 시작한 것은, 단순히 예전의 삶을 되찾으려는 것이 아니었습니다. 오히려 새로운 나를 발견하는 과정이었습니다. 처음에는 막막하고 두려웠지만, 한 컷 한 컷 그려가며 점점 익숙해졌습니다. 그러면서 저는 확신하게 되었습니다. 중요한 것은 무엇을 잃었는지가 아니라, 남아 있는 것으로 무엇을 할 수 있는지라는 것을요.

물론 여전히 부족한 점도 많고 앞으로도 수많은 어려움이 있을 것입니다. 하지만 지금까지 그래왔듯이 저는 저만의 속도로 저만의 길을 걸어갈 것입니다. 그리고 그 길 위에서 저와 비슷한 경험을 했거나 앞으로 비슷한 어려움을 겪을 사람들에게 조금이라도 희망을 전할 수 있기를 바랍니다.

이 책을 읽어주신 모든 분들께 진심으로 감사드립니다. 이 글이 여러분에게 작은 위로와 용기가 되었기를 바랍니다. 혹시라도 삶에 어렵고 힘든 순간이 찾아온다면 결코 혼자가 아니라는 것을 기억해주세요. 그리고 그 순간을 넘어서면 분명 새로운 길이 열릴 것이라는 것도요.

끝까지 함께해주셔서 감사합니다. 여러분도 자신만의 빛나는 길을 찾기를 바랍니다.

삐뚤빼뚤,
그래도 전진

1판 1쇄 인쇄 2025년 06월 20일
1판 1쇄 발행 2025년 07월 01일

지은이 독고
발행인 권정민
디자인 김연서
마케팅 김지연
발행처 어티피컬
등 록 2022년 3월 28일(제 2022-000025호)
주 소 (우)04313 서울시 용산구 청파로45길 34(청파동)
이메일 atypical.book@gmail.com
ISBN 979-11-982905-7-1 (03810)

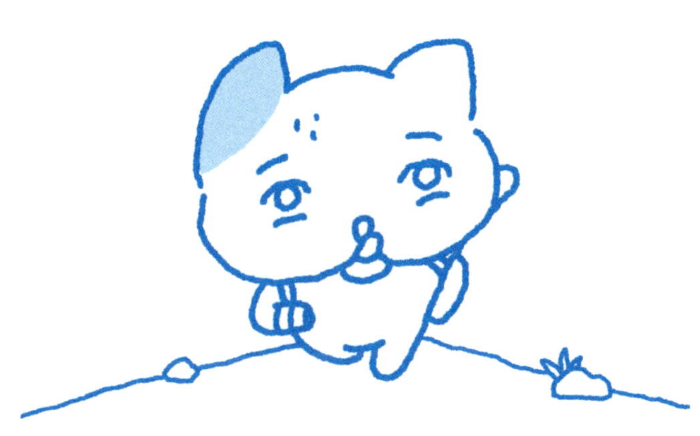